Veronika Wolther* Mit Fuß und Hand dem Mörder auf der Spur

Mit Fuß und Hand dem Mörder auf der Spur

Veronika Wolther

Bibliografische Information der Deutschen Nationalbibliothek: Die Deutsche Nationalbibliothek verzeichnet diese Publikation in der Deutschen Nationalbibliografie; detaillierte bibliografische Daten sind im Internet über dnb.dnb.de abrufbar.

Die automatisierte Analyse des Werkes, um daraus Informationen insbesondere über Muster, Trends und Korrelationen gemäß §44b UrhG („Text und Data Mining") zu gewinnen, ist untersagt.

Lektorat: Beatrix Mannel und Larissa Krusche

Umschlaggestaltung: Catharina Aydemir *Grafik und Text* unter Verwendung von Motiven von ©Shutterstock/Pongsak2021, Pattern image

Verlag: BoD · Books on Demand GmbH, Überseering 33, 22297 Hamburg, bod@bod.de

Druck: Libri Plureos GmbH, Friedensallee 273, 22763 Hamburg

ISBN: **978-3-8192-0703-7**

Für alle, die keine Chance bekommen haben...

I

Prolog

Es war fast Mitternacht. Einzelne Schneeflocken trieben über das rutschige Kopfsteinpflaster von Avebury, einem kleinen Dorf in der Grafschaft Wiltshire im Südwesten Englands. Der heulende Wind rüttelte an den kleinen Stein- und Fachwerkhäusern aus dem 18. Jahrhundert, die den Dorfanger einrahmten. In den Vorgärten, wo im Sommer Blumenrabatten neben großen Rosenstöcken um den wenigen Platz stritten, bewegten die Bäume im Wind ihre kahlen Äste wie Arme und Finger hin und her. Zäune wie Mauern waren mit kleinen Schneekronen bedeckt. Die Bewohner des Dorfes hatten sich in ihren Häusern vor dem unfreundlichen Wetter zurückgezogen.

Zu dieser späten Stunde fiel nur noch aus dem Pfarrhaus etwas Licht durch die Gardinen auf einen kleinen Teil des Dorfangers, der von einer halbeingefallenen Steinmauer umgeben war. In der Mitte des Platzes ragte eine weit über hundert Jahre alte Ulme empor: von den Einheimischen ehrfürchtig der Feenbaum genannt. Zur Sommersonnenwende versammelten sich die Dorfbewohner seit jeher unter seinen weitausladenden Zweigen, um mit den Feen zu tanzen.

Plötzlich durchbrach das gleißende Licht von Autoscheinwerfern das Schneegestöber. Eine luxuriöse, schwarze Mercedes Limousine glitt über das rutschige Kopfsteinpflaster und hielt vor dem Pfarrhaus. Niemand im Haus hörte den Wagen, der heulende Wind übertönte das Motorengeräusch des Fahrzeugs. Lange blieb der Wagen stehen. Endlich setzte er sich zögerlich wieder in Bewegung und fuhr langsam um den Dorfanger herum weiter. Direkt bei dem Feenbaum stoppte er erneut. Die Fahrertür des Mercedes öffnete sich und der Chauffeur stieg aus. Der Mann schlug den Uniformkragen hoch. Er ging auf die andere Seite des Wagens, dabei zog er sich die Mütze tief ins Gesicht. Aus der hinteren Tür auf der Beifahrerseite nahm er eine schwere, lederne Reisetasche heraus. Der Chauffeur blickte sich nach allen Seiten um, während er über den gefrorenen Schnee mit knirschenden Schritten den Baum umrundete. An der windgeschützten Seite des Baumes stellte er die Tasche zwischen den Wurzeln ab und spähte in die Tasche. Dann griff er vorsichtig hinein, schob etwas zurecht, schüttelte den Kopf und eilte zum Wagen zurück. Er holte eine warme Wolldecke aus dem Kofferraum, um sie sorgfältig um die Tasche zu wickeln. Mit einem letzten Blick auf die Tasche ging er zum Wagen, stieg ein und fuhr sofort los.

1.

„Maeggy! Warte mal! Willst du eure Post mitnehmen?"

Maeggan bremste ihr Fahrrad ab, schaute zurück und nickte Mr. Cash zu.

„Danke, das ist nett von dir!" Er schob seine schwere Posttasche über die Schulter und trat auf Maeggan zu, dabei kramte er fleißig in der Tasche. „Dann muss ich den weiten Weg zu euch nicht machen." Mr. Cash zog zwei Briefe aus der Tasche und reichte sie Maeggan. „Es geht mich natürlich rein gar nichts an, aber dieser Brief mit dem faszinierenden Wappen für dich, den ich vor ein paar Wochen vorbeigebracht habe, war einfach nicht zu übersehen. Darf ich fragen, was es damit auf sich hatte?", fragte er Maeggan.

Maeggan sah erstaunt von der Rechnung und dem Prospekt für Landmaschinen auf.

„Der mit dem dicken Büttenpapier und dem großen Wappen!"

An einen solchen Brief konnte sich Maeggan nicht erinnern, verwirrt schwieg sie. Mr. Cash schien nichts zu bemerken. „Der Brief wirkte so edel. Bist du etwa zu der Hochzeit von Prinz Charles und Lady Diana nach London eingeladen worden?" Er lächelte versonnen.

Endlich fand Maeggan ihre Sprache wieder. „Sind Sie sicher, dass dieser Brief für mich war?"

„Ja, ganz sicher. Er war an dich und deine Eltern adressiert." Mr. Cash beobachtete Maeggan neugierig. „Der Absender war

9

leider etwas verwischt, den konnte ich nicht entziffern", fügte er enttäuscht hinzu.

Maeggan schob die beiden Briefe in ihre Schultasche und stieg verwirrt wieder auf ihr Rad. Sie hatte einen Brief bekommen?

„Danke!" rief sie dem Postboten zu und ließ ihn einfach auf der Straße stehen. Sie bog von der Straße ab auf den Feldweg, der zur Farm führte. Ein Brief für sie – und warum hatten ihre Eltern ihr nichts davon erzählt. Oder hatte Mr. Cash da was verwechselt? Maeggan trat kräftig in die Pedale. Sie würde nachfragen.

Zu Hause angekommen, suchte sie ihre Eltern. Ihr Vater war irgendwo auf der Farm unterwegs. Ihre Mutter schlief im Wohnzimmer in ihren Lieblingssessel gekuschelt. Am liebsten hätte Maeggan sie gleich geweckt, aber sie hielt sich zurück. Seitdem ihre Mutter diese schrecklichen Kopfschmerzen hatte, konnte sie kaum schlafen, deshalb hatte sie fast immer schlechte Laune und Depressionen. Alle waren froh, wenn sie endlich Schlaf fand. Leider war ihr Schlaf am Tag jedoch nur sehr leicht, sodass sie nicht selbst nach dem Brief im Haus suchen konnte, ohne sie zu stören, obwohl sie es zu gerne getan hätte.

Seufzend ging Maeggan nach draußen, in den großen Obstgarten und ließ sich in die Hängematte unter den Apfelbäumen sinken. Was konnte das nur für ein Brief sein? Mr. Cash hatte von Büttenpapier und einem herrschaftlichen Wappen gesprochen. Sie kannte aber niemanden, der solch edle Briefe verschicken würde. Es musste ein offizieller Brief sein oder von einem Adligen. Nur fiel ihr beim besten Willen kein Grund ein, warum ihr jemand schreiben sollte. Auch wenn sie diesen Sommer mit der Schule fertig werden würde, hatte sie sich noch nicht an einer Uni beworben, oder sich um eine Ausbildungsstelle

10

bemüht. Adlige kannte sie auch nicht. Da war nur Bob, seine Familie arbeitete als Jagdpächter für den Lord hier. Den Lord hatte sie nie kennengelernt. Kaum jemand im Dorf kannte ihn. Es hieß, er würde lieber in New York leben als in Wales. Außerdem hätte Mr. Cash das Wappen des hiesigen Lords erkannt.

Bob würde ihr auch nicht schreiben und schon gar nicht einen Brief mit Wappen. Ihr bester Freund aus Grundschultagen. Fast jeden Tag hatten sie zusammenverbracht. Hier draußen wohnten sonst keine anderen Kinder. Nur sie und Bob hinter dem Hügel. Aber seitdem Bob ins Internat gegangen war, war sie einsam zurückgeblieben. Zuerst hatte er sie in seinen Ferien öfters besucht, leider war das mit der Zeit immer seltener geworden. Sicher hatte er neue Freunde und dachte überhaupt nicht mehr an sie. Traurig schaute Maeggan in die Zweige über sich.

Zuerst war er ein Spielkamerad für sie gewesen, aber im Laufe der Zeit hatte sie sich in ihn verliebt. Das hatte sie sich schon vor einiger Zeit eingestanden. Je weniger sie ihn gesehen hatte, desto mehr war die Sehnsucht nach ihm in ihr gewachsen. Wie schön wäre es, wenn er jetzt hier wäre. Sie könnten nebeneinander in der Hängematte liegen. Er würde wieder seinen Arm um sie legen, so wie er es oft bei ihren Ausflügen getan hatte. Und sie würde ihm von dem merkwürdigen Brief erzählen. So wie sie sich auch schon früher immer alle ihre Geheimnisse erzählt hatten.

Ein Räuspern riss sie aus ihren Gedanken. Überrascht richtete sie sich auf und sah ausgerechnet Bob durch den Obstgarten auf sich zukommen.

„Bob?!"

„Ja, ich bin es." Bob grinste verlegen.

„Dich habe ich ja schon ewig nicht mehr gesehen", lachte Maeggan bemüht ihre Gefühle im Zaum zu halten.

Bob nickte. „Ja, das letzte Mal war ich Weihnachten zu Hause. Da hab ich dich in der Kirche gesehen."

„Genau, du hast mit deiner Familie unten gesessen, während Mam und ich oben auf der Empore im Chor gesungen hatten."

Wieder nickte Bob und betrachtete eingehend seine Schuhe. Nach dem Gottesdienst hatte sich Maeggan rücksichtslos nach unten gedrängt, um Bob endlich wieder zu treffen.

„Leider warst du nach dem Gottesdienst so schnell verschwunden."

„Du weißt ja, meine Eltern", murmelte Bob ohne Maeggan anzuschauen.

Maeggan schwang sich aus der Hängematte, dabei musterte sie ihn so unauffällig wie möglich. Er war kein pummeliger Blondschopf mehr, sondern schlank und durchtrainiert. Die Locken waren durch einen Kurzhaarschnitt gebändigt. Er trug ein Gewehr über den breiten Schultern und grinste sie an.

„Hast du Lust mit mir auf die Jagd zu gehen, ich soll für meine Mom einen Sonntagsbraten schießen." Lässig nahm Bob das Gewehr von den Schultern und klopfte damit in seine linke Hand.

Maeggan war sprachlos, ausgerechnet zur Jagd wollte Bob sie mitnehmen. Sie war noch nie auf der Jagd gewesen und die Vorstellung ein Tier zu erlegen, war ihr bisher nicht in den Sinn gekommen. Zwar war sie es gewöhnt, dass auf der Farm auch ab und zu ein Schaf oder Hase geschlachtet wurde, doch mit Bob loszuziehen, war schon ein verlockender Gedanke. Allein durfte sie nicht in die Berge hinauf, es gab zu viele Spalten und Abgründe, in die sie stürzen könnte. Sogar ihrem Vater war das schon passiert. Aber mit Bob war sie schon öfter dort gewesen, als Kinder. Sie hatten Cowboy und Indianer gespielt. Jetzt würde es sicher ganz anders sein. Maeggan schielte zu Bob hinüber und spürte ein Kribbeln im Bauch.

„Klar, gerne. Ich habe heute sowieso nichts mehr vor." Da fiel ihr ein, dass sie eigentlich nach dem Brief suchen wollte. Aber ein Nachmittag mit Bob allein in den Bergen konnte sie sich wirklich nicht entgehen lassen. Bob würde nicht warten, der Brief schon.

„Ich hol nur meine Jacke und eine Wasserflasche, einen Moment." Maeggan lief schon zum Haus hinüber. Als sie durch den Flur rannte, überlegte sie kurz, ob sie ihrer Mutter Bescheid sagen sollte. Sie vergaß es, als sie sich im Flurspiegel bemerkte.

Wohlwollend betrachtete sie sich von oben bis unten. Sie hätte an diesem Morgen vielleicht besser ein anderes T-Shirt angezogen. Es war zwar ihr Lieblingsshirt, leider waren die Farben schon sehr verwaschen. Dafür betonte die Jeans ihre langen Beine, auf die sie sehr stolz war. Auch sonst war sie schlank und wirkte fast wie ein Mannequin, wie ihr Vater oft schmunzelnd sagte. Jetzt, mit ihren 19 Jahren, war sie wirklich erwachsen. Nichts war mehr von dem kleinen unselbstständigen Mädchen von früher übrig. Naja, vielleicht das rotblonde Haar, das sich einfach nicht bändigen ließ. Zum Glück war das gerade modern. Maeggan schüttelte ihre schulterlangen Locken nach hinten. Die Haarspange, die sie sich am Morgen hineingeklemmt hatte, war schon längst wieder verrutscht. Ihre nackten Füße steckten in ausgetretenen, offenen Sandalen. Sie drehte sich einmal um sich selbst, würde sie auch Bob gefallen? War sie für ihn weiterhin die kleine Maeggy von damals, oder sah er in ihr endlich die junge Frau, die sie jetzt war? Bei den wenigen Begegnungen in den letzten Jahren hatte sie versucht nicht mehr nur die vertraute Spielkameradin zu sein, sondern hatte sich immer mehr Gedanken gemacht, wie sie ihn auf sich aufmerksam machen könnte. Maeggan schaute wieder in den Spiegel und diesmal betrachtete sie sich ausführlich. Sie vermied den Blick in den großen Flurspiegel gerne, da er mehr zeigte, als sie von sich sehen wollte. Ihr war der kleine Badspiegel lieber, der eigentlich nur das Gesicht zeigte, so fühlte sie sich wie alle anderen Menschen auch. Ganz normal. Im großen Flurspiegel konnte sie nicht ihre besonderen Arme, wie ihre Eltern das nannten, übersehen. Über diesen Anblick stolperte sie fast genauso wie es anderen Menschen erging, die ihr zum ersten Mal begegneten.

Besonders? Ja, nur eben viel zu kurz, um so einfache Dinge wie sich An- und Ausziehen zu können. Der Unter- und der Oberarm waren an beiden Seiten jeweils nur etwa zehn Zentimeter lang, dann kamen schon die Hände. Und ihre Hände glichen den Händen anderer Menschen nur ansatzweise. Jede Hand hatte nur 4 Finger und die waren verbogen und ließen sich auch nur begrenzt bewegen. Eigentlich ähnelten ihre Arme und Hände denen eines Tyrannosaurus-Rex, dachte sie schmunzelnd. So hatte es ein kleiner Junge mal zu ihr gesagt. Zuerst hatte sie sich darüber aufgeregt, obwohl der Junge eigentlich recht hatte. Maeggan zuckte mit den Schultern, sie konnte sowieso nichts dagegen tun. Sie stopfte ihre Jacke in ihre Umhängetasche, die sie grundsätzlich überall hin mitnahm und lief in die Küche.

„Ich hab eine Packung Kekse eingepackt, falls wir Hunger bekommen", rief sie Bob freudig zu, als sie vom Haus zurück in den Obstgarten lief. Bob schulterte wieder das Gewehr und ging Maeggan voraus.

Nach einer Stunde mühsamen Aufstiegs wollte Maeggan sich erschöpft in das wenige trockene Gras setzten, als sie nicht weit entfernt die Reste eines Lagerfeuers bemerkte. Um die Asche herum lagen Plastiktüten, leeres Plastikgeschirr und Glasflaschen. Verärgert fing sie sofort an den Müll einzusammeln.

14

„Hör auf!", bremste sie Bob. „Du verschreckst die Kaninchen."

„Der Müll verschreckt sie auch. Komm hilf mir, dann geht es schneller!"

Bob kam zu ihr, schnell hatten sie alles in einen der Beutel gesteckt und neben die Asche gelegt.

„Das nehmen wir nachher mit", bestimmte Maeggan.

„Du bist noch immer so eine Ökotante!", lachte Bob, während er sich ins Gras fallen ließ. Grinsend setzte sich Maeggan daneben.

Von hier hatten sie einen wunderbaren Ausblick. Hinter ihnen weit unten im Tal lag der Hof, weiter entfernt konnte man die Dächer des Dorfes erkennen. Vor ihnen erstreckte sich das Meer bis zum Horizont. Im Norden stiegen die Berge steil an, dort gab es kaum Wege, dieser Teil der Küste gehört allein der Natur. Im Süden dagegen lag in weiter Ferne die Stadt Fishguard. Die schmale Küstenstraße, die Maeggan täglich mit dem Schulbus fuhr, schlängelte sich an den rauen Klippen entlang. Auch wenn sie ganz kleine Autos auf ihr erkennen konnten, war es doch zu weit weg, um irgendein Geräusch von dort zu hören. Hier oben war es ganz still, nur der Wind rauschte im Gras und zwischen den Ginsterbüschen sang ein Vogel.

Nach einer Weile nahm Bob das Gewehr und begann es zu laden.

„Willst du wirklich ein Tier schießen?", fragte Maeggan.

„Natürlich, was glaubst du denn, warum ich mir diesen steilen Anstieg angetan habe? Hier oben gibt es super fette Kaninchen. Siehst du da hinten ist schon ein Eingang von einem Bau", antwortete Bob mit dem Gewehr in die Richtung zeigend. „Wir müssen jetzt nur warten."

Sie legten sich in das warme Gras und beobachteten geduldig die Wiese vor ihnen. Nach einer Weile stupste Maeggan

Bob an, dabei zeigte sie mit dem Kinn zum gegenüberliegenden Rand der Wiese. Zwischen den Ginsterbüschen schob sich ein Kaninchen vorsichtig aus seinem Bau. Bob nickte, hob das Gewehr, zielte sorgfältig und schon lag das Kaninchen am Boden. Sofort ging Maeggan zu dem Tier. „Boah, bist du ein guter Schütze. Du hast es mit einem Schuss getötet. Es musste zum Glück nicht leiden. Wo hast du das gelernt?"

Bob winkte ab. „Ach das, mein Vater nimmt mich schon seit Jahren mit auf die Jagd. Das ist gar nicht schwer, du kannst das auch, wenn du willst."

„Ich? Wie denn?", Maeggan hob ihre Arme.

Bob schielte auch ganz verlegen auf ihre Arme. Rasch hatte er sich wieder gefangen. „Ach komm, das geht schon, lass es uns einfach mal probieren."

Er holte ein paar leere Flaschen, aus der Tüte beim Lagerfeuer, stellte eine Flasche in einiger Entfernung auf einen Stein und setzte sich neben Maeggan auf den Boden. Nachdem er das Gewehr wieder geladen hatte, gab er es Maeggan.

„Leg den Lauf auf deine Knie, dann drück den Kolben gegen deine Brust, ja so." Er half Maeggan das Gewehr zu halten. „Jetzt musst du durch das Visier schauen".

Maeggan klemmte den Lauf zwischen ihre Knie und drückte den Kolben fest gegen ihre linke Schulter. Obwohl sie sich in alle Richtungen verrenkte, entweder konnte sie das Ziel anvisieren, oder mit der rechten Hand den Abzug erreichen. Beides zur gleichen Zeit gelang ihr nicht.

„Mist!", schimpfte sie enttäuscht das Gewehr loslassend. Bob fing es auf, legte es vorsichtig neben sich und starrte verlegen zu Boden.

„Tut mir leid", flüsterte er. „ich vergesse andauernd. . ." Er stockte und schielte zu Maeggans Armen.

Aber Maeggan gab nicht auf. „Irgendwie muss es gehen", sagte sie mehr zu sich selbst, während sie das Gewehr mit dem Fuß zu sich heranzog. Sie legte den Lauf auf einen Stein vor ihr, und hielt den Kolben mit dem linken Fuß. Dann bog sie sich so weit nach vorn hinunter, dass sie durch das Visier schauen konnte. Jetzt konnte sie gleichzeitig den zweiten Zeh an den Abzug legen. Bob beobachtete sie interessiert. Schnell legte er sich neben Maeggan auf den Bauch und gab weitere Anweisungen. „Du musst mit einem Auge zielen. Mach das andere zu. Ja, genauso. Wenn du abdrückst, halte das Gewehr so fest es geht, sonst schlägt es zurück. Vergiss nicht die Luft anzuhalten."

Maeggan versuchte konzentriert alles gleichzeitig zu tun. Schließlich drückte sie ab. Das Gewehr schlug zurück und die Flasche stand weiter ruhig auf dem Stein.

„Mist!", fluchte Maeggan.

Bob lachte. „Ich kenne niemanden, der schon beim ersten Schuss getroffen hat, versuch es ruhig noch einmal." Er spannte das Gewehr erneut und legte es für Maeggan zurecht.

Diesmal war sie ruhiger, sie kannte nun den Rückschlag und auch den lauten Knall direkt am Ohr. Tief Luft holend zielte sie genau. Die Flasche zersplitterte in tausend Scherben.

„Wow, das war super", lobte Bob sie. „Willst du noch mal?"

Maeggan schüttelte nachdenklich den Kopf.

„Nein danke. Ich wollte nur wissen, ob ich es kann. Schießen ist nicht so mein Ding."

Es war hier so, wie bei vielen handwerklichen Abläufen. Sie wollte wissen, ob sie es auch konnte, genauso wie Menschen mit langen Armen. Dabei ging es erst einmal nicht darum, ob es ihr gefiel, oder ob sie Spaß daran hatte. Sie wollte nur selber ausprobieren, ob sie es konnte oder nicht. Viel zu oft wollten das nämlich andere für sie entscheiden. Ihre Mutter sagte immer, sie solle dies oder jenes lassen, es wäre zu anstrengend für sie. In der Schule trauten Lehrer wie Mitschüler ihr oft nicht zu, die einfachsten Abläufe selbständig zu machen. Sie durfte nicht am Sportunterricht teilnehmen, sie könnte sich verletzen. Selbst Ballspiele wurden ihr nicht erlaubt. Beim Kunstunterricht oder beim Handarbeiten hieß ständig, das ginge nicht mit kurzen Armen und den verwachsenen Händchen. Wenn die wüssten, was sie so alles zu Hause werkelte. Selbst stricken und nähen konnte sie ganz gut. Wie gut konnte sie nicht einschätzen, denn egal, was sie den anderen zeigte, einen schief und krumm gehäkelten Topflappen zum Beispiel, sie wurde überschwänglich dafür gelobt. Den Topflappen benutze ihre Mutter weiterhin, obwohl er einige Löcher aufwies. Wahrscheinlich benutze sie ihn nur, sobald Maeggan dabei war.

Maeggan wünschte sich eine klare neutrale Beurteilung, für die Dinge, doch die bekam sie selten. In der Schule wurde sie manchmal sogar für Texte gelobt, die wirklich nicht gelungen waren. Nur weil der Lehrer ihr die Enttäuschung ersparen wollte. Naja, wenigstens bekam sie auf diese Weise oft ganz gute Noten, ohne sich dafür sehr anstrengen zu müssen.

„Hattest du nicht Kekse eingepackt?"

Bobs Frage holte Maeggan in die Realität zurück. Sie sah, dass Bob das Kaninchen in seinem Rucksack verstaut und sich neben ihr im Gras ausgestreckt hatte.

Sofort kramte sie die Kekse hervor und teilte sie glücklich mit ihm. Bob erzählte von dem Internat, auf das er direkt nach der Grundschule gewechselt war. Seine Eltern hatten das Geld, ihn auf eine teure Privatschule im Süden zu schicken. Er klang ziemlich begeistert, er konnte dort Rugby und Polo spielen. Außerdem war er in der Rudermannschaft aufgenommen worden und die anderen Jungen waren richtig cool. Maeggan konnte nur staunen. Im Vergleich dazu war in ihrem Dorf und auch selbst in Fishguard einfach nicht viel los.

18

Beim Erzählen rutschte Bob immer näher an Maeggan heran. Behutsam legte er ihr den Arm um die Schultern. Maeggan hielt ganz still. Es fühlte sich ganz anders an, als die Berührungen beim Schießen üben oder früher, fand Maeggan. Wie verzaubert kuschelte sie sich an ihn. Verträumt schloss sie die Augen. Seine Hand lag auf ihrer Taille und er zog sie ein wenig mehr zu sich heran. Gerne ließ sie es geschehen und schmiegte ihr Gesicht an seine Schulter. Sein Geruch, eine Mischung aus Waschpulver und Schweiß kitzelte ihr in der Nase, doch sie sog ihn aufgeregt ein. Endlich erfüllten sich ihre Träume.

Sie spürte wie Bob vorsichtig ihr Kinn anhob, aufgewühlt und voller Liebe schaute sie ihn an. Bob sah ihr tief in die Augen und küsste sie vorsichtig. Es war so aufregend, gerne machte sie mit. Sie ließ sich ganz in seine Arme sinken. Es gab nichts anderes um sie herum, außer Bobs Lippen, seine starken Arme und sein männlicher Geruch. Sie spürte wie Bob seine Hand in ihre Bluse gleiten ließ. Zuerst war sie verwirrt, dann entspannte sie sich. Es fühlte sich schön an, als würde ihr ganzer Körper kribbeln. So könnte Bob lange weiter machen, dachte sie. Seine Hände jedoch wanderten weiter, als er anfing seine Hand unter ihren Rock zu schieben, wand sie sich aus seinem Arm.

„Nein!", rief sie ganz atemlos.

Mit großen Augen sah er sie an. „Du willst doch auch", sagte er.

„Ja, nein, ich weiß es nicht." Maeggan wusste gar nicht wo sie hinschauen sollte, sie schämte sich, gleichzeitig spürte sie, dass sie das Richtige tat.

„Es geht viel zu schnell, ich komm gar nicht mit."

„Wie denn sonst, alle machen es so."

„Wer, alle", fragte Maeggan erstaunt.

„Naja, die Jungs eben, die aus der Schule." Bob wurde verlegen.

Jetzt verstand Maeggan. „Ach so, im Internat tun das alle und prahlen damit, deshalb willst du auch."

„Ja, du denn nicht?" Bob wirkte durcheinander.

„Natürlich will ich auch, nur eben viel langsamer", jetzt spürte Maeggan, wie sehr sie sich über Bobs Drängen ärgerte. Sie rückte noch ein Stückchen weiter von Bob weg und durchbohrte ihn mit ihrem Blick. Der saß da, rupfte ein paar Grashalme aus und zupfte sie verlegen auseinander.

Endlich holte Maeggan tief Luft: „Dazu gehört auf jeden Fall LIEBE! Versteh mich nicht falsch", schob sie hastig nach. „Ich mag dich, ich habe dich schon immer gemocht, aber wir haben uns so lange nicht gesehen. Ich erkenne dich kaum wieder. Ich weiß gar nicht, ob ich wirklich in dich verliebt bin."

„Dazu muss man sich gar nicht so genau kennen. Ein paar von den Jungs haben erzählt, in der Stadt ..." Weiter kam Bob nicht.

Maeggan sprang auf. „Du meinst, nur Sex! Nein..."

Auch Bob sprang auf. „Ich dachte, du bist froh, endlich auch mal dran zu sein", sagte er mit einem herablassenden Grinsen. „Du kriegst sowieso nie einen Mann, wer will schon mit einem Krüppel zusammenleben. Du solltest mir dankbar sein, dass ich es mit dir machen wollte."

Maeggan blieb vor Wut die Luft weg. Noch nie hatte jemand sie so tief verletzt. Sie wusste gar nicht, was sie darauf antworten sollte, aber sie wollte es ihm heimzahlen.

„Wie einfältig kann man nur sein. Ihr reichen Jungs sitzt in eurem piekfeinen Internat herum und habt nichts Besseres zu tun, als über Sex zu reden. Die anderen haben wahrscheinlich mit ihren Erfahrungen geprahlt und dich ausgelacht. Nur deshalb hast du jemanden gesucht, den du überreden könntest, es mit dir zu tun."

Maeggan schnaufte entrüstet. „Dir geht es gar nicht um mich, dir geht es nur darum Sex zu haben, um vor den anderen Jungs nicht mehr dumm dastehen zu müssen." Wütend stopfte sie ihre Wasserflasche in die Tasche und rannte davon.

Hinter ein paar großen Felsen ließ sie sich weinend ins Gras fallen. Ihr ganzer Körper krümmte sich unter ihrem verzweifelten Schluchzen.

Bob war doch ihr bester Freund. Sie hatte ihm voll und ganz vertraut. Der Nachmittag hatte so schön begonnen, aber jetzt ...

Seit Jahren hatte sie davon geträumt, endlich auch mal einen Freund zu haben. Alle ihre Freundinnen hatten schon einen oder sogar mehrere gehabt, nur sie nicht. Jungs nahmen sie einfach nicht wahr. In der Tanzstunde wollten sie sie nicht einmal berühren, als ob sie eklig wäre, oder aus Zucker. Vater hatte gar nicht gewollt, dass sie dorthin ging, er hatte wohl geahnt, was passieren würde. Sie hatte trotzdem darauf bestanden. Ganz allein hatte sie dagestanden, mitten in dem großen Saal, alle waren aufgefordert worden, selbst die kleine dicke, picklige Eva, nur sie nicht. Nur ein einziges Mal war sie hingegangen. Danach hatte sie sich die ganze Zeit die tollen Geschichten der anderen Mädchen anhören müssen, mit wem sie alles getanzt hatten und wer sich in wen verliebt hatte. Sie wäre damals am liebsten im Erdboden verschwunden. Aber im Vergleich zu dem, was Bob ihr jetzt angetan hatte, war das gar nichts gewesen. Er war einer ihrer ältesten und besten Freunde, wie konnte er ihr nur so etwas antun? Wie konnte er sie einen Krüppel nennen? Das machten sonst nur manchmal irgendwelche Fremde, irgendwelche Penner, die keine Ahnung hatten, für die sich Maeggan auch gar nicht interessierte. Die waren ihr egal.

Bob dagegen? Bob war ihr Freund. Wie sollte sie das überleben?

Maeggan lag schluchzend im Gras. Sie merkte gar nicht, wie es langsam Abend wurde. Erst als die Feuchtigkeit aus dem Boden an ihr emporkroch, und der Wind vom Meer stärker wurde, setzte sie sich auf und sah sich um. Sie war ganz allein. Von Bob keine Spur. Besser so, sie wollte ihn nie wieder sehen. Ihn nicht!

Irgendwann, wenn sie mal ganz wo anders leben würde, vielleicht in einer großen Stadt, würde sie jemanden finden, der sie wirklich liebte. Ganz sicher! Sie schüttelte sich. Fröstelnd zog sie ihre Jacke an, schob sich den Riemen ihrer Tasche über den Kopf und machte sich auf den Heimweg.

2.

Caro schob die alte Holzschublade zu und erhob sich mühsam aus der Hocke. Sie stützte sich an der Sessellehne ab während sie die andere Hand in ihr Kreuz legte. Nur noch wenige
Tage bis zur Geburt und ihr dicker Bauch hinderte sie erheblich.
Der Zeitpunkt hierher zu kommen war wirklich ungünstig.
Warum hatte sie nur auf Fynn gehört? Er hatte sich so aufgeregt, gleichzeitig war er wirklich überzeugend gewesen. Ihr
war nichts weiter übriggeblieben, als die alte Geschichte endlich aus der Welt zu schaffen. Gegen Fynn war sie einfach nicht
angekommen. Zu blöd, dass er ausgerechnet jetzt die Schatulle
mit den Münzen gefunden hatte. Natürlich musste sie Fynn
auch Recht geben, nach der Geburt wäre alles nur noch komplizierter geworden.

Gerade wollte Caro die Tür von der Bibliothek zur Eingangshalle öffnen, da hörte sie Stimmen verbunden mit lautem Gepolter aus der Halle. Sie erstarrte, eigentlich hatte sie gehofft,
dass alle zur Hochzeit von Prinz Charles und Lady Diana eingeladen waren, oder wenigstens nach London gefahren waren,
um die Feier aus nächster Nähe zu erleben. Aber ganz offensichtlich war jemand hier. Sie lauschte angestrengt, doch es
blieb still.

Vorsichtig öffnete sie die Tür und spähte durch den Spalt.
Am Fuße der Treppe, auf den alten ausgetretenen Steinfließen,
lag eine merkwürdig verrenkte regungslose Gestalt, die einen
alten Hausmantel trug, den sie sehr gut kannte - den trug hier
auf Seven Oaks Hall immer nur der alte Earl.

Ein leiser Schrei entwich Caro, während sie schon zu ihm eilte, so schnell es ihr hochschwanger möglich war. Eine große Blutlache breitete sich unter seinem Kopf aus, seine Augen blickten wie erstarrt ins Leere. Entsetzt überlegte sie, was zu tun war. Plötzlich schreckte sie ein leises Rascheln oben an der Treppe auf. Sie blickte die Treppe empor. Jedoch das Sonnenlicht, das durch das Fenster im ersten Stock hereinfiel, blendete sie, sodass sie nichts erkennen konnte.

„Ich muss hier weg!", flüsterte Caro eine Hand beschützend auf ihren Bauch legend. Hecktisch schaute sie sich um, der tote Earl lag direkt zwischen ihr und der Eingangstür. Sie schauderte, nein, sie würde nicht über ihn steigen, um hinaus zu gelangen. Sie rannte zurück in die Bibliothek und riss eine der Terrassentüren auf. Über die Terrasse gelangte sie in den Wald neben dem Haus, und stützte sich schwer atmend an einer der dicken Eichen ab, die dem Haus seinen Namen gegeben hatten. Sie starrte zu den Fenstern des Hauses. Es hatte zwar nur zwei Stockwerke, das Erdgeschoss und einen ersten Stock, alle versehen mit großen Fenstern. Doch direkt unter dem Dach gab es diese Reihe mit kleinen Fenstern, die drohend zu ihr hinuntersahen. Aber es waren nur Fenster, hinter den Gardinen bewegte sich nichts. Gegen den Baum gelehnt musterte sie das große düstere Haus aus Granit.

Früher hatte das Haus wie ein Märchenschloss auf sie gewirkt. Wann immer es möglich war, hatte sie damals ihren Großvater, der als Chauffeur bei dem Earl gearbeitet hatte, besucht. Das Haus hatte sie immer nur heimlich betreten können, wenn der Earl nicht da war. In den weitläufigen Räumen hatte sie mit William, dem Sohn des Earls, dann umhertollen dürfen. Sie hatten Verstecken gespielt oder, dass sie William, ihren Prinzen, vor einem schrecklichen Drachen hätte retten müssen. Kindische Märchen, heute war natürlich alles anders. Doch am

Fuß der Treppe lag nun Williams Drache. Sie hastete die Auffahrt entlang zu ihrem Auto, das sie an der Außenmauer des großen Parks zwischen ein paar Büschen versteckt hatte.

Bryn-henllan
Wales

„Du hast einen Brief bekommen?" Maeggans Vater runzelte die Stirn. „Nein, nicht dass ich wüsste. In letzter Zeit sind nur Rechnungen und Prospekte gekommen. Oder, warte mal, da war ein Brief."

Sie gingen in die Küche, sofort folgte Sammy ihnen bellend und Schwanz wedelnd. Der Vater schob den Hofhund beiseite, während er die Schublade des Küchentischs aufzog.

„Ein Anwalt aus Swansea hat uns geschrieben. Wir haben das Haus von Rebeccas Eltern geerbt." Er zeigte Maeggan den großen amtlich aussehenden Brief aus Swansea. „Das ist die Lösung für all unsere Probleme."

Maeggan setzte sich an den Küchentisch, sofort legte sich Sammy vor ihre Füße. Automatisch kraulte sie Sammy mit den Füßen.

„Was für Probleme?"

Ihr Vater ließ sich schwerfällig auf der anderen Seite des Tisches nieder. „Mit meinem kaputten Bein kann ich die Farm nicht mehr lange bewirtschaften. Außerdem wurde die Pacht erhöht, das können wir gar nicht bezahlen."

„Wenn ihr das Haus in Swansea verkauft, hätten wir Geld?"

Ihr Vater schüttelte den Kopf. „Das würde nicht weit reichen. Allein um die Farm zu renovieren, bräuchten wir schon zwei Häuser in Swansea."

Maeggan guckte sich in der Küche um. Eine neue Küche wäre wirklich dringend nötig, dachte sie. Da es ihrer Mutter oft nicht gut ging, versuchte sie zu helfen, wo sie konnte, obwohl sie mit ihren kurzen Armen vieles einfach nicht konnte. An dem alten Kohleherd zu kochen, war für sie viel zu gefährlich. Einmal hatte sie sich beim Öffnen der Herdklappe beinahe die Haare angebrannt. In der Küche hatte es schon stark nach versengten Haaren gerochen. Damit ihr Vater davon nichts mitbekam, hatte sie nur lachend erzählt, sie hätte selber versucht sich die Haare zu schneiden. Holznachlegen konnte sie sehr geschickt mit den Füßen, die Ringe auf dem Herd hin- und herschieben, um die Hitze zu regulieren, konnte man jedoch nur mit den Händen tun. Dabei musste sie sich viel zu dicht über die heiße Herdplatte beugen. Es war nur eine Frage der Zeit gewesen, bis etwas passierte. Vieles bei der Farmarbeit war zu schwer für sie, die Gartenarbeit konnte sie zwar gut mit den Füßen erledigen, doch das Umgraben nicht.

„Für deine Mutter wird die Hausarbeit auch viel zu anstrengend. Und du..." Ihr Vater lächelte sie traurig über den Tisch hinweg an. „Du kannst auch nicht dein ganzes Leben hier auf der Farm verbringen. Du willst sicher studieren. Das könntest du in Swansea." Er stütze die Hände auf der Tischplatte ab, um mühsam aufzustehen. „Ich muss nach den Schafen sehen."

Maeggan blieb verwirrt zurück. Sie war hin- und hergerissen zwischen der Farm und der Möglichkeit in der Stadt zu leben. Darüber hatte sie ihre eigentliche Frage vergessen.

Erst ein paar Tage später sprach sie ihre Mutter darauf an.

„Nein, meine kleine Fee, da ist kein Brief. Der Postbote hat sicher etwas verwechselt." Sie setzte sich in ihrem Sessel auf und schaute ihre Tochter mit müden Augen an. „Mach dir keine Gedanken. Du musst dich jetzt auf die Schule konzentrieren, das ist viel wichtiger." Sie zog die runtergerutschte

Wolldecke enger um sich und kuschelte sich wieder in ihren Sessel. „Lass mich weiterschlafen, bevor ich das Abendessen vorbereiten muss", murmelte sie, während sie die Augen schloss.

Enttäuscht schlich Maeggan leise aus dem Wohnzimmer. So lange ihre Mutter hier schlief, konnte sie auch nicht nach dem Brief suchen. Weder hier, noch in der Küche direkt daneben. Bei dem kleinsten Geräusch würde ihre Mutter aufschrecken und anschließend würde sie den restlichen Tag über Kopfschmerzen klagen.

Seven Oaks Hall
North Wessex

Der Polizeiwagen bog in die Einfahrt nach Seven Oaks Hall ein. Inspektor Green blickte durch den Regen hinauf zu den beiden Löwen, die rechts und links von dem Eingangstor auf ihren schwarzen Granitsäulen saßen um den Eingang zu bewachen. Der rechte fletschte die Zähne mit erhobener Tatze. Die Pranke des linken Löwen ruhte auf einem Schild auf dem schwach ein Wappen zu erkennen war.

Er seufzte. Adel! Das schreckte ihn zwar nicht, trotzdem musste er den Fall flott und sauber klären, sonst würde am Ende Scotland Yard übernehmen, wie sie es in so einem Fall gerne taten. Vorausgesetzt es gelang ihm hier zu einem guten Abschluss zu kommen, würde sein Erfolg hoffentlich bis nach London dringen, damit er diese öde Gegend endlich verlassen konnte. Seit Jahren versuchte er schon die Aufmerksamkeit von oben auf sich zu lenken. Vor ein paar Jahren hatte Mira ihn überredet, die Inspektorenstelle in Marlborough anzunehmen.

Sie hatten beide von einem idyllischen Leben auf dem Land geträumt: Ein kleines Haus, bald Kinder... Ein kleines Haus gab es, aber keine Kinder. Stattdessen eine frustrierte Frau, die sich mittlerweile schon seit Jahren nach London zurücksehnte. Langsam übertrug sich die Lethargie seiner Frau auch immer mehr auf ihn. Wenn er ehrlich war, vermisste er die pulsierende Großstadt genauso wie Mira es tat. Die kleinen spießigen Delikte auf dem Land waren nichts im Vergleich zu den Herausforderungen einer Großstadt. Hoffentlich bot dieser Fall endlich eine Abwechslung.

Der Wagen holperte über den Kies die lange Auffahrt von Seven Oaks Hall hinauf. Rechts und links ragten dicke hohe Buchen empor. Offensichtlich schon seit Jahrzehnten nicht mehr zurechtgeschnitten, wuchsen die Zweige über der Allee ineinander und bildeten ein dichtes Dach. Ihre breiten Wurzeln ragten mittlerweile auch schon weit in die Allee hinein. Green musste ständig abbremsen, um nicht den Wagen zu beschädigen. Die Allee wirkte auf den Inspektor finster und abschreckend. Links neben der Allee breitete sich ein dichter Wald aus, während auf der rechten Seite eine weite Rasenfläche mit einem See durch die Bäume schimmerte.

Als er die lange schattige Allee hinter sich gelassen hatte, erhoben sich vor ihm die dicken Granitmauern des Herrenhauses. Spätes Mittelalter schätzte Green. Im Erdgeschoss waren nachträglich große bodentiefe Fenster eingebaut worden, auch dadurch wurde das Haus nicht freundlicher. Wie konnte man nur in einem so feindselig wirkenden Haus wohnen? Es warm zu bekommen, besonders in den nassen kalten britischen Wintern, musste ein Graus sein. Kopfschüttelnd betrachtete Green die vielen Schornsteine. Selbst für eine moderne Zentralheizung wäre das eine Mammutaufgabe. Ob es die gab, war fraglich. Die abblätternde Farbe an den Fensterrahmen und die verbeulte, tropfende Dachrinne zeigten Green, dass auch das Haus schon seit vielen Jahren vernachlässigt worden war. So herrschaftlich das Haus von weitem aussah, so wenig einladend war es aus der Nähe. Green bog nach links ab, gleichzeitig konnte er rechts hinter einer Hecke einige niedrige Gebäude erkennen. Anscheinend waren es ehemalige Stallungen, die man zu Garagen und Wohnungen umgebaut hatte. Die Gardinen an den oberen Fenstern ließen Green vermuten, dass dort die Räume der Bediensteten untergebracht waren.

Er stoppte den Polizeiwagen neben einem Krankenwagen direkt vor den Stufen, die zum Herrenhaus hinaufführten.

Eine junge Polizistin eilte ihm mit einem Schirm in der Hand entgegen. Dienstbeflissen öffnete sie die Wagentür für Inspektor Green.

„Sir. Ich bin Sergeant Sullivan."

Green nickte grüßend, lehnte mit einer Handbewegung den Schirm ab und zog sich seinen breitkrempigen Hut tiefer ins Gesicht. Dabei fragte er: „was liegt an?"

„In der Eingangshalle, am Fuß der Treppe liegt der Earl von Seven Oaks Hall mit eingeschlagenem Schädel", berichtete Sullivan und fügte hastig hinzu: „Sir."

„Gut auf den Punkt gebracht", knurrte Green, als er durch den Regen zum Haus stapfte.

Sullivan eilte ihm voran die Stufen hinauf. Gerade als sie dem Inspektor die Haustür aufhalten wollte, drängte sich der dort postierte Polizist an ihr vorbei, um Green zu öffnen. Dieser beachtete den Polizisten gar nicht, sondern betrat mit forschen Schritten, gefolgt von Sullivan, das herrschaftliche Haus.

Diese alten Gemäuer, die wie Burgen wirkten, mit all ihren ehrwürdig dreinblickenden Gemälden, dem dunklen Teakholz und den schweren Beschlägen, legten es geradezu darauf an, ihn einschüchtern zu wollen. Als gebürtiger Neuseeländer hielt er nichts von dem verstaubten Getue und den Adelstiteln der Briten.

Vor Green tat sich die große Eingangshalle auf. Mit einem Blick erfasste er seine gesamte Umgebung. Allein die Halle wirkte so groß wie das gesamte Erdgeschoss seines kleinen Hauses am Rande von Marlborough. Der Boden war bedeckt mit alten ausgetretenen Steinfliesen. Darauf stand neben einer abgenutzten Holzbank nur ein kleiner viktorianischer Tisch an der einen Seite der Halle. Unter dem Tisch konnte er eine prall-gefüllte Einkaufstasche erkennen. Daneben waren zwei ge-schlossene Türen. Auf der anderen Seite der Halle befand sich eine angelehnte Tür, neben der ein Polizist sich mit zwei Sani-tätern unterhielt. Greens Blick wanderte von dem Polizisten weg zu der großen Treppe mit dunklem Holzgeländer.

Am Fuß der Treppe lag der Tote auf dem Rücken, den Blick starr nach oben gerichtet. Er hatte dünnes weißes Haar und eine auffallend markante Hakennase. Unter seinem Kopf hatte sich eine sehr große Blutlache in den Vertiefungen der Steinfliesen gebildet. Er trug einen alten Hausmantel mit Schottenmuster, dicke Wollsocken, jedoch nur einen Pantoffel. Der andere Pan-toffel lag ein paar Stufen weiter oben auf der Treppe. Neben dem Toten kniete der Pathologe im weißen Überzug und unter-suchte konzentriert dessen Kopf, dabei sprach er in ein kleines Diktiergerät.

Greens Blick wanderte die Treppe hinauf, wo er auf halber Höhe ein großes Gemälde erblickte. Es zeigte eine junge Frau in einem altmodischen Kleid, mit rotblondem Haar, das sich gleich einem Wasserfall tief über ihre Schultern wellte. Auf ih-rem Schoß saß ein kleines Kind. Es war das einzige Gemälde im Treppenhaus und auch in der Eingangshalle. Jeder freie Platz an den Wänden war mit Jagdtrophäen, Hirschgeweihen in je-der Größe oder ausgestopften Köpfen von Wildschweinen, belegt. Dazwischen hingen alte Jagdwaffen, von Pfeil und Bogen bis hin zu mittelalterlichen Lanzen. Natürlich fehlten auch reich verzierte Degen nicht.

Green wandte sich wieder dem Pathologen zu, der schaltete das Diktiergerät ab, während er sich schwungvoll aufrichtete. Erst jetzt erkannte Green Dr. Flemming, mit dem er schon seit einigen Jahren zusammenarbeitete.

„Doktor Flemming", grüßte er.

„Green", Flemming reichte Green die behandschuhte Hand. Dieser übersah die Hand, nickte aber freundlich. „Können Sie etwas zu dem Sturz sagen?"

„Er war sofort tot."

Der Pathologe zeigte die Treppe hinauf. „Den Spuren nach muss er von ganz oben gestürzt sein. Ich kann jedoch nicht sagen, ob er gestoßen wurde, oder ob er selbst gestolpert ist." Er ging in die Hocke, um den Hausmantel des Earls am Saum etwas anzuheben. „Höchstwahrscheinlich kann ich mehr sagen, wenn ich ihn bei mir auf dem Tisch habe," brummte er.

Green schaute sich nach Sullivan um. „Wer hat den Toten gefunden?"

Sullivan blätterte in ihrem Block.

„Der Butler. Er hat um 15:23 Uhr bei der Leitstelle angerufen und einen Unfall gemeldet." Sie blätterte weiter. „Zuerst hatte er nach Lebenszeichen gesucht." Sullivan blickte zu Green. „Deshalb werden wir Spuren von ihm an der Leiche finden. Als er keinen Puls fand, hat er sofort bei uns angerufen. Er wartet in der Bibliothek."

Green ließ seinen Blick durch die Eingangshalle wandern. „Wer ist außerdem im Haus?"

„Niemand. Der alte Earl wohnt schon seit Jahren alleine. Sein Sohn lebt in London. Der Butler hatte heute seinen freien Tag. Sonst kommt zwei bis dreimal die Woche eine Frau aus dem

Dorf zum Putzen, Einkaufen und Kochen." Sullivan zeigte auf eine Einkaufstasche unter dem Tisch neben der Eingangstür. „Sie tauchte auf, gerade als wir eingetroffen waren. Selbstverständlich haben wir sie direkt wieder nach Hause geschickt."

Green schüttelte den Kopf. „Das sieht alles nach einem Unfall aus. Warum hat man mich gerufen?"

Behäbig erhob sich Dr. Flemming erneut, seine Handschuhe ausziehend stellte er mit hochgezogener Augenbraue fest: „Weil es sich um den Earl von Seven Oaks Hall handelt!"

„Das ist mal wieder typisch", grummelte Green.

„Da muss besonders sauber gearbeitet werden, sonst gibt es sofort Nachfragen von oben", betonte der Pathologe. „Ich kenne den Earl schon lange. Jedes Jahr gehe ich im Herbst mit auf Jagd. Leider hat er an der Jagd im letzten Herbst nicht mehr teilnehmen können. Sein Lungenkrebs war schon zu weit fortgeschritten. Ich hätte nicht gedacht, dass er noch in der Lage war, sich außerhalb seines Bettes alleine zu bewegen. Was ihn wohl aus dem Bett getrieben hat?" Er schälte sich aus seinem weißen Überzug und reichte ihn dem Polizisten neben der angelehnten Tür. „Vermutlich hatte er etwas gehört und wollte nachsehen. Einen Einbrecher oder so." Flemming zuckte mit den Schultern.

„Nun, dann könnte es interessant werden." Zufrieden rieb Green seine Hände, zugleich wandte er sich an Sullivan. „Ist die Spurensicherung schon informiert?"

„Selbstverständlich", antwortete Sullivan dienstbeflissen. Das Geräusch vorfahrender Autos und Türenschlagen ließ sie nicken und sie ergänzte: „Klingt so als wären sie angekommen."

„Gut. Sie sollen hier alles genauestens dokumentieren." Er deutete auf die Treppe und die Eingangshalle. „Danach können Sie die Leiche abtransportieren lassen", fügte er mit einem Blick zu Dr. Flemming hinzu. Sullivan besprach sich mit dem Polizisten, der neben der angelehnten Tür stand. Dieser eilte sofort aus dem Haus.

Dr. Flemming nickte zustimmend, während er das Diktiergerät in seine Tasche packte. „Ich werde mich auf der Stelle an die Arbeit machen und ihnen Bescheid geben."

Green wendete sich an Sullivan. „Ich muss den Butler sprechen."

Sie schob sofort für Green die angelehnte Tür auf, die zur Bibliothek führte. Gefolgt von Sullivan betrat er den Raum. Die schweren dunkelbraunen Gardinen an den bodentiefen Fenstern waren fast zugezogen, sodass nur ein schmaler Streifen Sonnenlicht in den Raum drang. In dem großen Kamin am anderen Ende des Raumes knisterte trotz des heißen Sommertages ein Feuer. Im Licht des Feuers und des schmalen Sonnenstrahls konnte Green die Gegenstände im Raum nur schemenhaft wahrnehmen. Die Wände waren mit Bücherregalen versehen, gefüllt vom Boden bis zur Decke. Vor dem Kamin stand ein großer Schreibtisch, beladen mit Briefen und anderen Papieren. Die Mitte des Raumes nahmen zwei Sofas ein, zwischen denen ein niedriger Tisch stand. Greens Blick wanderte über den Tisch zu den Fenstern dahinter. Erschrocken wich er einen Schritt zurück, zwei kleine kalte Augen starrten ihn hinter einem Sofa hervor an. Sie gehörten zu einem großen ausgestopften Keiler, der jeden über seine großen Hauer hinweg anzugrinsen schien. Typisch britischer Humor, dachte Green.

Neben ihm räusperte sich Sullivan. „Darf ich Ihnen Christian Magnus, den Butler vorstellen?" Erst jetzt bemerkte Green den Mann, der im tiefen Schatten neben einem großen Globus, der aufgeklappt war, stand. Er war etwa Mitte 40, groß und muskulös, mit einer leicht ergrauten Halbglatze und in der typischen Uniform eines Butlers. Der Butler schien die beiden hereingekommenen Polizisten noch gar nicht bemerkt zu haben. Nervös drehte er ein halbvolles Glas in seinen Händen.

Green nickte Sullivan zu, ging jedoch zuerst zu den beiden bodentiefen Fenstern, die zur Terrasse führten und zog die Gardine weg. Eins der beiden Fenster stand offen. Er trat ganz nah heran, um das Schloss und den Rahmen von allen Seiten zu untersuchen und winkte Sullivan zu sich. „Das sollen sich die Herren von der Spurensicherung genau ansehen", wies er sie auf das Fenster zeigend an.

Sullivan nahm ihren Block und notierte sich die Anweisung, während Green sich an den Butler wandte. „Sie haben den Toten gefunden?"

Der Butler zuckte zusammen, erschrocken riss er die Augen auf stumm nickend. Nachdem er das Glas mit einem Schluck leer getrunken hatte, wisperte er: „Es war schrecklich." Seufzend starrte er auf das Glas in seiner Hand. „Ich hätte nicht wegfahren dürfen."

„Machen Sie sich keine Vorwürfe", mischte Sullivan sich mitfühlend ein. Green warf ihr einen strengen Blick zu. Die Befindlichkeiten des Butlers interessierten ihn weniger, er brauchte klare Aussagen. „Was haben Sie getan, als Sie das Haus betraten?"

Der Butler bemühte sich um Haltung.

„Als ich den Earl am Fuß der Treppe entdeckt habe, bin ich sofort zu ihm gegangen, um ihm zu helfen." Er schauderte. „All das Blut … Ich habe dann nach dem Puls gesucht", erzählte er leise. „Als ich keinen finden konnte, habe ich umgehend den Rettungsdienst alarmiert." Ohne den Blick von Green zu wenden, fragte er „Was hätte ich sonst tun sollen?"

„Das haben Sie ganz richtig gemacht", beruhigte Sergeant Sullivan ihn freundlich, dabei klopfte sie dem Butler sachte auf die Schulter, zugleich warf sie Green einen auffordernden Blick zu.

Dieser ignorierte das, schnaufte und wandte sich an den Butler: „Ja, ja, das war gut so. Sie stehen unter Schock, trinken Sie etwas, dann legt sich das", knurrte er.

Magnus stellte das leere Glas auf die Bar, griff nach der Whiskyflasche und versuchte sie mit zittrigen Händen aufzudrehen. Sullivan nahm ihm die Flasche aus der Hand und goss ihm einen großen Whisky ein. Nachdem sie ihm das Glas in die Hand gedrückt hatte, führte sie ihn zu einem der Sofas. „Setzen Sie sich. Trinken Sie erst einmal." Sie wartete, bis der Butler sich gesetzt hatte, dann stellte sie sich hinter ihn.

Der Inspektor setzte sich auf das gegenüberliegende Sofa und beobachtete ungeduldig wie der Butler den Whisky in seinem Mund bewegte. Endlich schluckte er.

„Wann sind sie nach Hause gekommen?"

„Das muss so kurz nach 15:00 Uhr gewesen sein." Magnus starrte in das Glas. „Ich habe den Wagen in die Garage gefahren, dann bin ich sofort ins Haus gegangen, um nachzuschauen, ob seine Lordschaft etwas braucht."

„Mir wurde gesagt, Sie hatten heute Ihren freien Tag. Wer hat sich heute um den Earl gekümmert?"

Der Butler warf Green einen irritierten Blick zu. „Niemand. Seine Lordschaft hat auf seine Selbstständigkeit bestanden, sobald er Hilfe brauchte, durfte nur ich ihm zur Seite stehen."

„Kann jemand Ihre Ankunftszeit bestätigen?"

In seinem Glas schauend schüttelte Magnus lahm den Kopf.

Green blickte hinüber zu dem offenen Verandafenster. „Hat das Fenster offen gestanden als Sie kamen? Oder haben Sie es geöffnet?"

Irritiert sah Magnus zu dem Fenster hinüber. „Es war offen", stellte er erstaunt fest. „Obwohl ich überzeugt bin, dass es geschlossen war, als ich heute Morgen aus dem Haus gegangen bin. Bevor ich das Haus verlasse, kontrolliere ich grundsätzlich alle Fenster und Türen, selbstverständlich schließe ich überall sorgfältig ab."

„Gibt es hier eine Alarmanlage?"

„Nein. Seine Lordschaft wollte so wenig wie möglich modernen Schnickschnack im Haus haben. Er meinte, die würden nichts bringen."

Green schüttelte den Kopf und stand abrupt auf. „Rühren sie die Terrassentür nicht an, die Spurensicherung muss sie erst aufnehmen", befahl er Magnus. „Und Sie halten sich in den nächsten Tagen zu unserer Verfügung."

Als der Inspektor aus der Bibliothek ging, eilte Sullivan hinter ihm her. Er drehte sich zu ihr um. „Lassen Sie Eingangstüren und Fenster im Erdgeschoss genau prüfen. Sie sollen im Haus, auf der Terrasse, auch im Garten nach Spuren suchen, die auf einen Einbrecher hindeuten könnten."

Sullivan nickte, dabei betrachtete sie nachdenklich den Butler, der immer noch zusammengesunken auf dem Sofa saß. Green folgte ihrem Blick. „Der Butler, das wäre zu einfach." Verwundert runzelte Sullivan die Stirn. Green schnaubte. „Der Butler oder der Gärtner sind angeblich immer die Mörder in diesen Häusern."

„Wenn es denn Mord war", wandte Sullivan vorsichtig ein.

Green beobachtete die Sanitäter, die gerade die Leiche auf eine Bahre hoben. „Ja, das muss natürlich erst einmal festgestellt werden." Langsam folgte er den Sanitätern mit der Bahre.

London
Lower Green

William lief unruhig von einem Zimmer ins andere. Seit Magnus' Anruf konnte er nicht mehr ruhig sitzen. Die Seminararbeit auf seinem Schreibtisch wartete anklagend auf ihn, nur an Arbeiten war jetzt überhaupt nicht mehr zu denken. Er müsse sofort kommen, hatte Magnus am Telefon gesagt, sein Vater wäre die Treppe hinuntergefallen. Wie konnte so etwas passieren? Er lag schon seit Wochen im Bett und ließ sich vollständig von Magnus bedienen. Was hatte er an der Treppe gesucht? William eilte zum Fenster, suchend blickte er auf die Straße, von seinem kleinem roten Sportcoupé fehlte jede Spur. Wo blieb Todd nur? Heute Morgen hatte er gesagt, er würde zur Uni fahren, um etwas zu recherchieren.

In diesem Moment hörte William den Schlüssel in der Haustür. Schon war er an der Tür und riss sie auf. Todd stand erschrocken vor ihm.

„Wo warst du so lange? Ich brauche dringend den Wagen!"

„Was ist das für eine Begrüßung!" Todd legte mit einer Hand den Schlüssel in die alte Kristallschale auf die Kommode im Flur, mit der anderen zog er William an sich.

William schob ihn heftig weg, „Ich muss sofort nach Hause, mein Vater…"

„Dein Zuhause ist hier bei mir." Todd musterte William stirnrunzelnd an. Kopfschüttelnd ging an ihm vorbei in die Küche. Er nahm ein Glas aus dem Regal und goss sich Mineralwasser ein, nahm einen Schluck und sah William dann auffordernd an.

„Ich muss nach Seven Oaks Hall! Magnus hat angerufen, mein Vater ist gestürzt."

Todd zog die Augenbrauen hoch. „Oh je, ist er verletzt? Musste er ins Krankenhaus?"

William lehnte sich an den Türrahmen. „Nein, er ist tot!"

„Du meine Güte, das ist schrecklich." Todd stellte das Glas auf dem Tisch ab, mit einem Schritt war er bei William und nahm ihn in den Arm. Er wuschelte ihm liebevoll durch das kurze blonde Haar. William lehnte sich dankbar an ihn.

„Ich bring dich. Du bist viel zu aufgewühlt, um allein zufahren."

Sanft schob Todd William zu einem Stuhl. „Warte hier! Ich zieh mir nur ein neues Hemd an."

William ließ sich auf den Stuhl sinken, gleichzeitig griff automatisch nach dem Glas mit Wasser auf dem Tisch. In seinem Kopf wirbelten alle Gedanken durcheinander. „Warum bist du eigentlich mit dem Auto zur Uni gefahren? Mit dem Bus ist es viel praktischer", rief er Todd nach. Gleichzeitig fragte er sich selbst, warum sich ausgerechnet diese unwichtige Frage in den Vordergrund drängte.

Nach einer kleinen Pause kam Todds Stimme aus dem Schlafzimmer: „Ich bin heute Morgen in der Werkstatt vorbei, um hab den Vergaser nachsehen zulassen."

„Hat es deshalb so lange gedauert? Du hättest wenigstens anrufen können." William merkte wie langsam seine Stimme ruhiger wurde und seine Hände nicht mehr so stark zitterten.

„Die Telefonzelle am Campus ist kaputt", rief Todd aus dem Bad. „Ich soll dich auch von Prof Thomsen grüßen. Er war auch in der Bibliothek. Er lässt fragen, ob du gut mit deiner Arbeit vorankommst."

Todd trat in die Küche, er trug eine schwarzen Anzughose mit einem weißen Hemd unter dem sich seine Muskeln auf den Oberarmen abzeichneten. „Willst du dich vorher umziehen?"

Sein Blick wanderte an dem karierten Hemd und den Jeans von William entlang. William schüttelte nur den Kopf.

„Oder etwas essen? Es wird sicher ein langer Abend werden", fragte Todd, dabei kämmte er sich sein schwarzes fast schulterlanges Haar zur Seite.

„Nein, ich will sofort los." Energisch stellte William das Glas ab und sprang auf. „Ich muss wissen, was passiert ist."

Er griff nach seinem Schlüsselbund, der in der Kristallschale lag und stutzte. Hatte er den großen alten Hausschlüssel nach seinem letzten Besuch auf Seven Oaks Hall nicht wieder unter all dem Krimskrams, der sich in der Schale angesammelt hatte, geschoben? Wie er es sonst immer tat.

„Na, dann komm." Todd ging ihm voraus ins Treppenhaus. William nahm den Schlüssel aus der Schale und folgte Todd.

3.

Caro parkte den weißen Golf in der Auffahrt vor dem kleinen Haus in der Cardigan Road in Marlborough. Sofort öffnete sich die Haustür und Fynn rannte die Treppe hinunter auf sie zu. Gerade wollte sie aussteigen, da riss Fynn die Fahrertür auf. „Wie ist es gelaufen? Hast du es geschafft?"

Bevor Caro antworten konnte, entdeckte sie ihren zwei jährigen Sohn oben an der Haustreppe. Besorgt rannte sie an Fynn vorbei zur Treppe und fing den Kleinen schnell auf, sodass er nicht herunterstürzte.

„Erzähl schon, wie ist es gelaufen?", fragte Fynn, der ihr gefolgt war.

Caro wandte sich zu Fynn um. „Gestern bin ich rübergefahren. Ich hatte Glück, als ich zur Einfahrt kam, fuhr der Wagen des Alten gerade weg vom Haus." Sie drückte Henry einen Kuss auf die Stirn, während sie ihn sanft auf den Boden stellte. „Es muss wohl der Butler gewesen sein. Ich hatte unseren Wagen ein Stückchen vom Haus weg geparkt. Du hattest recht, der alte Schlüssel von Großvater passte immer noch."

„Klar!" Fynn umarmte Caro und gab ihr einen Kuss. „In solchen alten Häusern tauschen die nicht die Schlösser, sondern bauen eher eine neue Alarmanlage ein." Caro sah ihn erschrocken an. „Daran hatte ich gar nicht gedacht. Eine Alarmanlage hat es zum Glück nicht gegeben oder sie war ausgeschaltet."

Sie ging zum Wagen zurück, Henry watschelte krähend hinter ihr her. Caro blieb stehen, sofort umklammerte Henry ihr Bein. Lachend hob Caro ihn wieder hoch.

„Also ich bin vorsichtig durch den Flur geschlichen und habe die Schatulle in der Bibliothek zurück in die Schublade zu den anderen Schatullen gelegt."

„Sehr gut. Ich bin froh, dass das jetzt hinter uns liegt."

„So ganz sehe ich es weiterhin nicht ein, dass es nötig war." Sie warf Fynn einen ärgerlichen Blick über die Schulter zu. „Der Alte hatte das wirklich verdient, so wie er mit Großvater umgegangen ist."

„Das glaube ich dir." Fynn nickte. „Denk aber bitte an die Folgen, wenn es herausgekommen wäre? Ich hätte meine Approbation als Jurist verlieren können, außerdem hätten wir die Münzen ohnehin nicht verkaufen können."

Caro nickte stumm. Am Auto angekommen wollte sie Henry wieder absetzen, doch er klammerte sich an ihr fest. Sie versuchte mit einer Hand den Kofferraum zu öffnen. Als das nicht ging, setzte sie Henry mühsam an ihrem dicken Bauch vorbei auf ihre andere Hüfte.

„Als ich zurück durch den Flur gehen wollte, habe ich Geräusche im oberen Stockwerk gehört", murmelte sie.

„War das der Alte? Kann der noch rumlaufen? Man erzählt sich doch überall, er würde das Bett überhaupt nicht mehr verlassen", fragte Fynn erstaunt, während er den Kofferraum öffnete. Caro schwieg, stattdessen schnupperte sie an Henrys Po. „Ich bin durch die Terrassentür raus", bemerkte sie, ohne Fynn anzusehen. Sie ging zum Haus. „Ich muss hoch." Sie warf Fynn einen kurzen Blick zu. „Henry braucht eine neue Windel."

Bryn-henllan
Wales

Am nächsten Morgen begann Maeggan das Haus nach dem Brief zu durchsuchen. Sobald Ihre Mutter ins Dorf zum Einkaufen gegangen war, arbeitete sich Maeggan systematisch durch alle Räume. Im Schlafzimmer ihrer Eltern stieß sie im Kleiderschrank auf einen Karton, der sehr alt aussah. Leider war er im obersten Fach des Schranks hinter vielen anderen Schachteln verborgen. Sie stellte einen Stuhl zwischen Bett und Schrank und kletterte hinauf. So gelang es ihr die vorderen Schachteln mühsam herausheben, doch der Karton selbst war zu groß, außerdem zu schwer. Wegen ihrer kurzen Arme konnte sie ihn nicht greifen, um ihn nach vorne zuziehen. Ihr kamen fast die Tränen vor Wut, bis ihr der Anziehstab einfiel. Vielleicht, indem sie ihn in die Seite zwischen Schrank und Karton schob, als Hebel.

Sie holte den Stab, bohrte ihn mühsam in die Ritze, anschließend bewegte sie ihn hin und her. Endlich kam der Karton Zentimeter für Zentimeter nach vorne. Als er an der Kante des Faches war, hörte Maeggan auf zu hebeln. Der Karton war jetzt auf gleicher Höhe mit ihrem Kopf. Zwar konnte sie ihn jetzt greifen, trotzdem war er zu schwer für sie. Die Kraft in ihren Armen und Händen reichte nicht. Lange stand sie auf dem Stuhl vor dem Karton. Kurz bevor sie aufgeben wollte, kam ihr eine Idee. Sie schob sich den Karton auf ihre Schulter, während sie ihn mit ihrer rechten Hand und dem Kinn abstützte. Mit sehr viel Verrenkung konnte sie den Karton einigermaßen festhalten. Sie zog ihn ganz heraus und wollte flugs von dem Stuhl klettern. Im gleichen Augenblick fing der Karton an ihr von der Schulter zu rutschen. Mit einem mutigen Sprung von dem Stuhl zum Bett schaffte sie es ihn in letzter Sekunde auf das Bett gleiten zu lassen. Aufatmend setzte sie sich daneben, aufgeregt hob sie den Deckel ab.

Oben in dem Karton lag ein kleiner trockener Zweig. Sie nahm ihn vorsichtig heraus, damit er nicht zerbrach. Von welchem Baum könnte er wohl stammen, was hatte er hier in dem Karton zu suchen? Unter dem Zweig lag, sorgfältig zusammengefaltet, eine weiche Decke. Sie war dunkelbraun und hellbraun kariert und als Maeggan sie an ihre Wange hielt, staunte sie sehr. So etwas Weiches gab es im ganzen Haus nicht. Sie musste sehr teuer gewesen sein. Der ganze Karton schien ein Schatz zu sein, ein Schatz, der irgendwie nicht in dieses Haus passte. Sie legte die Decke beiseite, um ein in Seidenpapier gewickeltes Päckchen herauszuziehen. Vorsichtig öffnete sie es. Darin lagen einen kleiner Babystrampelanzug mit einem winzigen Hemdchen. Beides war sorgfältig gebügelt, außerdem aus sehr gutem Stoff. Weiß und weich lag es in Maeggans Händen. Sollte das etwa ihre Babykleidung gewesen sein? Warum war sie in diesem Karton versteckt zusammen mit dieser wunderbaren Decke und dem komischen Zweig?

Maeggan war so mit dem Inhalt des Kartons beschäftigt, dass sie gar nicht bemerkte, wie ihre Mutter nach Hause kam. Sie erschrak heftig, als ihre Mutter sich neben sie auf das Bett setzte.

„Mein armes Kleines, das alles solltest du nie finden", seufzte ihre Mutter mit zittriger Stimme und streckte ihre Arme nach Maeggan aus.

Doch Maeggan sprang auf. „Was ist das? Wo habt ihr das her?", fragte sie mit erstickter Stimme. Der Inhalt des Kartons hatte Maeggan schon gründlich aufgewühlt und jetzt die Reaktion ihrer Mutter, das war zu viel.

Ihre Mutter schlug die Hände vor das Gesicht und fing an zu weinen. Maeggan wusste nicht, was sie tun sollte. Es tat ihr weh, ihre Mutter weinen zu sehen. Außerdem war sie es gewohnt auf ihre Mutter Rücksicht zu nehmen, weshalb sie sie beinahe getröstet hätte. Gleichzeitig war sie vollständig durcheinander. Ihr Blick wanderte über die verstreuten Gegenstände auf dem Bett. Warum hatten ihre Eltern alles versteckt? Es konnten nur ihre Sachen sein, warum sollte sie sie nicht finden? Ein schrecklicher Gedanke begann Gestalt anzunehmen. Waren es denn überhaupt ihre Eltern? Was verbargen sie noch alles vor ihr? In ihr tobte die Wut auf ihre Eltern, die ihr all das verheimlicht hatten.

„Sag mir die Wahrheit, Mam!"

Mam? Stimmte das überhaupt? Maeggan wusste nicht mehr, was sie glauben sollte und wem sie glauben sollte.

„Sag mir die Wahrheit, Mam! Falls du überhaupt meine Mam bist."

Sie schleuderte den Strampelanzug zurück in den Karton. Am liebsten hätte sie ihre Mutter geschüttelt, um die Wahrheit zu erfahren. Ihr ganzes Leben schien falsch gewesen zu sein. Sie zitterte regelrecht vor Erregung.

Plötzlich stand ihr Vater in verdreckten Gummistiefeln in der Zimmertür.

„Was ist hier los", rief er außer Atem. Als er Maeggan völlig aufgelöst vor seiner weinenden Frau stehen sah, zog er Maeggan fest an sich, bevor sie etwas Unüberlegtes tun konnte. Maeggan wand sich in seinen Armen, doch er war zu stark für sie. Ihr Vater zwang sie, sich mit ihm auf das Bett zu setzen, ein Stück entfernt von ihrer Mutter. Erst jetzt bemerkte er den Karton mit dem Inhalt.

„O Gott, du hast das alles aufgehoben", stöhnte er. Er ließ Maeggan los, um nach dem kleinen Strampelanzug zu greifen. Zärtlich strich er darüber.

Maeggan sah verwirrt zwischen ihren Eltern hin und her. Das Zittern hörte nicht auf, gleichzeitig spürte sie, wie ihr die Tränen kamen. Nein, jetzt durfte sie auf keinen Fall weinen, jetzt wollte sie die Wahrheit hören. Auch wenn sie ihren Eltern damit wehtat. Ihren Eltern? Das musste erst einmal geklärt werden. Wieder kroch die Wut in ihr hoch. Ungestüm stand sie auf, um sich gegenüber von dem Bett an die Wand zu stellen. Sie sah auf ihre Eltern hinunter, dabei versuchte sie ganz ruhig zu werden.

„Ich will jetzt die Wahrheit! Ich will wissen, was das alles ist, wo ihr es herhabt."

Lange war es still im Zimmer, von draußen hörte man Sammy bellen, er wollte wohl endlich sein Futter. Er musste warten, das hier war wichtiger.

„Ich hatte mir immer ein Kind gewünscht", sagte ihre Mutter, dabei drehte sie gedankenverloren den Zweig in der Hand. „Wir hatten es schon unendliche Male versucht, nie hatte es geklappt." Mit feuchten Augen sah sie Maeggan direkt an. „Plötzlich lagst du da wimmernd vor Kälte unter dem Baum. So ein kleines Würmchen ..." Ihre Stimme fing an zu zittern, während Tränen auf ihren Schoß tropften. „Du warst ein Geschenk der Feen. Sie wollten, dass du zu uns kommst. Warum sonst, hättest du dort unter dem Baum gelegen?"

Maeggan schluckte, jetzt verstand sie gar nichts mehr. Hilfesuchend richtete sie ihren Blick auf ihren Vater.

„Du wärst erfroren, wenn wir dich dort gelassen hätten. Was hätten wir anderes tun sollen", verteidigte er sich. Ihr Vater strich weiter zärtlich über den Strampelanzug, seinen Blick fest auf seine Hände gerichtet. Endlich sah er auf. Maeggans Blicke bohrten sich regelrecht in ihn hinein, forderten ihn auf weiterzusprechen.

„Es war verdammt kalt, damals, mitten im Januar."

„Ja, und der eisige Wind, der durch den Baum pfiff", ergänzte ihre Mutter. „Du hattest nur die Decke zum Schutz. Wir wollten dir ein liebevolles Zuhause schenken, wie es die Feen gewünscht hatten." Der Blick ihrer Mutter wanderte von Maeggan weg zum Fenster, weit hinaus in die Ferne. Sie schien wieder in eine ihrer Traumwelten einzutauchen.

„Nein, hör auf mir Geschichten zu erzählen. Ich bin kein kleines Kind mehr." Maeggan bemühte sich ruhig zu sprechen. „Ich bin erwachsen. Ich will endlich die Wahrheit von euch hören."

„Du hast Recht." Ihr Vater legte den Strampelanzug aus der Hand und streckte die Hand nach Maeggan aus. „Komm her zu uns."

Maeggan zog sich den Sessel aus der Ecke heran, sie schaffte es nicht, sich zu den beiden auf das Bett zu setzen. Auf diese Weise blieb genug Abstand zwischen ihnen.

Ihr Vater seufzte. „Wir waren damals mit dem alten VW-Bus unterwegs, wir hatten alles hinter uns gelassen, es gab nur uns zwei. Wir wünschten uns von ganzem Herzen ein Kind. Rebecca hatte von einer alten Frau gehört, dass es in der Gegend von Avebury Feen geben würde, die Wünsche erfüllen würden. Sie war so verzweifelt, dass ich mit ihr dorthin gefahren bin. Es sollte der letzte Versuch sein." Ihr Vater strich seiner Frau zart über den Arm. „Es war ein sehr kalter Abend, als wir dort ankamen. Rebecca hatte ein Sträußchen Blumen, dass sie an den Baum binden wollte."

„Als Geschenk für die Feen", erläuterte Rebecca. Als sie Maeggans wütenden Blick sah, presste sie die Lippen aufeinander und ließ ihren Mann weitererzählen.

„Wir stiegen aus, als wir um den Baum herum gingen, lagst du da in einer großen Reisetasche mit dieser Wolldecke darüber. Du hast gewimmert vor Kälte. Rebecca wollte dich sofort mitnehmen. Es war auch keine Menschenseele weit und breit. Das ganze Dorf schien zu schlafen."

Rebecca rutschte auf dem Bett zu ihrem Mann hinüber und griff nach seiner Hand.

„Wir haben dich mit in unseren Bus gebracht, da war es schön warm", erzählte Karl weiter. „Rebecca hat dich gleich aus der Tasche gehoben, um dich zu wärmen. Erst als wir dich aus der Decke gewickelt haben, haben wir deine besonderen Arme bemerkt."

„Das hat uns überhaupt nicht gestört", warf Rebecca liebevoll ein.

„Ja, uns war das egal", stimmte ihr Vater zu. „Wir haben dich sofort ins Herz geschlossen."

„Ihr habt mich einfach mitgenommen?", fragte Maeggan fassungslos. „Ihr habt mich gestohlen!"

„Nein", unterbrach ihr Vater sie eilig, „wir konnten dich nicht in der Kälte liegen lassen. Es war Januar, bitter kalt, du wärst erfroren. Außerdem, sobald wir zur Polizei gegangen wären, wärst du ins Heim gekommen. Es gab keinen Hinweis auf deine Herkunft. Nichts, bis auf die Sachen, die hier liegen." Er zeigte auf den ausgebreiteten Inhalt des Kartons. „Du hättest nicht bei uns bleiben können, niemand hätte uns ein Kind anvertraut. Für die Leute waren wir Hippies, kaputte Typen, die aus der Stadt geflohen waren. Dich wollte offensichtlich auch niemand." Ihr Vater warf Maeggan einen traurigen Blick zu.

„Wir wollten dich. Für uns wirst du immer etwas Besonderes bleiben, meine süße kleine Fee", wiederholte Rebecca liebevoll.

Aber Rebeccas Worte erreichten Maeggan nicht, etwas in ihr war wie zerbrochen. Noch konnte sie es nicht in Worte fassen, aber das warme Gefühl, das sie sonst bekam, wenn Mutter sie „kleine Fee" nannte, wollte sich nicht einstellen.

Sie betrachtete den Inhalt des Kartons, der verstreut neben Rebecca lag. Da fiel ihr ein Blatt Papier auf, das in der zusammengefalteten Decke steckte. Sie zog es hervor.

„Was ist das hier?", fragte sie mit erstickter Stimme das vergilbte Blatt vorsichtig auseinanderfaltend. Die Schrift auf dem Papier war nicht mehr lesbar. Vor langer Zeit hatte jemand Tee darauf vergossen. Oben rechts war ein großes Wappen in das Papier geprägt, nur die Unterschriften waren einigermaßen zu erkennen. Maeggan erkannte den Namen ihres Vaters, Karl Taylor. Davor stand in schwungvollen Buchstaben Georg William Edward Arlington Earl von Seven Oaks Hall. Der dritte Name hatte mit einem M begonnen, der Rest des Namens war unleserlich. Genauso wie der Text darüber.

Karl nahm Maeggan das Blatt aus der Hand.

„Wir hatten dem Pfarrer in Avebury von dir erzählt. Ein paar Tage später sprach uns in einem anderen Dorf ein Herr an. Er sagte, mit diesem Schriftstück würdest du unsere rechtmäßige Tochter sein."

Ohne Maeggan anzusehen, faltete er den Brief zusammen, um ihn in den Karton zurückzulegen. Maeggans sah ihn mit gerunzelter Stirn zu. Ein bedrücktes Schweigen breitete sich zwischen ihnen aus.

Beim Anblick des Wappens erinnerte sich Maeggan an die Worte des Postboten. Der Brief mit einem Wappen, der für sie bestimmt war.

„Wo ist der Brief?", fauchte sie Karl und Rebecca an. Beide schreckten auf.

„Welcher Brief?", fragte Karl irritiert.

„Der Brief mit dem Wappen, der vor ein paar Wochen für mich gekommen ist", erklärte Maeggan.

Karl und Rebecca schauten sich lange an.

Endlich offenbarte Karl, ohne den Blick von Rebecca zu wenden. „Er war von dem Earl, deinem leiblichen Vater."

Rebecca wurde ganz blass, Karl griff nach ihrer Hand und wandte sich dabei zu Maeggan. „Er wollte dich kennenlernen. Aber in dieser Zeit hattest du so viel mit dem Schulabschluss zu tun. Wir wollten warten und ihn dir später zeigen."

„Wie konntet ihr nur?", schnaufte Maeggan. „Ich bin kein kleines Kind mehr. Wo ist der Brief? Ich will ihn sofort haben!"

Rebecca schlug weinend die Hände vors Gesicht. Karl legte den Arm um sie. Ohne Maeggan anzusehen, flüsterte er: „Rebecca hat ihn verbrannt."

Sprachlos starrte Maeggan ihre Eltern an. Endlich holte sie tief Luft, doch bevor sie etwas sagen konnte, schluchzte Rebecca: „Er hatte kein Recht. Er hatte dich ausgesetzt."

Sie streckte die Hände nach Maeggan aus. „Ich konnte nicht zulassen...", sie schluckte, „dass so ein gemeiner Kerl dich uns wegnimmt, dass ich meine kleine Fee verliere."

Flehend sah sie zu Maeggan auf. Maeggan schüttelte ablehnend den Kopf. Mit verschlossener Miene stand sie auf, nahm die Sachen, die verstreut auf dem Bett lagen, mit dem Fuß, um sie in den Karton zurückzustopfen. Sie trug den Karton zwischen Schulter und Kinn geklemmt in ihr Zimmer. Sie wollte allein sein, nur weg von den Eltern, die gar nicht ihre wirklichen Eltern waren.

4.

„Mensch, willst du uns umbringen!" Todd klammerte sich an den Autositz. „Wenn du so weiter rast, sind wir genauso tot wie dein Alter. Halt sofort an, ich will weiterfahren."

Todds Angst war nicht unberechtigt. William fuhr als ob der Teufel hinter ihnen her wäre. Er nahm den Fuß vom Gas und ging etwas sanfter in die nächste Kurve.

„Tut mir leid", murmelte er. „Ich hatte gehofft, das Fahren würde mich beruhigen."

„Ich hätte dich nicht fahren lassen sollen! Halt endlich an, damit wir tauschen können. Sonst kommen wir nie an."

In einer Ausweichbucht stoppte William den Wagen und wechselte mit Todd den Platz. Vorsichtig fuhr Todd weiter. William schaute gedankenversunken aus dem Seitenfenster. Wie oft war er in den letzten zwei Jahren diese Strecke schon hinaufgerast. Immer wieder hatte es geheißen, seinem Vater würde es sehr schlecht gehen. Nicht verwunderlich, immerhin hatte er von Jugend an ständig Zigarren geraucht. Es war also nicht überraschend, dass jetzt der Lungenkrebs an ihm fraß.

Vielleicht war er deshalb so gerast, weil er sich über sich selbst ärgerte. Immer öfter hatte er gehofft, es wäre endlich das letzte Mal.

Jetzt war es soweit und er fühlte sich völlig überrumpelt.

Todd bog schwungvoll in die Auffahrt von Seven Oaks Hall, und stoppte direkt vor der Eingangstreppe den Wagen. Das Haus lag dunkel vor ihnen. Nur in dem Nebengebäude brannte im oberen Stockwerk Licht. Als sie ausstiegen, eilte der Butler in einem Hausmantel aus dem Nebengebäude zu ihnen hinüber.

„Ich habe Sie schon erwartet. My Lord." Magnus lief die Treppe hinauf, um die Haustüre zu öffnen. Er ging vor den beiden in den Flur und machte Licht. „Ich war mir nicht sicher, ob ich hier schon sauber machen durfte", murmelte er entschuldigend, dabei zeigte er auf das Blut und die Kreidespuren vor der Treppe.

Entsetzt starrte William darauf, dann fing er an zu schwanken. Todd nahm ihn in den Arm und führte ihn in die Bibliothek.

„So ein Idiot, gedankenloser und rücksichtsloser geht es nicht", zischte er über seine Schulter zum Butler hin.

Verlegen folgte ihnen der Butler. „Kann ich außerdem etwas für Sie tun", fragte er. William hob abwehrend die Hand.

„Nein, heute werden Sie nicht mehr gebraucht.", sagte Todd und schob William zu einem der Sofas. Sanft drückte er ihn in den alten roten Plüsch. „Ich hol dir erst mal einen Drink."

Erst nachdem William das Blut und die Spuren der Polizei an der Treppe gesehen hatte, war in bewusst geworden, dass sein Vater wirklich tot war. Sollte er nicht traurig sein? William fuhr sich mit den Händen durchs Gesicht, keine Tränen, nicht einmal feuchte Augen. Dabei hatte er seinen Vater trotz allem geliebt, schließlich hatte es nur noch sie beide gegeben. Es hatte nie eine Rolle gespielt, ob sie gut miteinanderauskamen. Nach außen hin hatten sie sich als Vater und Sohn gezeigt. Sobald sie allein waren, hatte er jedoch zu spüren bekommen, wie wenig sein Vater von ihm hielt. William starrte auf den ausgestopften Fuchs, der über der Tür an der Wand stand. Schon als kleiner Junge hatte er mit auf die Jagd gemusst. Als er es nicht übers Herz gebracht hatte, diesen Fuchs zu schießen, hatte sein Vater das für ihn erledigt. Und dann hatte er ihn gezwungen den toten Fuchs den ganzen Weg zurückzutragen. Obwohl William sich auf dem Rückweg übergeben musste. Außerdem befahl er ihm vor Vaters Freunden so zu tun, als ob er ihn erschossen hätte. Nachdem die Männer ihn gefeiert hatten und betrunken waren, war er in den Wald geflüchtet. Danach hatte er sich immer krank gestellt, wenn zur Jagd geblasen wurde.

Später war er an den Jagdwochenenden im Internat geblieben. Zuhause wartete auch niemand so wirklich auf ihn, seit seine Mutter schon vor vielen Jahren gestorben war. Um ihn zu schonen, hatte man ihm als Kind gesagt, sie sei nur weggegangen, weshalb er jahrelang auf sie gewartet hatte und dann dachte, wann immer jemand wegging, dass er nie wieder zurückkäme. Erst viel später hatte er verstanden, dass sie gestorben war. Und dass die meisten Menschen zurückkamen, so wie sein Vater, der oft unterwegs gewesen war. In der Zwischenzeit war er immer auf sich gestellt, niemand hatte sich um den kleinen Jungen und seine Ängste gekümmert.

Sein Vater hatte zwar fortwährend neue Hausmädchen eingestellt, die sich um ihn kümmern sollten. Keine von ihnen war jedoch lange geblieben. Wahrscheinlich hatten sie es seinem Vater auch nicht recht machen können, genauso wenig wie es ihm gelungen war. Es reichte nie, egal was er tat, er war nicht sportlich genug, seine Noten in der Schule waren mittelmäßig und er würde sich wie ein Mädchen benehmen. Wenn es Zeugnisse gab, musste er Rede und Antwort stehen für jede Note die schlechter war als zwei. Hier vor dem Schreibtisch hatte er stehen müssen, sein Vater saß dahinter, die Augen fest auf ihn gerichtet, zusätzlich hatte ihn der ausgestopfte Fuchs gegrinst. Irgendwann war das Internat viel mehr sein Zuhause geworden als Seven Oaks Hall. Die Freunde seines Vaters konnte er sowieso nicht leiden. Sie hatten so etwas Herrisches an sich, sie gaben auch viel zu viel auf ihre Abstammung und ihre Titel.

„Hier drinnen ist es so düster wie in einem Mausoleum." Todds Stimme unterbrach seine dunklen Gedanken, er drückte William ein Glas mit Whisky in die Hand und riss die bodentiefen Fenster zur Terrasse auf.

William starrte auf den Drink.

„Jetzt komm schon, lass uns rausgehen, die frische Luft wird dir guttun", schlug Todd vor.

William trank den Whisky mit einem Zug. Wohlige Wärme durchdrang ihn, sofort fühlte er sich ein wenig besser. Er folgte Todd mit der Karaffe Whisky und zwei Gläsern auf die große Terrasse, die sich in Stufen und Rosenbeete bis zum See hinunter erstreckte. An der Hauswand lehnten einige Holzstühle sowie ein kleiner Tisch. Möbel, wie dringend einen neuen Anstrich brauchten. Daneben standen vier alte Korbsessel. Todd hatte zwei weitere Sessel in die Mitte der Terrasse platziert, gerade ließ er sich in einen der Korbsessel sinken. William stellte alles auf den kleinen Tisch trug ihn zu den Sesseln und setzte sich den anderen. Gedankenverloren beobachtete er den Mond, der sich in den sich sanft kräuselnden Wellen des Sees spiegelte. Todd hielt William fragend die Karaffe vor die Nase. „Willst du einen?"

William nickte und nahm das Glas, das Todd ihm reichte. Er starrte auf das Glas in seinen Händen. „Obwohl ich traurig sein müsste, spüre ich nur Erleichterung."

Aufmerksam beobachtete Todd ihn von der Seite. „Bei seinem Zustand, war der Sturz vielleicht eine Erlösung", meinte er nach einer kleinen Weile mitfühlend.

William nickte nur, während er einen Schluck trank.

„Außerdem lösen sich jetzt auch unsere Probleme", ergänzte Todd.

Erstaunt sah William zu ihm.

„Naja, ich meine", Todd wand sich in seinem Sessel, „du wirst all das hier erben."

„Ja, wahrscheinlich." William stellte das Glas ab, seinen Blick versunken auf den See gerichtet.

„Wieso wahrscheinlich?"

„Vor ein paar Tagen hat der Notar meines Vaters angerufen, er müsse etwas Wichtiges mit mir besprechen. Wir waren an der Uni, als Miss Words den Anruf entgegengenommen hat. Wegen der Seminararbeit bin ich bisher nicht dazu gekommen zurückzurufen."

„Du vermutest, es hat etwas mit dem Erbe zu tun?" Todd beugte sich aufgeregt zu William hinüber.

„Ich weiß es wirklich nicht. Aber ich wüsste keinen anderen Grund, warum er Kontakt zu mir aufnehmen sollte. Möglicherweise hat Vater auch seine Freunde im Testament bedacht. Oder irgendeinen fernen Verwandten."

„Das wäre es eine Katastrophe!", flüsterte Todd in sein leeres Glas.

Verwirrt blickte William ihn an. „Was meinst du?"

Todd hob den Blick, doch anstatt William zu antworten, fragte er erschrocken: „Was ist los mit dir, du bist leichenblass?"

„Ich glaube, ich verstehe erst jetzt richtig, was passiert ist", presste William mühsam hervor. Todd stand sofort auf, zog William aus seinem Sessel, um ihn fest an sich zu drücken. „William, ich bin für dich da. Du wusstest, wie krank er war. Es war eher eine Erlösung für ihn endlich zu sterben." Er wischte liebevoll William eine Träne von der Wange. „Wir haben es auch erwartet. Schon seit Jahren", murmelte Todd mehr zu sich selbst.

Dankbar lehnte sich William gegen Todd, ließ sich von ihm streicheln und gab sich seiner Trauer hin.

Nach einer Weile sagte William: „Ich will das alles gar nicht."
Er löste sich aus Todds Armen, gleichzeitig trat er einen Schritt
zurück. „Von mir aus kann das hier alles sonst wer haben."

Verwirrt sah Todd ihm an. „Das meinst du nicht ernst." Nach
einer kurzen Pause fuhr er aufgebracht fort: „Du weißt, wie
dringend wir das Geld brauchen. Wenn da nicht bald Geld
fließt, können wir nicht einmal die Zinsen stemmen, geschweige denn die Ratenzahlungen." Er tippte William mit
dem Finger auf die Brust. „Unsere ganzen Geschäfte im letzten
Jahr haben wir darauf aufgebaut."

Eine Weile standen sie sich schweigend gegenüber, endlich
sank William wieder in den Korbsessel, griff nach seinem Whiskyglas und fragte sich, was mit Todd los war, der unruhig auf
der Terrasse hin und her ging.

Alles, was er sich aufgebaut hatte, war beinahe über Nacht
verloren, dachte Todd. Sein Erspartes, von dem er Journalismus
studieren wollte, war aufgebraucht. Die Wohnung in London,
die William gehört hatte, hatten sie auch schon verloren. Als
nächstes würden sie den Wagen verkaufen müssen. Das erste
Auto in seiner Familie.

Niemand in seiner Familie hatte je mehr als ein paar Pfund
in der Tasche. Es hatte immer nur gerade für die nächsten Tage
gereicht. Wie oft war er ohne Frühstück in die Schule gegangen
und hatte gehofft, dass niemand seinen knurrenden Magen
hörte. Er hatte so gearbeitet, um rauszukommen aus dieser dre-
ckigen Drei Zimmerwohnung im Londoner East End, wo er
sich ein Zimmer mit seinen drei Geschwistern hatte teilen müssen. Gerade zwischen ihm und seiner ein Jahr jüngeren Schwester hatte es immer Streit gegeben. Seine Mutter hatte sich nicht
darum gekümmert, sie war zu sehr mit ihrem besten Freund,
Jonny Walker, beschäftigt. Sein Vater war auch keine Hilfe.

Soweit er sich erinnern konnte, hatte sein Vater bis zum Umfallen gearbeitet und war dann irgendwann Zigaretten holen gegangen. Seine Schwester war zwar zur Mutter ins Schlafzimmer gezogen, doch die beiden kleinen Brüder nervten weiter. Außerdem gab es auch kaum Geld. Das bisschen, das vom Staat kam, musste abgeholt werden, oft genug verschlief seine Mutter diesen Termin.

Trotz allem hatte er, Todd, nicht aufgegeben und trotz allem einen guten Schulabschluss geschafft. Er hatte gekämpft, um studieren zu können. Keiner, weder in der Familie noch wer anders, hatte an ihn geglaubt. Alle dachten, er würde nach einem Semester wieder aufgeben, um in die Gosse zurückzukehren.

Zum Glück hatte er William getroffen, er hatte ihn unterstützt. In William hatte er einen wirklichen Freund gefunden, mehr, eine neue Familie. Dass zwischen Ihnen viel mehr als nur Freundschaft war, hatten sie zwar beide rasch bemerkt, doch sie hatten sich nicht getraut auch dazu zu stehen. Er war schon oft von anderen Jungs und auch von seiner Schwester als Schwuchtel bezeichnet worden, obwohl er ständig versucht hatte, sich wie ein echter Kerl zu benehmen. Er hatte sich wann immer es ging geprügelt, hatte coole Sprüche drauf, um Mädchen anzumachen. Abgenommen hatte ihm den harten Kerl keiner so richtig. William dagegen war schon immer weicher, einfühlsamer, eben überhaupt nicht der Draufgänger Typ und er hatte auch nie so getan, als wäre er anders.

Liebevoll blickte Todd zu William hinüber, der unablässig sein Whiskyglas in den Händen drehte. Nachdem ihre Freundschaft intensiver geworden war, hatte William ihm erzählt, dass sein Vater ihn deswegen gehasst hatte, schon immer. Der alte Earl hatte einen Kerl als Sohn gewollt, keine Memme. Auch William hatte mit niemanden über seine Neigung sprechen können. Homosexualität wäre die absolute Katastrophe in so einer hochherrschaftlichen Familie, wo der Sohn als Erbe für den gesamten Besitz das Wichtigste war. Es musste Nachkommen geben, um den Besitz in der Familie zu halten.

Todd nahm seine Runden auf der Terrasse wieder auf, während William sein Gesicht in den Händen vergrub. Plötzlich hörte er William sagen: „Ich glaube, mir steht auf jeden Fall ein Pflichtanteil des Erbes zu. Wenn wir mit den Banken sprechen, werden die sich höchstwahrscheinlich gedulden."

Ungläubig blieb Todd vor William stehen. „Heißt das, du hast dich damit abgefunden, dass du wahrscheinlich nicht alles erben wirst?"

William nickte traurig. „Ich will dieses Erbe überhaupt nicht. Was soll ich mit diesem Haus? Alles ist voll schrecklicher Erinnerungen." Er machte eine weite Handbewegung, die das Haus, den Park, den See und alles miteinschloss. „Von mir aus kann es sonst wer aus der Familie erben. Mir sind die Menschen wichtiger."

„Das kann nicht wahr sein, wie kannst du so etwas sagen?", rief Todd entsetzt. „Gestern hast du ganz anders geredet. Da hast du klar und deutlich gesagt, wie wichtig es dir ist, dass wir unsere Geldsorgen ordentlich aus der Welt schaffen. Auf jeden Fall ist dazu mehr als nur der Pflichtteil nötig, da bin ich ganz sicher."

William stand auf und trat auf Todd zu. „Du hast nur Geld im Kopf. Dabei geht es um viel Wichtigeres!"

„Ach ja? Was sollte das sein?" Todd funkelte William wütend an, und griff an ihm vorbei nach seinem Glas, es war schon wieder leer. Wütend nahm er einfach die Karaffe, um direkt einen Schluck daraus zu trinken.

„Familie haben! Liebe! Zusammenhalt!", zählte William mit tränenerstickter Stimme auf. „Du kannst überhaupt nicht nachvollziehen, wie schlecht es mir geht. Ich habe jetzt niemanden mehr, ich bin ganz allein auf der Welt."

Todd starrte William an. „Was soll das? Ich denke du hast deinen Vater gehasst und bist jetzt froh, dass er weg ist. Außerdem bist du nicht allein. Du hast mich!"

„Ich würde nicht sagen, dass ich ihn gehasst habe. Ich war wütend und enttäuscht, trotzdem habe ich immer gehofft, dass sich seine Einstellung mir gegenüber doch noch ändern würde. Es gab ja nur noch uns zwei", seufzte William. „Außer ihm habe ich keine Familie."

„Und was ist mit mir, bin ich niemand?"

„Nein, du weißt, wie wichtig du mir bist", sagte William. „Aber das ist etwas ganz anderes."

„Ach, was ist an mir anders? Meinst du, ich brauche dich nicht?" schnaufte Todd empört. „Ich bin dir plötzlich ganz egal. Das ist wieder typisch. Ihr Hochwohlgeborenen denkt selbstverständlich immer nur an euch. Ich dachte, wir beide wollten unser Leben zusammen verbringen, wir hatten uns etwas aufgebaut, unser Journalismus-Studium, die Wohnung in London, die wir gekauft haben. Plötzlich ist das alles nichts?"

„Versteh mich doch! Du bist mein Freund, mein Lebensgefährte. Natürlich haben wir unser gemeinsames Leben. Aber Familie ist auch noch etwas ganz anderes."

Todd blieb vor Wut die Luft weg. „Wie kannst meine Liebe zu dir so herabwürdigen? Du weißt genau, was ich alles schon für dich getan habe."

„Ja! Leider weiß ich aber auch, was du tust, wenn ich nicht da bin. All die Nächte in London, wo du dich mit anderen Männern getroffen hast. Glaubst du, ich habe das nicht gemerkt? Ich habe schon länger das Gefühl, dass du nur bei mir bist, weil ich Geld habe."

Wie zwei Kampfhähne standen sie sich gegenüber.

„Natürlich, du hast das Geld, aber alles andere ist von mir gekommen. Denk nur daran, wie du rumgejammert hast, als wir von der Uni geflogen sind, nur weil die keine Schwulen haben wollten. Allein wärst du zu deinem Vater zurück gekrochen, nur mit mir zusammen hast du es geschafft, eine Uni zu finden, die uns aufnehmen wollte. Außerdem würdest du ohne mich weiterhin in diesem miesen Studentenwohnheim hausen. Die Idee an der Börse eigenes Geld zu verdienen ist auch nicht von dir gekommen, wochenlang habe ich mich da eingelesen, mit den Fachleuten gesprochen, mich beraten lassen. Während du gemütlich Geschichte studierst hast."

„Du wolltest mich gar nicht dabeihaben. Kannst du dich erinnern, wie du mich angefahren hast, als ich mit dir im Club den Makler befragt habe?"

„Mir wird heute noch übel, wenn ich daran denke, was für bescheuerte Fragen du gestellt hast. Wie viel du von deinen Finanzen preisgegeben hast! Der Typ hatte dich nach Strich und Faden ausgefragt. Du hast ihm alles brav erzählt. Zum Glück konnte ich im letzten Moment verhindern, dass du bei ihm ein Vertrag unterschreibst. Ein paar Tage später wurde er von der Polizei Hopps genommen, wegen Betrugs. Wie naiv kann man nur sein?"

„Trotzdem hast du dich über die Wohnung gefreut", warf William bissig ein.

„Wie kam es dazu, dass wir die kaufen konnten? Doch nur, weil ich das bisschen Geld, was wir angespart hatten, geschickt angelegt hatte. Nicht alles auf eine Karte gesetzt habe, sondern schön verteilt auf verschiedene gewinnbringende Branchen."

„Ach, du glaubst, damit haben wir die Wohnung finanziert? Das hätte viel zu lange gedauert. Zum Glück hatte ich ein bisschen in den neuen Computerkram aus den USA gesteckt, sonst würden wir heute noch im Heim wohnen." Wütend stach William Todd seinen Zeigfinger in den Bauch.

„Blöderweise du hast es gleich wieder rausgeholt, Immobilien wären sicher, hast du gesagt. Falls wir weiter gewartet hätten, wären wir jetzt schon Millionäre." Todd schlug Williams Hand weg.

„Du warst dir auch nicht sicher, ob das nicht zu riskant war mit diesem Apple, du wolltest auch auf Nummer sicher gehen. Die Wohnung, dazu ein paar angeblich sichere Aktien."

„Am Anfang ging auch alles gut, das war eine sichere Sache. Dass von jetzt auf gleich alles in den Keller stürzte, konnte keiner ahnen", gab Todd zähneknirschend zu. „Außerdem ich hatte mich auf dich verlassen. Vorausgesetzt wir hätten schnell genug verkauft, wäre auch nichts passiert." Todd merkte, wie der Ärger von damals wieder in ihm aufstieg. „Ich Idiot hatte mich auf dich verlassen", schrie er William an. „Anstatt zum Makler zu gehen, wie versprochen, bist du mal wieder zu deinem Vater gefahren. Dann war alles zu spät. Innerhalb von ein paar Tagen war es vorbei. Ich konnte machen, was ich wollte."

„Genau, unser letztes Geld hast du in irgendwelche Spekulationen gesteckt, bis nur Schulden übrigblieben. Da war mein Geld plötzlich wieder gut genug für dich. Du warst sogar bereit, zu meinem Vater mitzufahren."

„Nur, weil du dich nicht getraut hast, deinen Vater alleine gegenüberzutreten. Obwohl sogar dein Psychiater es dir dringend geraten hatte. Nicht einmal dazu bist du in der Lage. Du bist genauso eine Memme, wie dein Vater immer gesagt hat."

„Wie kannst du nur? Ausgerechnet jetzt!", schrie William. Er stieß seinen Freund fest von sich, sodass dieser über den Korbstuhl hinter sich stolperte, drehte sich nicht um und rannte ins Haus.

Todd rappelte sich auf. Zwar brodelte es noch in ihm, am liebsten hätte er William weiter beleidigt, das wäre jedoch nicht gerecht gewesen. William Situation war wirklich nicht einfach. Er musste Rücksicht auf ihn nehmen, egal wie schwer seine eigenen Probleme auf ihm lasteten. Er seufzte, stellte den Korbsessel wieder hin. Während er sich setzte, trank er einen weiteren Schluck Whisky direkt aus der Karaffe.

Das Wasser stand ihm bis zum Hals. Es war nur eine Frage der Zeit, bis die Kerle aus London ihn hier auftreiben würden. Zum Glück hatte er William nicht die Wahrheit erzählt, was er wirklich in den Nächten in London getrieben hatte. Sollte er ruhig glauben, er wäre fremdgegangen. Mit ein paar besonderen Liebesbeweisen würde William alles wieder vergessen. Sollte er jedoch herausbekommen, dass Todd in Wahrheit in Poker verliebt war, ganz zu schweigen von der Unsumme an Schulden, würde er ihn sicher fallen lassen. Sobald William das Gefühl bekam, jemand würde seinen Stand und seinen finanziellen Hintergrund ausnutzen, war es aus bei ihm. Oh Mann, was das anging, war er wirklich eine Mimose.

Dieser Pflichtteil des Erbes würde William zwar reichen die gemeinsamen Schulden vielleicht zu tilgen, doch seine persönliche Pokerschulden wären damit lange nicht gedeckt. Nötigenfalls müsste er das gesamte Tafelsilber mitgehen lassen, obwohl es höchstwahrscheinlich nicht reichen würde. Wie konnte er nur in so einen Schlamassel geraten? Verzweifelt rieb er sich mit den Händen übers Gesicht. Es musste eine Lösung geben. Er war schon immer derjenige, der ein Problem anpackte, anstatt sich jammernd hinter jemand anderen zu verstecken.

So würde es auch jetzt sein. Sagte William ihm nicht immer, dass er genial wäre, wenn es darum ging, Pläne zu schmieden? Gut, manchmal waren diese sehr abgehoben, manchmal musste man eben zu außergewöhnlichen Mitteln greifen. Hatte er das nicht auch getan? Warum hatte William ihm nicht schon früher von dem Anruf des Notars erzählt? Jetzt musste ihm etwas Neues einfallen und zwar sehr pronto. Und als erstes musste er sich wieder mit William aussöhnen. Todd schaute zu den Fenstern ihres gemeinsamen Schlafzimmers hinauf. Am besten er ginge gleich zu ihm, je länger er wartete, desto mehr würde William sich in sich zurückziehen. Schwungvoll drückte er sich mit den Händen aus dem Sessel empor. Bevor er ins Haus eilte, schnappte er sich die Karaffe.

William lag seinen Unterarm über den Augen auf dem Bett und rührte sich nicht, als Todd eintrat. Leise stellte Todd den Whisky ab, dabei setzte er sich zu William aufs Bett.

„Es tut mir leid." Zart strich er William durch das Haar. „Ich habe dich verletzt, gerade wo du es so schwer hast. Das tut mir wirklich unendlich leid."

William reagierte nicht.

„Wie kann ich es nur wieder gutmachen? Was kann ich tun, damit du mir verzeihst? Ich brauche dich. Wir sind ein so gutes Team. Wir haben nur uns."

Endlich wandte sich William im Bett zu Todd um. „Und ich bin dir wichtiger als Geld?"

„Natürlich steht das Geld nicht an erster Stelle, du allein stehst dort", antwortete Todd ohne zu zögern, fügte jedoch leise hinzu, „allerdings löst Geld nun mal viele Probleme."

„Das stimmt", antwortete William mit einem Lächeln. Im gleichen Augenblick verdunkelte sich seine Miene wieder. „Wirst du jetzt auch nicht mehr so oft alleine ausgehen?"

Todd schluckte.

William schaute Todd tief in die Augen. „Ich könnte es nicht ertragen, wenn fremd du gehst?"

„William glaub mir, wirklich lieben tue ich nur dich." Todd musterte William zärtlich. „Ich verspreche dir, ich habe nichts mit anderen Männern. Du bist mein ein und alles." Todd bemerkte wie sich endlich die Spannung bei William löste. Auch er fing an sich zu entspannen, da hörte er William leise sagen: „Ich bin so froh, dass du bei der Beerdigung neben mir sein wirst."

„Meinst du wirklich, deine Familie will mich dabeihaben?", fragte Todd unsicher.

William sah ihn mit Tränen in den Augen an „Ich will dich dabeihaben. Das ist das Einzige, was zählt. Ich bin so froh, dass du da bist, ohne dich würde ich das alles hier nicht schaffen." Endlich sank er wieder in Todds Arme.

5.

Bryn-henllan
Wales

Vorsichtig schloss Maeggan die Haustür hinter sich. Sofort stürmte Sammy auf sie zu. Maeggan zog ihn an seinem Halsband dicht an sich heran.

„Schschsch, nein, mein armer Sammy. Diesmal kannst du mich nicht begleiten. Heute muss ich allein gehen. Du musst auf Karl und Rebecca aufpassen."

Maeggan vergrub ihr Gesicht tief in seinem Fell. Die ganze Nacht hatte sie gegrübelt, was sie tun sollte. Gegen Morgen war sie sich sicher gewesen. Auch wusste sie, dass sie heimlich aufbrechen musste. Ihre Eltern hatten viel zu viel Angst um sie. Sammy legte sich zufrieden auf den Rücken, er liebte es von Maeggan gestreichelt zu werden.

„Ich muss meine richtigen Eltern suchen. Du kannst das nicht verstehen, aber Karl und Rebecca sind nicht meine wahren Eltern."

Maeggan traten Tränen in die Augen, es war das erste Mal gewesen, dass sie ihre Eltern laut so genannt hatte,- Karl und Rebecca-. Irgendwie fühlte es sich gut an. „Ja, Karl und Rebecca, so werde ich die beiden ab jetzt nennen", erklärte sie Sammy, der sie mit seinem treuen Hundeblick anschaute.

„Wundere dich nur, trotz allem werde ich sie immer liebhaben. Sie geben sich so viel Mühe, all die Jahre haben sie mir ein wunderbares Zuhause gegeben. Sie waren wirklich wie richtige Eltern für mich. Das werde ich nie vergessen. Aber dass sie mir all das verschwiegen haben, kann ich Ihnen nicht vergeben. Jetzt ist alles anders geworden. Es tut zwar mir leid, dass ich sie gestern angeschrien habe." Maeggan kraulte Sammys Bauch. „Wenn ich ehrlich bin, bin ich auch erleichtert, endlich Bescheid zu wissen."

Sie hörte auf Sammy zu streicheln.

„Ich hatte schon lange einen Verdacht", murmelte sie. „Wir sehen auffallend verschieden aus. Nach allem, was ich in der Schule gelernt habe... " Maeggan schüttelte den Kopf. „Ich hatte es gesehen, nur wollte ich es nicht wahrhaben. Jetzt muss ich unbedingt die Wahrheit wissen. Je nachdem, was ich herausbekomme, können wir später hoffentlich wie Freunde zusammenleben."

Sie stupste Sammy liebevoll in Richtung Haus. Als er endlich drin war, verschloss sie den Eingang und ging unverzüglich los.

Erst nach etwa einer Meile blieb sie stehen und warf einen letzten wehmütigen Blick auf ihr altes Zuhause.

In der Ferne kuschelte sich das Farmhaus einsam zwischen die Küstenberge. Die ersten Sonnenstrahlen erreichten gerade das Dach, ein Lichtblitz verriet, dass ihr Vater, nein Karl, wohl in diesem Moment das Schlafzimmerfenster geöffnet hatte. Bald würde er bemerken, dass sie nicht mehr da war. Ihren Brief würde er nicht gleich finden.

Sie hatte ihnen geschrieben, dass sie ihnen nicht böse war, was gelogen war und dass sie ihren Weg gehen müsste, was die Wahrheit war, auch hatte sie versprochen sich zu melden. Obwohl sie bisher nicht wusste, ob sie das tun würde.

Sie erreichte in letzter Minute den Bus nach Fishguard.

Figgins Lane
Marlborough

Inspektor Green sah durch die Glasscheibe in seiner Bürotür Sergeant Joyce Sullivan auf sich zu kommen. Ein Büro am Ende des Ganges hatte schon seine Vorteile, keiner konnte ihn überraschen, er sah schon von weitem, wer zu ihm wollte. Sergeant Sullivan trug ein gutsitzendes Tweedkostüm anstelle der Uniform. In dem Kostüm wirkte sie gar nicht mehr wie ein großer Junge, den man in eine falsche Uniform gesteckt hatte. Green genoss den Anblick, wie sie mit schwingenden Hüften auf ihn zukam. Ihre Haare hatte sie zu einem strengen Knoten hochgesteckt. Streng ja, aber dadurch kam ihr feinen Gesichtszüge viel besser zur Geltung.

Noch vor Dienstbeginn war er am Morgen zu dem Superintendenten gerufen worden. Wegen der Dringlichkeit des Falls soll er sich endlich für einen Assistenten entscheiden. Schon lange hatte der Superintendent ihm damit in den Ohren gelegen. Ständig hatte ihm sein Chef junge Polizisten vorgeschlagen, die sich um die Stelle beworben hatten. Green hatte alle abgelehnt. Die einen sahen zu sehr auf ihn herab, nicht nur wegen seiner Körpergröße, sondern auch wegen seiner Herkunft. Die anderen buckelten von Anfang an zu sehr, Green hatte den Eindruck sie wollten nur Karriere machen. Es ging ihnen gar nicht um die eigentliche Arbeit.

Sergeant Sullivan war ihm gestern nicht zum ersten Mal aufgefallen. Die Art, wie sie ihn angesehen hatte, wie sie mit einem Blick ausgedrückt hatte, dass sie sein Verhalten nicht richtig fand, hatte ihn beeindruckt. Schon öfter hatte er bemerkt, dass sie gut und eigenständig mitdachte, außerdem zügig handeln konnte. Als Frau hatte sie es schwer bei der Polizei. Sicher hatte sie hart kämpfen müssen, um diesen Posten überhaupt bekommen zu können. In ihrer Akte hatte er gelesen, dass sie alle Prüfungen mit sehr guten Noten abgeschlossen hatte. Auch sie hatte sich auf einen höheren Posten beworben, genau wie ihre Kollegen.

Als er den Superintendenten gebeten hatte, ihm Sergeant Joyce Sullivan als seine neue Assistentin zuzuteilen, war sein Chef nicht sehr erfreut. Zwar hatte er zuerst noch freundlich geantwortet: „Es ist gut, dass Sie sich endlich für einen Assistenten entschieden haben, gerade bei so einem komplizierten Fall sehen vier Augen mehr als zwei. Ich weiß, dass Sie nicht gerne mit anderen zusammenarbeiten, aber Polizeiarbeit ist auch Teamarbeit."

Aber dann hatte der Superintendent auf seinem Schreibtisch herumkramt, eindeutig um Zeit zu gewinnen. Green hatte brav vor dem Schreibtisch gewartet. Alle wussten, was der Superintendent von Frauen im Polizeidienst hielt. Oft genug hatte er sich darüber ausgelassen, dass Frauen viel zu zart und zu empathisch für diese Arbeit seien. Im Rahmen der neuen Gleichstellungsgesetze war ihm nichts anderes übriggeblieben, als damals die Bewerbung von Sergeant Joyce Sullivan anzunehmen. Green konnte davon ausgehen, dass sein Chef jetzt annahm, er hätte Sullivan nur gewählt, um ihm eins auszuwischen.

Endlich hatte der Superintendent gefragt: „Wieso ausgerechnet Sullivan? Ich hatte Ihnen eine ganze Menge Kandidaten genannt."

„Sergeant Sullivan hat die besten Voraussetzungen, ich habe mir die Akten aller möglichen Kandidaten genau angesehen."

Es war kein sehr gutes Argument, das wusste Green, seine eigentliche Begründung wollte er dem Superintendenten nicht sagen. Sergeant Sullivan würde ihn sehr gut ergänzen, dass hatte er gestern deutlich wahrgenommen. Er wusste um seine

Schwächen, er wusste, dass er zwar äußerst logisch und stringent denken konnte. Auch seine Beobachtungsgabe war besonders geschärft, er sah vieles, was andere übersahen. Nur wenn es darum ging, Empathie zu zeigen, hielt er sich meist zu sehr zurück. Das kurze Gespräch mit dem Zeugen gestern Abend hatte ihm genau diese Schwäche wieder einmal deutlich gemacht. Mit seiner barschen Art hatte er den armen Butler nur verschreckt, während die freundliche Befragung von Sergeant Sullivan es dem Butler ermöglicht hatte, sich zu fangen. Green wusste, sofern er sich ein wenig Mühe gab, würde er das von Sergeant Sullivan mit der Zeit lernen können. Darüber konnte er auf keinen Fall mit dem Superintendenten sprechen, dieser war ihm gegenüber voreingenommen, was er in den letzten acht Jahren häufig zu spüren bekommen hatte. Obwohl er einen britischen Pass hatte, inzwischen auch die letzten 15 Jahre in Britannien gelebt hatte, ließ sein Chef keine Situation aus, um auf Greens Herkunft hinzuweisen. Immer wieder betonte der Superintendent er wäre nicht fremdenfeindlich, trotzdem könne nur ein echter Brite das Denken, die Bedürfnisse und Anliegen der Briten wirklich verstehen.

Sergeant Sullivan klopfte an der Bürotür, Green winkte ihr einzutreten. Sie hielt einen Aktendeckel in der Hand auf dem in ordentlicher Handschrift Georg William Edward Arlington Earl von Seven Oaks Hall geschrieben war.

„Sie brauchen nicht zu klopfen, wir werden ab sofort als Team zusammenarbeiten, deshalb können wir auf ein paar Formalitäten verzichten. Sie würden uns nur bei der Arbeit behindern", sagte Green zur Begrüßung.

Etwas unsicher blieb Sergeant Joyce Sullivan vor dem Schreibtisch stehen.

„Nun setzen Sie sich schon", forderte Green sie ungeduldig auf. Als er Sergeant Sullivans erschrockenes Gesicht bemerkte, erklärte er: „Ich warte auf den Anruf der Londoner Kollegen. Nötigenfalls müssen wir beide heute selbst nach London fahren."

„Das ist vielleicht nicht nötig. Die Kollegen aus London haben gerade eben auf dem anderen Apparat angerufen."

„Na endlich! Warum wurde das Gespräch nicht zu mir durchgestellt?"

Sullivan setzte zu einer Antwort an, doch er fuhr schon fort: „Was soll's! Was haben die gesagt?"

„Sie sind gestern Abend sofort zu der Wohnung des jungen Earls gefahren. Leider haben sie niemanden angetroffen. Heute Morgen haben sie es noch einmal probiert, aber wieder niemand erreicht."

„Der junge Earl?" Green sah Sullivan verwundert an.

„Nach dem Tod des alten Earls übernimmt selbstverständlich sein Sohn den Titel", erklärte sie.

Green wedelte abwehrend mit der Hand. „Lassen Sie mich mit diesem Adelskram in Ruhe."

„Also die Wohnung gehört William Samuel George Arlington und einem Todd Fletcher", setzte Sullivan ihren Bericht fort.

„Beiden?", fragte Green erstaunt.

„Ja, beide sind als Besitzer eingetragen. Bei den Immobilienpreisen in London kommt es oft vor, dass sich die Leute die Wohnungskosten teilen müssen."

„Sogar, wenn man ein Earl ist", der Inspektor grinste. „Ein Sohn, der sich die Wohnungskosten teilen muss und ein alter kranker Vater, der allein auf einem riesigen Landsitz lebt. Wir müssen ihn unbedingt sprechen. Vielleicht weiß der Butler, wie und wo wir den Sohn erreichen können. Haben Sie die Telefonnummer von dem Herrenhaus?"

Sullivan rutschte etwas unruhig auf ihrem Stuhl herum. „Ja natürlich. Sir. Ich habe vorhin selbst auf Seven Oaks Hall angerufen, um mich nach dem Sohn zu erkundigen. Der Butler sagte, der junge Earl wäre gestern am späten Abend eingetroffen. Er hätte ihn informiert, was mit seinem Vater passiert wäre."

Verärgert haute Green auf den Tisch. „Wie konnte er nur uns vorgreifen!"

Sullivan schaute ihn erstaunt an.

„Es wäre wichtig gewesen, die erste Reaktion des Sohnes auf die Information zu sehen", knurrte Green. „Jetzt kann er sich eine schöne Geschichte zurechtlegen, so wird es für uns viel schwieriger herauszubekommen, ob er etwas mit dem Tod seines Vaters zu tun hat."

Sullivan räusperte sich. „Dann hätten wir dem Butler gestern sagen müssen, dass er den Sohn nicht anrufen soll."

Green sah Sullivan erstaunt an. Schließlich schüttelte er lachend den Kopf. „Sie haben recht, wir sind selbst schuld." Er stand auf und zog sein Jackett an.

Sullivan spürte, wie es ihr vor Aufregung im Magen kribbelte. Wo war sie da hineingeraten? Assistentin des Inspektors! Als Green sie gestern Abend angerufen hatte, hatte sie ganz spontan zugesagt. Ihr Traum war endlich in Erfüllung gegangen, eine Karriere bei der Kriminalpolizei. Sie hatte kaum schlafen können vor Aufregung. Heute Morgen hatte sie sich viermal umgezogen, weil sie nicht wusste welches Outfit für die neue Stelle angemessen war. In ihrem Tweed Kostüm kam sie sich älter und reifer vor, obwohl der Blick von Inspektor Green vorhin, die hochgezogene Augenbraue von ihm, das Gefühl leider wieder weggewischt hatte. Nie wusste man, was er wirklich von einem hielt, oder was er gerade dachte. Ein einfacher Chef war er auf keinen Fall, aber alle sagten, seine Methoden wären brillant, kein anderer hier auf dem Kommissariat könne derart logisch kombinieren und Schlüsse ziehen. Sie hatte einfach zusagen müssen.

Was würde ihr Verlobter dazu sagen? Bisher hatte sie sich nicht getraut ihn anzurufen, um ihm alles zu erzählen. Vor ein paar Tagen noch hatten sie Zukunftspläne geschmiedet. Im Frühjahr die Hochzeit, endlich zusammenziehen, eine eigene kleine Wohnung, natürlich auch Kinder hatte Tom hinzugefügt. Sie hatte an der Stelle schon geschwiegen, denn sie wollte beruflich nicht zurückstecken. Durch die Beförderung passten Kinder erst recht nicht mehr in seinen Plan. Ihre Arbeitszeiten würden dafür keinen Platz lassen. Auf Rücksicht von ihren Kollegen konnte sie nicht hoffen. Gerade als Frau musste sie jetzt ihren Mann stehen. Sie musste sobald wie möglich mit Tom darüber reden, hoffentlich war er bereit den Traum von einer kleinen Familie weiter aufzuschieben.

„Kommen Sie. Lassen Sie uns nach Seven Oaks Hall fahren, um mit dem neuen Earl zu sprechen."

„Soll ich uns dort anmelden?", fragte sie.

Green schnaubte. „Seit wann melden wir uns bei einem Zeugen an? Nur weil er ein Hochwohlgeborener ist? Nein, wir fahren hin, wenn es am besten in unseren Zeitplan passt."

„Sie haben selbstverständlich Recht, Sir. Vor dem Gesetz sind alle gleich."

6.

William starrte in seinen Kaffee, der inzwischen kalt geworden war. Es gab so viel zu tun, vor dem Frühstück hatte er einen kurzen Blick auf den Schreibtisch in der Bibliothek geworfen. Außerdem musste er die Beerdigung vorbereiten und wenn er an die alten Freunde seines Vaters dachte, und seine riesige Verwandtschaft, gruselte es ihn.

Todd kam mit einem fröhlichen Lächeln herein, wünschte ihm gut gelaunt Guten Morgen und steuerte direkt zum Büfett, wo er sich den Teller mit Rührei, Bohnen und Speck belud. Er ließ sich auf den Stuhl neben William fallen und griff nach der Kaffeekanne.

„Was ziehst du bloß für eine Schnute?", lachte Todd, während er sich Kaffee eingoss. Verärgert schob William seinen kalten von sich, um sich eine neue leere Tasse vom Büfett zu holen. Dabei grummelte er: „Soll ich etwa fröhlich sein, nachdem, was alles passiert ist?"

„Nein, natürlich nicht!" Todd hob abwehrend die Hände. „Ich verstehe schon, dass dich das alles belastet. Selbstverständlich werden wir eine Lösung finden. Aber durch den Tod deines Vaters hat sich zum Glück ein Teil des Problems gelöst."

„So siehst du das also, mein Vater war ein Problem!" Verärgert schaufelte William Zucker in seinen Kaffee. „Es ist mein Vater von dem du da sprichst." William traten Tränen in die Augen. Erst als Todd ihm die Hand auf den Arm legte, hörte er auf zu schaufeln. „Du hast mich falsch verstanden. Natürlich, und ich weiß, wie wichtig er dir war."

William legte den Löffel aus der Hand, und griff nach seiner Serviette, um sich die Augen abzutupfen.

Er trank einen Schluck. Entsetzt verzog er das Gesicht. „Wie viel Zucker habe ich da hineingetan?", stöhnte er. Er stellte die Tasse klirrend ab. Todd lachte und William fiel ein, versöhnt sahen sie sich an.

In diesem Moment betrat der Butler Magnus das Speisezimmer, er trug ein silbernes Tablett, mit einer Visitenkarte, vor sich her.

„My Lord", sagte er „Da ist ein Herr von der Polizei. Er möchte Sie sprechen."

William nahm die Karte. „Inspector Parcival Green, Polizei Marlborough", las er. „Ein Inspektor? Dass die Polizei noch einmal vorbeikommt, habe ich mir schon gedacht. Trotzdem, warum gleich ein Inspektor?"

Er warf Magnus einen verwunderten Blick zu. Der verzog keine Miene, sondern fügte dienstbeflissen hinzu: „Ich habe ihn in die Bibliothek geführt. Er wartet dort auf Sie."

William zog die Augenbrauen hoch, Magnus handelte wirklich sehr eigenmächtig. Er hätte den Inspektor lieber an der Eingangstür empfangen und selbst ins Haus gebeten. Verärgert räusperte er sich, mit aller Gelassenheit, die er aufbringen konnte, antwortete er: „Ja. Ich komme sofort."

Während er aufstand, griff er nach seiner Tasse und trank einen Schluck Kaffee, erneut verzog er angewidert das Gesicht. Er stellte die Tasse mit einem flehenden Blick zu Todd ab. Todd zerteilte konzentriert seinen Speck, sah dann auf, zuckte mit den Schultern und nickte William ermutigend zu. Seufzend folgte William dem Butler zur Bibliothek.

Magnus hielt William die Tür auf. William schluckte, straffte die Schultern und trat mit festem Schritt an dem Butler vorbei in die Bibliothek.

Er spürte Magnus intensiven Blick im Rücken. Der Butler nahm ihn nicht ernst. Sein Vater hatte ihn zu sehr beeinflusst, dessen war er sich bewusst, für ihn würde er immer der missratene Sohn sein. Nein, da spielte er nicht mit, er war jetzt der Herr von Seven Oaks Hall.

In der Bibliothek stand eine junge Frau in einem, für die Jahreszeit etwas zu warmen, Tweed Kostüm. Sie sprach mit einem kleineren dicklichen Mann in einem schmuddeligen Trenchcoat. William fühlte sich in einen amerikanischen Krimi versetzt. Der Typ schien, absichtlich oder nicht, eine schlechte Kopie von Inspektor Columbo zu sein. Wenn nicht alles so tragisch wäre, hätte er gelacht. William trat näher, dabei bemühte er sich gefasst auf den, beinahe einen Kopf kleineren, Inspektor herabzusehen.

Bevor jedoch einer der beiden das Wort ergreifen konnte, trat die junge Frau im Tweed Kostüm zu den beiden Männern. „Sir, darf ich Ihnen den neuen Earl von Seven Oaks Hall vorstellen, William Arlington?", fragte sie mit einer Handbewegung zu William.

Der Mann warf der Frau einen irritierten Blick zu und wandte sich an Arlington. „Mr Arlington, ich bin Inspektor Green vom Distrikt Marlborough. Das ist meine Assistentin Sergeant Sullivan."

Sullivan trat zurück, während sie einen Notizblock aus ihrer Umhängetasche zog.

Magnus räusperte sich von der Tür aus. „My Lord, brauchen Sie mich weiterhin?"

„Nein, nein, Sie können ruhig gehen", bestimmte William ohne den Blick von Green abzuwenden.

Green trat zwischen William und den Butler, dabei streckte er sich so weit wie möglich, blieb aber trotzdem ein ganzes Stück kleiner als die beiden.

„Nicht so schnell, ich brauche Sie noch!", mischte er sich ein. „Wo waren Sie gestern am Tag?"

Magnus schielte über Green hinweg nachdenklich zu William, nach einigem Zögern murmelte er: „Ich habe einen Besuch gemacht."

„Nun, dann gehe ich davon aus, dass der Besuch dies auch bestätigen wird."

„Selbstverständlich. Ich gebe Ihnen die Adresse." Magnus ging, ohne William zu beachten, an den Schreibtisch. Nach kurzem Suchen zwischen den Papieren, schrieb er etwas auf einen Zettel, den er Green reichte. Ohne den Blick von dem Butler abzuwenden, reichte Green den Zettel an Sullivan weiter.

„Wir werden das überprüfen. Kommen Sie bitte morgen auf das Kommissariat. Sie müssen das Protokoll Ihrer Aussage von gestern unterschreiben."

Magnus warf William einen fragenden Blick zu, nachdem er eine leichte Verbeugung angedeutet hatte, verließ er den Raum.

William trat an den Schreibtisch, dabei fing er an die Papiere fahrig aufeinander zu stapeln. Er spürte Greens Blick unangenehm auf sich ruhen.

„Warum fragen Sie nach dem Alibi meines Butlers?", sagte William ohne hoch zu sehen, dann warf er unvermittelt den Stapel Papiere in seiner Hand auf den Schreibtisch zurück und wandte sich abrupt zu Green um. „Wollen Sie jetzt etwa auch noch mein Alibi?", fragte er ironisch.

„Es ist bisher nicht endgültig geklärt, ob es sich um einen Unfall oder um Mord handelt", antwortete Green, ohne William auch nur eine Sekunde aus den Augen zu lassen.

William schnappte nach Luft. „Mord!" Er riss entsetzt seine Augen weit auf und wiederholte: „Mord?" Wankend ging er ein paar Schritte rückwärts, bis er gegen den Schreibtischstuhl stieß und in ihn hineinsank.

„Mord!", wiederholte er noch einmal Green anstarrend. „Sie wollen behaupten, jemand hat meinen Vater umgebracht?", fragte er fassungslos.

Green nickte.

„Wer sollte meinen Vater umbringen wollen?"

„Das ist genau die Frage", sagte Green. „Hatte Ihr Vater Feinde oder steckte er in irgendwelchen Schwierigkeiten? Und selbstverständlich prüfen wir die Alibis von allen, die mit ihrem Vater zu tun hatten, also auch Ihres. Wo waren Sie gestern Nachmittag?"

William wurde blass. Er hatte noch nicht mal verkraftet, dass sein Vater vielleicht ermordet worden war, da wagte es der Inspektor, ihn wirklich nach seinem Alibi zu fragen.

„Warum hätte ich ihm etwas tun sollen? Mein Vater war todkrank, er lag im Sterben", rief er entrüstet.

Green zuckte mit den Schultern. „Trotzdem benötigen wir Ihr Alibi!"

„Ich war den ganzen Tag zu Hause. In meiner Londoner Wohnung." William stand auf, um unruhig auf und ab zu gehen. „Meine Zugehfrau kann das bestätigen."

„Dann ist natürlich für Sie alles in Ordnung", sagte Green. Mit einem Kopfnicken zu Sullivan fügte er hinzu: „Geben Sie meiner Assistentin den Namen und die Adresse Ihrer Zugehfrau."

Sullivan trat einen Schritt auf William zu. Er diktierte ihr die Angaben. Zur selben Zeit wendete sich Green zum Schreibtisch. Er versuchte neugierig die obersten Papiere zu beäugen. Sofort ging William zu ihm, um Greens Aufmerksamkeit auf sich zu ziehen. „Warum nehmen Sie an, dass mein Vater keinen Unfall hatte?"

„Wir müssen im Moment alle Möglichkeiten in Betracht ziehen. Es gibt einige Indizien, die auf eine unnatürliche Todesursache hindeuten könnten", erläuterte Green, während weiter versuchte an William vorbei einen Blick auf die Papiere zu erhaschen. "Wir warten aber noch auf den Obduktionsbericht."

William drängte sich zwischen den Tisch und Green. Dem Inspektor blieb nichts weiter übrig als ein paar Schritte zurückzutreten.

„Selbstverständlich werden wir in alle Richtungen ermitteln."

Sullivan hatte aufgehört sich Notizen zu machen. Aufmerksam sah sie von ihrem Platz neben der Tür zu beiden hinüber. Jetzt räusperte sie sich vorsichtig: „Es könnte auch ein Einbrecher gewesen sein. Die Terrassentür stand offen." Doch mit einem raschen Blick zu dem Inspektor, vertiefte sie sich erneut in ihre Notizen.

„Ein Einbrecher", bestätigte William. „Das könnte sein. Vater war oft allein im Haus, außerdem war seine Krankheit kein Geheimnis."

Er bemerkte, wie Green Sullivan einen verärgerten Blick zuwarf, unter dem die Assistentin immer kleiner wurde.

Green wandte sich abermals William zu. „Ja, die Terrassentür stand offen und außer ihrem kranken Vater war niemand im Haus. Sie sollten prüfen, ob irgendetwas fehlt."

William schaute sich um. „Das wird nicht ganz einfach sein, ich bin hier seit Jahren schon nicht mehr wirklich zu Hause."

Er trat hinter den Schreibtisch. Gedankenverloren zog er eine Schublade auf. „Ich werde den Notar fragen, er wird eine Aufstellung der wertvollen Dinge im Haus für die Versicherung haben." Energisch schob er die Schublade zu und trat zurück zu Green. „Haben Sie sonst noch Fragen an mich oder meinen Butler?"

Green schüttelte den Kopf und gab Sullivan ein Zeichen zum Aufbruch.

Sullivan folgte Green mit gesenktem Kopf aus dem Haus.

„Jetzt lassen Sie mal nicht so ihren Kopf hängen", sagte Green, während er den Wagen aufschloss. „Es war natürlich ungeschickt, in diesem Moment den möglichen Einbruch zu erwähnen, aber...", er zuckte mit den Schultern, „ohne mehr Fakten wäre eine weitere Befragung gar nicht sinnvoll gewesen. Wir brauchen den Obduktionsbericht und den Bericht der KTU. Erst dann können wir sagen, ob der Earl ermordet worden ist, oder ob es sich um einen Unfall handelt. Ohne das zu wissen, macht es keinen Sinn, dem feinen Prinzen weiter auf den Zahn zu fühlen. Außerdem haben wir einiges erfahren", grinste er.

Sullivan sah ihn fragend an.

„Auf dem Tisch habe ich viele Rechnungen und Mahnungen erkennen können. Das bedeutet, die finanzielle Situation dieser feinen Herren scheint wacklig zu sein." Green lehnte sich gegen den Wagen. „Außerdem lagen dort etliche Briefe von einem Notar", erzählte er über das Dach hinweg. „Den Namen konnte ich nicht lesen. Sie werden sicher herausbekommen, um wen es sich handelt. Natürlich müssen wir mehr über das Testament erfahren."

Erleichtert öffnete Sullivan die Beifahrertür.

„Vor allen Dingen", dozierte Green mit erhobenem Zeigefinger, „müssen Sie die Alibis der beiden überprüfen."

„Auch das von dem jungen Earl?", fragte Sullivan über den Wagen aufblickend.

„Natürlich!", lachte Green, während er einstieg. "Die Selbstsicherheit des jungen Herren war sehr aufgesetzt und verpuffte auffallend schnell, als ich ihn nach seinem Alibi fragte."

„Sie meinen, er hat etwas mit dem Tod seines Vaters zu tun?", fragte Sullivan und stieg ein.

„Auf jeden Fall profitiert er von dem Tod. Ein Herz und eine Seele schienen die beiden auch nicht zu sein."

Green startete den Wagen und brauste die Auffahrt hinunter. Kurz vor dem Eingangstor musste er abbremsen, um einen dunkelblauen Aston Martin vorbeizulassen, der mit überhöhter Geschwindigkeit auf das Herrenhaus zu fuhr.

Durch die geschlossene Tür der Frühstücksraums hörte William die Stimme von Jim Morrison. Es war das erste Mal, dass laute Rockmusik durch dieses Haus klang. Ungewohnt aber auch befreiend. Er betrat den Raum und ging zum Büfett, um das Radio leiser zu drehen. Mit den leisen Rhythmen von Rider on the Storm wandte er sich Todd zu, der immer noch gemütlich frühstückte. Er ließ sich auf seinen Stuhl fallen und griff nach seiner Kaffeetasse. Neugierig blickte Todd ihm entgegen.

„Du wirst es nicht glauben," stöhnte William. „Die Polizei wollte von mir ein Alibi." Er trank einen Schluck, sich schüttelnd stellte er die Tasse ab. „Die vermuten, dass mein Vater ermordet worden sei."

„Das ist schrecklich." Todd legte die Gabel aus der Hand. „Wie kommen die da drauf?"

„Sie meinten, sie müssten in alle Richtungen ermitteln, deshalb wollten sie von uns allen ein Alibi. Obwohl es auch ein Einbrecher gewesen sein könnte", berichtete William.

„Ein Einbrecher?", überlegte Todd. „Das könnte gut sein. War Magnus nicht im Haus?"

Bevor William antworten konnte, betrat Magnus das Zimmer.

„My Lord. Der Notar ist hier. Er möchte Sie sprechen."

„Der Notar?" Verwundert stand William auf und strich sich durchs Haar.

„Führen Sie ihn bitte in die Bibliothek. Oder nein, er kann gerne mit uns frühstücken."

Nachdem Magnus verschwunden war, betrat ein großer gut gekleideter Herr den Raum. Er ging mit forschen Schritten auf William zu.

„My Lord, wir hatten bisher leider noch nicht persönlich das Vergnügen uns kennenzulernen. Darf ich mich vorstellen: Smith. Seit etwa zehn Jahren bin ich der Notar Ihres Vaters."

William ging ihm entgegen und reichte dem Notar die Hand. „Mr. Smith."

„Ich möchte Ihnen mein tiefstes Beileid aussprechen." Der Notar schüttelte Williams Hand, zugleich sah er ihm dabei konzentriert in die Augen. Verwirrt ließ William los. „Woher wissen Sie schon, was passiert ist?"

„Natürlich. Es tut mir leid", entschuldigte sich der Notar. „Aber Sie wissen, wie sich Nachrichten auf dem Land verbreiten. Gerade wenn es um wichtige Persönlichkeiten geht."

William sah ihn fragend an.

„Meine Sekretärin ist die Cousine zweiten Grades Ihrer Haushaltshilfe", erklärte Mr. Smith.

„Ich verstehe", sagte William und fügte hinzu: „Wollen Sie uns beim frühstücken Gesellschaft leisten?" Er machte eine auffordernde Handbewegung zum Platz nehmen.

„Darf ich Ihnen Todd Fletcher vorstellen, ein Freund aus London."

„Angenehm."

Der Notar nickte Todd zu, während er sich Todd gegenüber an den langen Tisch setzte. Dieser stand auf, holte eine Tasse vom Büfett, um sie vor den Notar zu stellen.

„Möchten Sie Kaffee?" fragte er dabei. Als der Notar bejahte, goss Todd ihm ein und setzte sich wieder.

„Vielleicht können Sie mir erklären, warum die Polizei ermittelt?", fragte William.

„Machen Sie sich da mal keine Sorgen. Sobald es um so eine wichtige Persönlichkeit geht, wird grundsätzlich sorgfältig vorgegangen", beruhigte der Notar William. „Ich vermute, die wollen Fremdverschulden ausschließen, zum Beispiel einen Einbrecher. Ganz sicher werden die feststellen, dass es sich um einen Unfall handelt und den Fall entsprechend abschließen."

William schüttelte den Kopf. „Den Eindruck hatte ich nicht bei dem Inspektor."

Der Notar blickte erstaunt zu William. „Darauf habe ich keinen Einfluss. Auf jeden Fall werde ich mich darum bemühen, dass..." Er suchte nach Worten. „Sie Ihren Vater so bald wie möglich beisetzen können."

„Danke", seufzte William erleichtert.

„Ich komme eigentlich aus einem anderen Grund zu Ihnen", erklärte Smith, dabei blinzelte er verlegen zu Todd hinüber.

Todd schaute zwischen dem Notar und William hin und her, als William nur mit den Schultern zuckte, schob er seinen Stuhl zurück. „Ich verstehe schon. Familienangelegenheit. Da sind Fremde nicht erwünscht," murmelte er. Er stand auf, nahm das Transistorradio vom Büfett und ging aus dem Zimmer.

„Vor ein paar Tagen", begann der Notar, als Todd die Tür hinter sich geschlossen hatte, „hatte Ihr Vater mich zu sich gerufen. Er wollte eine Änderung an dem Testament vornehmen."

William schauderte leicht, so etwas in der Art hatte er erwartet. Was sein Vater, bei einem ihrer letzten Gespräche, zu ihm gesagt hatte, würde er nie vergessen. Sein Verhalten wäre abartig, eklig und müsse bestraft werden. Er wäre eine Schande für die Familie. Er würde keinen einzigen Stein, keinen Cent erben. Dennoch hatte William nicht gedacht, dass sein Vater es wirklich umsetzen würde. „Er hatte mich schon darauf vorbereitet."

Der Notar wirkte erleichtert. „Dann kann ich Ihnen schon einmal vorab sagen: Sie werden nur den Titel erben. Bis zuletzt wollte Ihr Vater auch das verhindern, aber da hatte er keine Handhabe. Sie können das Testament selbstverständlich anfechten. Die Testamentsverlesung wird sich eine Weile verzögern. Bis dahin kann ich die Verwaltung des Anwesens übernehmen. Falls Sie mich damit beauftragen. Natürlich werde ich mich darum kümmern, dass es nicht zu lange dauert."

„Ich verstehe nicht. Wieso können Sie das Testament nicht verlesen?", fragte William erstaunt.

„Ich benötige stichhaltige Beweise, dass es sich wirklich um Ihre Schwester handelt."

„Meine Schwester?", rief William.

„Ja, natürlich", erwiderte der Notar verwirrt. „Sie sagten, Ihr Vater hätte Sie vorbereitet."

William schüttelte den Kopf. Darauf war er nicht gefasst. Plötzlich stand seine gesamte Welt auf dem Kopf. Er hatte immer darunter gelitten, ein Einzelkind zu sein. Jetzt war von einer Schwester die Rede.

Auf dem Familienfriedhof an der Ostseite des Grundstücks neben dem Grab seiner Mutter war ein Grab eines Kindes, mit dem gleichen Todesdatum. Daraus hatte er geschlossen, dass sowohl seine Mutter wie auch sein Geschwisterchen die Geburt damals nicht überlebt hatten. Manchmal war er dort hin gegangen, um mit seiner Mutter Zwiesprache zu halten. Wenn er gesehen hatte, wie nah dieses Geschwisterkind bei seiner Mutter lag, war er eifersüchtig geworden. Es durfte bei der Mutter sein, während er ganz alleine war. Deshalb hatte er diesen Grabstein des Kindes aus seinem Gedächtnis gebannt. Jetzt hieß es, dass er möglicherweise eine Schwester hatte?

„Erzählen Sie mir von der Schwester!", forderte er den Notar auf.

„Also", der Notar räusperte sich, „Sie wissen, dass Ihre Mutter bei der Geburt ihres zweiten Kindes verstorben ist?" Als William nickte, fuhr er fort: „Das Kind hat überlebt. Es war ein kleines Mädchen. Es war jedoch verkrüppelt, es hatte keine Arme, nur ein paar Finger an der Schulter, hat Ihr Vater erzählt. Er hat auch vermutet, dass es eine geistige Behinderung hatte."

William war schockiert. Bevor er die Sprache wiederfand, fuhr der Notar fort. „Ich kann Ihnen nur berichten, was Ihr Vater mir erzählt hat", entschuldigte er sich. „Er behauptete, in Ihrer Familie mit einem Jahrhunderte alten Stammbaum hätte es so etwas nie gegeben. Sie wissen ja, wie viel Wert Ihr Vater auf seine Abstammung gelegt hat. Alter Adel und so?"

Als William den fragenden Blick des Notars sah, wedelte er nur auffordernd mit der Hand.

„Er hätte das Kind sofort von seinem Burschen wegbringen lassen. Seine Vermutung war, dass das Kind schuld an dem Tod der Mutter war", murmelte der Notar. „Die Hebamme und der Doktor hatten Ihrem Vater damals geschworen, niemanden etwas von dem verkrüppelten Baby zu sagen. Das Kind ist glücklicherweise von einer Familie aufgenommen worden, es gibt dazu so eine Art Adoptionsurkunde, nicht nach den üblichen Normen."

Während er sprach öffnete seine Aktentasche und suchte zwischen den Papieren.

„Trotzdem denke ich, sie würde vor Gericht anerkannt werden. Ah, hier ist sie!" Er reichte William ein altes vergilbtes Dokument in einer Klarsicht Folie und fuhr fort: „Ich bin schon dabei, die Zeugen, die diese Urkunde unterschrieben haben, ausfindig zu machen."

William war nicht in der Lage, auf diese Informationen zu antworten. Er starrte auf die Urkunde in seiner Hand.

„Ich bin noch nicht dazu gekommen eine Kopie davon anzufertigen. Aber sobald ich sie habe, werde ich sie Ihnen zukommen lassen."

Der Notar streckte seine Hand nach dem Schriftstück aus und William gab es ihm zögernd zurück. Überwältigt schaute er in das mitfühlende Gesicht des Notars.

„Ihr Vater hat mir nicht erklärt, warum er jetzt in der Testamentsänderung Ihre Schwester als Alleinerbin eingesetzt hat. Er hat Ihrer Schwester einen Brief geschickt an eine alte Adresse, in der Hoffnung, dass der Brief sie erreicht."

„Wie meinen Sie das?", fragte William verwirrt.

„Möglicherweise ist sie verzogen. Oder sie ist schon gestorben. Die Lebenserwartung bei Schwerbehinderten ist in der Regel nicht sehr hoch", setzte der Notar nachdenklich hinzu. „Wahrscheinlich hatte Ihr Vater ein schlechtes Gewissen gegenüber dieser Schwester. Deshalb hat er wohl das neue Testament aufgesetzt. Auf jeden Fall er hat mich beauftragt, Ihre Schwester ausfindig zu machen."

Der Notar begann umständlich aufzustehen. William zuckte zusammen, er war so in Gedanken, dass er die Worte des Notars kaum wahrgenommen hatte.

„Ja, danke, dass Sie das in die Hand nehmen", zwang er sich zu sagen. Er stand auch auf und verabschiedete den Notar mit einem Nicken.

An der Tür wandte sich der Notar ihm zu, gleichzeitig öffnete er seiner Aktentasche. „Nur für den Fall, dass es sich doch ein Einbruch handelt, habe ich Ihnen die Liste der Wertgegenstände mitgebracht. Die Polizei wird Sie sicher fragen, ob etwas fehlt."

William nahm den Umschlag entgegen und legte ihn ohne ein Wort auf das Büfett.

7.

Seven Oaks Hall
North Wessex

Während Maeggan in Pewsey auf den nächsten Bus wartete, hatte sie sich eine Wanderkarte gekauft, auf der Seven Oaks Hall eingetragen war. Der Bus fuhr langsam durch die hügelige Landschaft und Maeggan verfolgte die Strecke auf ihrer Karte. Endlich konnte sie Seven Oaks Hall von weitem in einem Tal sehen. Das große Haus wirkte wie eine alte Trutzburg, die Geborgenheit ausstrahlte. Es lag mitten in einem weiten Park, der von einer alten niedrigen Steinmauer umgeben war. Südlich des Hauses glitzerte ein kleiner See in der Sonne. An der Westseite des Parks erkannte Maeggan in einem Wäldchen eine Gruppe großer alter Bäume, es schienen die Eichen zu sein, nach denen das Haus benannt worden war. Die Zufahrt schlängelte sich am Rande des Waldes zu einem großen Tor im Norden. Gegenüber dem Wäldchen waren an der Zufahrt kleinere Wirtschaftsgebäude zu erkennen. Der Bus fuhr um eine Kurve und Seven Oaks Hall verschwand hinter den Hügeln.

Wie es wohl gewesen wäre, hier aufzuwachsen? Im Sommer in den See baden. Vielleicht mit Geschwistern durch das Haus toben. Auf einem eigenen Pferd zusammen mit ihrem Vater ausreiten. Auf den Gesellschaften ihrer Mutter hätte sie mit den reichen Jungs getanzt...

Als der Bus in einem kleinen Dorf stoppte, stieg eine ältere Frau mit einer prall gefüllten Einkaufstasche ein.

„Polly!" Zwei Reihen vor Maeggan winkte eine Frau mit grüner Strickjacke und einem blauen Kopftuch. „Setz dich zu mir!"

Die ältere Frau schob sich mit ihrer schweren Tasche durch den Gang, und stellte die Tasche auf den Sitzplatz vor Maeggan. Anschließend ließ sie sich auf dem Platz neben der anderen mit der grünen Jacke sinken.

„Fährst du zum Herrenhaus?", fragte die Frau mit dem Kopftuch laut genug, dass Maeggan jedes Wort verstehen konnte.

„Ja, natürlich. Gestern war ich auch schon dort", schnaufte Polly und wischte sich mit einem Taschentuch über das Gesicht.

„Du weißt also, was passiert ist?"

„Ach, Nancy, lass mich erst mal einen Moment verschnaufen."

Der Bus fuhr wieder an. Gleich darauf sah Maeggan Seven Oaks Hall schon ein ganzes Stück näher vor sich liegen. Eigentlich war das Haus gar nicht so groß, es schien nur zwei Stockwerke zu haben. Auf dem Dach standen verstreut eine Unmenge von Schornsteinen, jedes Zimmer hatte wohl seinen eigenen Ofen oder Kamin. Selbst im Sommer war es wahrscheinlich hinter den dicken Mauern aus Granit ziemlich kalt. In dem unteren Stockwerk waren große bodentiefe Fenster zu erkennen, nach oben wurden die Fenster sehr klein. Zwischen dem Haus und dem See lag eine Terrasse, die mit Blumenrabatten unterbrochen war. Weder die Rabatten, noch der Gemüsegarten neben den Wirtschaftsgebäuden waren gepflegt. Der Rasen war nicht gemäht, auch zwischen den übrig gebliebenen Sommerblumen drängte sich das Unkraut. Aus der Ferne hatte alles märchenhaft einladend ausgesehen. Jetzt vom nahen wirkte es nur düster, ja sogar heruntergekommen.

„Im Dorf wird gemunkelt, der Earl wäre gestorben."

Maeggan blickte zu den beiden Frauen. Sprachen sie von Seven Oaks Hall?

Polly nickte. „Das ist richtig. Der Earl ist tot."

„Eigentlich nicht weiter verwunderlich, so krank wie der war", stellte Nancy fest. „Ich habe gehört, die Polizei wäre dort gewesen?"

„Das stimmt. Ich bin gleich nach der Polizei angekommen. An seinem Lungenkrebs ist er nicht gestorben", erzählte Polly. Nancy schlug erschrocken die Hand vor den Mund. „Wie schrecklich. Was ist passiert? Hast du ihn gesehen?"

„Nein. Die haben mich überhaupt nicht ins Haus gelassen." Sie schüttelte ihr graues Haar. „Aber ich habe mit Connor gesprochen."

„Conner. Der war in derselben Klasse wie meine Tochter, ist er nicht nach Marlborough zur Polizei gegangen?"

„Genau der", bestätigte Polly. „Er hat mir nur den Einkauf abgenommen und mich sofort wieder nach Hause geschickt."

„Hat der gar nichts erzählt?"

Polly faltete gemächlich das Taschentuch zusammen und steckte es ordentlich in ihrer Handtasche. „Ein bisschen was konnte ich schon erfahren."

„Erzähl schon!", drängelte Nancy. Maeggan hätte ihr am liebsten laut zugestimmt.

„Er ist die Treppe runtergefallen!"

„Konnte er überhaupt noch aufstehen?" Nancy ließ Polly nicht aus den Augen.

„Kaum", überlegte Polly. „Die Treppe runter gekommen ist er jedenfalls schon lange nicht mehr. Magnus hatte ihm immer das Essen nach oben gebracht."

„Und warum war die Polizei da?"

„Was meinst du?"

„Ach Polly sei nicht dumm. Wenn der Alte einfach so die Treppe heruntergefallen wäre, wäre die Polizei nicht aufgetaucht."

88

„Du willst sagen, jemand hat ihn die Treppe runterge-schubst?", rief Polly erschrocken.

„Das kann gut sein. Der Alte wohnt alleine in diesem Riesen-kasten mit dem ganzen Vermögen. Es ist ein Wunder, dass bis-her nicht eingebrochen worden ist. Wahrscheinlich hat er den Einbrecher überrascht. Der hat ihn...", sie machte eine schub-sende Handbewegung, während sie wissend zu Polly hinüber grinste.

„Obwohl er den Butler hat? Magnus passt sehr genau auf, dass immer alles abgeschlossen ist", erklärte Polly.

„Ja. Ja, der Butler", grinste die Jüngere.

„Jetzt hör aber mal auf, Nancy! Du kannst nicht einfach be-haupten, der alte Earl wäre von seinem Butler ermordet wor-den."

„Dann erklär mir mal, wieso die Polizei gekommen ist?", verteidigte sich Nancy. „Was hat Conner außerdem gesagt?"

„Er hat gar nichts gesagt." Polly holte tief Luft. „Ich habe durch die offene Eingangstür jemanden auf dem Boden liegen sehen. Drum herum standen die Polizisten und der Sanitäter."

„Ach, wie kommst du darauf, dass der Earl dort am Boden lag?"

„Ich habe den Pantoffel auf dem Boden liegen sehen. Das war ganz eindeutig der Pantoffel vom Earl. Wer sollte es sonst sein?"

„Du hast recht. William wohnt schon ewig nicht mehr hier."

Mittlerweile fuhr der Bus an der Parkmauer entlang. Die bei-den schauten zu dem Herrenhaus hinüber, dass zwischen den Bäumen immer näherkam.

„Der arme kleine William, jetzt ist er Vollwaise", seufzte Polly.

Nancy nickte. „Ja, erst hat er seine Mutter fürchterlich früh verloren und jetzt plötzlich seinen Vater."

In Maeggans Kopf drehte sich alles. Ihr Vater war also offensichtlich tot. Darüber hinaus war ihre Mutter schon vor langer Zeit gestorben. Eben noch hatte sie gehofft ihre wahren Eltern kennenzulernen, einen Moment später hatte sie sie schon wieder verloren. War ihre ganze Reise umsonst gewesen?

Maeggan schreckte auf, als Polly plötzlich aufstand und die Einkaufstasche direkt vor ihr aufhob.

„Magnus hatte heute Morgen angerufen und mich für heute bestellt", erklärte sie Nancy dabei.

Der Bus bremste an einem einsamen Haltestellenschild, während Polly sich zum Ausgang drängte. Erst als der Bus anfuhr, merkte Maeggan, dass sie auch hier hätte aussteigen müssen. Doch so aufgewühlt, wie sie sich jetzt fühlte, wollte sie nicht zu dem Haus gehen. Sie sah zu der Einfahrt, die sich im Schatten der Bäume verlor, sie wollte nur weg. Langsam fuhr der Bus an dem großen Eingangstor vorbei. Maeggan betrachtete die zwei steinernen Löwen, die rechts und links von dem Eingangstor auf ihren schwarzen Granit Säulen saßen, beide glotzten grimmig zu Maeggan hinüber. Der rechte hatte seine Tatze erhoben, auch wenn sie halbabgebrochen war, schien er nach Maeggan schlagen zu wollen.

„Ihr wollt mich hier nicht haben", murmelte Maeggan den Löwen nachschauend. Ach hätten Karl und Rebecca ihr den Brief direkt gegeben. Dann wäre sie rechtzeitig gekommen und hätte mit ihrem Vater sprechen können. „Wen kann ich jetzt fragen?", flüsterte sie enttäuscht.

Die Frau hatte etwas von einem Bruder gesagt. Wie sehr hatte sie sich Geschwister gewünscht. Sie überlegte, ob sie an der nächsten Haltestelle aussteigen und zurückgehen wollte. Ihr war, als ob die Löwen finster hinter ihr her starrten. Sie schüttelte sich. Auf keinen Fall sofort. Sie musste erst einmal herausbekommen, ob das auch wirklich stimmte, was die

Frauen gesagt hatten. Möglicherweise hatten sie von einer ganz anderen Familie gesprochen. Obwohl sie das nicht glaubte. Nur in einem war sie sich sicher, sie brauchte erst einmal Zeit für sich. Wohin sollte sie nun gehen? Ihr Blick blieb auf der Anzeigetafel hängen, die ihr gegenüber im Bus hing. Die Endstation war Avebury. Dort stand der Feenbaum unter dem sie damals angeblich gefunden worden war. Der Baum würde auch keine Auskunft geben. Trotzdem konnte sie ihn sich wenigstens ansehen, bevor sie eine Entscheidung traf. Außerdem musste sie überprüfen, was die Frauen gesagt hatten. In Avebury würde sie sicher eine Zeitung finden, in der etwas über den Earl von Seven Oaks Hall stand.

Seven Oaks Hall
North Wessex

Ständig wanderte Williams Blick durch die Terrassentür in den Park. Seitdem Todd heute Morgen das Frühstückszimmer verlassen hatte, war er nicht wieder aufgetaucht, obwohl er ihn dringend gebraucht hätte. Er musste ihm unbedingt von seiner Schwester erzählen. Frustriert ging William zu dem Schreibtisch auf dem sich die ungeöffneten Briefe stapelten. Seufzend setzte er sich an den Tisch. Gerade als er nach dem Brieföffner greifen wollte, kam Todd in die Bibliothek mit einem Umschlag in der Hand.

„Schau mal, was ich gefunden habe." Im gleichen Moment rief William: „Endlich! Ich muss dir etwas ganz Fantastisches erzählen."

Liebevoll lachend standen sie vor einander.

„Fang du an," unterbrach Todd den zärtlichen Moment, dabei legte er den Umschlag auf den Kaminsims.

„Ich habe eine Schwester!"

„Du hast was?"

„Eine Schwester!" grinste William. Er erzählte Todd von dem Gespräch mit dem Notar. „...er hat mich enterbt, zugunsten meiner Schwester."

„Was?", schnaufte Todd entsetzt.

Weiterhin erfüllt von Glück blickte William verwundert zu Todd.

„Natürlich werde ich den Titel erben, aber sonst nichts", bemerkte er.

„Von dem Titel kannst du dir nichts kaufen!" Todd ließ sich auf einen Stuhl neben dem Schreibtisch fallen.

„Der Titel ist mir egal", lachte William bitter. „Hast du nicht gehört? Ich habe eine Schwester!" Als er Todds überraschtes Gesicht sah, erklärte er: „Auch für mich war das absolut überraschend."

„Warum hat er dich enterbt?", fragte Todd verwirrt. Bevor William antworten konnte, sprang er auf, schlug mit der Faust auf den Tisch und gab sich sogleich selbst die Antwort: „Weil du schwul bist! Ganz sicher! Wie konnte er nur. Ja, dein Vater war ein Ekel, trotzdem damit geht er zu weit! Wenn er nicht gerade gestorben wäre, würde ich ihn jetzt umbringen. Schlimm genug, dass er mit deiner Einstellung nicht zurechtkam, dich deshalb abgelehnt hat und weder mich noch dich im Haus haben wollte. Dich deshalb gleich zu enterben. Nur weil du schwul bist. Das ist das Letzte."

William zuckte zusammen.

„Naja, er war halt aus einer anderen Zeit. Ich hatte schon immer das Gefühl, das er eigentlich nie wirklich aus dem Krieg zurückgekommen ist, er und seine Freunde. Er musste als junger Mann für Britannien kämpfen, obwohl er politisch auf der Seite der Deutschen stand. Das hat ihn zerstört."

„Das ist kein Grund, seinem einzigen Kind so viel Schreckliches anzutun", warf Todd ein.

„Nicht sein einziges Kind. Du darfst nicht vergessen, dass ich höchst wahrscheinlich eine Schwester habe", erinnerte William Todd.

„Das macht alles nur noch schlimmer", rief Todd. „Er hat einen Krüppel dir vorgezogen, das ist das Letzte." Er begann unruhig auf und ab zu gehen.

„Er hatte wohl ein schlechtes Gewissen", antwortete William leise. Eigentlich wollte er seinen Vater gar nicht verteidigen, aber es tat weh, Todd reden zu hören. Trotz allem hatte er sich bemüht seinen Vater zu lieben oder wenigstens zu ehren, wie es sich für einen guten Sohn gehörte. Gut, er zog häufig über ihn her, oft genug hatte er deswegen ein schlechtes Gewissen. Auf keinen Fall durften es andere tun, noch nicht einmal Todd. Das war eine Familienangelegenheit, die nur ihn selbst etwas anging.

„Ach was, er wollte dir nur eins auswischen, dich bestrafen, uns schaden."

„Ja, und wenn schon", rief William aufgebracht. „Falls meine Schwester gefunden wird, kann sie von mir aus alles hier haben. Mir ist es viel wichtiger, die Schwester zu haben."

Todd blieb vor William stehen. „Was willst du überhaupt mit ihr? Das ist ein Krüppel, wahrscheinlich ist sie auch ganz blöd im Kopf, so jemand ist auf jeden Fall nur eine Last."

„Das kannst du nicht verstehen. Ich bin jetzt ganz alleine. Du hast deine große Familie: deine ganzen Geschwister, deine Mutter. Selbst eine Schwester mit geistiger Behinderung, wäre nicht wirklich schlimm, ich würde liebend gerne für sie sorgen. Sie kann bei uns wohnen oder in einem Heim in der Nähe, damit ich sie jederzeit besuchen kann. Auf die Weise habe ich wenigstens einen Menschen, der mich braucht."

„Ich brauche dich auch!", sagte Todd kaum hörbar.

William hielt inne und schaute ihn bestürzt an. „Entschuldige, ich wollte dich nicht verletzen. Meine Liebe zu dir ist etwas anderes. Das kann man nicht mit Liebe innerhalb einer Familie vergleichen. Außerdem weißt du genau, wie sehr ich dich brauche." William zog Todd an sich. „Es ist alles viel zu viel auf einmal. Ich kann keinen klaren Gedanken mehr fassen."

Sie hielten sich lange in den Armen. Etwas später schob Todd William, ohne ihn loszulassen, ein wenig von sich weg. „Natürlich geht es darum, dass deine Schwester ein schönes Zuhause bekommt. Du könntest ihr Vormund werden und dich immer um sie kümmern."

„Ja das wäre schön", seufzte William. „Wenn sie hier mit uns wohnen kann, würde ich eine Pflegerin für sie einstellen."

Todd stimmte zu, gleichzeitig murmelte er mit einem abwertenden Blick durch den Raum vor sich hin: „Oder besser in London in der Nähe unserer Wohnung." Laut fuhr er fort: „Wir müssen sie außerdem erst einmal finden."

„Der Notar will sie suchen."

„Das ist gut. Obwohl es besser wäre, wenn wir deine Schwester vor dem Notar finden. Möglicherweise können wir uns mit ihr einigen."

„Du meinst, bevor sie weiß, dass sie die Alleinerbin ist?"

„Genau. Wir müssen uns mit ihr einigen, wer das Geld…"

William hielt die Luft an. Erst jetzt verstand er, worum es Todd in Wirklichkeit ging. Heftig stieß er Todd von sich. „Du denkst nur an das Geld! Es handelt sich um meine Schwester, den einzigen Menschen, den ich jetzt noch aus meiner Familie habe."

„Beruhige dich. Ich verstehe dich. Wir suchen erst einmal deine Schwester, anschließend sehen wir weiter."

William betrachtete Todd kritisch. Doch der schien Williams Blick gar nicht zu bemerken.

„Weißt du, wo die Schwester lebt?"

Als William nicht reagierte, legte Todd ihm den Arm um die Schultern. „Es muss doch irgendwelche Anhaltspunkte geben. Haben die Angestellten etwas erzählt, die Köchin, der Butler, der Notar? Oder gibt es Papiere im Haus?"

Nachdenklich schüttelte William den Kopf. „Von den Angestellten von damals arbeitet heute keiner mehr hier. Die Köchin ist eine Frau aus dem Dorf, die kommt nur mittags. Magnus ist erst seit zehn Jahren hier. Ach ja, der Hausarzt von damals ist auch schon lange tot."

„Was ist mit dem Diener oder Butler, oder was auch immer, der damals hier war?"

„Da war der Bursche von meinem Vater, er war zusammen mit meinem Vater aus dem Krieg heimgekehrt. Mein Vater hatte ihn weiter als Butler und Chauffeur beschäftigt. Er war immer sehr freundlich zu mir, aber er ist leider bald nach meiner Mutter gestorben. Das Einzige, woran ich mich erinnern kann, ist, dass ich gerne zusammen mit seiner Enkeltochter in dem alten Wagen gespielt habe, wenn er ihn gewaschen hat. Das ist auch alles, woran ich mich erinnern kann."

Todd ließ William los und trat ein paar Schritte zurück. „Moment mal! Du hast vorhin erzählt, dein Vater hätte deiner Schwester einen Brief geschrieben, also muss er irgendwo die Adresse haben."

William ging zu dem Schreibtisch hinüber. „Ich werde sofort anfangen zu suchen."

„Gut!", bestimmte Todd. „Ich nehme mir das Schlafzimmer vor. Wahrscheinlich hat er ihn dort geschrieben."

8.

Der Bus hielt in der Dorfmitte, direkt neben dem Pfarramt.

Maeggan wuchtete ihren Reiserucksack auf die Schultern, schnappte sich die Umhängetasche und stieg aus. Sie schaffte es knapp zur Tür hinaus, bevor diese sich wieder zischend schloss.

Die Dorfstraße lag im Licht der späten Nachmittagssonne verlassen vor ihr. Nur aus den Gärten, rechts und links von der Straße, drangen Stimmen spielender Kinder durch die Hecken. In einem Garten ein Stück hinter ihr kniete eine junge Frau, die zwischen den Beeten mit Sommerblumen Unkraut jätete. Neben dem Gartentor baumelte ein kleines Schild mit der Aufschrift „Bed & Breakfast", darunter stand in grüner Schrift „vacancies". Maeggan betrachtete den großen Platz vor ihr, um den das Dorf herum gebaut worden war. Nach dem riesigen Baum, der weit über die niedrigen Fachwerkhäuser hinausragte, hatte sie gesucht. Den würde sie anschauen, doch bevor sie auch nur einen Fuß in Richtung des Baumes gesetzt hatte, knurrte ihr Magen lautstark. Seit dem Frühstück hatte es bloß ein paar Kekse gegeben. Also erst einmal etwas zu essen. Sie schlenderte die Dorfstraße hinunter.

Es dauerte nicht lange, bis sie in einer Seitenstraße einen Pub mit einem kleinen Außenbereich entdeckte. Unter einigen Bäumen und Sonnenschirmen standen alte Holztische, umgeben von Bänken und Stühlen. Nachdem sie ihren Rucksack neben einem leeren Tisch etwas weiter hinten im Garten abgestellt hatte, sank sie erschöpft auf die Bank. Sobald sie die Augen schloss, erschien ihr noch einmal das große, düstere, steinerne Haus. Maeggan blickte in das Blätterdach über sich, auf den Zweigen hüpfte schilpend eine Schar Spatzen umher, die nur darauf warteten sich endlich auf herabfallende Krumen stürzen zu können. „Heute Morgen war ich noch zu Hause auf meiner gemütlichen Farm," flüsterte Maeggan mit feuchten Augen zu den Spatzen. Energisch schüttelte sie sich. „Quatsch. Ich brauche etwas zu essen, um wieder klar denken zu können."

Sie schaute sich um, bisher hatte sie keine Kellnerin gesehen. Um diese Uhrzeit war hier anscheinend nicht viel los. Zwei Tische weiter saßen ein Mann und eine Frau ins Gespräch vertieft. Sie diskutierten heftig miteinander sie gar nicht beachtend.

Maeggan griff nach der Speisekarte und überschlug, was sie sich zu essen leisten könnte. Hungrig wie sie war, hätte sie ein ganzes Steak verdrücken können, aber beim Anblick der Preise schrumpfte ihr Hunger auf eine Portion Irish Stew zusammen. Wenn sie sich dazu ein Getränk bestellte, würde ihr Geld sicher gut für ein paar Tage in der kleinen Pension reichen, deren Bed & Breakfast Schild ihr an der Bushaltestelle aufgefallen war.

Während sie überlegte, was sie sich zu trinken bestellen wollte, kam endlich eine Frau aus dem Pub an ihren Tisch. Sie trug einen kurzen schwarzen Rock mit einer weißen Bluse. Ihr leicht ergrautes Haar hatte sie zu einem festen kleinen Knoten hochgesteckt. Sie erinnerte Maeggan an die freundliche Frau in der Dorfbücherei bei ihr zuhause. Miss Ward hatte ihr immer geholfen, spannende Bücher auszuwählen, die Maeggan durch die kalten langen Winter halfen. Diese Frau hier sah ihr zwar ähnlich, sie war jedoch einige Jahre jünger. Geschäftstüchtig hielt sie in der einen Hand einen Block und in der anderen einen Stift. Anstatt Maeggan zu fragen, ob sie bestellen wollte, starrte sie sie nur mit großen Augen an. Maeggan räusperte sich.

„Ich würde gerne eine Portion Irisch Stew bestellen und eine Coke."

Die Frau rührte sich nicht. Maeggan wurde ungeduldig.

„Ist das möglich? Oder hat die Küche geschlossen?"

Erst jetzt kam Bewegung in die Frau. Sie schrieb eifrig auf ihren Block, anschließend hastete sie ohne ein Wort in den Pub zurück. Maeggan blickte sich um. Zum Glück schien niemand diesen komischen Auftritt bemerkt zu haben. Schon lange war sie nicht mehr so angestarrt worden. In ihrem Heimatort Brynhenllan hatten sich die meisten Leute an ihr Aussehen gewöhnt. Sie kannten sie von klein auf. Das hier war schon mehr als unangenehm gewesen. Sah sie wirklich so abenteuerlich aus?

Sie schnupperte an ihrem T-Shirt, schielte an sich hinunter und beschloss, sich etwas frisch zu machen, bevor das Essen kam. Nach der langen Busfahrt fühlte sie sich verschwitzt an, auch eine Toilette wäre nicht schlecht. Sich ihre Tasche umhängend ging sie in den Pub.

Im schummrigen Schankraum war niemand. Auf der rechten Seite kam ein Lichtstrahl durch eine angelehnte Tür, dahinter hörte Maeggan aufgeregte Stimmen. Sie wollte schon dorthin gehen, als ihr auf der linken Seite eine kleine leuchtende Beschriftung auffiel, die auf die Waschräume hinwies. Die Tür dorthin war schwer, Maeggan zog sie mit all ihrer Kraft auf. Anschließend betrat sie in einen kleinen Vorraum mit zwei Türen. Da es hier fast dunkel war, tastete Maeggan sich vorsichtig mit dem Fuß vorwärts. Endlich fand sie einen Lichtschalter, sofort tauchte eine flackernde Neonröhre den kleinen Vorraum in grelles Licht.

In dem großen Spiegel über dem Waschbecken erkannte sie sich selbst mit zerzausten Locken. Ihr T-Shirt war sowohl verschwitzt wie auch zerknittert. Dagegen konnte sie jetzt nichts tun, aber sie kramte die Haarbürste aus ihrer Umhängetasche.

Mühsam versuchte sie ihre Locken zu glätten. In dem kleinen Raum fand sie jedoch keinen Platz, wo sie ihre Hand hätte abstützen können, um überall hinzukommen. Verärgert steckte sie die Bürste ein. Sie musterte sich im Spiegel. Ein wenig besser sah sie schon aus, entschied sie. Sie war eine ganz normale junge Frau. Auf jeden Fall fand sie sich kein bisschen sonderbar. Bis auf ihre Arme. „Hallo T- Rex." Sie schmunzelte ihrem Spiegelbild zu. Der Tyrannosaurus-Rex schmunzelte zurückhaltend.

Die Stärke und Souveränität eines Tyrannosaurus-Rex hätte jetzt sie gerne, dann würde sie sicher nicht so dumm angestarrt werden, wie vorhin von der Kellnerin. Maeggan knurrte ihr Spiegelbild an. Der T-Rex knurrte zurück. Sie war es, gleichzeitig auch wieder nicht. Das Spiegelbild oder die Reaktionen der anderen Menschen erinnerten sie daran, dass sie kurze Arme hatte. Natürlich auch manche Handgriffe, die sie mit ihren Armen und Händen nicht einfach erledigen konnte. Vieles gab es da nicht. Sie hatte sich bisher nie wirklich behindert gefühlt. Nein, sie war ganz normal, nur dass eben manche Dinge, wie eine Tasche packen oder die Toilette zu benutzen, im Vergleich zu anderen komplizierter waren, meistens auch länger dauerten. In der Schule hatten ihr die anderen geholfen oder einfach gewartet, bis sie allein fertig geworden war. An komische Sprüche, neugierige oder sogar genervte Blicke konnte sie sich nicht erinnern. Oder wollte sie sich nicht daran erinnern? Möglicherweise war alles auch ganz anders gewesen, wahrscheinlich hatte sie sich ihre Kindheit nach Gutdünken zurechtgelegt.

Maeggan betrachtete ihr Spiegelbild. Nein, darüber wollte sie im Moment nicht nachdenken. Sie hatte keine Ahnung, wie es weitergehen sollte, außerdem lasteten die Eindrücke vom Nachmittag schwer auf ihr. Sie musste Entscheidungen treffen, vor allen Dingen dringend etwas essen. Resolut wandte sich Maeggan von dem Spiegel ab.

Als sie zurück an ihren Tisch zurückging, erschien sogleich die Kellnerin mit einem Tablett. Sie stellte einen großen Teller vor Maeggan ab und legte zögernd das Besteck daneben.

„Geht das, oder soll ich dir helfen, du armes Ding?", fragte sie dabei, mit einem mitleidigen Blick auf Maeggans Arme.

„Nein danke, ich komme sehr gut alleine zurecht." Maeggan zwang sich zu einer freundlichen Antwort. Sowohl der Blick der Frau als auch ihre Worte taten weh. Sie hätte am liebsten das Lokal verlassen. Die Kellnerin stellte die Coke neben Maeggan, ging jedoch nicht weg. Mit dem Tablett in der Hand glotzte sie neugierig auf Maeggan herab. Maeggan hätte sie gern weggeschickt, aber sie wollte nicht unfreundlich sein. Sie hatte Hunger und Durst, nur vor dem bohrenden Blick wollte sie nicht zu essen beginnen. Sie war doch kein Zootier oder im Zirkus.

Maeggan spürte, wie ihre Scham immer mehr zu Ärger wurde. Sie musste sich nicht schämen. Die Frau benahm sich unmöglich, nicht sie. In dem Moment als sie beschloss, etwas zu sagen, begann sich das Ehepaar am Nachbartisch zum Aufbruch fertig zu machen. Der Herr winkte die Kellnerin zu sich. Aufreizend widerwillig ging die Frau zu dem Ehepaar hinüber. Erleichtert griff Maeggan nach ihrer Coke, um einen großen Schluck zu trinken. Sie ärgerte sich über sich selbst, dass ihr keine schlagfertigere Antwort eingefallen war. Der Tyrannosaurus-Rex, der in ihr schlummerte, war noch nicht erwacht. Irgendwann würde sie das sicher hinbekommen, mit etwas Übung. Sie schielte zu dem Nachbartisch, die Kellnerin war zum Glück in dem Pub verschwunden, nachdem das Paar bezahlt hatte. Genüsslich machte Maeggan sich über ihrem Stew her.

Kaum war sie fertig, erschien wie aus dem Nichts die Kellnerin.

„Hat es geschmeckt?", fragte die Frau beim Abräumen. „Du hast so fein aufgegessen, möchtest du einen Nachtisch? Ich hätte da einen ganz leckeren Schokoladenpudding für dich."

Maeggan beherrschte sich mühsam. Sie zog nur die Augenbraue hoch, statt sich über diese herablassende Art zu beschweren. „Nein danke. Ich möchte bitte zahlen", gelang es ihr gelassen zu antworten. Während die Kellnerin den Teller ins Haus brachte, kramte Maeggan ihr Portemonnaie aus der Umhängetasche. Kaum hatte sie es vor sich auf dem Tisch gelegt, war die Frau schon zurück.

„Das macht 9 Pfund."

Interessiert beobachtete sie, wie Maeggan das Geld aus dem Portemonnaie fischte.

„Kann ich dir helfen?", fragte sie erneut.

„Nein danke, ich habe schon, was ich brauche." Maeggan schob ihr eine 10-Pfund-Note hin. „Es stimmt so."

Die Frau nahm das Geld entgegen. „Ganz toll, wie du das schaffst, wirklich. Ich helfe dir trotzdem gerne."

Maeggan schluckte, es kostete sie mittlerweile all ihre Kraft auch weiterhin höflich zu bleiben. „Ach, das ist für mich ganz normal, für mich sind das gewohnte Handgriffe."

„Ja, das glaube ich, trotzdem ich helfe wirklich gerne, dann geht es leichter." Die Frau stand mit ihrem offenen Portemonnaie neben ihr. Maeggan zog den Reißverschluss ihres Portemonnaies mit den Zähnen zu und wollte es in ihre Tasche zurückpacken.

„Lass mich das machen", hörte sie da plötzlich. Die Kellnerin griff an ihr vorbei nach Maeggans Portemonnaie. „Das kann man gar nicht mit ansehen, wie du dich abquälst."

„Lassen Sie Ihre Finger von meinen Sachen", fauchte Maeggan die Frau an. „Ich will keine Hilfe von Ihnen. Wenn ich Hilfe benötige, frage ich."

Sie schob ihr Portemonnaie in das Seitenfach. Schnell hängte sie sich die Tasche um und zog sie sich den Rucksack über die Schultern. Sie wollte auf der Stelle weg. Die ganze Situation war ihr schrecklich unangenehm.

„Das kann nicht wahr sein, da will man so einem armen Ding helfen und wird auf einmal so angeschnauzt", schnaufte die Frau, sie packte ihr Tablett, stellte scheppernd das Geschirr darauf und ging weiter schimpfend in den Pub.

Aufgewühlt verließ Maeggan den Außenbereich des Pubs. Hier würde sie nie wieder essen. Diese schreckliche Frau wollte sie schnellstens vergessen. Schleunigst ging sie weiter zu dem Bed & Breakfast, dass sie am Ortseingang gesehen hatte. Das kleine Schild neben der Gartenpforte zeigte weiterhin an, dass dort Zimmer frei waren.

„Come in & call" stand auf dem Messingschild an der Tür. Maeggan zuckte die Achseln und zog die Tür auf. Einen hellen Flur durchquerend trat sie an einen Tisch, auf dem eine kleine Glocke stand. In diesem Moment kam aus einer Tür neben dem Eingang eine junge Frau heraus. Sie war etwas älter als Maeggan, etwa genauso groß und sehr schlank. Über ihrem geblümten Kleid trug sie eine ordentliche weiße Schürze, unter der sich ein ziemlich dicker Babybauch abzeichnete. Sie streckte Maeggan lächelnd die Hand entgegen.

„Hallo, ich bin Caro. Brauchen Sie ein Zimmer?"

Maeggan starrte einen Moment verwirrt Caros Hand an, bevor sie sie ergriff. Es kam selten vor, dass ihr jemand Fremdes völlig unbefangen die Hand reichte, es war ein gutes Gefühl. Sie fühlte sich sofort willkommen.

„Hallo." Maeggan lächelte. „Ja, ich suche ein Zimmer. Mein Name ist Maeggan Thaylor."

Zugleich blätterte Caro in einem dicken Buch, das vor ihr auf dem Tischchen lag. Ihr schwarzer Pferdeschwanz wippte dabei auf und ab.

„Ich habe nur ein kleines unter dem Dach frei", erklärte sie. „Es ist klein, außerdem hat es auch kein eigenes Bad, das Bad ist ein Stockwerk tiefer. Dafür ist es sehr preiswert."

Maeggan atmete erleichtert auf. Eventuell konnte sie sogar mehrere Tage hierbleiben.

„Das ist prima, das nehme ich gerne." Sie stutzte. „Ich bin mir nicht sicher, wie lange ich in der Gegend bleibe. Ist das ein Problem?"

Freundlich abwinkend griff Caro nach dem Schlüssel, der an einem geschnitzten Baum hinter ihr an der Wand hing.

„Zimmer 15. Darf ich den Rucksack hinauftragen?"

Maeggan wollte schon dankbar ihren Rucksack abziehen, mit einem Blick auf Caros Bauch besann sie sich anders. „Nein, danke. Ich habe ihn den ganzen Tag getragen, da schaffe ich die Treppe auch noch." Sie folgte Caro die schmale Treppe hinauf.

„Haben Sie schon zu Abend gegessen?", fragte Caro. „Wir bieten nur Frühstück an, die Straße hinauf gibt es einen Pub, der eine gute Karte hat."

„Ja, dort war ich schon. Das Essen ist wirklich lecker". Ein wenig zu teuer für mich, vom bevormundenden Service ganz zu schweigen, ergänzte Maeggan in Gedanken.

„Da wären wir", rief Caro, während sie die Tür von Zimmer 15 öffnete. Unter der Dachschräge wartete ein einladendes Bett auf Maeggan. Auf der bunten Tagesdecke lagen ordentlich gefaltet zwei Handtücher. Am kleinen Fenster stand ein Tisch, auf dem sich ein kleiner Wasserkocher mit einem Tablett mit Tasse und Teebeuteln befand. Sonst gab es einen alten, bezogenen Sessel und eine kleine Kommode.

„Oh, das ist gemütlich", rief Maeggan erfreut. Zufrieden stellte sie den Rucksack neben das Bett.

Caro schmunzelte.

„Es ist mein Lieblingszimmer", meinte sie das Fenster öffnend. „Falls Sie etwas brauchen, rufen Sie mich einfach. Das Bad ist die Treppe hinunter, direkt rechts neben der Treppe. Es steht auch an der Tür."

Caro zögerte. Maeggan erkannte, dass sie gerne etwas gefragt hätte. Um ihr Mut zu machen, ging sie auf Caro zu.

„Sie sehen müde aus, wollen Sie sich nicht einen Moment setzen?"

Erleichtert seufzte Caro. „Oh ja, danke. Ich bin schon den ganzen Tag auf den Beinen. Meine Tante hat sich den Fuß verstaucht, deshalb brauchte sie hier dringend Hilfe mit den Gästen. Morgen kommt meine Cousine, um zu übernehmen, heute war nur ich erreichbar."

Caro sank in den Sessel, umfasste ihren Bauch mit beiden Händen und sah Maeggan in die Augen. „Ich möchte nicht neugierig sein, trotzdem ich bin es. Darf ich Sie direkt etwas fragen?"

Maeggan bejahte.

„Wo kommen Sie her? Was machen Sie hier in der Gegend so allein? Gäste wie Sie haben wir nicht so oft. Die meisten sind kleine Reisegruppen oder Ehepaare."

Maeggan lachte und setzte sich auf das Bett.

„Ich bin aus Wales, genauer aus der Gegend von Fishguard. Diesen Sommer habe ich die Schule abgeschlossen. Bevor ich mit dem Studium beginne, wollte ich das Land ein wenig erkunden."

„Oh, von der See", rief Caro. „Da hätte ich auch so gerne gelebt. Sind Ihre Eltern Fischer?" Ihr Blick wurde verträumt.

„Nein, wir hatten eine kleine Farm."

„Wie romantisch", schwärmte Caro. „Ich selbst bin in der Stadt aufgewachsen."

„So romantisch war das gar nicht", erklärte Maeggan. „Es gibt unheimlich viel Arbeit, so viel, dass wir die Farm jetzt aufgeben müssen."

„Warum denn das?", rief Caro entsetzt.

Maeggan suchte nach Worten. So viel wollte sie gar nicht von zuhause erzählen. Caros direkte, freundliche Art hatte sie ins Plaudern gebracht. Sie wollte trotzdem nicht gleich ihre ganze Lebensgeschichte preisgeben.

„Mein Dad hat wegen eines Unfalls vor ein paar Jahren ein steifes Bein. Damit schafft er die schwere Farmarbeit nicht mehr", antwortete sie. Zögernd fügte sie hinzu: „Meine Mam ist nicht ganz gesund, für sie wird es auch zu viel."

Caro betrachtete sie mitfühlend und holte tief Luft, um darauf zu antworten.

Maeggan merkte, dass sie nun doch erzählte, deshalb behauptete sie ohne lang zu überlegen: „Es gibt eine gute neue Lösung. Meine Eltern haben ein Haus in Swansea geerbt. Wir werden dorthin umziehen. Mein Dad kann in der Stadt eine Arbeit finden."

„Das Landleben einfach aufgeben, das ist traurig."

Maeggan schüttelte den Kopf. „Nein, für mich nicht. Ich werde im Herbst mit dem Studium beginnen, spätestens dann werde ich sowieso fortziehen."

Bevor Caro etwas erwidern konnte, hörten sie einen Ruf, der aus dem Flur unten zu ihnen hoch drang. Sie hievte sich schwerfällig aus dem Sessel hoch.

„Ich muss mal eben nach unten, ich komme gleich zurück."

105

Schon war sie aus der Tür verschwunden.

Maeggan schaute mit einem Seufzer zu dem Fenster hinüber. Eben hatte sie fröhlich behauptet, bald mit dem Studium zu beginnen, obwohl es wahrscheinlich gar nicht so einfach werden würde.

Sie erinnerte sich genau daran, wie Rebecca und Karl sich ständig Sorgen um sie gemacht hatten: „Was soll aus Maeggy werden, falls wir hier wegmüssen?", hatte Rebecca zu Karl gesagt. „Auf dem Hof ist sie sicher. Hier auf dem Dorf hat sie jeder aufwachsen sehen, alle haben miterlebt, wie sie laufen lernte, wie sie mit dir einkaufen ging. Aber weißt du noch, wie schwierig es war, Maeggy auf die höhere Schule in der Stadt anzumelden?"

Karl hatte grimmig gelacht. „Oh ja diese Trottel wollten von ihr, dass sie trotz ihres guten Zeugnisses einen Idiotentest machte. Obwohl der Schulleiter sie dank des Testes akzeptiert hatte, hatte es diese Lehrer und sogar Schüler gegeben, die nicht glauben wollten, dass unsere Maeggy intelligent genug für ihre Schule war."

Genau, trotz guter Noten war sie von manchen behandelt worden, als ob sie schwachsinnig wäre. Viel zu oft hatte sie beweisen müssen, dass sie mithalten konnte, es war ein ständiger Kampf für sie gewesen. Es hatte lange gedauert bis wenigstens ein paar der neuen Schüler sie nicht mehr hänselten. Maeggan hatte ihren Eltern nicht zeigen wollen, wie schwer es ihr manchmal gefallen war, zur Schule zu gehen. Würde sich das alles beim Studium wiederholen? Wie einfach wäre es, sich auf der Farm einzuigeln.

Maeggan fielen Karls Worte von damals ein: „Als wir hier angekommen waren, hätten wir auch ein Schaf mit zwei

Köpfen dabeihaben können. Die erste Zeit hattest du dich gar nicht getraut mit Maeggy ins Dorf zu gehen."

„Erst als der alte Doktor vorbeigekommen war, um uns zu begrüßen, und sich Maeggy angesehen hatte, war alles gut geworden. Er hatte Maeggy sofort in sein Herz geschlossen. Jeder, der Maeggy kennenlernte, hat sich sofort in sie verliebt. Wir doch auch, wie eine kleine Fee hatte sie ausgesehen", hatte Rebecca liebevoll geantwortet.

Ja, Rebecca hatte sie immer ihre kleine Fee genannt. Maeggan dachte an das Baby Foto von ihr, auf dem ein kleines pummeliges Baby mit goldenen Locken abgebildet war. Waren Feen wirklich so pummelig? Sie war damals etwa ein halbes Jahr alt gewesen. Fotos auf denen sie noch jünger ausgesehen hatte, gab es nicht, auch keine Erzählungen. Außer natürlich Rebeccas Märchen von dem Feenbaum.

Es klopfte an der Tür, gleichdarauf schob Caro fröhlich ihren Kopf durch den Türspalt.

„Es tut mir leid, dass ich plötzlich davongestürmt bin. Wollen wir morgen zusammen frühstücken?"

Maeggan war so in Gedanken versunken gewesen, dass sie Caro ganz vergessen hatte.

„Gute Idee", murmelte sie. „Ich freue mich ..."

Caro nickte, gleichdarauf war sie schon wieder verschwunden.

Maeggan stand auf und schaute aus dem Fenster zu der großen Baumkrone in der Dorfmitte.

Wie dumm hatte sie nur sein können? Eigentlich hatte Rebecca ihr die ganzen Jahre schon die Wahrheit über ihre Herkunft erzählt, als Märchen getarnt.

Zwischen den Häusern konnte sie im Abendlicht den Dorfplatz gut sehen. Umgeben von einer grünen Hecke ragte in der Mitte der große Feenbaum empor. Maeggan blätterte in dem

Flyer, der neben dem Teekocher gelegen hatte. Darin standen alle Informationen über den Baum. Früher hatte sich hier das ganze Dorf versammelt, um die Sommersonnenwende zu feiern. Noch immer erzählten sich die Leute, dass die Feen dort ihre Nester hätten. Immer wieder fand man kleine Geschenke an den Zweigen, kleine Blumensträuße, Briefchen und selbstgebastelte Glücksbringer, angehängt, um die Feen freundlich zu stimmen, was sie den Menschen gegenüber nicht immer waren. Freundlich gestimmt halfen sie den Menschen jedoch gerne. Ganz früher legte man kranke oder behinderte Kinder unter den Feenbaum in der Hoffnung, die Feen würden das Kind gegen ein gesundes eintauschen. Heute hofften die Menschen eher darauf, dass die Feen mit ihrem Zauber die Ernte gut werden ließen oder dass ihre Tiere beschützt würden. Einige Paare hängten auch kleine Geschenke an die Zweige, um die Feen zu bitten, ihnen bei ihrem Kinderwunsch zu helfen.

Hatte sie dort wirklich in einer Reisetasche unter dem Baum gelegen? Konnten ihre leiblichen Eltern so naiv gewesen sein, dass sie sie unter dem Baum abgelegt hatten, in der Hoffnung, dass sie gegen ein nicht behindertes Kind ausgetauscht werden würde? Maeggan schüttelte den Kopf. Nein, das glaubte sie nicht. Wahrscheinlich hatten sie sie loswerden wollen, es war ihnen egal gewesen, was aus ihr wurde. Wie gerne hätte sie ihnen gezeigt, dass sie zu einer hübschen selbstbewussten Frau herangewachsen war. Die Chance war verpasst. Vermutlich war es besser so, denn je mehr sie darüber nachdachte, desto wütender wurde sie auf ihre leiblichen Eltern. Wenn sie ihren Vater gegenübergestanden hätte, hätte sie ihn höchstwahrscheinlich selbst die Treppe hinuntergestoßen.

Rebeccas Geschichte war genauso naiv. An diesen Baum ein Sträußchen Blumen anzubinden, um ein Kind zu bekommen. Maeggan schnaufte. Trotz allem passte es zu Rebecca, die sich gerne in eine Märchenwelt zurückzog. Außerdem war ihr Wunsch in Erfüllung gegangen, Rebecca hatte ein Kind geschenkt bekommen und Maeggan das Leben gerettet.

Maeggan setzte sich auf die Fensterbank. Es war alles äußerst unwirklich.

Der laue Sommerwind wisperte durch die Zweige, große Motten schwirrten im letzten Abendlicht um den Baum, wie Feen tanzen sie umher, dachte Maeggan. Sie überlegte, ob sie jetzt zu dem Baum gehen wollte. Gleichzeitig spürte sie die Müdigkeit in sich, deshalb zog sie das Bett vor. Eine kleine Motte hatte sich durch das offene Fenster in ihr Zimmer verirrt. Rastlos flog sie um die Deckenlampe. „Wenn du eine Fee bist, um mir etwas zu sagen? Tu es! Ich höre zu", flüsterte Maeggan ihr zu.

9.

„Wow!", hörte Sullivan aus dem Fenster im ersten Stock. Gleich darauf öffnete sich auch das danebenliegende Fenster und jemand pfiff laut hinter ihr her. Eigentlich hatte sie überhaupt nichts dagegen, wenn Männern ihre gute Figur auffiel. Jedoch nicht am Arbeitsplatz. Schon ärgerte sie sich darüber, dass sie am Morgen das Sommerkleid gewählt hatte. Es betonte ihre Figur, außerdem war es im Gegensatz zu dem Tweed Kostüm für die Temperaturen genau das richtige. Sie hätte ahnen müssen, dass es bei ihren Kollegen etwas zu gut ankommen würde. Joyce Sullivan betrat das Kommissariat und eilte sportlich die Treppe hinauf. Dort begegnete sie den Kollegen, die eben an den Fenstern gestanden hatten. Als diese sie erkannten, wollten sie sich verlegen an ihr vorbei drängen, dabei ließ Petersen es nicht aus, sie von oben bis unten zu mustern.

„In dem Kleid siehst du wirklich toll aus", murmelte er dabei.

Connor druckste mit rotem Kopf herum: „Mmmh, du bist das Sullivan, ich hab dich gar nicht erkannt. Hast du Urlaub?"

„Nein, ich habe die Assistentenstelle beim Chef bekommen", konterte sie verärgert und ließ die Kollegen stehen, die ihr mit offenem Mund hinterher starrten.

Genau so etwas hatte sie befürchtet, und auf genau so etwas konnte sie sehr gut verzichten. Sie holte die Akte, die sie am Vortag angelegt hatte, zusammen mit einem dicken braunen Umschlag aus dem Büro, das sie mit ihren Kollegen teilte. Schwungvoll betrat sie das Büro von Inspektor Green.

„Guten Morgen, Sir."

Green sah von den Papieren auf, die er gerade las. Auch er musterte sie einmal von oben bis unten an, zum Glück schwieg er.

Nie wieder dieses Kleid, dachte Sullivan. Gelb mit aufgedruckten großen Mohnblumen war es ein richtiger Hingucker. Sie legte den Umschlag vor sich auf den Tisch. Etwas verlegen fing sie an in der Akte zu blättern. „Ich habe die Alibis überprüft, Sir."

Green lehnte sich zurück und faltete die Hände über seinem Bauch. „Legen Sie mal los."

„Der junge Earl war anscheinend wirklich den ganzen Tag in seiner Londoner Wohnung", begann Sullivan, während sie blätterte. „Hier", sie legte die offene Akte vor Green, dabei tippte sie auf die aufgeschlagene Seite. „Die Londoner Polizei ist extra bei der Haushälterin vorbeigefahren, um sie zu befragen. Sie haben das Protokoll, der Befragung, sofort per Fax an uns weitergeleitet."

Sie drehte die Akte zu sich und las vor: „Der junge Herr hat den ganzen Tag an seiner Abschlussarbeit gesessen. Zum Lunch habe ich ihm einen paar Sandwiches vorbereitet. Als ich ihm später den Tee brachte, hatte er sie nicht einmal angerührt, so vertieft war er in seiner Arbeit." Sullivan hob den Kopf. „In vier Stunden hätte er es nie hin und zurück geschafft."

„Wie kommen Sie auf vier Stunden?", fragte Green irritiert.

„Lunch wird zwischen zwölf und eins serviert. Tee gibt es selbstverständlich um 16:00 Uhr", erläuterte Sullivan.

„Ja, das klingt plausibel." Green zog die Akte zu sich heran, um das Protokoll der Londoner Polizei selbst zu lesen. „Damit ist er erst einmal aus dem Schneider." Er blätterte weiter. „Was ist mit dem Butler?", knurrte er dabei.

„Darf ich?" Sullivan nahm Green die Akte aus der Hand und schlug eine Seite etwas weiter hinten auf. „Ich habe gestern selbst bei der Adresse angerufen, die der Butler uns gegeben hatte. Anscheinend hatte er dort ein Bewerbungsgespräch."

„Mmh, das erklärt sein Verhalten."

Fragend blickte Sullivan von dem Protokoll in ihrer Hand auf. Green lächelte. „Ich hatte den Eindruck, er wollte vor seiner Herrschaft nicht sagen, wohin er gefahren war. Der neue Earl weiß wahrscheinlich gar nicht, dass er bald ohne Butler dastehen wird."

„Das kann gut stimmen. Ich hatte auch nicht den Eindruck, dass der Butler und der junge Earl von Seven Oaks Hall sich gut verstanden."

Verwundert betrachtete Green Sullivan, ihm war das nicht aufgefallen. „Wie kommen Sie darauf?"

„Haben Sie gesehen, wie er den jungen Earl angesehen hat?"

Green zog fragend die Augenbraue hoch.

„Das war alles andere als freundlich, wohl eher schon herablassend", erinnerte Sullivan.

Anscheinend hatte er mit Sullivan eine wirklich aufmerksame Assistentin bekommen. Er rieb sich zufrieden die Hände. Währenddessen fuhr Sullivan mit ihrem Bericht fort: „Der Butler von dort gab an, der Butler von Seven Oaks Hall wäre schon um 13:30 Uhr wieder gefahren."

„Jetzt wird es interessant. Sein Alibi hat also eine große Lücke. Zeit genug um rechtzeitig in Seven Oaks Hall zu sein. Das bedeutet, wir müssen uns den Butler unbedingt wiederholt vorknöpfen."

Sullivan setzte sich. „Sie verdächtigen nur ihn?"

„Ich verdächtige erst einmal alle. Die Lücke im Alibi ist auf jeden Fall sehr auffallend. Außerdem benahm der Butler sich, als ob es sein eigenes Haus sei. Das allein war schon merkwürdig."

„Sein Verhalten wundert mich nicht. Nach allem was man in letzter Zeit gehört hatte …" Sullivan zögerte, doch Green sah sie auffordernd an.

„Die ganze Familie lebte sehr zurückgezogen. Der alte Earl muss ein schrecklicher Kerl gewesen sein. Hier in der Gegend gab es viel Gerede über die Familie. Es war allgemein bekannt, dass sein Sohn ihn äußerst selten besucht hat. Auch sonst wollte niemand von hier wirklich Kontakt mit ihm haben. Seine seltenen Besucher kamen anscheinend aus ganz verschiedenen Gegenden."

„Wie kommen sie darauf?", fragte Green verwundert.

„Mein kleiner Neffe wohnt im Dorf nahe von Seven Oaks Hall. Er und seine Freunde haben die unterschiedlichen Autokennzeichen gesammelt. Er ist ganz stolz auf seine Sammlung, die sich auf ganz Großbritannien erstreckt. Auch ein paar Adelige aus der Umgebung waren dabei. Hauptsächlich haben sie sich wohl zur Jagd getroffen, aber sicher nicht nur. Die Herrschaften schienen alle anscheinend die gleichen verquere Gedanken zu haben wie er."

„Verquere Gedanken?"

Sullivan griff nach dem braunen Umschlag, um einen Stapel Papiere herauszuziehen. Es waren alte Notizhefte und Zeitungsausschnitte. Green den Stapel reichend erklärte sie: „Mein Onkel hat sich seit Jahren für die Machenschaften des Earls interessiert. Ich bin heute Morgen extra bei ihm vorbeigefahren, um dieses Dossier bei ihm abzuholen."

Green nickte anerkennend in dem Dossier blätternd, gleichzeitig fing Sullivan an zu erzählen. „Seine Lordschaft pflegte schon als junger Mann während des zweiten Weltkrieges einen sehr engen Kontakt zu den Deutschen. Manche nehmen sogar

113

an, er hätte für die Deutschen spioniert. Seine Gesinnung hat er nie abgelegt. Auch seine Frau hatte ihn wohl nicht dazu bewegen können, seine Ansichten zu ändern. Früher gab es mehrmals im Jahr auf Seven Oaks Hall große Treffen von Anhängern der verbotenen Partei British Union of Fascists, auch Margarete Joyce soll zu Gast gewesen."

Green warf ihr einen fragenden Blick zu.

„Die Ehefrau von William Joyce, dem berühmten Nachrichtensprecher, der 1946 hingerichtet wurde."

„Und?", hakte Green ungeduldig nach.

„William Joyce war der Propagandabeauftragte der BUF. Mitten im Krieg ist er mit seiner Frau nach Deutschland geflüchtet. Er war der Sprecher des von Deutschland ausgestrahlten englischsprachigen Radioprogramms. Als wir Hamburg besetzt hatten, ist er geflohen, wurde bald darauf gefasst und nach Großbritannien gebracht. Nach seiner Hinrichtung wurde seine Frau immer wieder von alten Freunden unterstützt."

„Ach Sie meinen Lord Haw Haw. Ja, von dem haben wir damals sogar in Neuseeland gehört."

Sullivan nickte. „Das war sein Spitzname." Sie beendete ihren Bericht mit den Worten: „Vor einigen Jahren bekam der Earl Lungenkrebs, seitdem ist es immer stiller um ihn geworden. Anscheinend hat sich der Butler wirklich um alles gekümmert."

„Und Arlington?" Green legte die Papiere auf den Tisch. „Was können Sie mir über den jungen Arlington sagen?"

Sullivan zog einen kleinen Block aus ihrer Umhängetasche und suchte darin.

„Ich habe mich heute Morgen in den umliegenden Dörfern ein wenig umgehört, keiner konnte mir viel über William Arlington sagen. Er ist in den letzten Jahren fast nie in der Gegend gesehen worden. Seit ein, zwei Jahren hatte er seinen kranken Vater wohl ab und zu besucht, manchmal war er dann

114

zusammen mit einem anderen jungen Mann in den umliegenden Pubs essen."

„Wer der andere junge Mann war, wissen Sie nicht?", hakte Green nach.

Sullivan schüttelte verlegen den Kopf. „Leider nicht. Niemand kannte ihn. Ziemlich sicher war er nicht aus der Gegend."

„Wir müssen den Earl nach ihm fragen. Oder den Butler und die Hausangestellten."

Green machte sich eine Notiz. „In einem Haus dieser Größe gibt es sicher viel mehr Angestellte."

„Da waren außerdem zwei Pfleger, die der Arzt organisiert hatte." Sullivan tippte auf ihr Notizbuch. „Die Namen mit den Adressen habe ich mir notiert. Die Köchin ist eine Frau aus dem Dorf, die nur alle paar Tage über Mittag im Haus ist."

„Gut." Green lehnte sich in seinem Stuhl zurück.

„Kümmern Sie sich bitte der Vollständigkeit halber auch um deren Alibis. Außerdem müssen wir wissen, wer alles einen Hausschlüssel besitzt."

Er griff noch einmal nach den Papieren, die er am Anfang ihres Gespräches beiseitegelegt hatte. „Die Spurensicherung hat keinerlei Einbruchsspuren an der Terrassentür gefunden. Sowohl im Haus als auch im Garten gibt es nichts, was auf einen Einbruch hindeuten würde. Entweder wir haben es hier mit einem äußerst geschickten Einbrecher zu tun, oder er besaß einen Hausschlüssel. Ich werde sobald wie möglich erneut den Butler aufsuchen."

Sullivan packte bedächtig ihr Notizbuch ein. Zögernd blieb sie an der Tür stehen.

„Oder ist noch etwas?", fragte Green.

„Ich hatte gehofft, bei dem Gespräch mit dem Butler dabei sein zu können."

Green lachte auf. „Vielleicht haben Sie Glück. Ich werde ihn aufsuchen, nachdem ich den Obduktionsbericht eingesehen habe. Könnten Sie mal nachsehen gehen, ob er an der Pforte abgegeben wurde?"

Sullivan griff nach der Türklinke. „Selbstverständlich, Sir. Ich bin schon unterwegs."

Als sie den Gang entlangeilte, kam ihr Petersen entgegen. Er hielt einen Aktendeckel in seiner Hand. „Ich soll euch das hier vorbeibringen", murmelte er, während er Sullivan den Obduktionsbericht reichte. Sullivan nahm ihm die Akte ab.

„Sehr gut. Wir haben schon darauf gewartet", sagte sie knapp.

Mit rotem Kopf schielte Peterson zu Sullivan hinüber, bevor er eilig die Treppe hinunter verschwand. Sullivan grinste ihm hinterher, streckte ihren Rücken durch und ging zurück in Greens Büro. Green nahm den Bericht verärgert entgegen.

„Vorläufiger Obduktionsbericht?" Er schüttelte den Kopf.

„Wie lange die wieder mal gebraucht haben! Ich kann nicht ständig warten, bis die Herren sich endlich mal zum Arbeiten entschließen."

Green schlug den Bericht auf. „Keine Kampf oder Abwehrspuren am Körper des Toten. Die Prellungen können von dem Sturz verursacht worden sein. Todesursache: der Sturz. Jedoch kein Hinweis darauf, wie es zu dem Sturz kam." Wütend schlug er den Bericht zu und knallte ihn auf den Tisch. „Kein klares Ergebnis!"

Genau das hatte er befürchtet. An sich war der Fall ganz nach seinem Geschmack: sowohl unklar als auch kompliziert. Falls es jedoch ein Unfall gewesen war, waren die Chancen auf einen Stellenwechsel vertan. Er ging gereizt hinter dem Schreibtisch auf und ab. „Die können sich nicht entscheiden, ob er gestolpert ist oder geschubst wurde."

Als er bemerkte, wie Sullivan den Obduktionsbericht nahm, blieb er stehen. „Was meinen Sie?"

Sullivan räusperte sich. „Ich meine…"

„Jetzt kommen Sie schon, heraus mit Ihrer Meinung!", forderte Green sie auf.

„Es sieht mir nicht nach Mord aus", spekulierte Sullivan mutig.

Green lachte bitter auf. „Ja, auf den ersten Blick." Er setzte sich erneut. „Jedoch nehmen wir die Lebensumstände des Alten in den Blick, seine Krankheit sowie seinen Besitz, dann haben wir einige Motive, die dafürsprechen. Hinzu kommt das lückenhafte Alibi des Butlers. Außerdem haben wir die Hausangestellten bisher nicht vollständig befragt. Auch ist bisher nicht geklärt, warum die Terrassentür offenstand."

„Sie vermuten, es könnte trotzdem ein Einbruch gewesen sein? Der Einbrecher könnte von dem Earl entdeckt worden sein? Dass es zum Kampf gekommen ist? Oder besser: nicht direkt zum Kampf. Es reichte sicherlich eine heftige Handbewegung, möglicherweise bei einem Streit oben an der Treppe. Also nicht Mord, sondern Totschlag?"

„Auf jeden Fall gibt es weiterhin zu viele offene Fragen, um die Akte jetzt schon abschließen zu können. Obendrein verrät mir irgendetwas, dass da viel mehr dahintersteckt", überlegte Green nachdenklich. Als er ihren fragenden Gesichtsausdruck sah, ergänzte er: „Arlington und der Butler verschweigen einiges." Er grinste. „Irgendetwas ist in diesem Haus verborgen, ganz wie man es von einem alten englischen Schloss erwarten würde. Aber nun mal los!" Er wedelte mit der Hand zu Sullivan. „Kümmern Sie sich um die anderen Alibis. Bei allen

Gespenstern, die durch das Schloss geistern, zählen für uns nur Fakten. Die gilt es zu sammeln."

Mit einem Grinsen auf dem Gesicht, schaute er Sullivan nach, wie sie den Gang entlangeilte.

Ihr Enthusiasmus war ansteckend. Sein Ärger war verpufft, freudig griff er nach dem Dossier, dass Sullivan mitgebracht hatte. Warum war er nicht schon früher auf die Idee gekommen, sich Sullivan als Assistentin zu nehmen. Mit so viel Schwung, aufmerksamer und konzentrierter als heute Morgen, war er schon lange nicht mehr an die Arbeit gegangen.

Avebury
Grafschaft Wiltshire

Am nächsten Morgen betrat Maeggan den Frühstücksraum. Außer ihr war niemand da, kaum einer der Tische war noch für das Frühstück eingedeckt. Wahrscheinlich waren die meisten Gäste schon aufgebrochen. Maeggan nahm sich eine Tageszeitung, die auf einem kleinen Tisch direkt neben der Tür lag und setzte sich ans Fenster. Auf dem Titelblatt war ein Herr in Jagdkleidung abgebildet. Direkt darunter stand: Earl von Seven Oaks Hall verstorben. Was die beiden Frauen gestern im Bus erzählt hatten, stimmte demgemäß. Aufgewühlt betrachtete sie das Foto, ihr leiblicher Vater war gestorben einen Tag, bevor sie mit ihm hätte sprechen können. Abermals war sie wütend auf Karl und Rebecca, dass sie wegen ihnen diese Chance verpasst hatte. Trotzdem würde sie weiter nach ihrer Herkunft forschen. In dem Artikel stand, dass seine Frau, die Baroness, schon vor circa 18 Jahren verstorben sei. Also kurz nach ihrer Geburt, überlegte Maeggan, oder vielleicht sogar bei ihrer Geburt. Ja, so

118

musste es gewesen sein. Keine Mutter würde ihr Kind im Stich lassen. Seufzend blätterte Maeggan weiter durch die Zeitung, doch sie fand keine weiteren Informationen.

Caro kam geschäftig durch eine Tür, die wohl zur Küche führte. „Guten Morgen, haben Sie gut geschlafen? War es auch nicht zu warm? Das Zimmer vermietet meine Tante im Hochsommer nicht gerne, weil es unter dem Dach liegt", rief sie fröhlich.

„Oh, ich habe ganz super geschlafen. Meinem Zimmer zuhause lag auch unter dem Dach, da wurde es schrecklich stickig, hier dagegen blieb es schön frisch", antwortete Maeggan.

„Nichts geht über eine gute Dachisolierung", sagte Caro. „Was möchten Sie trinken, Kaffee oder Tee?"

Zuhause hatte es immer Tee gegeben. Rebecca hatte es bestimmt. Sie wusste immer am besten, was für alle anderen das Richtige war. Wenn man anderer Meinung war, fing sie an zu weinen, deshalb hatten sich Karl und Maeggan angewöhnt, lieber nachzugeben.

„Ich hätte gerne Kaffee."

„Gut. Ich bringe ihn gleich. Da drüben ist das Büfett. Falls etwas fehlt, sagen Sie mir einfach Bescheid, ich bringe es sofort."

Caro eilte schon auf die Küche zu. In der Tür wandte sie sich um.

„Wollen wir uns nicht lieber duzen? Wir sind fast gleich alt, da kommt mir das Siezen sehr steif vor."

„Ja, gerne", antwortete Maeggan.

Maeggan ging zum Büfett. Sie war froh, dass sie allein war. Jetzt konnte sie sich bedienen, ohne sich ständig beobachtet zu fühlen. Bequem war es trotzdem nicht. Sie musste sich sehr herunterbücken und den Teller ständig zwischen den Schalen und Behältern abstellen, um sich etwas aufzutun. An die Butter sie kaum heran, auch bei der Marmelade musste sie aufpassen, dass ihre Haare nicht hineingerieten. Trotzdem hatte sie keine Lust, um Hilfe zu bitten. Sie genoss ihre Freiheit.

Während sie sich ihren Toast mit Butter und Marmelade bestrich, erschien Caro mit dem Kaffee.

„Ich muss ein wenig in der Küche aufräumen, danach hätte ich etwas Zeit, um unser Gespräch von gestern Abend fortzusetzen", schlug sie vor.

Maeggan nickte. „Gerne."

Nachdem sie sich mit zwei Tassen Kaffee, Toast und Rührei gestärkt hatte, holte sie sich gerade am Büfett ein Glas Orangensaft, als Caro zu ihr an den Tisch kam. Sie sie setzte sich mit einer Tasse Tee Maeggan gegenüber.

„Ich hoffe, du findest mich nicht aufdringlich, als du gestern Abend da im Flur gestanden hast, war ich wirklich überrascht."

„Mmh", machte Maeggan. Sie wusste nicht, was sie sagen sollte. Daran war sie schon gewöhnt. Früher hatten die Kinder in der Schule sie meistens direkt auf ihre Arme angesprochen, erst wenn sie klar und direkt erklärt hatte, dass sie nun mal einfach so geboren sei, waren ihre Arme schnell kein Thema mehr gewesen. Erwachsene reagierten da anders. Wie diese schreckliche Frau im Pub am Vorabend. Caro jedoch hatte sich völlig normal verhalten.

„Weißt du, es ist nämlich nicht das erste Mal, dass ich jemanden mit kurzen Armen sehe. Eigentlich sehe ich diesen Jemand sogar sehr häufig." Caro lachte. „Mein Mann hat die gleichen Arme wie du. Naja ähnliche", überlegte sie Maeggans Hände genau betrachtend. „Seine Finger sind anders gebogen und ich glaube, seine Arme sind wahrscheinlich ein paar Zentimeter länger als deine."

Maeggan wurde rot. Bisher hatte es kaum jemanden gegeben, der so unbefangen über ihre Arme gesprochen hatte. Nicht einmal Karl und Rebecca schafften das.

Sie schluckte. „Ich habe gar nicht gewusst, dass es außer mir noch jemanden mit solchen Armen gibt. Ich dachte, ich wäre allein."

„Das glaubst auch nur du!" Caro lachte laut auf. „Nein, nein! Es gibt eine ganze Menge von euch, sowohl hier in Britannien wie auch in anderen Ländern. Das war damals wirklich eine richtige Katastrophe. Haben dir deine Eltern nichts davon erzählt?"

Maeggan schüttelte nur den Kopf.

Erstaunt musterte Caro Maeggan.

„Du weißt gar nichts darüber?", fragte sie leise.

Maeggan schüttelte erneut den Kopf.

„Ok, …" Caro holte tief Luft. „Nun, ich kann dir das alles nicht so gut erklären wie Fynn. Auf jeden Fall ging es um ein Medikament, das die schwangeren Mütter eingenommen hatten, das man zuerst für völlig harmlos gehalten hatte."

Sie zögerte einen Moment. „Ich weiß nicht, warum du hier bist, aber vielleicht hast du mal Zeit und Lust, uns zu besuchen. Fynn kann dir alles viel besser erklären."

„Das würde ich gerne." Mehr konnte Maeggan nicht sagen, sie war begeistert über die Aussicht, den Grund für ihre kurzen Arme zu erfahren.

„Prima! Wir wohnen in Marlborough, ich schreibe dir später die Adresse auf. Ich fahre heute noch nach Hause. Fynn will mich daheim haben, jetzt wo unser Kind jederzeit kommen kann. Ich denke, es braucht noch ein paar Tage, nur Fynn ist viel aufgeregter als ich."

Sie strich sich über ihren Bauch.

Maeggan schluckte.

„Hast du nicht Angst, dass dein Kind auch", sie zögerte, „besondere Arme hat?", traute sie sich zu fragen.

Caro lachte nur. „Nein, nein. Das ist nicht vererbbar. Unser Henry, unser erstes Kind, er ist schon zwei, ist ganz normal", erklärte sie stolz. Sie stockte. „Ich meine, er hat ganz normal lange Arme und Beine und so."

„Wow, ihr habt schon bald zwei Kinder", staunte Maeggan.

Caro war kaum älter als sie, gleichzeitig war ihr Mann ähnlich behindert wie Maeggan. Trotzdem hatten sie eine ganz normale Familie. Ob sie selbst auch irgendwann eine eigene Familie hätte?

„Ich komme euch wirklich gerne besuchen. Ich finde das unglaublich spannend. Deinen Fynn und Henry möchte ich unbedingt kennenlernen."

„Fantastisch!", rief Caro freudig. „Fynn wird staunen, wenn ich ihm von dir erzähle. Du kannst nachher gerne mit mir mitfahren." Caro griff nach ihrer Teetasse.

Maeggan schluckte. „Das geht nicht ", entgegnete sie langsam.

Verwundert schaute Caro sie an. Gleichdarauf lachte sie. „Entschuldige. Ich bin oft zu forsch, Fynn sagt das auch. Natürlich möchte ich mich nicht aufdrängen. Du hast sicher etwas vor."

„Ja, ich will mir unbedingt den Feenbaum und das Dorf ansehen. Ich kann heute Abend den Bus nehmen", behauptete sie. „Falls es euch passt."

„Klar, der Baum ist auch wirklich etwas Besonderes. Fast alle unsere Gäste kommen nur seinetwegen hierher." Caro stand auf und fing an die anderen Tische abzuräumen. „Falls ich dir hier was helfen kann, sag es mir."

„Oh, weißt du zufällig, wo hier das Standesamt ist?", fragte Maeggan eine Eingebung folgend.

„Das Registry Office?", wiederholte Caro.

„Moment, ja, das ist direkt neben dem Schulhaus am anderen Ende des Dorfplatzes."

Maeggan erkannte, dass Caro liebend gerne gefragt hätte, was sie dort wollte. Sie war Caro dankbar, dass sie es nicht tat, sondern mit dem schmutzigen Geschirr in der Küche verschwand.

Nachdem Maeggan die ganze Nacht von Feen, Feenbäumen sowie alten gruseligen Spukschlössern geträumt hatte, hatte sie am Morgen beschlossen, hier im Ort nach Spuren ihrer Herkunft zu suchen. Wenn Karl und Rebecca sie hier unter dem Baum gefunden hatten, musste es doch irgendwer mitbekommen haben. Zum Beispiel der Pfarrer, den Karl erwähnt hatte.

Wieder ärgerte sie sich darüber, dass die beiden sich ständig davor gedrückt hatten, ihr mehr von damals zu erzählen. Hatten sie sie geraubt? Aber warum hatte dann ihr Vater ihr geschrieben? Hatte er sie verkauft? Sie wollte unbedingt dieses Geheimnis lüften. Deshalb würde sie diesen kleinen Ort auf den Kopf stellen. Sie würde alle Leute fragen, die sich möglicher Weise an damals erinnern konnten. Anfangen wollte sie in der Pfarrei. Jetzt war ihr der Gedanke gekommen, dass es hier auch so etwas wie ein Standesamt geben musste.

Etwas später ging Maeggan über den Dorfplatz auf das Registry Office zu. Sie war vorher bei dem Pfarramt gewesen, wo eine mürrische Haushälterin sie abserviert hatte mit den Worten, der Herr Pfarrer wäre nicht da, sie solle morgen wiederkommen. Hoffentlich hatte sie diesmal mehr Glück.

Maeggan zog die alte schwere Tür des Registry Office auf. Nach drei Stufen gelangte sie in einen langen Gang mit mehreren Türen auf beiden Seiten. Dazwischen waren Stühle aufgereiht über denen Bilder sowie Plakate hingen.

„Bitte nehmen Sie Platz und warten Sie, bis Sie aufgerufen werden", stand auf dem Schild neben der ersten Tür. Maeggan hielt sich daran und betrachtete die Plakate und Bilder. Sie wartete ewig, bis sie gar nicht mehr wusste, wo sie hinschauen sollte. Die alten Stiche an den Wänden hatte sie mehrmals eingehend betrachtet, dass sie sie bis in den Schlaf verfolgen würden. Auf allen war der großen Feenbaum des Dorfes zu sehen, mal umgeben von kleinen zarten Feen, die an hübsche junge Mädchen erinnerten, die um den Baum herumflatterten oder anmutig auf einer Blume saßen. Die meisten Stiche jedoch zeigten verzerrte, verbogene Gnome als auch andere gruselige Figuren. Manche hatten menschliche Körper, mit Tierköpfen. Ein Gnom lugte mit einer übergroßen Nase hinter einem knorrigen Baum hervor. Ein anderer hangelte sich mit überlangen Armen an den Baum entlang, dabei umklammerte er mit einem dritten, verkrüppelten Arm ein Baby. Auf einem Bild trug ein außergewöhnlich scheußlicher Gnom gerade ein kleines Kind davon. Hässlich grinsend hatte er es sich unter den einen Arm geklemmt, dabei bewegte er sich auf drei Beinen davon.

Der Künstler hatte diese abschreckenden Figuren wohl nach den Erzählungen gestaltet, die hier in der Gegend kursierten. Aber besonders künstlerisch oder gar schön fand Maeggan die Bilder nicht. Sie versuchte ihren Blick von diesen Bildern zu lösen, indem sie zu den anderen Stühlen sah. Zwei Türen weiter saß eine junge Frau, vielleicht ein paar Jahre älter als sie, mit lila und pink gefärbten Haaren, die ihre Arme um einen Mann, etwa im gleichen Alter, geschlungen hatte. Sein grün gefärbtes Haar trug er wie einen Hahnenkamm.

Die beiden tuschelten miteinander, abwechselnd zeigten sie andauernd auf die Bilder und auf Maeggan. Als die junge Frau Maeggans Blick bemerkte, grinste sie Maeggan an, während sie provokativ über die langen Arme ihres Freundes strich. Beide fingen an laut zu lachen.

Durch die hässlichen verkrüppelten Figuren war sich Maeggan ihrer kurzen Arme deutlich genug bewusst geworden. Das hämische Lachen der beiden gab ihr den Rest. Sie sprang auf, um zu fliehen.

In diesem Moment öffnete sich die Tür ihr gegenüber. Ein älterer Herr mit einer sehr großen spitzen Hakennase und einem Buckel winkte ihr zu: „Kommen Sie, kommen Sie."

Verwirrt folgte Maeggan dem alten kleinen Herrn in ein großes Büro. Bei jedem Schritt stützte er sich schwer auf einen Stock, dabei schlotterte sein altmodischer Anzug um seinen dünnen Körper. Er sieht ein bisschen aus wie einer der Gnome auf den Bildern im Gang, dachte Maeggan. Sie merkte, wie sie rot wurde, verlegen wandte sie ihren Blick von dem alten Mann ab.

Geduldig ging sie hinter ihm her durch das Büro. Mit jedem Schritt hatte Maeggan das Gefühl, weiter in der Zeit zurückzureisen. Der Raum war eigentlich eher ein Saal als ein Büro, vollgestellt mit schwarzen Holzregalen, die bis zur Decke reichten. Durch die beiden Fenster hinter dem Schreibtisch kam nur wenig Licht herein. Auch die schweren braunen, sehr staubigen Vorhänge, die rechts und links neben den Fenstern hingen, trugen zu der unwirklichen Stimmung des Raumes bei. An den Regalen lehnte eine kleine Holzleiter, mit deren Hilfe man auch die obersten Regalbretter erreichen konnte. Ehrfürchtig schaute Maeggan auf die vielen Folianten, die sich dort aneinanderreihten.

In der Zwischenzeit hatte der alte Mann den riesigen Schreibtisch umrundet und dahinter Platz genommen. Er bedeutete Maeggan, sich auf einen der Stühle davor zu setzen.

„Was kann ich für Sie tun, junge Dame?" Seine Frage holte sie in die Realität zurück.

Maeggan zuckte zusammen. Auch wenn sie ständig über ihre Herkunft nachgedacht hatte, wusste sie nicht, wie sie ihr Anliegen nun vortragen sollte.

„Ich glaube, ich bin irgendwo hier geboren worden", platze es aus ihr heraus.

Der alte Mann blickte sie über seine Goldrandbrille hinweg neugierig an.

„Oh, das klingt kompliziert."

Er begann Maeggan einige Fragen zu stellen. Maeggan konnte ihm nur das wahrscheinliche Datum ihrer Geburt nennen. Ihre Eltern, die doch nicht ihre Eltern waren, hatten immer den Tag, an dem sie sie gefunden hatten, als ihren Geburtstag bezeichnet. Ob sie auch wirklich an diesem Tag geboren war, hatten sie ihr nicht sagen können. Maeggan erzählte sowohl von dem Feenbaum als auch dem unleserlichen Dokument, ohne den Namen des Earls von Seven Oaks Hall zu erwähnen. Der alte Mann schüttelte nur den Kopf.

„Ich hätte nicht gedacht, dass in der heutigen Zeit noch jemand an die alten Märchen glaubt. Vor vielen hundert Jahren hat man anscheinend öfter Kinder dort abgelegt."

Er ließ Maeggan nicht aus den Augen.

„Ich war 1961 schon hier tätig, ich kann mich nicht erinnern, dass damals ein Feenkind gefunden wurde. Jedenfalls wurde mir nichts gemeldet. Tut mir leid." Mitfühlend sah er Maeggan an. Er nahm seine Goldrandbrille ab und putzte sie nachdenklich mit einem Stofftaschentuch.

„Ich habe auch nichts, weder damals noch heute, im Dorf gehört. So etwas Ungewöhnliches und Aufregendes wäre sicher erzählt worden. Es war damals wesentlich kleiner als heute, sobald etwas Außergewöhnliches geschah, wusste jeder es

126

binnen Minuten", murmelte er leise vor sich hin. Er setzte seine Brille wieder auf und wendete sich Maeggan freundlich zu.

„Sie müssen möglicherweise weiter vorne anfangen."

„Wie meinen Sie das?", fragte Maeggan erstaunt.

„Es war wahrscheinlich jemand bei Ihrer Geburt dabei, neben der Mutter natürlich. Vermutlich ein Arzt oder eine Hebamme. Sollten Sie hier in der Gegend zur Welt gekommen sein, war ziemlich sicher die alte Elisabeth dabei. Sie hat viele Jahre die meisten Kinder in der Gegend auf die Welt geholt."

„Wo kann ich die alte Elisabeth finden? Können Sie mir sagen, wo sie wohnt?", fragte Maeggan.

„Nein, leider nicht. Sie ist vor einigen Jahren in ein Altersheim gegangen, ich glaube in Bath. Ich weiß nur nicht, in welches, tut mir leid."

Maeggan schluckte. Sie hatte sich mehr erhofft, aber wenigstens hatte sie eine neue Spur.

„Sie haben mir sehr geholfen, vielen Dank. Ich werde nach der Hebamme suchen. Hoffentlich kann sie mir mehr sagen."

„Ihr Name ist Elisabeth Moringthon. Ich schreibe es Ihnen auf."

Der Registrar zog seinen Schreibblock heran, schraubte umständlich einen Füllfederhalter auf und notierte den Namen. Er faltete das Blatt sorgfältig und reichte es Maeggan. Während Maeggan es in ihre Umhängetasche steckte, bedankte sie sich. Nachdem sie sich verabschiedet hatte, wandte sie sich zur Tür. Der alte Standesbeamte erhob sich mühsam.

„Warten Sie, ich öffne Ihnen die Tür", bot er freundlich an, gleichzeitig begann er sich schwerfällig hinter seinem Schreibtisch hervor zu schieben.

„Oh, vielen Dank, das ist nicht nötig", entgegnete Maeggan eilig. „Das schaffe ich gut allein."

Schon hatte sie die Tür erreicht, bückte sich und zog sie auf. Als sie in den hellen Flur trat, war es, als ob sie in die Gegenwart zurückkehrte.

10.

William saß in der Bibliothek an dem großen alten Schreibtisch seines Vaters vor dem riesigen Papierberg. Wo sollte er nur anfangen? Anstatt nach dem ersten Brief zu greifen, nahm er das Foto seiner Eltern in die Hand. Darauf stand sein Vater in Jagduniform auf sein Gewehr gestützt hinter dem Stuhl auf dem Williams hübsche Mutter in einem dunkelgrünen Jagdkostüm saß. Sie hielt die linke Hand seines Vaters. William konnte sich nicht daran erinnern, seine Mutter oft in diesem Kostüm gesehen zu haben. Meist hatte sie lustige bunte Kleider getragen. Die Jagd hatte sie nie gemocht, das wusste er noch gut. Sein Blick wanderte durch den Raum und dachte er daran, wie sehr seine Mutter die Bibliothek gemieden hatte, sie war das Reich seines Vaters gewesen. Überall standen seine Bücher, die er mit Leidenschaft gesammelt hatte. Nur ein paar Fächer in den Regalen waren für die Klassiker seiner Mutter übriggeblieben. Auch der Rest des Raumes spiegelte die Interessen seines Vaters wider, ausgestopftes Wild starrte von überall auf ihn herab, auf Bücherregalen drapiert oder am Fenster der große Keiler, den er schon als Kind gefürchtet hatte. Immer wenn er den Raum betrat, hatte der Keiler ihn mit seinen kleinen kalten Augen und seinen großen Hauern angegrinst. Auch hier am Schreibtisch konnte William die kleinen böswillig wirkenden Augen sehen. Trotz des warmen Feuers im Kamin hinter ihm, wurde ihm dabei kalt. Er sollte den Keiler auf der Stelle in den Müll werfen. William seufzte, zuerst einmal musste er die Adresse finden und die ungeöffnete Post durchsehen.

William legte eine weitere Rechnung auf den Stapel, der auf der rechten Seite des Schreibtisches immer höher wurde. Schon seit Wochen lag die Post ungeöffnet hier, seit sein Vater das Bett nicht mehr verlassen konnte. Es war seine eigene Schuld, er hätte öfter aus London kommen müssen, um sich darum zu kümmern. Er nahm den nächsten Brief und schlitzte ihn auf. Mit immer größerem Entsetzen stellte er fest, dass er die offenen Rechnungen nicht von dem Haushaltskonto begleichen konnte. Die letzten Jahre hatte sich sein Vater nicht einmal mehr um die Pachteinnahmen gekümmert, die für die alltäglichen Ausgaben genutzt wurden.

„Willst du den ganzen Tag am Schreibtisch zu bringen?"

William sah auf, er hatte gar nicht bemerkt, dass Todd zu ihn an den Tisch getreten war, offensichtlich missmutig.

„Du siehst doch, wie viel Arbeit hier liegt", stöhnte William.

Todd sich auf den Stuhl vor dem Tisch fallen und griff nach einem Brief. „Ich kann dir helfen", bot er an, während er anfing ihn zu öffnen.

„Lass das! Das sind private Papiere, das muss ich selber machen."

Bedächtig legte Todd den Brief ungeöffnet auf den Tisch zurück, dabei sah er William merkwürdig an. „Ich habe überall im Haus nach dem Adressbuch gesucht, leider habe ich nur Staub und Spinnen gefunden. Soll ich jetzt ganze Zeit Däumchen drehen, bist du fertig bist? Hier ist absolut nichts los." Todd machte eine umfassende Handbewegung, die das Haus und auch die Gegend miteinschloss. „Kein Wunder, dass du lieber im Internat warst."

William, der sich schon wieder mit den Papieren befasste, murmelte jedoch nur: „Wenn du mich ständig unterbrichst, schaffe ich das nie. Lass mich einfach eine Weile in Ruhe arbeiten."

130

„Du und arbeiten", schnaufte Todd. „Hast du wenigstens die Adresse gefunden?"

„Die Adresse?" William sah fragend von dem Brief auf, den er gerade geöffnet hatte.

„Von deiner Schwester", erinnerte Todd ihn.

„Nein. Ich muss mir erst einmal einen Überblick verschaffen", stöhnte er und hielt ein Stapel Papiere hoch.

Todd stand auf, wanderte gelangweilt umher, endlich blieb er vor einem Bücherregal stehen. Er griff nach einem Silberleuchter und drehte ihn in der Hand. „Den ganzen Krempel kann nur verkaufen."

„Das werde ich auch tun, vorher muss ich sowohl die Rechnungen bezahlen als auch die persönlichen Papiere ordnen. Dazu muss ich mich konzentrieren."

Todd stellte den Leuchter zurück, anschließend hockte er sich vor den Kamin. Er legte etwas Holz nach, gelangweilt stocherte er in den Flammen. Plötzlich sprang Todd auf und nahm einen Umschlag, der auf dem Kaminsims lag. „Den habe ich ganz vergessen", rief er. Er zog ein paar Papiere heraus.

William erkannte den Umschlag wieder, den der Notar ihn dagelassen hatte.

„Die Liste mit den Wertgegenständen?", fragte er und streckte die Hand nach dem Brief aus.

„Genau die", jubelte Todd. Er übergab sie William mit einer leichten Verbeugung.

William blätterte die fünf Seiten durch, gleichzeitig stöhnte er auf. „Mensch, warum bin ich nicht darauf gekommen? Mein Vater hat schon immer Münzen gesammelt."

Todd kam um den Tisch herum, beugte sich über William, dabei tippte er auf die Liste. „Siehst du, hier, die Indian Head ist mit einem Wert von zwei Komma fünf Millionen Pfund gelistet." Er strahlte William an.

William nickte, während er aufgeregt weiterblätterte. Endlich legte er die Aufstellung aus der Hand. „Die Liste ist vor sechs Jahren das letzte Mal erneuert worden, also können wir davon ausgehen, dass es jetzt sicher noch ein paar Millionen mehr sind."

„Wir müssen die Münzen finden, damit sind wir aus dem Schneider."

„Nein, das ändert gar nichts. Sie gehören zu dem Erbe," erklärte William.

Doch Todd schüttelte den Kopf. „Sei nicht so pessimistisch. Wir können sagen, dass die Münzen gestohlen worden sind, als jemand eingebrochen ist und dabei deinen Vater ..." Er schwieg, als er Williams Blick sah. Fügte aber dann hinzu: „Auf dem Schwarzmarkt in London bekommen wir unter Garantie eine Stange Geld dafür."

„Das ist Betrug", flüsterte William erschrocken.

„So sehe ich das nicht. Es ist dein gerechter Anteil." Todd zog William aus dem Schreibtischstuhl, um ihn fest an sich zu drücken.

Möglicherweise hatte Todd recht, dachte William, aber....
„Erst einmal müssen wir die Münzen finden." William löste sich aus Todds Umarmung. „Die hat mein Vater gewiss nicht in irgendeiner Schublade aufbewahrt. Irgendwo hier im Haus gibt es wahrscheinlich einen Tresor."

„Klar!", grinste Todd. „In diesem alten Kasten gibt es hundert pro ein Geheimversteck."

Er betrachtete prüfend die Holzvertäfelung der Bibliothek und die hohen Regale.

„Vermutlich liegt darin auch das Adressbuch," überlegte William.

„Warum sollte es? Oder hatte dein Vater irgendwelche geheimen Kontakte?", grinste Todd.

„Wer weiß," lachte William auf. Sein Blick fiel auf die ungeöffneten Rechnungen. „Ich muss zuerst das fertig durchgehen,
bevor wir suchen können."

„O. k." Todd klatschte in die Hände. „Arbeitsteilung! Du
machst hier Ordnung, während ich anfange den Tresor zu suchen." Schon trat er an die Holzvertäfelung und klopfte sie ab.

„Bitte beginn in einem anderen Raum, sonst kann ich mich
nicht konzentrieren", lachte William, während er sich erleichtert zurück an den Schreibtisch setzte.

Etwas später unterbrach das Telefon ihn.

„William Arlington." Er war noch nicht bereit sich als Earl
von Seven Oaks Hall zu melden, falls er es denn je sein würde.

„Hallo. Hier ist Mr. Smith, der Notar. Bitte entschuldigen Sie
die Störung, Ich hatte versprochen Sie sofort zu informieren, sofern ich Neuigkeiten habe."

William hielt den Hörer krampfhaft fest, nun rede schon,
dachte er ungeduldig.

„Die Adresse der Pflegeeltern habe ich gefunden, es ist eine
Farm in der Nähe von Bryn-henllan, einem Dorf in Wales. Bisher habe ich dort niemanden erreicht. Ich habe in Erfahrung
bringen können, dass in Fishguard, zu dem Bryn-henllan gehört, ein Mädchen mit genauso einer Behinderung, wie Ihr Vater sie beschrieben hatte, diesen Sommer anscheinend ihren
Highschool Abschluss erreicht hat."

„Das ist wunderbar," antwortete William völlig überrascht.

„Sobald ich weitere Informationen habe, melde ich mich. Ich
wünsche einen schönen Tag."

„Ja, natürlich, wünsche ich Ihnen auch", zwang sich William
zu sagen. Ohne dass er es merkte, legte er den Hörer auf. Erst
etappenweise erkannte er die Tragweite der Information. Seine
Schwester war wirklich am Leben. Bald könnte sie ein Teil seines Lebens sein. Anscheinend war sie keineswegs ein geistig

behindertes Kind, sondern ein junges Mädchen mit Highschool Abschluss. Ihm traten vor Freude Tränen in die Augen.

Avebury
Grafschaft Wiltshire

Maeggan holte ihren Rucksack aus der Pension, um zur Bushaltestelle zu gehen. Vorhin hatte sie gesehen, dass heute kein Bus mehr nach Bath fuhr, deshalb hatte sie beschlossen direkt nach Marlborough zu fahren. Kurz bevor sie an der Haltestelle ankam, sah sie dort einen Bus abfahren. Sie konnte dem letzten Bus nach Marlborough gerade noch hinterher winken.

Ratlos stand sie da. Sie hatte Caro versprochen, heute nach Marlborough zu kommen. Sollte sie trampen, obwohl sie Karl und Rebecca schon vor langem versprochen hatte, es nicht zu tun. Vor einem Jahr war ein Mädchen von ihrer Schule getrampt, wie es eigentlich alle ihre Freunde getan hatten, aber sie war nie mehr wieder aufgetaucht. Erst Monate später hatte man ihren halb verwesten Körper in den Feldern gefunden. Es war zu schrecklich gewesen.

Wie sollte sie hier am Ende der Welt weiterkommen? Es schien nicht einmal Menschen zu geben, die man nach dem Weg fragen konnte. Bisher hatte sie nur den Postboten von weitem gesehen, der damit beschäftigt war seinen Wagen zu beladen und keine Augen für sie hatte. Gerade als sie sich entschlossen hatte, trotzdem zu ihm hinüberzulaufen, hörte sie eine Stimme hinter sich.

„Können wir dir helfen?"

Erstaunt wandte sich Maeggan um. Ein Ehepaar stand vor ihr. Ganz sicher handelte es sich um ein Ehepaar, sie trugen

134

beide die gleiche Ausstattung. Die gleichen himmelblauen Anoraks, obwohl es ein sehr heißer Tag war, die gleichen oliv-grünen Wanderhosen mit Wanderschuhen natürlich von der gleichen Farbe. Eindeutig Touristen, die hier Urlaub machten. Hatte sie sie nicht auch heute Morgen in der Pension gesehen?

Maeggan lächelte sie freundlich an. „Ich glaube nicht. Ich wollte mit dem Bus weiterfahren, leider fährt heute keiner mehr."

„Bist du ganz allein? Wohin willst du hin?", fragte die Frau freundlich und zugleich auch aufdringlich. Sie musterte Maeggan von oben bis unten. Natürlich blieben ihre Augen unange-nehm lange an Maeggans Armen hängen.

Maeggan wollte sich schon brüskiert abwenden, als ihr auf einmal eine Idee kam: „Ich will nach Marlborough."

„Wo ist das? Wenn der Ort auf unserer Route liegt, kannst du natürlich mit uns mitfahren. Wohnen deine Eltern in Marlborough? Wir bringen dich sicher gut nach Hause", bot ihr die Frau sofort freundlich an, genau wie Maeggan es gehofft hatte. Dass die Frau sie wie ein kleines Kind behandelte, über-sah sie einfach. Der Mann kramte schon eine Karte heraus, um sie auf der Motorhaube auszubreiten. Gleich darauf einigten Ma-eggan und er sich, dass sie sie bis Marlborough mitnehmen könnten.

Zufrieden schob Maeggan ihren Rucksack auf die Rückbank des Mietautos. Sie machte es sich neben ihren Rucksack be-quem und dachte, dass es manchmal schon ganz praktisch war, hilfsbedürftig auszusehen. Glücklich betrachtete sie die vorbei-fliegende Landschaft, während sich das Ehepaar angeregt leise unterhielt.

Plötzlich drehte sich die Frau zu Maeggan um. „Also ich be-wundere es wirklich, dass du allein unterwegs bist. Wie machst du das, falls du aufs Klo musst?"

Maeggan sah erstaunt auf. Hatte die Frau sie gerade wirklich gefragt, wie sie auf Toilette ging? Bevor ihr eine gepfefferte Antwort einfiel, fing der Mann an, leise auf seine Frau einzureden. Einen Moment später suchte die Frau im Rückspiegel mit Maeggan Blickkontakt.

„Ist schon gut. Du brauchst nicht zu antworten." Verlegen lächelte sie Maeggan durch den Spiegel an. Maeggan rutschte unruhig auf ihrem Platz umher, doch die beiden ließen sie in Ruhe.

Sie fing an zu überlegen, wie sie ihre Suche weiter gestalten wollte. Möglicherweise konnte sie herausbekommen, wo ihre Mutter begraben war. Auf jeden Fall wollte sie ihren Bruder treffen, obwohl sie bisher keine Idee hatte, wie sie sich ihm vorstellen sollte. Sie hatte keine Beweise, diese merkwürdige Adoptionsurkunde hatte sie ärgerlicherweise auf der Farm gelassen.

Das Ehepaar sprach leise miteinander, dann war es lange still im Wagen. Maeggan betrachtete die Landschaft, gleichzeitig wanderten ihre Gedanken zurück auf die Farm. Was Karl und Rebecca wohl gerade taten? Auf der einen Seite hatte sie ein schlechtes Gewissen, dass sie die beiden ohne ein versöhnendes Gespräch verlassen hatte, auf der anderen Seite spürte sie weiterhin den beiden gegenüber Groll in sich. Sie nahm sich vor sie in den nächsten Tagen trotzdem anzurufen oder wenigstens eine Postkarte zu schicken.

Da räusperte sich der Mann am Steuer und sah Maeggan durch den Rückspiegel an.

„Es würde mich schon sehr interessieren, wie du dir den Po abwischst. Es tut mir leid, dass ich direkt frage, einen Menschen wie dich habe ich wirklich noch nie gesehen. Ich kann mir beim besten Willen nicht vorstellen, wie du zurechtkommst. Das muss schrecklich sein, wenn man sich nicht einmal am Hintern kratzen kann."

Maeggan wurde ganz heiß, ob aus Scham oder Wut konnte sie gar nicht sagen. Sie schnappte nach Luft und funkelte den Mann durch den Spiegel sprachlos an. Endlich fand sie ihre Stimme wieder. „Das geht Sie gar nichts an, Sie..., Sie...", schrie sie, dann fehlten ihr die Worte. Sie schnappte nach Luft und zischte: „Das reicht. Halten Sie sofort an, ich will aussteigen."

Ihr war schon viel passiert, die aufdringlichen Blicke vieler Menschen, oder dass sie wie ein kleines hilfloses Kind behandelt wurde, kam oft genug vor, aber so extrem übergriffig war keiner gewesen. Dass ein wildfremder Mensch sie schamlos so Intimes zu fragen getraute, ging wirklich zu weit.

Völlig verwirrt stoppte der Mann den Wagen mitten auf der Straße.

„Ich habe es nicht so gemeint. Ich wollte dir nicht zu nahetreten. Ich bin ...", der Mann stotterte weiter Entschuldigungen.

Maeggan hörte gar nicht hin, sie wollte nur weg. Mühsam hangelte sie mit ihrer Hand nach dem Türgriff, der dummerweise zu weit unten angebracht war. Blockiert durch die Rückenlehne des Vordersitzes konnte sie sich nicht weit genug vorbeugen, um an den Griff zu gelangen.

„Jetzt reg dich nicht auf. " Die Frau drehte sich auf dem Beifahrersitz so weit wie möglich zu Maeggan um. „Du musst verstehen: Es kommen einem schon Fragen, bei deinen absonderlichen Armen."

Maeggan gab es auf, die Tür mit der Hand öffnen zu wollen und schob sich mit dem einen Fuß die Sandale vom anderen Fuß.

„Nein, das verstehe ich nicht", fauchte sie vor Wut zitternd. „Ich fragte Sie auch nicht, wieso Sie sich diese völlig blödsinnigen Klamotten anziehen. Sie sehen aus wie Kanarienvögel mit diesem albernen Partnerlook. Wollen Sie auf diese Weise Ihren Partner an sich binden?"

Jetzt hatte sie endlich den Griff mit dem Fuß erwischt und öffnete die Tür. Eilig zog sie die Sandale an, schnappte sich ihren Rucksack, gerade als der Mann weiterfahren wollte, der anscheinend gar nicht bemerkt hatte, dass Maeggan die Tür geöffnet hatte.

„Verdammt bleiben Sie stehen, ich will hier raus", schrie sie, den einen Fuß schon außerhalb des Wagens.

Erschrocken bremste der Mann erneut.

„Du kannst nicht mitten auf der Straße aussteigen!" Die Frau griff nach hinten, um sie festzuhalten. Indem Maeggan schnell ausstieg, wich sie der Frau geschickt aus.

„Und wie ich das kann", schrie Maeggan in den Wagen hinein. Etwas leiser schob sie hinterher: „Danke fürs Mitnehmen", bevor sie die Wagentür mit dem Fuß zu schlug. Ohne sich umzudrehen, bog sie weg von der Straße in die Felder ein. Lieber lange allein laufen, als sich erniedrigen zu lassen, dachte sie.

Es dauerte eine Weile, bis sie sich beruhigt hatte, schließlich musste sie laut lachen. Mitten zwischen den Kornfeldern blieb sie stehen und fing lauthals an zu lachen. Die Kanarienvögel hatten wie gerupfte Hühner ausgesehen, als sie wütend geworden war. Es hatte extrem gutgetan, nicht rücksichtsvoll auf die Fragen der beiden einzugehen, sondern einfach mal zu reagieren, wie sie sich gefühlt hatte. Rebecca hatte zwar immer wieder gesagt, sie müsse die Menschen um sie herum verstehen und auf sie eingehen. Es wäre ganz natürlich, dass die anderen erstaunt auf ihr Aussehen reagieren, darauf müsse sie Rücksicht nehmen. Aber wer nahm Rücksicht auf ihre Gefühle? Sie wurde zu oft wie ein kleines dummes Kind angesprochen und behandelt. Und dies nur weil sie anders aussah als der

Durchschnitt. Das musste sie sich nicht immer gefallen lassen. Sie durfte auch mal direkt und natürlich reagieren.

„Wenn einer eine Reise tut, dann kann er viel erleben", deklamierte sie laut zu einer Biene, die vor ihr in den Kornblumen nach Honig suchte. Karl hatte das immer auf Familienausflügen gesagt, auf denen Maeggan öfters von Leuten angestarrt wurden. Die Biene summte einmal um Maeggans Kopf herum. Anschließend verschwand sie in dem weiten Blütenmeer, das sich vor ihr auftat. Maeggan holte ihre eigene Wanderkarte heraus, um sich einen Weg durch die hügelige Landschaft zu suchen. Sie könnte bald in Marlborough sein, solange sie zügig ging.

Ihren Rucksack geschultert folgte sie dem Weg an einer kleinen Mauer entlang, die die Wiesen voneinander abtrennte. Die Sonnen brannte direkt auf sie herab. Hier wehte kein kühler Wind vom Meer her wie zu Hause, auch gab es wenig schattenspendende Bäume. Nur Felder und Wiesen mit Schafen und Rindern. Sie war schon ziemlich durchgeschwitzt, als sie am Horizont dicke schwarze Wolken bemerkte. Hoffentlich schaffte sie es vor dem Gewitter nach Marlborough zu kommen.

Leider hatte sie kein Glück. Nach einer knappen Stunde stand sie völlig durchnässt an einem Busbahnhof am Rande der Stadt. Zitternd sah sie sich nach einem Stadtplan um.

Nichts. Aber immerhin gab es einen kleinen Imbiss, der Fish and Chips verkaufte. Ein heißer Tee wäre jetzt genau das Richtige. Sie trat ein, stellte den Rucksack an der Theke ab, und kramte mit den Zähnen das Portemonnaie aus ihrer Umhängetasche. Ihr Magen knurrte laut, als der Duft von frisch gebratenem Fisch sich an sie heranschlich. Zu ihrem Tee suchte sie sich eine Portion Fish and Chips aus. Der freundliche junge Mann hinter der Theke packte ihr alles in eine Tüte, während er ganz genau verfolgte, wie Maeggan, tief über ihr Portemonnaie gebeugt, das Geld herausfischte.

„Kann ich helfen?" fragte freundlich.

Maeggan sah lächelnd auf.

„Nein danke, ich habe schon, was ich brauche".

Sie schob ihm eine fünf Pfundnote hin. Der Mann nahm sie und holte das Wechselgeld aus der Kasse. Dann stand er mit dem Wechselgeld in der Hand verlegen hinter der Theke. Maeggan hielt ihm einfach das offene Portemonnaie hin, so dass er das Geld hineinlegen konnte. Der Verkäufer beobachtete jede ihrer Bewegungen ganz genau.

Doch anstatt ihr die Tüte über die Theke zu reichen, kam er hinter der Theke hervor. Wortlos reichte er ihr die Tüte, dabei glotzte er ihre Hände unverhohlen an. Sein Blick wanderte an ihrem ganzen Körper entlang. Maeggan war es, als ob er sie mit seinem Blick auszog. Angeekelt warf sie sich den Rucksack über eine Schulter, schnappte sich ihre Tüte und stürmte aus dem Imbiss. Es war wie ein Déjà-vu. Am Vortag hatte die Kellnerin in dem Pub in Avebury sich genauso unmöglich benommen. An die beiden Kanarienvögel wollte sie gar nicht denken. Wenn das noch öfter vorkommen sollte, wollte sie so schnell wie möglich zurück nach Bryn-henllan und Fishguard. Keiner hatte sie dort je so unverhohlen angestarrt. Na gut, manchmal ein paar Touristen, obwohl die hatten alles angestarrt mit ihrem Besichtigungsblick, wie die Einheimischen es immer genannt hatten. Ärgerlich schüttelte Maeggan den Kopf.

„Was bist du für eine Mimose", schalt sie sich. „Du musst einen souveränen Umgang mit diesen Gaffern finden. Das Letzte, was du willst, ist in deinem Dorf zu versauern", sprach sie sich selbst Mut zu.

Erst einmal essen. Der Fisch duftete verlockend. Sie sah sich um, weiter hinten waren ein paar Bänke, dort würde sie in Ruhe essen können. An einer leeren Bank angekommen, stellte sie vorsichtig die Tüte auf der Bank ab, den Rucksack daneben. Ohne einen Tisch war es nicht einfach, die Tüte auszupacken. Vorsichtig zog sie mit den Zähnen den Teebecher heraus. Sie stellte ihn mit viel Abstand neben sich, dass sie sich darüber beugen konnte, um ihn mit den Händen halten können. Nun hebelte sie mit den Zähnen den Plastikdeckel ab, damit der heiße Tee besser abkühlte. Endlich packte sie die Fish and Chips aus, hungrig machte sie sich darüber her. Die kleine Plastikgabel benutze sie gar nicht erst. Es ging viel leichter, den Fisch und auch die Chips direkt mit den Zähnen von der Pappschale zu nehmen. Es war ihr egal, wie das aussah, Hauptsache, sie wurde satt.

Zwischendurch bemerkte sie, dass ein alter Mann auf der Bank schräg gegenüber sie beobachtete. Er trug einen schäbigen alten Mantel außerdem alte Wanderschuhe aus denen bei dem rechten schon der große Zeh hervorlugte. Bevor sie reagieren konnte, schlug er seine Zeitung auf, um dahinter abzutauchen. Maeggan zuckte mit den Schultern. Als sie sich gerade zu ihrem Teebecher herunterbeugen wollte, ließ ein vorbeigehender Mann ein paar Münzen in den Becher fallen.

Erschrocken richtete Maeggan sich auf und sah ihn verwirrt hinterher. Ein glucksendes Lachen ließ sie herumfahren, der alte Mann von gegenüber hatte alles beobachtet. Peinlich berührt saß Maeggan da. Jetzt stand der Alte ausgerechnet auch noch auf, um zu ihr herüber geschlurft zu kommen. Er lachte weiter.

„Du musst dich nicht schämen", beruhigte er Maeggan freundlich. „Dein Becher stand so, dass die Leute leicht denken können, du würdest betteln." Er musterte sie mit einem schelmischen Blick von oben bis unten an. „Mir ist das auch schon passiert, obwohl ich für das Geld eine extra Blechdose habe, die ich vor mich stelle. Ich brauche das Geld auch. Du wohl nicht. Du siehst mir eher wie eine Touristin aus. Wenngleich eine etwas seltsame", kicherte er in sich hinein. Sein Blick fiel auf den Teebecher. „Trinkst du den Tee noch?"

Maeggan schüttelte den Kopf.

„Nah, umso besser", lachte der alte Mann, den Becher nehmend schlurfte zu seiner Bank zurück. Er prostete ihr zu und trank einen Schluck. Jetzt erst löste sich Maeggans Starre und sie musste selbst über diese absurde Situation lachen. Ähnelte sie wirklich einer Bettlerin? Sie blickte an sich herunter. Eine Dusche könnte sie definitiv brauchen mit frischer Kleidung.

Nachdem sie aufgegessen, und ihre Wasserflasche geleert hatte, überlegte sie, wie sie die Cardigan Road finden konnte. Möglicherweise kannte sich der alte freundliche Mann aus. Maeggan stand auf, nahm den Rucksack und ging zu ihm hinüber.

„Können Sie mir eventuell sagen, wo hier die Cardigan Road ist?", fragte sie.

Der Mann schüttelte bedauernd den Kopf.

„Mmh, ne. Tut mir leid." Er rieb sich sein unrasiertes Kinn. „Ich glaube irgendwo im Westen der Stadt, bei den reicheren Häusern. Fahr am besten mit dem Bus in die Innenstadt, von da aus kannst du dich durchfragen."

Maeggan bedankte sich und suchte den Bus, der sie in die Innenstadt bringen würde. Als sie ein Ticket kaufen wollte, winkte der Fahrer sie wieder, wie schon am Vortag, einfach durch. Komisch, dachte Maeggan, obwohl sie froh war, denn viel Geld hatte sie nicht mehr. Ohne Geld würde sie ihre Suche abbrechen müssen und unverrichteter Dinge zurück zur Farm fahren müssen. Aber es waren noch viel zu viele Fragen offen.

11.

Cardigan Road
Marlborough

Bald darauf stand Maeggan vor einem niedrigen hölzernen
Gartentor des Hauses mit der Nummer 19. Klein, aus rotem
Backstein mit weißen Fensterrahmen versteckte es sich hinter
einer dicken gepflegten Hecke. Eine Treppe mit fünf Stufen
führte zur Haustür aus weißgestrichenem Holz. Daneben hing
eine alte, schmiedeeiserne Glocke. Zu der Treppe führte ein
Kiesweg, auf dem ein kleiner Kinderroller lag. Auf dem Rasen-
stück neben dem Weg schien ein Sandkasten unter einer Plane
verborgen zu sein. Die Förmchen und die kleine Kinder-
schippe, die auf dem Rasen lagen, ließen dies vermuten. Auf
der anderen Seite des Wegs stand eine Schaukel, die sich im
leichten Abendwind hin und her bewegte, auf ihr lag ein kleiner Stoffhund.

Maeggan zögerte. Konnte sie um diese Uhrzeit wirklich bei
eigentlich fremden Menschen klingeln? In diesem Moment öffnete sich die Haustür.

„Warte, ich hol ihn", rief der junge Mann, der aus der Tür
trat. Er eilte die Stufen hinunter und schaute sich suchend um.
Endlich entdeckte er den Stoffhund, schnell hob er ihn auf.

Als er sich umwandte, sah er Maeggan am Gartentor stehen.

Maeggan starrte ihn wortlos an. Er hatte kurze Arme wie sie.
Caro hatte es ihr zwar erzählt, doch jetzt stand dieser Mann
wirklich vor ihr, das war etwas ganz anderes. Maeggan hatte
bisher nie einen anderen Menschen mit kurzen Armen gesehen,
außer natürlich sich selbst im Spiegel. Behinderte Menschen
schon, jemand im Rollstuhl, jemanden, der eine spastische

Lähmung hatte, oder einen blinden Menschen mit Stock. Aber nie jemanden, der die gleichen Arme hatte wie sie.

Obwohl nun ein junger Mann vor ihr stand, hatte sie das Gefühl, ein Spiegelbild von sich selbst zu sehen. Jedenfalls was die Arme anging.

„Hallo, dich kenne ich gar nicht. Bist du zum ersten Mal in Marlborough?" Er schob mit dem Fuß das Gartentürchen auf. Maeggan konnte nur nicken. Sie war viel zu aufgewühlt, um irgendetwas zu sagen.

„Ich heiße Fynn, und…, du kannst nur Maeggan sein!", stellte er grinsend fest. „Caro hat mir vorhin von dir erzählt."

Fynn streckte ihr seine Hand entgegen, die Maeggan zögernd ergriff. Seine Hand war wie ihre. Sie traute sich kaum zuzudrücken, weil sie Angst hatte, ihm weh zu tun. Es fühlte sich seltsam an. Nun, ihr tat es ja auch nicht weh, wenn ihr jemand die Hand drückte, also schüttelte sie Fynns Hand.

„Ja, ich bin Maeggan. Caro hatte mich heute Morgen eingeladen. Ich komme hoffentlich nicht ungelegen?", fragte sie verhalten.

Sie ließ die Hand los und trat einen Schritt zurück. Um sich die Hände geben zu können, waren die beiden sehr nahe aneinander herangetreten. Mit ein bisschen mehr Abstand fühlte Maeggan sich wohler. Plötzlich wurde ihr bewusst, dass sie Fynn anstarrte, wie es der Mann in der Imbissbude bei ihr getan hatte.

„Bitte entschuldige, ich habe noch nie jemand Anderen mit kurzen Armen gesehen. Ich dachte immer, es gäbe nur mich."

Fynn lachte. „Wo kommst du denn her? Von einer einsamen Insel?"

„Fast." Maeggan schmunzelte entspannt.

„Du bist wohl auch schon ganz schön lange unterwegs gewesen", bemerkte Fynn sie von oben bis unten betrachtend.

Maeggan wurde sich ihrer feuchten, strähnigen Haare, der Schlamm bespritzten Jeans und des durchgeschwitzten T-Shirts unangenehm bewusst.

„Ja, ich brauche eine Dusche." Verlegen schielte sie an sich herunter. „Ich wollte nur mal schauen, wo ihr wohnt und mir später eine Jugendherberge zum Duschen und Übernachten suchen."

„Eine Jugendherberge gibt es hier schon, aber hast du reserviert? Sonst hast du da keine Chance. Jetzt im Sommer ist die Stadt überfüllt mit Touristen."

Maeggan starrte ihn an. Die Hotels und Pensionen waren sicher viel zu teuer für sie. Unschlüssig trat sie von einem Fuß auf den anderen. Fynn um Hilfe bitten, wollte sie auch nicht, sie kannten sich überhaupt nicht. Sie wollte sich wirklich nicht aufdrängen. Bevor sie zu einer Entscheidung kommen konnte, trat Fynn zur Seite und zeigte mit dem Stoffhund in der Hand auf das Haus.

„Es gibt ein Gästezimmer. Wir haben oft Gäste. Du hast Glück, gerade ist das Zimmer frei. Da gibt es auch eine Dusche." Grinsend musterte er Maeggan. „Du kannst auch gerne ein paar Tage bleiben. Ich finde es immer wieder spannend, andere Contergan-Leute zu treffen."

„Was für Leute?", fragte Maeggan.

„Contergan…", wiederholte Fynn. „Das ist alles neu für dich, wie Caro mir erzählt hat. Lass uns hineingehen, wir bringen gerade Henry ins Bett. Noch haben wir gemeinsam Zeit dazu. In ein paar Tagen ist das Baby da, dann wird alles völlig anders. Wenn Henry eingeschlafen ist, können wir uns in Ruhe unterhalten."

Maeggan war froh, dass Fynn einfach plauderte, da konnte sie die vielen neuen Eindrücke in Ruhe aufnehmen. Neugierig folgte sie ihm ins Haus.

„Ich habe Wuwu gefunden, außerdem bringe ich Besuch mit", rief Fynn in den Flur hinein. Aus der Tür neben dem Eingang stürzte ein etwa zwei Jahre alter Junge hervor. Er trug einen Schlafanzug mit aufgedruckten Teddybären.

„Daddy, Wuwu!", rief er und stolperte auf Fynn zu. Fynn ging in die Knie, der Kleine packte den Stoffhund, gleichzeitig fiel er Fynn in die Arme. Soweit man das sagen konnte. Er klammerte seine strammen Ärmchen um Fynn Hals. Als Fynn aufstand, drückte der Kleine seine Beine fest um Fynns Taille. Fynn stützte ihn, so gut es ging, mit seinen Armen.

„Das ist Henry, unser großer", erklärte er stolz. „Und in den nächsten Wochen kommt unser zweites Kind."

„Hast du ihn gefunden?", ertönte Caros Stimme von hinten. „Endlich kriegen wir ihn ins Bett. Es nervt, dass er ohne seinen Wuwu nicht einschlafen kann." Sie nahm Fynn ihren Sohn ab und lehnte sich schnaufend an das Treppengeländer. „Puh, du wirst mir langsam wirklich zu schwer."

„Du sollst ihn jetzt auch wirklich nicht mehr tragen, das ist zu viel für dich", schalt Fynn seine Frau. „Schau mal, wen ich außerdem gefunden habe."

Er zeigte auf Maeggan.

Caro setzte Henry auf ihre andere Hüfte, dabei lachte sie Maeggan an.

„Wie schön, dass du da bist!", rief sie. „Ich dachte schon, du wärst vor mir geflohen."

„Vor dir läuft doch niemand weg, zu dir kommen immer alle, die irgendein Bedürfnis haben". Fynn beugte sich zu Caro herüber und gab ihr einen Kuss. Henry nutzte die Chance, um sich sofort wieder an Fynns Hals zu klammern. Schnell nahm Fynn ihn Caro ab. „Du bist ein richtiges Daddykind."

Caro gab Maeggan die Hand.

„Das klingt, als ob ich Streuner einsammeln würde."

Sie musterte Maeggan von oben bis unten an. Erst war es Maeggan unangenehm, dann sah sie das verschmitzte Grinsen in Caros Gesicht.

„Da hast du nicht ganz Unrecht." Erleichtert fing sie auch an zu lachen. „Fynn hat mich mit dem Versprechen, duschen zu dürfen, zu euch gelockt."

Caro wandte sich zu der Tür neben dem Eingang. „Na, komm mit. Ich zeige dir unser Gästezimmer und das Bad."

Sie wandte sich an Fynn. „Gehst du bitte schon einmal mit Henry nach oben, ich komme gleich nach."

Sie ging mit Maeggan in ein kleines Zimmer. Das Bett war etwas zerwühlt, anscheinend hatte Henry sich darin versteckt, bis Fynn sein Kuscheltier gefunden hatte. Caro zog die Decken gerade.

„Es ist frisch bezogen und in der Kommode liegen Handtücher." Sie zeigte auf eine Tür in der Ecke neben dem Fenster. „Dort ist das Bad. Kommst du mit dem Duschen allein zurecht? Falls nicht, ruf mich ruhig, ich helfe dir gerne. Ich kenne das von Fynn", fügte sie freundlich hinzu.

„Oh, ich schaff das allein", behauptete Maeggan auf der Stelle. Obwohl Caro sehr nett zu sein schien, kam es für sie nicht in Frage, sich von einer fremden Frau beim Duschen helfen zu lassen.

„Gut, wenn du fertig bist, komm zu uns in die Küche. Wir haben bisher nicht zu Abend gegessen, zuerst ist Henry immer dran, damit wir später in Ruhe essen können. In einer halben Stunde bin ich mit dem Kochen fertig", erklärte sie beim Hinausgehen.

Erleichtert seufzte Maeggan auf. Mit Caro war alles wunderbar unkompliziert: Keine komischen Blicke, kein nerviges Nachfragen. Das Zimmer war ähnlich eingerichtet wie in der Pension von Caros Tante. Sauber, ordentlich und gemütlich.

Durch das offene Fenster hörte sie eine Amsel singen. Alles wirkte angenehm friedlich. Hoffentlich durfte sie hier ein paar Tage bleiben. Fynn und Caro waren wirklich freundlich. Hier würde sie hoffentlich Ruhe finden. Sie brauchte dringend einen Ort, um ihren Kopf klar zu bekommen.

Maeggan legte den Rucksack auf den Boden, um ihn mit den Füßen auszupacken. Fast alle ihre Kleider waren feucht geworden, so dass sie unangenehm rochen. Sie würde alles waschen müssen. Zum Glück fand sie einen Rock und ein T-Shirt, eine Kombi, die halbwegs akzeptabel aussah. Sie nahm ihren Anziehstab aus dem Rucksack, zog ein flauschiges Handtuch aus der Kommode und ging in das Bad. Es war winzig, die Dusche noch winziger. Zum Ausziehen reichte der Platz, nur als Maeggan sich in der Dusche auf den Boden setzte, um ihre Haare mit den Füßen zu waschen, war es so extrem eng, dass sie dachte, sie müsste doch Caro um Hilfe bitten. Schließlich gelang es ihr, allerdings mit viel mehr Verrenkungen als sonst. Zum Glück war sie schlank und sehr beweglich.

Sauber und in bester Stimmung ging sie nach einer halben Stunde in die Küche. Caro war gerade dabei, eine Salatsoße anzurühren. Fynn schaute ihr vom Küchentisch aus dabei zu.

„Ganz schön mutig", meinte er gerade zu seiner Frau, „so allein unterwegs zu sein. Wie sie das wohl schafft?"

Maeggan räusperte sich, während sie in die Küche trat.

„Oh, da bist du schon." Verlegen blickte Fynn von Caro zu Maeggan.

„Bist du ganz allein mit allem zurechtgekommen?" Erstaunt sah er auf Maeggans frisch gewaschene Haare. Maeggan nickte.

„Ich habe sie gefragt, ob ich ihr helfen soll. Sie wollte nicht", Caro zuckte mit den Schultern, ohne aufzuhören geschäftig in der Soße zu rühren.

„Darf ich dich fragen, wie du das schaffst?", fragte Fynn und verzog unsicher das Gesicht. „In der Uni muss ich immer einen Kommilitonen um Hilfe bitten. Das nervt ganz schön. Hier zu Hause schaffe ich es mit Hilfe der Türklinke die Jogginghose hoch- und runterzuziehen. Nur wo gibt es in öffentlichen Gebäuden in den Toiletten schon Kabinen mit Türklinken."

Maeggan wusste nicht, was sie sagen sollte. Sie war ist es nicht gewohnt, frei und unbefangen über die Schwierigkeiten zu sprechen, die der Alltag für sie bereithielt. Rebecca hatte ihr öfter Handgriffe abgenommen, bevor Maeggan überhaupt um Hilfe bitten konnte. Karl hatte sie eher beobachtet und machen lassen. Auf einen hilfesuchenden Blick von ihr, war er jedoch hinzugekommen, um zu helfen. Auch mit ihren Freunden hatte sie nicht darüber reden können, die verstanden ihre Probleme nicht, obwohl sie sich fast jeden Tag gesehen hatten. Nur ihre Grundschulfreundin, Connie, hatte ihr immer unbefangen geholfen, wenn sie es, gerade im Winter, mal nicht schaffte, alleine zur Toilette zu gehen. Aber vielleicht ging es Fynn ähnlich, also nahm sie sich zusammen.

„Ja, so war es bei mir auch lange Zeit, vor allen Dingen in der Schule."

Maeggan dachte an ihren Anziehstab und überlegte, ob sie Fynn davon erzählen konnte. Sie benutzte ihn zwar ständig, achtete jedoch immer darauf, dass niemand ihr dabei zusah. Irgendwie war es ihr zu intim, darüber zu sprechen oder anderen es sogar zu zeigen, wie sie sich an- und auszog. Falls sie sich jetzt jedoch überwand, konnte sie Fynn vielleicht wirklich helfen. Sie atmete tief durch, während sie sich zu Fynn an den Tisch setzte.

„Meine Eltern haben zwar versucht, für mich da zu sein, auf der Farm war jedoch meistens zu viel zu tun, da war oft nicht immer gleich jemand da, der helfen konnte. Ich habe mir deshalb was ausgedacht", begann sie zu erzählen. „Einen Stab mit einem Haken daran, mit dem komme ich wirklich ganz allein zurecht. Soll ich ihn dir mal zeigen?", fragte sie zögernd.

„Klar, das klingt phänomenal!", rief Fynn. Erleichtert stand Maeggan auf, um ihren Anziehstab zu holen.

Während sie suchte, dachte sie daran, wie ihr die Idee zu dem Stab gekommen war. Karl hatte ihn für sie gebaut, vor nun schon gut acht Jahren. Es war einer ihrer wichtigsten Momente in ihrem bisherigen Leben gewesen. Nie würde sie es vergessen, wie sie damals vom Spielen auf dem Hof ins Haus gerannt war. Sie hatte dringend auf die Toilette gemusst. Rebecca hatte endlich mal geschlafen, gleichzeitig war Karl auf der unteren Wiese beim See mit den Schafen beschäftigt gewesen, viel zu weit weg. Maeggan hatte Rebecca wirklich nicht stören wollen, nur der Druck der Blase war immer größer geworden. Was hatte sie tun sollen? Natürlich wäre Rebecca sofort aufgestanden, um ihr zu helfen, ganz ohne Klage oder Vorwürfe. Maeggan hatte das jedoch nicht gewollt.

Maeggan setzte sich auf das Bett im Gästezimmer. Erst jetzt wurde ihr richtig klar, wie einschränkend und unangenehm diese Abhängigkeit gewesen war. Sie war stolz auf sich, selbst einen Weg in die Freiheit gefunden zu haben. Obwohl es nicht leicht gewesen war. Sie erinnerte sich, wie sie sich damals immer hektischer im Flur umgesehen hatte und nach etwas gesucht hatte, was ihr dabei helfen würde, die Unterhose herunter zu ziehen. An der Garderobe hatte ein leerer Kleiderbügel gehangen, vielleicht würde es mit dem Haken daran gehen. Sie war in die Küche gelaufen, hatte sich mühsam einen Stuhl zum Raufklettern in den Flur unter die Garderobe gezogen. So erreichte sie den Kleiderbügel, mit dem war Maeggan ins Bad gerannt. Den Rock hatte sie mit ihren Händen und Zähnen nach oben heben können. Den Haken des Kleiderbügels schob sie oben in den Bund der Unterhose, was ihr erst beim dritten Mal gelang. Mit viel Hin und Her und vielen Schlangenbewegungen hatte sich die Hose auf der Seite über den Po geschoben. Dann wieder von der anderen Seite den Haken angesetzt, diesmal es hatte schon beim zweiten Mal geklappt. Die Hose war unten gewesen. Puh, welche Erleichterung, welch ein Erfolg das gewesen war! Damals hatte sie noch gar nicht erfassen können, was das für sie bedeutete. Endlich auf Toilette zu gehen, wann sie wollte, ohne auf Hilfe warten zu müssen. Freiheit und Unabhängigkeit hatte sie damit gewonnen.

Das Hochziehen der Hose war mit dem Haken des Kleiderbügels auch ganz gut gegangen. Stolz und überglücklich hatte sie am Abend Karl davon erzählt. Gemeinsam hatten sie nach einem passenden Material gesucht, um einen praktischen Haken für Maeggan zu basteln, der auch ihrer Jeans standhielt und sich nicht gleich verbog, wenn sie die Hose über den Po zog.

Aus dem provisorischen Haken, den sie damals mit ihrem Vater zurechtgebogen hatte, war mittlerweile ein richtig gutes Hilfsmittel geworden. Ein Schmied im Dorf hatte ihr einen Anziehstab geschweißt, ihn so gebaut, dass sie ihn auseinander- und zusammenschrauben konnte, damit er nicht mehr sperrig war. Der Stab gehörte jetzt grundsätzlich zu Maeggans Alltag, dass ihr gar nicht mehr bewusst war, wie kränkend und einschränkend es gewesen war, nicht alleine zur Toilette gehen zu können.

Maeggan war glücklich, mit einem Stückchen von ihrer Selbstständigkeit nun auch Fynn helfen zu können. Endlich hatte sie den Stab gefunden, er war unter das Bett gerollt. Sie angelte den Stab mit dem Fuß hervor und ging zurück in die Küche. Zögernd stand sie vor Fynn und hielt ihm den Stab entgegen. Der betrachtete den Stab beinahe ehrfürchtig.

„Sieht wirklich praktisch aus. Darf ich ihn ausprobieren?"

„Klar. Ich habe noch einen zweiten, zum Zusammenschrauben für die Handtasche."

Fynn nahm den Stab, um ihn interessiert zu untersuchen. Er wollte schon nach oben gehen. „Du kannst damit auch Jeansreißverschlüsse, sogar Knöpfe auf und zu bekommen", rief Maeggan ihm hinterher.

Fynn blieb in der Tür stehen. „Was, wirklich?"

„Ja! Das braucht natürlich etwas Übung. Ich zeige es dir gerne. Wenn die Hose zu eng ist, kenne ich einen Trick mit einem Stück Bindfaden und einer Türklinke...", fügte sie eifrig hinzu. Es war schön, Fynn auch helfen zu können. Gerade weil er und Caro sie so freundlich aufgenommen hatten.

Fynn unterbrach ihre Erklärungen. „Ich probiere es erstmal hiermit. Das mit dem Bindfaden kannst mir auch später zeigen." Mit dem Stab winkend lief er die Treppe hoch.

Caro bereitete weiter den Salat zu, nach einer Weile schaute sie Maeggan an. „Das ist großartig. Ich weiß gar nicht, was ich sagen soll." Sie stellte die Schüssel ab, um sich über die Augen zu wischen.

Maeggan sah verlegen zur Seite. „Das ist doch selbstverständlich", murmelte sie.

Caro umrundete den Tisch, um Maeggan wortlos an sich zu drücken. Dann hielt sie Maeggan an den Schultern, sodass beide sich in die Augen schauen konnten. Nach einem Moment ließ Caro Maeggan los. „Lass uns das Abendessen fertig vorbereiten", sagte sie fröhlich. Maeggan lächelte.

Caro erzählte Maeggan gerade von ihrer ersten Geburt, als Fynn zurück in die Küche kam.

„Wahnsinn, warum bin ich nicht schon längst selbst auf eine so einfache und gute Idee gekommen." Stolz zeigte er sich in seiner Jeans.

„Das geht schon ganz gut mit dem Stab, nur das mit dem Knopf habe ich bisher nicht raus."

Er ging zu Caro, die ihm ohne Kommentar den Knopf schloss. Gleichdarauf nahm sie Fynn in den Arm und die beiden küssten sich.

Nachdem sie sich zum Essen gesetzt hatte, fragte Fynn Maeggan: „du hast wirklich noch nie etwas von Contergan gehört?"

Kopfschüttelnd starrte Maeggan stumm auf ihren Teller.

Fynn legte seine Gabel weg, trank einen Schluck Wasser und räusperte sich. „Was uns passiert ist, ist damals viel zu oft vorgekommen."

Erstaunt blickte Maeggan auf in Fynns freundliches Gesicht.

„In den Jahren zwischen 1958 und 1962 wurden überall in England und auch in anderen Ländern, Babys mit fehlgebildeten Armen geboren. Manchmal waren sowohl Arme wie auch Beine geschädigt. Keiner wusste damals, wie so etwas passieren konnte. Erst 1961 oder 62 fanden ein paar Ärzte heraus, dass die Mütter ein Thalidomid-haltiges Präparat eingenommen hatten."

Maeggan unterbrach Fynn: „Das verstehe ich nicht. Was hat das mit meiner Mutter zu tun?"

„Nein, nein, warte. Dieses Thalidomid, war in verschiedenen Medikamenten enthalten. Der Wirkstoff verhinderte sehr gezielt das Wachsen bestimmter Zellen. Es gab zum Beispiel ein Beruhigungsmittel mit dem Namen Contergan und einen Hustensaft. Beides war gut wirksam, von Nebenwirkungen wusste keiner etwas. Zumindest ging man davon aus, deshalb hat man die Medikamente auch für Schwangere empfohlen. Erst als die Babys geboren wurden, fragte man sich, ob das Thalidomid

153

nicht vielleicht Einfluss auf das Wachstum des Embryos haben könnte."

Fynn wechselte einen Blick mit seiner Frau. Maeggan beobachtete ihn gebannt.

„So war es auch. Es war bis dahin der größte Skandal in der Medizingeschichte. Nicht nur die Arme und Beine der Babys waren betroffen, sondern das Thalidomid geschädigte genau die Stellen, die sich gerade beim Embryo ausbilden sollten. Augen, Ohren, innere Organe, eben alles, was gerade wachsen sollte. Keiner weiß, wie viele Totgeburten es auf Grund dessen gegeben hatte. 1962 wurden alle Präparate, die Thalidomid enthielten, vom Markt genommen. Die Herstellerfirma gab zwar nicht zu, dass sie schuld an diesem Skandal war, erst viel später es gab einen langen Gerichtsprozess. In den Jahren nach der Entdeckung meldeten sich immer mehr Familien mit fehlgebildeten Kindern. In England waren es ein paar hundert, in Deutschland sogar ein paar tausend. Eine deutsche Firma hatte den Wirkstoff entwickelt, deshalb war es dort auch am meisten verkauft worden. Am häufigsten das Beruhigungsmittel Contergan, nachdem dann auch die ganze Katastrophe benannt worden war."

„Also war meine Mutter schuld. Oder vielleicht der Arzt, der es ihr gab?", vermutete sie aufgewühlt.

„Nein, deine Mutter trifft keine Schuld. Sie hat genau wie ihr Arzt auf die Angaben in der Packungsbeilage vertraut."

Fynn sah Maeggan mitfühlend an. Maeggans Gedanken rasten. Wie konnte ein Medikament solch schreckliche Nebenwirkungen haben? Wie konnte so etwas von den Herstellern übersehen worden sein? Sie spürte, wie ihr die Tränen die Wangen herunterliefen. Rasch griff sie nach der Serviette, um sich die Nase zu putzen.

Fynn warf Caro einen hilfesuchenden Blick zu.

Doch Maeggan hatte sich schon wieder gefangen.

„Die armen Mütter", flüsterte sie vor sich hin. Einen Moment später rief sie aufgebracht: „Wenn ein Arzt Medizin verschreibt, glaubt man doch, dass er weiß, was er tut?"

„Es ist viel komplizierter", erläuterte Fynn. „Manche Mütter nahmen das Thalidomid in einer Zeit der Schwangerschaft ein, in der sie noch gar nicht wussten, dass sie schwanger waren. Schon da wurde das Wachstum des Embryos schwer gestört. So war es bei mir und wohl auch bei dir", er nickte Maeggan zu. „Die Arme des Embryos wachsen genau in der Zeit, in der die Mütter nicht sicher wissen, ob sie schwanger sind."

„Das heißt, keiner hatte wirklich Schuld? Wie konnte die Firma, die das Medikament erfunden hat, damit durchkommen?"

Maeggan hatte vor Empörung längst aufgehört zu essen. Auch Fynn legte seine Gabel weg und lehnte sich auf dem Stuhl zurück.

„Nachdem man herausgefunden hatte, wie es zu diesen Fehlbildungen gekommen war, haben einige Eltern die Firma, eine deutsche Firma namens Grünenthal, verklagt. Es gab einen langen Prozess, der mit einem Vergleich endete. Das heißt, die Firma bekam zwar keine Schuld, musste aber sehr viel Geld an uns zahlen."

„Keine Schuld?"

Fynn zuckte mit den Schultern.

„Man konnte der Firma die Schuld nicht direkt nachweisen. Außerdem waren seit dem Skandal fast 10 Jahre vergangen. Nach 10 Jahren wäre die Sache so oder so einfach zu den Akten gelegt worden. Die Eltern haben das Bestmögliche für uns herausgeholt. Außerdem zahlt jetzt der Staat weiter, es gibt jeden Monat eine Art Rente für uns. Sowohl der Staat als auch die Firma hatten eingesehen, dass sie da Mist gebaut hatten."

„Wieso der Staat?", unterbrach Maeggan Fynn.

„Der Staat hatte damals keine vernünftigen Gesetze erlassen, um die Medikamentenforschung zu sichern. Es gab keine große Überwachung von neuen Medikamenten, bevor sie auf den Markt kamen. Ein paar Tierversuche, mehr nicht. Und auch nicht an schwangeren Tieren."

Schweigend aßen sie weiter.

„Wir wollten dich damit nicht überrumpeln", entschuldigte sich Caro nach einer Weile. „Für uns ist das normal, darüber zu sprechen. Fynn ist in einem Verband für Contergan-geschädigten Menschen, da kennen wir viele Betroffene."

Maeggan antwortete nicht, Caro hatte recht, dass alles musste sie erst einmal verarbeiten. Sie war mit ihren besonderen Armen nicht allein. Schon als sie Fynn zum ersten Mal gesehen hatte, hatte sie neben der Überraschung auch Erleichterung gespürt. Zu wissen, dass es eine ganze Gruppe gab, war auf der einen Seite natürlich schrecklich, gleichzeitig jedoch auch entlastend. Menschen, die die gleichen Probleme hatten wie sie. Die für einander da waren. Die für Gerechtigkeit gesorgt hatten.

„Was verschlägt dich eigentlich in unsere Gegend?", hörte sie Fynn da fragen.

„Bevor ich mit einem Studium beginne, möchte ich ein wenig reisen." Maeggan war dankbar für den Themenwechsel.

„Weißt du schon, was du studieren willst?", fragte Caro.

„Biologie oder Ingenieurwesen. Auf jeden Fall etwas, womit ich der Umwelt helfen kann und etwas gegen die Klimaveränderung tun kann. Was studierst du?", fragte Maeggan Fynn.

„Jura, im 3. Semester. Ganz schön anstrengend. Mein Vater ist Anwalt, ich soll demnächst in seiner Kanzlei mitarbeiten und sie dann übernehmen."

„Jura, das ist gut, da verdienst du sicher genug Geld."

Fynn hob erstaunt den Kopf.

„Versteh mich nicht falsch", erklärte Maeggan hastig. „Mein Vater hat immer gesagt, ich müsse einen Beruf haben, indem ich viel Geld verdiene, um mir die Hilfe leisten zu können, die ich später vielleicht mal brauche. Falls der Rücken zu weh tut und all das."

Fynn schüttelte den Kopf. „Dafür, wie Hilfe im Alltag, gibt es die monatliche Entschädigung."

Auf Maeggans erstaunten Blick hin fragte er: „Bekommst du die nicht?"

Maeggan schüttelte den Kopf. „Nein, woher denn? Ich wusste bis eben noch nicht einmal, wieso ich kurze Arme habe."

„Natürlich, daran habe ich gar nicht gedacht." Fynn räusperte sich verlegen.

„Es ist schon seltsam, dass sich deine Eltern nicht um eine Anerkennung deiner Behinderung bemüht haben", stellte Caro erstaunt fest.

„Meine Eltern hatten es nicht wirklich mit den Behörden", murmelte Maeggan. Sie wusste nicht, wie sie es sagen sollte. „Sie waren mehr Aussteiger, die ihr eigenes Ding machten."

„Ja, aber hierbei geht es um deine finanzielle Absicherung. Das können sie nicht einfach übergehen", rief Caro entrüstet.

„Sie haben sich wirklich ganz viel Mühe gegeben, mir zu helfen, nur bei Ämtern und Behörden, da ...", Maeggan zuckte mit den Achseln. Plötzlich kam ihr ein guter Gedanke. „Kann ich das auch jetzt noch beantragen?", fragte sie.

„Natürlich!", antwortete Fynn. „Am besten sprechen wir mit meinem Vater darüber, der kann dir wirklich gut dabei helfen."

„Das wird sicher einige Zeit brauchen, mit alle den Papieren, Ärzten und so", überlegte Caro. „Wenn du magst, kannst du gerne bei uns wohnen, falls du nichts anderes vorhast."

Maeggan schluckte gerührt. „Danke, das ist ganz lieb von euch." Sie zögerte einen Moment. „Es gibt jedoch ein Problem, ich brauche einen Job für die Zeit. Ich will euch nicht auf der Tasche liegen."

„Die Mutter einer Freundin hat eine Buchhandlung. Ich habe dort auch schon oft ausgeholfen, bevor Henry kam. Eventuell könntest du dort arbeiten. Falls du dir das zutraust?", meinte Caro nach kurzem Überlegen.

Maeggan lächelte erfreut.

„Eine Buchhandlung wäre prima, das passt. Ich bin eine richtige Leseratte, außerdem habe ich auch viel in der Bücherei in unserem Dorf geholfen."

„Gut, gehen wir in den nächsten Tagen dort mal vorbei", meinte Caro.

„Und ich spreche morgen mit meiner Mutter, wann wir mal wieder zum Essen kommen sollen. Da wartet sie schon drauf", ergänzte Fynn.

„Ich weiß gar nicht, was ich sagen soll." Mit feuchten Augen blickte Maeggan von Fynn zu Caro. Die beiden sahen sich lächelnd an.

„Erst ladet ihr mich ein, bei euch zu wohnen. Dann will Fynn seinen Vater bitten, mir zu helfen", sie lächelte Fynn zu. Der schaute verlegen auf seinen Teller.

„Und dazu hast du, Caro, auch noch einen Job für mich. Ich kann es gar nicht fassen." Maeggan spürte, wie ihr zwei Freudentränen über die Wangen liefen.

Erfüllt von Dankbarkeit zog sie sich später in ihr Zimmer zurück. Nun konnte sie in Ruhe überlegen, wie es weitergehen sollte. Mit dem Job würde sie genug Zeit gewinnen, um auch die Fragen über ihre Herkunft zu klären. Sie hatte sich damit abgefunden, dass sie ihren leiblichen Eltern nie mehr kennen lernen würde. Trotzdem wollte sie mehr über die Familie erfahren, aus der sie stammte. Hoffentlich gelang es ihr, irgendwie Kontakt zu diesem Bruder aufzunehmen, wenn sie denn nachweislich zu dieser herrschaftlichen Familie gehörte. Das galt es als erstes herauszufinden.

12.

Maeggan und Caro gingen mit Henry zu der kleinen Buchhandlung, die mitten in der Altstadt in einem alten Steinhaus
war, mit zwei ziemlich kleinen Schaufenstern rechts und links
von der Tür. Über der Tür baumelte ein schmiedeeisernes
Schild mit einem großen goldenen Buch darauf. Vor dem Laden
stand ein Regal mit Reiseführern und Landkarten. Caro stellte
Henrys Buggy neben dem Regal ab. Während sie Henry die
paar Stufen zum Laden hinauftrug, öffnete Maeggan die
schwere Holztür. Die Tür stieß eine kleine Glocke an, die einladend bimmelte. Sobald Caro Henry abgesetzt hatte, stürzte er
sich im Laden auf eine Kiste mit gebrauchten Bilderbüchern, er
kannte sich hier aus. Eine große Frau, etwa in Rebeccas Alter,
kam auf Caro und Maeggan zu.

„Caro, wie schön, dass du mal vorbeischaust. Henry ist wirklich gewachsen." Sie blickte zu Henry hinüber. „Er ist schon genauso ein Büchernarr wie du. Für mich hat er gar keine Augen
mehr."

Caro lachte.

„Hallo!", begrüßte die Buchhändlerin nun auch Maeggan.

„Das ist Maeggan. Sie wird ein paar Tage oder Wochen bei
uns wohnen, außerdem sucht sie einen Job. Ich dachte, eventuell kann sie dir helfen, denn ich werde bald wieder länger ausfallen." Caro fasste um ihren dicken Babybauch.

„Ach Caro, wie umsichtig von dir! Ich freue mich wirklich,
dass ihr ein weiteres Kind bekommt", sagte die Frau.

Sie schenkte Maeggan nun ihre volle Aufmerksamkeit. „Traust du dir die Arbeit hier zu?"

Sie zeigte auf die Regale im Laden. Überall standen große helle Holzregale, in denen sich Bücher Rücken an Rücken drängten. Was nicht mehr in die Regale passte, war auf Tischen gestapelt, zum Teil sogar auf dem Fußboden. Es sah auf den ersten Blick sehr chaotisch aus, trotzdem schien alles eine bestimmte Ordnung zu haben. In einer Ecke, an einem der Fenster, stand ein kleiner runder Tisch mit vier alten Sesseln. Dort saß ein älterer Herr, der in einem dicken Buch blätterte. Bei den Reiseführern, am anderen Fenster, standen zwei Touristen, sie hielten verschiedene Wanderkarten in den Händen. Als sie die großen Karten auseinanderfalteten, hätten sie dabei beinahe mit ihren dicken Rucksäcken zwei volle Bücherregale umgeworfen.

„Hier ist immer viel zu tun", murmelte die Frau unruhig und rief den Touristen zu: „Ich komme gleich zu Ihnen."

Sie wandte sich erneut an Maeggan. „Ich bin Sarah Cunningham. Falls du es probieren möchtest, komme morgen Vormittag so gegen 9 Uhr, da ist es ruhiger und ich kann dir alles zeigen." Schon eilte Mrs Cunningham zu den Touristen.

„So ist es hier jeden Tag!" lachte Caro. „Es macht viel Freude, all die Menschen kennenzulernen. Manche wollen gemütlich Zeitunglesen oder nur stöbern, andere möchten richtig beraten werden. Oder sie setzen sich hin, um mal ein Stündchen zu lesen. Der Herr dort ist ein Stammkunde, der bekommt meistens sogar eine Tasse Tee." Caro zwinkerte ihr zu und ging zu dem Herrn, um ein paar Worte mit ihm zu wechseln.

Maeggan schaute sich im Laden um, ob sie die Arbeit hier schaffen könnte. Es gab kleine Hocker, um die oberen Regalbretter zu erreichen, außerdem stand in der Ecke auch eine Trittleiter. Auf die Weise würde sie an alle Bücher kommen können. Sie ging zum Tresen auf dem die Kasse stand. Es war eine modere Variante, Maeggan ahnte sofort, wie sie funktionierte und dass sie sie bedienen können würde.

Sie konnte ihr Glück kaum fassen. Wie sehr hatte sie sich gewünscht, auch mal einen Job zu haben. In den Ferien hatte sie versucht einen Ferienjob zu finden, um genauso wie ihre Klassenkameraden ihr eigenes Geld zu verdienen. Zuhause half sie zwar überall auf der Farm, dennoch hatte ihr niemand zugetraut, dass sie Gartenarbeit erledigen könnte, Hunde ausführen oder im Laden die Regale einräumen. Irgendwann war sie es leid gewesen, den Leuten andauernd zu erklären, dass sie das sehr wohl könne. Viel zu oft hatte sie sich Sorgen darüber gemacht, ob sie jemals einen Ausbildungsplatz finden würde, wenn sie nicht einmal einen Ferienjob bekommen konnte.

Vor kurzem waren alle auf der Schulabschlussfeier gefragt worden, was sie jetzt vorhätten und alle schienen Pläne zu haben, nur Maeggan nicht. Eine praktische Ausbildung war undenkbar, wer würde schon eine Frau mit solchen Armen in seinem Betrieb einstellen wollen. Irgendein Beruf, wo man den ganzen Tag am Schreibtisch sitzen musste, kam für Maeggan nicht in Frage. Auch als Au-pair-Mädchen zu arbeiten, war nicht möglich. Keine Mutter würde ihr ihr Baby anvertrauen. Bis gestern war sie sich selbst nicht sicher gewesen, ob sie sich um ein Kind kümmern könnte. Jetzt hatte sie zwar gesehen, wie Fynn mit Henry umging, aber würde sie das auch können? Es hatte so normal ausgesehen. Sie fürchtete sich ein wenig vor der Verantwortung, einen kleinen Menschen zu tragen. Hätte sie dazu genug Kraft in ihren Händen?

Maeggans Blick wanderte zu Henry hinüber, der begeistert in der Kiste kramte, dann zu Caro, die sich gerade von dem alten Mann verabschiedete und schließlich zu Mrs Cunningham, die den Touristen beim Zusammenfalten der Karte half. Wie wunderbar, dass sie ihr zutraute hier zu arbeiten. Endlich!

Sie richtete sich gerade auf, ganz erfüllt von Kraft und Energie.

Inzwischen hatte Caro Henry eingesammelt und ging mit ihm auf dem Arm zur Tür. Beim Hinausgehen winkten sie Mrs Cunningham zu, die im Gespräch mit den jungen Touristen war. Maeggan hielt mehren älteren Damen die Ladentür auf. Amüsiert sah sie, wie die sich sofort schnatternd auf die Koch- und Handarbeitsbücher stürzten.

„Langeweile kommt hier wirklich nicht auf", stellte Maeggan belustigt fest. Caro nickte, während sie Henry in seinen Buggy lud.

Gerade als sie in die Cardigan Lane einbogen, hörten sie in der Ferne die ersten Donner. Sie beeilten sich, vor dem Gewitter nach Hause zu kommen.

Seven Oaks Hall
North Wessex

„Schau mal was ich unten im Keller gefunden habe." Todd kam mit mehreren Flaschen im Arm in die Bibliothek. Er reihte seinen Fund auf dem Wohnzimmertisch auf. „Ganz alten Scotch, sogar einen Whisky von 1958."

William saß schon wieder am Schreibtisch und warf einen desinteressierten Blick auf die Flaschen. „Schön. Hast du den Tresor gefunden?"

„Nee. Davon keine Spur. Ich habe alles abgesucht." Todd klopfte sich den Staub vom Hemd und seinen Jeans. „Hast du wenigstens auf dem Dachboden etwas entdeckt?"

William schüttelte den Kopf. „Nur diese alten Briefe." Er hielt den Brief in seiner Hand hoch.

Todd kam an den Tisch, während er sich setzte, nahm er neugierig einen Stapel Briefe in die Hand.

Sofort riss William sie ihm aus den Händen. „Das sind Briefe von meiner Mutter. Ich möchte nicht, dass du sie liest."

„Was soll da schon drinstehen? Es werden ja wohl keine erotischen Liebesbriefe an deinen Vater sein", meinte Todd neugierig.

„Ich weiß es nicht. Sie sind zum Teil an meinen Vater gerichtet, aber nicht nur", antwortete William zerstreut. Die Briefe hatten ihn aufgewühlt. Er hatte gedacht die Sehnsucht nach seiner Mutter hätte er endlich ganz tief in sich begraben können, aber durch diesen Fund brach alles von neuem auf. Ganz mit seinen Erinnerungen beschäftigt antwortete er fahrig: „Auf jeden Fall gehören sie nicht in fremde Hände."

„Ach so, ich bin ein Fremder." Todd schob seinen Stuhl, ohne aufzustehen, ein paar Schritte vom Schreibtisch zurück.

Überrascht schaute William von dem Brief, den er gerade las, auf. „Sei bitte nicht eingeschnappt. Das sind ganz private Briefe, ich habe selbst fast ein schlechtes Gewissen, sie zu lesen."

„Dann lass es. Wir haben wichtigeres zu tun, als in der Vergangenheit zu wühlen", brummte Todd die Briefe beiseiteschiebend. Als William nur den Kopf schüttelte, stand Todd Schulter zuckend auf.

„Wenn es keinen Tresor im Haus gibt, wo könnte dein Vater dann die Münzen aufbewahrt haben?"

Langsam legte William den Brief aus der Hand und konzentrierte sich ganz auf Todd. „Wahrscheinlich in einem Bankschließfach", überlegte er. „Von Geldanlagen hielt mein Vater nicht viel, ein Schließfach macht jedoch Sinn."

„Klar! Dieser alte Kasten ist wirklich nicht sicher." Todd sah sich kopfschüttelnd um.

„Ich vereinbare sofort einen Termin." William griff nach dem Telefonhörer, um die Bank anzurufen. Ungeduldig beobachtete Todd ihn.

Nach einer Weile legte William den Hörer wieder auf. „Es geht keiner ran! Ich muss wohl hinfahren."

„Heute Abend nicht mehr!", bestimmte Todd mit einem Blick auf seine Armbanduhr. Er ging um den Tisch herum, um William ein paar Spinnweben aus dem Haar zu zupfen. „Du musst dringend duschen."

„Nicht nur ich", lachte William und klopfte Todd auf sein staubiges Hinterteil.

Todd schaute an Williams Kopf vorbei aus dem Fenster zum See. „Ich habe eine bessere Idee. Lass uns eine Runde im See schwimmen, bevor es Gewitter gibt!"

„Im See?", fragte William erstaunt. Da schlich sich ein Grinsen auf seinem Gesicht. „Ja! Spitzenidee."

Sein Vater hatte das Baden im See strengstens verboten, es würde die Fische stören, obwohl William niemals einen Fisch gesehen hatte. Es hätte wohl eher seinen Vater gestört. Er lief auf die Terrasse, gefolgt von Todd. Auf dem Weg zum See ließen sie schon miteinander scherzend ihre Kleidung fallen.

Cardigan Road
Marlborough

Während draußen das Gewitter begann, brachte Caro Henry ins Bett. Maeggan konnte hören, wie Caro oben Henry ein Lied vorsang. Es handelte von Feen und Findelkindern. Neugierig trat sie an die Treppe. Caros warme Altstimme klang wirklich beruhigend, der Inhalt des Liedes verstörte Maeggan trotzdem. In dem Lied wurde ein Kind unter einem Feenbaum ausgesetzt, später wurde es von den Feen mitgenommen. Nachdenklich setzte sich Maeggan auf die unterste Stufe der Treppe. Erst als sich Caro an ihr vorbeischob, schrak sie hoch und trat rasch zur Seite.

„Danke", flüsterte Caro. „Lass uns in die Küche gehen, sonst wecken wir Henry wieder auf."

Maeggan folgte Caro und lehnte die Küchentür vorsichtig an.

„Was war das für ein Lied, dass du Henry vorgesungen hast?"

„Es ist schön, nicht? Mein Großvater hat mir diese Geschichte immer erzählt. Findest du nicht auch, dass die Melodie von „loch lomond" hervorragend dazu passt?"

„Ja, außerdem hast du eine wunderbare Stimme. Ich wünschte, ich könnte auch so schön singen."

„Danke", murmelte Caro. „Wir können es morgen gern gemeinsam probieren." Sie ließ sich mit einem Seufzer am Küchentisch nieder.

Maeggan nickte gedankenverloren. „Rebecca, also meine Mom, hat mir auch immer eine Geschichte von Feen erzählt", murmelte sie. Sie setzte sich auf den Stuhl auf der anderen Seite des Tisches. „Diese Geschichte von deinem Großvater, weißt du, wo er sie herhat?"

„Nein, das hat er mir nie verraten. Er hat gerne Märchen erzählt. Sonst weiß ich gar nicht zu viel über ihn." Caro fuhr mit der Hand über die Tischplatte, um die Krümel zusammenzuschieben, die von Henrys Abendessen übriggeblieben waren.

„Er hat hier in der Nähe in einem der Herrenhäuser gearbeitet: Seven Oaks Hall. Als Chauffeur bei einem griesgrämigen Earl.

Das muss ein schrecklicher Arbeitgeber gewesen sein. Soweit ich mich erinnere, konnte ihn keiner hier in der Gegend leiden. Einmal hat unser Großvater meinem Bruder und mir erlaubt in dem Wagen zu sitzen, während er ihn gewaschen hat. Als wir wieder ausgestiegen, hat mein Bruder seinen Teddybären dort liegen lassen. Der Earl hat ihn gefunden, beinahe hätte er meinem Großvater deshalb rausgeworfen." Caro tippte sich vielsagend an die Stirn. „Wegen eines Teddybären. Als mein Großvater Probleme mit seinen Augen bekam und nicht mehr fahren durfte, hat der Alte ihm wirklich gekündigt. Was für ein widerlicher Mensch! Mein Großvater musste jahrelang kämpfen, um wenigstens eine kleine Rente zu erhalten."

Caro blickte auf die Krümel in ihrer Hand, und stand auf, um sie ins Waschbecken zu werfen.

„Es war so ungerecht", murmelte sie in das Waschbecken.

Nach einer Weile wandte sie sich abrupt zu Maeggan um und stützte sich mit den Händen nach hinten am Waschbecken ab.

„Ich war damals total wütend, dass ich mich in das Haus geschlichen und eine Münzsammlung mitgenommen habe."

Maeggan starrte Caro sprachlos an.

„Ja", lachte Caro. „Das ist kaum zu glauben. Aber für meinen Großvater hätte ich alles getan. Ich hatte nur nicht daran gedacht, dass man so eine Münzsammlung gar nicht verkaufen kann."

„Wieso nicht?", fragte Maeggan.

„Seltene Münzen kann man meistens dem Besitzer zuordnen", antwortete Caro. „Die Kassette mit den Münzen hat jahrelang bei mir im Schrank gelegen."

Caro stieß sich vom Waschbeckenrand ab und öffnete die Kühlschranktür.

„Vor ein paar Tagen hat Fynn die Kassette entdeckt und mich sofort überredet, sie zurückzubringen", erzählte sie in den Kühlschrank hinein. Sie holte paar Würstchen heraus, um sie in eine Pfanne zu legen.

„Es machte keinen Sinn, sie hier im Haus zu haben, wo mein Großvater schon so lange tot ist", ergänzte sie mit leiser Stimme.

Mitfühlend trat Maeggan zu Caro. Als Caro sich umwendete, und Maeggans Gesicht sah, sagte sie lächelnd: „Lass man gut sein. Das ist alles schon so lange her. Ich bin seitdem nicht mehr dort gewesen."

Sie griff nach ein paar Tomaten, um sie kleinzuschneiden.

„Zum Glück hat auch nie jemand bemerkt, dass die Sammlung nicht an ihrem Platz gelegen hat. Als ich jetzt meiner Tante in der Pension ausgeholfen habe, bin ich von dort aus kurz rübergefahren, um sie zurückzubringen. Ich habe sie genau in die gleiche Schublade zurückgelegt. Alles lag dort wie damals, glaube ich. Gesehen hat mich auch niemand, weder damals noch diesmal. Jetzt bin ich einfach froh, dass ich nie wieder dorthin muss. Früher gab es dort einen wunderbar gepflegten Garten mit fantastisch vielen verschiedenen Blumenrabatten, sie hatten einen extra Gärtner dafür, jetzt war alles mit Unkraut überwuchert."

Caro schüttelte traurig den Kopf, dann reichte sie Maeggan eine Schere. „Kannst du draußen bitte ein bisschen Schnittlauch für den Salat abschneiden?"

Maeggan ging in Caros kleinen Gemüsegarten hinter dem Haus. Dabei dachte sie an Rebeccas großen Garten, den Maeggan zum Schluss fast ganz alleine gepflegt hatte.

Während sie nach dem Schnittlauch Ausschau hielt, erinnerte sie sich an die verwilderten Blumenrabatten von Seven Oaks Hall, die sie vom Bus ausgesehen hatte. Sie wäre nie auf den Gedanken gekommen, einen Garten so verwildern zu lassen. Dazu liebte sie die Gartenarbeit viel zu sehr. Den Gartenstuhl mitten im Beet konnte sie, gemütlich sitzend, das Unkraut mit den Füßen zu jäten. Auch Erdbeeren ernten war so viel bequemer. Karl, der sich dazu mühsam bücken musste, hatte sie immer darum beneidet. Als sie den Schnittlauch abschnitt, fragte sie sich, ob sie auf Seven Oaks Hall auch hätte Gartenarbeit machen dürfen, oder wäre das allein die Aufgabe des Personals gewesen? Caros Erzählungen hatten sie wieder an ihren Plan erinnert. Sobald wie möglich wollte sie ihren Bruder anrufen, nahm sie sich vor, während sie mit dem Lauch vorbei an blühenden Sonnenblumen und Gladiolen zurücklief.

Gemeinsam bereiteten Caro und Maeggan das Abendessen weiter vor. Als Caro den Tisch zu decken begann, holte Maeggan das Besteck aus der Schublade. Sie musste sich zur Schublade sehr weit hinunter beugen.

„Du brauchst dich nicht damit abrackern", meinte Caro fürsorglich.

„Helfen ist für mich selbstverständlich. Zu Hause habe ich sehr viel Hausarbeit übernommen", erklärte Maeggan. „Rebecca war sehr oft krank und Karl draußen bei den Tieren. Kochen, Gartenarbeit, Wäsche waschen, das alles ist kein Problem für mich."

Caro stellte die Teller auf den Tisch, und stützte sich auf der Tischkante ab. „Toll, Fynn macht gar keine Hausarbeit, seine Eltern sagen, er soll seinen Rücken schonen. Das, was er so schon an mehr Belastung hat, würde reichen."

„Das stimmt schon", gab Maeggan zu. „Mein Rücken tut danach oft weh, mit etwas Gymnastik bekomme ich die Schmerzen jedoch gut weg. Vieles erledige ich mit den Füßen, das geht einfacher. Zum Beispiel Zwiebeln schneiden, da heult man auch wesentlich weniger", erklärte sie schmunzelnd.

Nach dem Essen fing Caro an das Geschirr abzuwaschen. Fynn blieb am Tisch sitzen, doch Maeggan stand auf, um ein Geschirrtuch zu holen. Zum Abtrocknen legte sie das Tuch auf den Tisch, stellte einen nassen Teller darauf und wischte ihn trocken. Anschließend stellte sie ihn beiseite, um den nächsten zu nehmen. Plötzlich stand Fynn auf, und nahm sich auch ein Tuch. Caro lächelte verschmitzt zu Maeggan hinüber. Maeggan grinste etwas verlegen zurück.

13.

Verärgert ging William zurück ins Haus und überlegte, wie er nach Marlborough kommen konnte. Ausgerechnet heute sprang das rote Sportcoupé nicht an. Sein Blick fiel auf die alte Standuhr, die in der Ecke des Speisezimmers stand. Um neun Uhr wollte er bei der Bank sein. Das würde er schon nicht mehr schaffen. Sich hier auf dem Land ein Taxi bestellen, dauerte ewig, damit wäre er wahrscheinlich erst heute Nachmittag in Marlborough.

„Da ist nichts zu machen." Todd betrat den Frühstücksraum, gleichzeitig wischte er sich seine verschmutzten Hände an einem Küchentuch ab. „Gibt es hier irgendwo eine Werkstatt, ein Mechaniker oder so?"

William zuckte mit den Schultern. „Keine Ahnung", murmelte er. Plötzlich kam ihm ein Gedanke. „Magnus kennt sich mit Autos aus. Er kümmert sich immer um den alten Mercedes meines Vaters."

Erleichtert warf William die Serviette auf den Teller. Doch so sehr sie auch nach Magnus suchten, der Butler war nirgends zu finden.

„O. k. Planänderung", entschied Todd. „Du fährst mit dem alten Mercedes zur Bank. Bis Magnus zurückkommt, werde ich weiter nach dem Tresor bzw. dem Geheimversteck suchen, dann werde ich mit ihm den Wagen in Ordnung bringen."

Also ging William in die ehemaligen Stallungen, die sich neben dem Haus hinter einer kleinen Hecke verbargen, und hielt nach dem Wagen Ausschau.

Tatsächlich, ganz hinten in dem ehemaligen Pferdestall, stand der schwarze Mercedes seines Vaters unter einer Plane. Ein deutsches Auto natürlich, das passte auch gut zur Gesinnung seines Vaters! Er stieg ein und suchte den Zündschlüssel. Wie erwartet, lag er im Handschuhfach. Hoffentlich startete der Wagen überhaupt, er war sicher schon lange nicht mehr gefahren worden. Zum Glück sprang der Wagen schon beim ersten Versuch an, als ob er nur auf ihn gewartet hätte. Er lenkte den Mercedes vorsichtig aus dem engen Garagentor, doch dann gab er Gas und brauste die Auffahrt entlang. Ganz sicher würde sein Besuch bei der Bank mit Erfolg gekrönt sein.

Cardigan Road
Marlborough

Maeggan eilte in die Küche. Überrascht stellte Fynn seine Kaffeetasse auf die Zeitung, die vor ihm lag. „Was ist los? Ist etwas passiert?"

Maeggan angelte nach einen Kaffeebecher im Hängeschrank. „Ich habe versprochen um neun in der Buchhandlung zu sein. Das schaffe ich nie."

Prompt stand Caro auf, griff an Maeggan vorbei in den Küchenschrank, um einen Kaffeebecher heraus zu holen.

Fynn lehnte sich zurück. „Du kannst mein Rad nehmen. Es ist zwar ein Herrenrad, aber ich brauche es heute nicht."

Erstaunt stellte Maeggan die Milch ab.

„Wirklich?"

Fynn nickte. „Mit dem Rad sind es von hier bis zur Buchhandlung etwa 10 Minuten." Er blickte auf die Uhr über der Spüle. „Die Zeit reicht."

„Kannst du Fahrradfahren?", fragte Caro.

„Natürlich!", lachte Maeggan. Sie dachte daran, wie aufgeregt sie gewesen war, als Ihre Eltern ihr das Fahrrad mit dem extra hohen Lenker geschenkt hatten und wie sie ganz stolz mit ihren Freunden durch das Dorf gefahren war. Niemand hatte sich darüber lustig gemacht, wie sie Fahrrad fuhr, vielmehr hatten alle sie dafür bewundert, dass sie sogar das konnte.

Fynn stand auf. „Komm mit! Ich zeige dir, wie meine Gangschaltung funktioniert."

Kurz darauf radelte Maeggan die Straße entlang. Hier war vielmehr Verkehr, als sie es gewöhnt war. Bei jedem Abbiegen bremste Maeggan stark ab, um besonders auf die Autofahrer achten zu können. Ihr war klar, dass Ihre Handzeichen zum Abbiegen nicht eindeutig waren. Als sie endlich nur noch die gerade Straße entlangfahren musste, bog plötzlich eine große schwarze Limousine direkt vor ihr links ab und nahm ihr die Vorfahrt.

Sie bremste in letzter Sekunde.

„Verdammter Mistkerl!", fluchte sie. Gerade noch konnte sie dem Wagen ausweichen. Der junge Mann im Wagen schaute ihr verdutzt hinterher, und fuhr dabei gleichzeitig weiter. Auch Maeggan fuhr mit zittrigen Knien, gleichzeitig jedoch auch laut vor sich hin schimpfend geradeaus Richtung Buchhandlung weiter. Da hörte sie es hinter sich krachen. Sie warf einen Blick über die Schulter zurück.

Aus einem grünen Mini Cooper mit eingedrücktem Heck stieg gerade ein Mann. Wütend stapfte er zu der Limousine. Der Fahrer in der Limousine rührte sich nicht, sondern starrte weiter wie gebannt zu ihr hinüber.

„Geschieht dir ganz recht!", lachte Maeggan laut und trat in die Pedale.

William starrte der jungen Frau auf dem Fahrrad hinterher. Sie ähnelte seiner Mutter erschreckend! Ihre Statur und vor allen Dingen die rotblonden Locken. Vor seinem inneren Auge verschmolz das Bild der jungen Frau mit dem Porträt seiner Mutter aus der Eingangshalle von Seven Oaks Hall.

Durch die alten Briefe war ihm wieder bewusst, wie sehr er sie vermisste. Es war ihm kaum möglich, gelassen an ihrem Porträt vorbeizugehen. Immer wenn er ihr strahlendes Lächeln sah, war die Welt ein wenig mehr in Ordnung. Aber jedes Mal wurden auch die Erinnerungen an diese schreckliche Nacht wach. Während alle aufgeregt durch das Haus gelaufen waren, hatte sie anscheinend schlafend in ihrem Bett gelegen. Abermals hatte er das Gefühl, die weichen Locken seiner Mutter zwischen den Fingern zu spüren.

Plötzlich schreckte William auf, ein Mann mit Schiebermütze und hochroten Kopf klopfte heftig an die Seitenscheibe. William versuchte die Fahrertür zu öffnen. Der Mann trat einen Schritt zurück, hörte jedoch nicht auf William anzuschreien. William registrierte gar nicht, was der Mann ihm alles an den Kopf warf, er dachte ausschließlich an seine Mutter und an die Frau auf dem Fahrrad.

„Muss ich erst die Polizei rufen?", schimpfend trat der Mann erneut dichter an William heran.

„Nein natürlich nicht, ich übernehme das selbstverständlich", entgegnete William zerstreut.

Erst jetzt warf er einen Blick auf den Schaden sowohl an seinem Wagen wie auch dem des anderen.

„Hier ist meine Visitenkarte", William zog eine Karte aus seiner Brieftasche. Der andere Mann starrte erstaunt auf die Karte und schluckte.

„Selbstverständlich. Sir", stotterte er. Dann fasste er sich.

„Ich schreibe Ihnen meine Adresse auf. Es ist auch nur ein kleiner Schaden", fügte er entschuldigend hinzu. William nickte nur, gleichzeitig stieg er wieder in seinem Wagen. Er fuhr schon an, da reichte der andere ihm hastig den Zettel mit seiner Adresse durchs Fenster.

Ein paar Minuten nach neun stellte Maeggan das Fahrrad vor der Buchhandlung ab und eilte die Stufen hinauf. Mrs Cunningham war gerade dabei die Tür aufzuschließen. Sie erklärte Maeggan die Aufteilung des Ladens und zeigte ihr, wie die Kasse funktionierte. Später räumten sie gemeinsam einige neue Bücher ein. Als Mrs Cunningham auf der Leiter stand und von Maeggan die Bücher entgegennahm, kam eine ältere Dame herein. Sie blieb zögernd am Eingang stehen. Mrs Cunningham warf Maeggan von der Leiter herab einen aufmunternden Blick zu. Maeggan ging zu der Kundin hinüber. Stumm glotzte die Dame auf Maeggans Arme.

„Kann ich Ihnen helfen?", fragte Maeggan.

Die Dame richtete ihren Blick verwirrt auf Maeggans Gesicht.

„Ich brauche ein Geschenk für meinen Enkel. Er ist sieben." wiederholt wanderte ihr Blick auf Maeggans Arme. Maeggan bemühte sich das zu übersehen.

„Möchten Sie etwas zum Vorlesen oder kann Ihr Enkel schon lesen?"

„Oh…" Die Kundin brauchte einen Moment, um sich zu sammeln. „Er geht schon zur Schule. Er ist ganz stolz darauf, dass er jetzt lesen lernt."

Maeggan führte die Dame zu den Kinderbüchern. Während die Dame nach einem passenden Buch suchte, schaute Maeggan zu Mrs Cunningham. Sie stand weiterhin auf der Leiter und nickte jetzt Maeggan aufmunternd zu.

Später erklärte sie Maeggan: „Genau das hatte ich befürchtet, dass die Leute sich nicht trauen, zu dir zu kommen, zum Glück ich habe dich richtig eingeschätzt. Du hast wirklich genug Selbstvertrauen, um solche Situationen gut zu meistern."

William war der jungen Frau auf dem Fahrrad nachgefahren. In dem Gewirr der kleinen Straßen in der Altstadt hatte er die Fahrradfahrerin für einen Moment aus den Augen verloren, endlich hatte er das Fahrrad mit dem extra hohen Lenker vor einer Buchhandlung entdeckt, und in deren Nähe einen Parkplatz gefunden. Seit einer halben Stunde saß er nun schon hier, ohne dass das Mädchen wieder herausgekommen war. Was machte sie nur so lange in dem Laden? Als er seine dritte Zigarette anzünden wollte, hielt er inne. Er steckte das Päckchen ein und stieg aus. Unruhig schlenderte er auf der dem Buchladen gegenüberliegenden Straßenseite auf und ab. Noch immer kam die junge Frau nicht aus dem Laden. William überquerte die Straße, nur um auf dieser Straßenseite seine Wanderungen fortzusetzen. Jedes Mal, wenn er an der Ladentür vorbeikam, nahm er sich vor hineinzugehen und jedes Mal verließ ihn der Mut.

„Du Feigling!", schalt er sich selbst, auch das half nichts. Endlich blieb er vor dem Laden stehen. Er tat als ob sich sich Bücher anschauen würde, die einladend im Schaufenster drapiert waren. Dabei versuchte er, die junge Frau mit den rotblonden Locken zu beobachten. Plötzlich wandte sie sich um und schien durch das Schaufenster direkt zu ihm zu sehen. William zuckte zusammen und eilte so schnell davon, dass er beinahe das Fahrrad mit dem hohen Lenker umgestoßen hätte.

Bevor der Laden schloss, räumte Maeggan die kleine Leseecke auf. Sie sammelte die Zeitungen zusammen, dabei entdeckte sie eine Schlagzeile: Mord auf Seven Oaks Hall?

176

Darunter war ein Luftbild von dem Anwesen. Und darunter stand in halb so großer Schrift: der mysteriöse Tod des Earls von Seven Oaks Hall. Kriminalpolizei ermittelt. Neugierig faltete sie die großen Seiten auseinander, um sie vor sich auf den Tisch zu legen. Jetzt konnte sie den Artikel lesen. Er war wesentlich ausführlicher, als die Notiz vor ein paar Tagen:

Der Earl von Seven Oaks Hall sei bei einem Treppensturz ums Leben gekommen, die Polizei würde ermitteln, stand dort. Auch das deckte sich mit dem, was sie schon von den Frauen im Bus gehört hatte. Maeggan faltete die Zeitung zusammen, da fiel ihr der letzte Abschnitt ins Auge: Alleinerbe sei nun der neue Earl von Seven Oaks Hall, William Arlington. Das wäre dann also ihr Bruder. Leider gab der Artikel nicht mehr preis. Sie hatte einen Bruder. Maeggan spürte, wie ihr Herz heftiger schlug. Ihr Bruder, wie schön wäre es, ihn kennenzulernen. Wie schön wäre es gewesen, mit ihm zusammen auf Seven Oaks Hall aufzuwachsen. Sie betrachtete das Foto. Gemeinsam hätten sie im Park spielen können und womöglich hätte er ihr in dem See das Schwimmen beigebracht. Eine Träne tropfte auf den Artikel. Verschämt wischte Maeggan sich über die Augen, das war naiv, fast schon wie Rebecca.

Resolut faltete sie die Zeitung zusammen. Träumereien machten keinen Sinn. Aber womöglich könnte ihr ihr Bruder von ihren leiblichen Eltern erzählen, wie sie ausgesehen hatte, wie sie gewesen waren. Maeggan schnappte sich die Zeitungen, um sie in das Hinterzimmer zu bringen. Sie musste herausbekommen, ob sie wirklich von Seven Oaks Hall stammte. Anschließend würde sie Kontakt zu ihrem Bruder aufnehmen.

Zurück am Herrenhaus stand ihr rotes Sportcoupé wieder davor. William hielt mit der Mercedes Limousine direkt daneben. Ohne sich weiter um den Wagen zu kümmern, rannte er ins Haus.

„Todd, wo bist du?"

Er stürmte Türen schlagend durch die Räume, endlich fand er Todd. Dieser fläzte mit einem Drink auf dem Sofa in der Bibliothek.

„Ich bin hier." Todd setzte sich gemächlich auf. „Willst du auch was?" Er wedelte mit dem Glas.

William ging vor Todd hin und her, zu aufgewühlt um zu sprechen.

„Ich habe ein weiteres Mal im Haus alle Wände abgeklopft, kein Tresor weit und breit", erzählte Todd. „Die Holzvertäfelung konnte ich natürlich schlecht abreißen", er zuckte mit den Schultern. „Wenigstens funktioniert der Wagen wieder."

„Gut." William hatte Todd nur halb zugehört, jetzt ließ er sich auf das Sofa gegenüber fallen und vor sich mit den Händen durchs Gesicht. „Ich meine selbstverständlich, nicht gut, das mit dem Tresor. Aber dass der Wagen wieder fährt, ist natürlich gut. Und ja, einen Drink könnte ich gut vertragen."

Todd stand auf, um William einen Whisky einzugießen. Er reichte ihm das Glas.

„Was ist bei der Bank passiert? Bist ja völlig außer dir!"

William nahm den Drink entgegen und trank einen großen Schluck. Todd stand ungeduldig vor ihm.

„Als ich gerade auf den Parkplatz bei der Bank einbiegen wollte, …"

„Mach es nicht so spannend", unterbrach Todd. „Komm gleich zur Sache!"

„Es gibt kein Schließfach."

„Das kann nicht wahr sein!", rief Todd. „Was sollen wir jetzt machen?"

„Reg dich ab!" William machte eine beruhigende Handbewegung. „Es ist etwas Fantastisches geschehen!" Er strahlte Todd an. „Ich habe meine Schwester gefunden."

Todd setzte sich bedächtig zurück auf das Sofa gegenüber, dabei starrte er William entgeistert an. „Wie? Du hast was?"

„Lass mich weitererzählen! Als ich auf dem Parkplatz einbiegen wollte, habe ich einer Fahrradfahrerin die Vorfahrt genommen." Er rutschte ein Stück nach vorne und fixierte Todd. „Und ich bin überzeugt: Auf dem Fahrrad saß meine Schwester."

Todd saß William mit offenem Mund gegenüber. Nach einem für William endlosen Moment fragte er: „Wie kannst du da so sicher sein?"

Todd nippte nachdenklich an seinem Whisky und fügte hinzu: „Wie hast du sie erkannt?"

Begeistert erklärte William: „Sie sieht meiner Mutter verblüffend ähnlich. Genauso wie auf dem Porträt im Flur. Die gleiche Figur, das gleiche Gesicht, die gleichen rotblonden Locken."

Todd nippte mehrmals an seinem Glas. „Das kann Zufall sein. Hier in der Gegend gibt es viele Menschen mit rotblonden Haaren."

„Das ist nicht alles", rief William triumphierend. „Ihre Arme waren, wie mein Vater es dem Notar beschrieben hat, ganz kurz." Er zeigte mit seiner rechten Hand auf das obere Ende seines linken Oberarms. „Die Hände und Finger waren ganz verkrüppelt."

Todd starrte William völlig verblüfft an. „Wie konnte sie trotzdem Fahrrad fahren?", fragte er irritiert.

„Das Fahrrad hatte einen extra hohen Lenker." William beschrieb Todd das Rad. „Ich habe es mir später vor einer Buchhandlung genauer ansehen können."

„Du hast mit ihr gesprochen?", fragte Todd offensichtlich so aufgeregt, dass er nicht mal bemerkte, dass er sein Glas zu nah an der Kante des Tisches abgestellte. Weder er noch William achteten darauf, dass das Glas auf den Teppich viel. Gespannt sahen sie sich an.

„Nein, ich habe nicht mit ihr gesprochen", seufzte William. „Sie ging in den Laden, aber ich bin ihr nicht gefolgt", murmelte er leise und starrte auf den Fleck, der sich unter Todds umgekippten Glas ausbreitete. Er ärgerte sich über sich selbst, dass er ihr nicht gefolgt war.

„Was macht sie hier in Marlborough?", fragte Todd verwirrt. „Sagte der Notar nicht, sie würde irgendwo in Wales leben?"

William blickte schulterzuckend zu Todd.

„Du bist dir trotzdem sicher, dass sie deine Schwester ist?"

„Ganz sicher!", beharrte William.

Todd beobachtete William, der aufgeregt auf dem Sofa umherrutschte. Das ändert alles, dachte er. Er hob sein Glas auf, um sich Whisky nachzugießen. „Wir müssen mit ihr sprechen", bestimmte er, nachdem er einen großen Schluck getrunken hatte.

William nickte, zugleich holte er Luft zum Sprechen, doch Todd kam ihm zuvor.

„Ich übernehme das!" Er stellte sein Glas ab, stand auf, um sich direkt neben William zu setzen. Liebevoll nahm er Williams Hände in seine. „Ich kann es verstehen, dass du jetzt nicht die Kraft hast, mit ihr zu sprechen." Er streichelte William über die Wange. „Auch für mich ist diese Unsicherheit schrecklich."

Dankbar lehnte sich William gegen Todd.

Todd streichelte ihn weiter. „Lass mich mal machen", flüsterte er William zu. „Du hast genug zu tun, die Beerdigung zu organisieren. Außerdem musst du dich hier um das Haus zu kümmern."

William schmiegte sich an ihn. „Ja, du hast Recht", flüsterte er in Todds Armbeuge. „Ohne dich wäre ich verloren."

Todd drückte ihn an sich, ohne William zuzuhören. In seinem Kopf wirbelten die Gedanken durcheinander. Kaum waren sie den schrecklichen Vater losgeworden, da tauchte diese Schwester als Erbin auf. Und, anstatt ein hilfloses Ding zu sein, fuhr sie anscheinend putzmunter auf dem Fahrrad durch Marlborough. Er schielte auf Williams Scheitel hinunter. Wieder einmal lag es an ihm, sein und Williams Leben in Ordnung zu bringen.

14.

High Street
Marlborough

Todd trat vorsichtig vor das Schaufenster, um in den Buchladen zu spähen. Die Sonne spiegelte sich in der Scheibe und nahm Todd die Sicht. Nach dem Gespräch mit William, war er auf der Stelle zu dem Laden gefahren, in der Hoffnung sich selbst ein Bild von der Frau machen zu können. Bisher er hatte keinen Plan, wie er vorgehen sollte. Das besondere Fahrrad stand neben der Treppe, genau wie William es beschrieben hatte. Todd merkte, dass seine Hände vor Aufregung zitterten. Er wollte nicht einfach hinein gehen, um die Frau anzusprechen, wahrscheinlich hörten andere Menschen zu.

„Ich brauche erst einmal eine Zigarette", murmelte er. Das zerdrückte Päckchen, was er nach langem Suchen in einer seiner Jackentasche fand, war leer. Er schleuderte das Päckchen auf die Straße. Zum Glück entdeckte er auf der anderen Straßenseite einen Zigarettenautomaten. Er überquerte die Straße, währenddessen suchte er schon in seiner Hosentasche nach den entsprechenden Münzen. Endlich konnte er den Tabak tief inhalieren.

Er hatte nicht gedacht, dass ihn das Auftauchen des Mädchens so aus der Fassung bringen würde. Waren seine Nerven schon so dünn? Seit ein paar Monaten waren diese Gangster aus dem Pokerclub hinter ihm her. Außerdem lasteten die Schulden, die er und William angehäuft hatten, auch schwer auf seinen Schultern. Doch das war alles nichts im Vergleich zu dem, was dieses Mädchen in ihm ausgelöst hatte. Ihr Auftauchen konnte alles zerstören. Ihre finanzielle Situation machte ihm nicht zu viele Sorgen. Ihre Schulden waren nichts im Vergleich zu dem, was das Mädchen anrichten konnte. Er war es gewohnt mit wenig Geld auszukommen, die Münzen würden sie bestimmt irgendwann finden, wahrscheinlich würden sich bei William auch noch weitere vergrabene Schätze auftun. Die Sache mit dem Vater hatte sich sauber erledigt, aber dass alles überflüssig gewesen war, hatte er nicht gedacht. Alles nur wegen dieses Mädchens.

Todd zog an der Zigarette, langsam beruhigten sich seine Nerven. Er musste verhindern, dass sie sich zwischen ihn und William drängte. Durch William hatte er ein neues Leben angefangen, das wollte er auf keinen Fall wieder verlieren. Die Liebe zwischen ihnen war echt. Noch nie hat ihn jemand von Herzen angenommen und gesehen, wie William es tat. Er schnipste die ausgerauchte Zigarette in den Rinnstein. Ein paar Häuser entfernt bemerkte er eine Eisdiele mit eine paar kleinen runden Tischchen, die sich auf dem Gehsteig unter einer bunten Markise drängten. Einen Drink, das war es, was er jetzt brauchte.

Er setzte sich an eins der Tischchen mit dem Blick auf den Eingang der Buchhandlung. Gleich darauf eilte ein Kellner auf ihn zu und er bestellte sich einen Wodka Martini.

„Ja, ich komme morgen gerne wieder", rief Maeggan in den Laden zurück. Sie schwebte aus der Tür, die Stufen hinunter zu ihrem Fahrrad. Ihr erster Arbeitstag lag hinter ihr. Überglücklich fand sie, dass das gefeiert werden sollte. Sie blickte sich suchend um, ein Stückchen weiter die Straße hinauf lachte ihr unter einer rot-weiß gestreiften Markise ein Eisdielenschild entgegen. Ein kleines Eis auf die Hand konnte ihr Geldbeutel noch verkraften. Sie ließ das Fahrrad neben der Buchhandlung stehen und ging die Straße hinunter zur Eisdiele.

Während sie in der kurzen Schlange vor der Theke wartete, entdeckte sie neben den anderen Gästen einen gutaussehenden jungen Mann, der verstohlen zu ihr herüberschaute. Er war vielleicht ein paar Jahre älter als sie selbst. Er trug Jeans, dazu ein weißes Hemd. Über dem Stuhl neben ihm hing ein Jackett, das sehr elegant und teuer wirkte. Sein schwarzes Haar ging ihm bis zur Schulter, ein kleiner Schnauzer wippte auf seiner Oberlippe, während er an seiner Zigarette zog. Irgendwie passte er nicht hier her. Er wirkte nicht wie ein Tourist, eher wie ein Geschäftsmann oder einer der Adligen aus der Gegend. Maeggan schielte vorsichtig zu ihm hinüber. Er starrte sie jetzt regelrecht an, aber nicht ihre Arme, sondern er betrachtete scheinbar wirklich ihr Gesicht. Wahrscheinlich täuschte sie sich.

Bisher hatte kein Mann Interesse an ihr gezeigt.

Viel zu oft war sie in irgendwelche Jungs an ihrer Schule verliebt gewesen, aber niemand von denen hatte sie auch nur halb so begeistert angesehen, wie dieser Mann. Die hatten sich höchstens für sie interessiert, um die Hausaufgaben abzuschreiben. Da war einzig Bob gewesen, den Kontakt zu ihm hatte sie nach dieser blöden Geschichte damals jedoch völlig abgebrochen.

Gedankenverloren schüttelte Maeggan den Kopf. Erst als der Mann plötzlich ganz perplex dreinschaute, wurde ihr klar, dass sie ihn auch die ganze Zeit angestarrt hatte. Zum Glück war sie in diesem Moment an der Theke angekommen und sie kaufte sich zwei Kugeln Eis in einem kleinen Pappbecher. Mit Eis in einer Waffel bekleckerte sie sich regelmäßig, aber auch so brauchte sie einen Platz zum Hinsetzen. Mit dem Eis in der Hand schaute sie sich um. Auf der anderen Straßenseite war ein kleiner Park. Glücklich überquerte sie die Straße und setzte sich auf eine etwas versteckte Bank, um ihr Eis in Ruhe essen zu können.

Verärgert zog Todd ein letztes Mal kräftig an der Zigarette und schnipste den Rest auf die Straße. Gerade noch hatte sie an der Theke gestanden und plötzlich war sie verschwunden. Warum war er nicht sofort zu ihr gegangen?

Als er das rotblonde Mädchen aus dem Laden hatte kommen sehen, hatte er sofort aufspringen wollen. Doch als sie auf die Eisdiele zu gesteuert war, hatte er sich in seinen Stuhl zurücksinken lassen. Während sie vor der Theke wartete, hatte er überlegt, wie er sie ansprechen konnte. Er war ein wenig aus der Übung. In den vier Jahren, die er mit William zusammenlebte, war er ihm treu geblieben. Na ja, zumindest fast. Auf jeden Fall hatte er in dieser Zeit keine Mädchen mehr aufgerissen. In seiner Schulzeit hatte er das ständig. Nicht, weil er verliebt war, nein, es ging nur darum, als cooler Typ anerkannt zu werden. Außerdem wollte er sein Schwulsein vor den anderen verbergen und auch vor sich selbst.

Er hatte gedacht, es würde nicht schwer werden. Sie wirkte nicht unbedingt wie eine erwachsene Frau, sondern eher wie ein hübsches Mädchen mit wunderbaren Locken. Es hatte ihn geschmeichelt, als gemerkt hatte, wie sie ihn mit großen Augen ansah. Er würde wahrscheinlich nur mit dem kleinen Finger winken müssen, damit sie in seinen Armen liegen würde.

Falsch gedacht. Sie war weg. Hastig kippte er seinen Drink hinunter und hielt nach dem Kellner Ausschau. Natürlich war er ausgerechnet jetzt nirgends zu sehen. Er schob einen Geldschein unter sein leeres Glas und stand auf, um besser nach dem Mädchen Ausschau halten zu können. Doch so sehr er auch die Straße absuchte, sie blieb verschwunden. In dem Moment, wo er in Gedanken gewesen war, konnte sie doch nicht so weit gekommen sein. Da fiel ihm das Fahrrad ein. Es stand noch vor dem Buchladen und gleichzeitig sah er das Mädchen aus dem Park auf der anderen Straßenseite kommen.

Als Maeggan aus dem Park kam, hielt sie vorsichtig nach dem gutaussehenden Mann vor der Eisdiele Ausschau. Leider war der Platz, wo er gesessen hatte leer. Schade, dachte Maeggan, als sie zu ihrem Fahrrad trat. Während sie das Fahrrad aufschloss, ging ihr der Mann nicht aus dem Kopf. Plötzlich räusperte sich jemand hinter ihr. Sie richtete sich auf und drehte sich um. Beinahe hätte sie den Schlüssel fallen lassen.

„Entschuldige, wenn ich Dich einfach anspreche", hörte sie eine tiefe Stimme hinter sich.

Überrascht wandte sich Maeggan um. Vor ihr stand der elegante junge Mann.

„Ich hätte da mal ne Frage."

Maeggan schluckte verlegen.

„Ich darf doch du sagen?", fragte er mit einem verschmitzten Lächeln.

Sie nickte erneut. Der junge Mann lächelte sie an.

„Dein Fahrrad ist fast identisch mit meinen alten Bonanza Sport 2000. Die gibt es kaum noch. Ich suche für meins Ersatzteile."

Maeggan ließ den Fahrradschlüssel in ihre Umhängetasche gleiten. Sie schluckte, vor Aufregung hatte sie einen ganz trockenen Mund. „Das Rad gehört einem Freund," murmelte sie, ohne den Fremden anzusehen. „Er hat es mir heute nur ausgeliehen. Tut mir leid, dass ich Ihnen nicht helfen kann."

„Ach, nichts für ungut, war nur ne Frage. Aber warum so förmlich? Ich bin Todd. Wie heißt du?"

„Maeggan."

Maeggan fixierte ihre Zehen, die aus den offenen Sandalen ragten.

186

„Maeggan. Der Name passt zu dir, er ist genauso weich und warm, wie deine fantastischen Locken."

Todd trat einen Schritt auf Maeggan zu, gleichzeitig streckte er die Hand nach einer Locke von Maeggans Haar aus. Als Maeggan seine Hand an ihrem Haar spürte, wich sie erstaunt einen Schritt zurück. Sie suchte nach Worten, doch Todd plauderte schon weiter.

„Kommst du hier aus dem Ort? Ich bin nämlich auf der Suche nach jemanden, der sich hier auskennt."

Maeggan schüttelte den Kopf.

„Ich studiere Journalismus, weißt, du, ich will eine Arbeit über…" Todd blickte an Maeggan vorbei zu dem Schaufenster der Buchhandlung, „die Feenbäume dieser Gegend schreiben", erklärte er.

Maeggan sah auch zu dem Schaufenster in dem einen Reiseführer stand, auf dessen Umschlag einer der berühmten Feenbäume der Gegend abgebildet war. Bevor sie etwas dazu sagen konnte, fragte Todd: „Was studierst du?"

„Oh, ich studiere noch nicht."

Wieder betrachtete sie eingehend ihre Sandalen.

„Da hast du es gut", lachte Todd. „Du hast alle Freiheit der Welt. Ein Studium macht ganz schön Arbeit, selbst in den sogenannten Semesterferien gibt es viel zu tun. Arbeiten schreiben zum Beispiel. Bist du gerade mit der Schule fertig?"

„Ja. Endlich ist diese Quälerei vorbei." Sie lachte zufrieden. Todd fiel in ihr Lachen ein. Maeggan wurde ganz warm ums Herz.

„Die Zeit zwischen Schule und Studium war für mich die schönste Zeit überhaupt. Man kann reisen, Freunde besuchen, während man überlegt, was man aus seinem Leben machen will. Weißt du schon, was du studieren willst?", fragte Todd weiter.

Maeggan hob die Schultern. „Noch nicht sicher. Ich möchte auf jeden Fall später einen Beruf haben, wo ich etwas Gutes für Natur und Umwelt tun kann. In Richtung Umweltschutz also."

Todd lachte. „Wow, das kann ja alles sein. Ist diese ganze Debatte über Umwelt, Klima und so nicht eher nur ein Trend? Ob man damit überhaupt Geld verdienen kann Stelle ich in Frage."

Lachte er über sie, über ihre Unerfahrenheit? Maeggan schaute Todd direkt in die Augen.

„Die Entscheidung ist gar nicht so schwer", entgegnete sie. „Ich werde ziemlich sicher Biologie studieren, obwohl ich vorher noch etwas anderes zu klären habe."

Todd hob spielerisch die Hände. „Das klingt geheimnisvoll."

Er beugte sich verschwörerisch zu Maeggan herüber. „Darf ich fragen, um was es geht?"

Maeggan schüttelte den Kopf, dabei trat sie energisch einen Schritt zurück.

„Das kann ich nicht sagen, nur dass es auch mit dem Feenbaum zu tun hat."

„Oh das passt gut!", rief Todd fröhlich. „Ich habe dich vorhin hier aus der Buchhandlung kommen sehen. Hast du da recherchiert?"

Maeggan schüttelte den Kopf. „Nein, ich arbeite im Moment dort", erklärte sie stolz.

„Das ist ausgezeichnet", lachte Todd. „Dann kannst du mir sicher helfen."

„Ja, wir haben einige Bücher über die Bäume in der Gegend", bestätigte sie Todd. „Obwohl es wahnsinnig viele Mythen und Märchen über Feenbäume in Britannien gibt, bestimmt haben wir nur einen Teil davon vorrätig. Am besten, wir fragen Mrs Cunningham, die kennt sich auf jeden Fall damit aus." Als sie

Todds fragendes Gesicht sah, fügte sie hinzu: „Das ist die Ladenbesitzerin."

„Super! Morgen komme ich vorbei." Todd blickte Maeggan tief in die Augen. „Ich freu mich schon darauf, dich wiederzusehen", flüsterte er und ging zu seinem Wagen.

Maeggan stand wie verzaubert da. Sie ließ ihn nicht aus den Augen, bis Todds Wagen um die Ecke bog, erst dann rührte sie sich. Sie stieg auf das Rad, um beflügelt zurück zu Caro und Fynn zu fahren.

Figgins Lane
Marlborough

Magnus rutschte nervös auf dem harten Holzstuhl hin und her. Vor ihm stand nur ein leerer Tisch. Sein Blick wanderte die blass grün gestrichenen Wände entlang zu dem vergitterten Fenster und der geschlossenen Tür. Nochmals warf er einen Blick auf seine Armbanduhr. Schon über eine halbe Stunde ließ man ihn hier warten.

Endlich öffnete sich die Tür. Der dicke Inspektor trat ein. Behäbig ließ er sich auf der anderen Seite des Tisches auf einen Stuhl fallen. Ihm folgte seine hübsche junge Assistentin mit ihrem Schreibblock. Sie stellte sich schräg hinter den Inspektor, während sie mit dem Kugelschreiber in ihrer Hand spielte.

„Schön, dass Sie sich die Zeit genommen haben, unserer Einladung zu folgen", begrüßte der Inspektor ihn mit einem süffisanten Grinsen.

Der Butler funkelte ihn an. „Was blieb mir anderes übrig. Eine Einladung war das wirklich nicht."

Der Inspektor lehnte sich zurück und studierte Magnus genau. Er ließ sich Zeit, nach einer Weile begann er freundlich: „Lassen Sie uns zuerst einmal auf Ihr Alibi zurückkommen."

Magnus schnaubte. „Ich habe Ihnen schon gesagt, dass ich bei einem Bewerbungsgespräch im Norden war."

„Ja, ja. Das ist auch bestätigt."

Entrüstet richtete der Butler sich auf. „Sie haben dort angerufen!?", rief er.

„Natürlich! Wir mussten Ihr Alibi überprüfen."

Magnus sackte auf dem Holzstuhl zusammen und seufzte, das hatte ihm gerade noch gefehlt.

„Ob das Auswirkung auf Ihre Bewerbung hat, kann ich natürlich nicht sagen. Zwischen dem Gespräch bei Ihrem möglichen neuen Arbeitgeber und der von Ihnen genannten Ankunftszeit auf Seven Oaks Hall liegen zweieinhalb Stunden. Vielmehr Zeit, als Sie für die Strecke mit Ihrem Wagen gebraucht haben."

„Da kennen Sie den Wagen schlecht," zischte Magnus. „Der hat schrecklich viele Macken. Ich hatte zwischendurch eine Panne. Ich habe über eine Stunde gebraucht, bis ich den Wagen endlich wieder flottbekommen hatte."

Der Inspektor beugte sich freundlich vor. „Haben Sie dafür Zeugen?"

„Nein, natürlich nicht."

„Sie wollen behaupten, Sie haben den Wagen selbst reparieren können?"

„Ja, einer der Gründe, weshalb mich seine Lordschaft damals eingestellt hat, war, dass ich mich auch mit seinem alten Wagen auskenne", behauptete Magnus stolz.

„Sie sind also Automechaniker, Butler, Koch und Pfleger in einem?", zählte Green mit hochgezogener Augenbraue auf.

„Ich kenne mich mit Autos aus", knurrte Magnus. „Von Beruf bin ich Butler. Dazu gehört auch kochen zu können. Außerdem ist zum Kochen und Putzen eine Frau aus dem Dorf angestellt." Er schaute zu Sullivan. „Sie haben sie doch gesehen."

„Ich habe mit ihr gesprochen. Sie kam zur gleichen Zeit mit uns am Tatort an. Selbstverständlich habe ich sie sofort wieder nach Hause geschickt, nur ihre Einkaufstasche habe ich mit hineingenommen", flüsterte Sullivan Green zu.

Green nickte Sullivan kurz zu, ohne Magnus aus seiner Aufmerksamkeit zu entlassen. Dieser rutschte auf dem Stuhl hin und her.

„Sie sagten, dass der kranke Earl nur Sie als Hilfe akzeptiert hat. Wie erklären Sie sich dann, dass zwei Pfleger im Haus angestellt waren?"

„In den letzten Wochen hat seine Lordschaft ständig mehr Pflege benötigt, die auch medizinischer Kenntnisse bedurfte. Sein Arzt hat die Pfleger organisiert", bestätigte Magnus mürrisch. „Sie sind abwechselnd morgens und abends zur Unterstützung gekommen."

„Das hat der Arzt bestätigt. Ich habe auch mit den Pflegern persönlich gesprochen", flüsterte Sullivan Green zu. Dieser nickte erneut, seinen Blick weiter auf den Butler gerichtet. „Wie war ihr Verhältnis zu seiner Lordschaft?"

Magnus starrte zu dem vergitterten Fenster und schluckte nervös. „Ich arbeite jetzt schon seit ca. 15 Jahren in der Familie. Seine Lordschaft hat mir vollständig vertraut." Er sah wieder zu Green zurück. „Gerade in den letzten Jahren, wo seine Krankheit ihn stetig mehr einschränkte, hat er sich auf mich verlassen." Magnus verstummte.

„Und weiter?", forderte der Inspektor ihn auf.

„Natürlich war es nicht immer leicht mit ihm." Magnus schüttelte leicht den Kopf. „Diese Krankheit lässt jeden Menschen mürrisch werden", erwiderte er entschuldigend.

„Nun, mürrisch ist sehr zurückhaltend ausgedrückt. War er nicht eher aggressiv?"

Magnus warf Green einen empörten Blick zu. „Nein! Er hat sich trotz seiner Schmerzen immer angemessen verhalten."

Der Inspektor warf Sullivan einen wissenden Blick zu. Sullivan blätterte ein paar Seiten in ihrem Notizbuch zurück.

„Es ist uns zu Ohren gekommen, dass Sie sich jedoch des Öfteren sehr stark über den Herrn von Seven Oaks Hall beschwert haben", erklärte sie Magnus mit einem Blick auf ihre Notizen.

Magnus blickte sie erschrocken an. Er brauchte einen Moment, um zu verstehen, worauf sie anspielte.

„Ach, jetzt erinnere ich mich. Das war während der letzten Jagdsaison. Es ging seine Lordschaft in der Zeit wirklich nicht gut. Obwohl er einen Krankheitsschub hatte, wollte er die Jagd durchziehen, wie er es gewohnt war. Das war für alle Beteiligten nicht einfach. Ich habe mich wohl darüber etwas ausgelassen abends im Pub bei ein paar Pints zu viel."

Green zog die Augenbrauen hoch, schwieg aber. Magnus rieb sich nervös die Hände und guckte zwischen dem Inspektor und Sullivan hin und her. Lange hielt der Butler das Schweigen nicht aus.

„Haben Sie eigentlich schon mit dem Freund von seiner Lordschaft gesprochen?", fragte er plötzlich.

Green warf Sullivan einen überraschten Blick zu.

„Ein Freund des alten Earls?"

„Nein, des jungen!", erklärte Magnus triumphierend. „Die beiden haben gemeinsam eine Wohnung in London. Die genaue Adresse kenne ich nicht. In den letzten Monaten hat er den jungen Earl immer bei seinen Besuchen begleitet."

„Sie wollen damit sagen, dass dieser Freund sich auch jetzt auf Seven Oaks Hall aufhält?", fragte Green.

Magnus grinste. „Ja, er ist mit den jungen Earl an dem Abend angekommen."

Sullivan beugte sich zu dem Inspektor. „Ich habe davon nichts gewusst", flüsterte sie entschuldigend. Der Inspektor winkte ihr, ohne Magnus aus den Augen zu lassen, zu. Dann schob er seinen Stuhl zurück.

„Gut. Für heute soll es genug sein." Während er die Tür zum Flur öffnete, wandte er sich zu dem Butler um. „Halten Sie sich weiter zu unserer Verfügung", befahl er knapp und winkte Sullivan ihm zu folgen.

„Selbstverständlich, Sir", antwortete Magnus mit einer knappen Verbeugung. Wesentlich entspannter, als auf dem Hinweg, verließ er das Kommissariat. Wie gut das ihm Williams Liebhaber eingefallen war. Damit hatte er den Kommissar perfekt von sich abgelenkt.

15.

„Ich kann Henry nicht mit an die Uni nehmen."

Fynns Stimme drang laut durch ihre Zimmertür. Maeggan setzte sich im Bett auf und lauschte unwillkürlich.

„Aber du weißt genau, wie kompliziert es ist, mit ihm zum Vorsorgetermin zu gehen", erwiderte Caro.

„Ständig beschwert sich meine Mutter, dass wir sie nicht um Hilfe bitten, wenn wir sie mal wirklich brauchen, springt sie ab."

„Sie kann nichts dafür", murmelte Caro resigniert.

„Das hilft uns jetzt auch nicht weiter", schimpfte Fynn.

Maeggan zögerte nur einen Moment, dann zog sie sich irgendetwas an, um in den Flur zu gehen. Caro trug Henry auf dem Arm und versuchte dabei ihre Handtasche zu packen. Fynn stand ratlos neben ihr, doch als er Maeggan entdeckte, hellte sich sein Gesicht auf.

„Da steht ja die Lösung", sagte er.

Caro blickte zuerst etwas skeptisch, nach kurzem Überlegen nickte sie. „Guten Morgen, Maeggan." Sie holte tief Luft. „Wir haben ein Problem", fing sie an.

„Könntest du ein, zwei Stunden auf Henry aufpassen?" unterbrach sie Fynn. „Ich muss zur Uni und Caro zum Arzt."

„Ausgerechnet heute ist die Oma leider verhindert", bemerkte Caro.

Maeggan schaute von einem zum anderen. „Meint ihr, ich schaffe das?"

„Klar, du kannst im Wohnzimmer mit ihm spielen. Ich bin auch gleich wieder zurück." Fynn fing an, sich die Schuhe anzuziehen.

Caro musterte Maeggan aufmerksam. „Ich traue dir das zu", stellte sie entschlossen fest.

Sie setzte Henry auf der untersten Treppenstufe ab und kniete sich vor ihn. „Möchtest du heute mit Maeggan spielen?", fragte sie ihn, dabei strich sie ihm über den Kopf.

Maeggan hockte sich Henry gegenüber und lächelte ihn an. Henry blinzelte etwas verwirrt von seiner Mutter zu ihr. Einen Moment später strahlte er Maeggan an, tapste auf sie zu und griff nach ihrer Hand.

„Auto, brumm, brumm", krähte er, gleichzeitig zog er Maeggan in Richtung Wohnzimmer.

Erleichtert stand Caro auf. „Ich beeile mich, danke!" Ehe Maeggan etwas sagen konnte, waren die beiden verschwunden.

Maeggan ließ sich von Henry ins Wohnzimmer ziehen. Sie setzte sich mit ihm auf den Fußboden, um ihm zuzusehen, wie er seine Spielzeugautos umher schob. Caros und Fynns Vertrauen hatte sie überrumpelt, aber sie spürte auch, dass sie sich der Aufgabe gewachsen fühlte.

Etwas später ging sie mit Henry in ihr Zimmer, um sich umzuziehen. Während Henry munter sein Auto auf dem Boden herum schob, stand Maeggan mit ihrem Lieblings Top und einem T-Shirt in der Hand vor dem Spiegel, welches sollte sie heute anziehen? Wie wollte sie aussehen, falls der Mann von gestern, Todd, nachher in den Buchladen kommen würde? Das T-Shirt würde mit seinen kurzen Ärmeln ihre Arme ein wenig kaschieren. Rebecca hatte ihr immer Kleidung mit kleinen Ärmeln gekauft oder genäht, die ihre Arme ein Stück überdeckten. Maeggan sah zu dem Spiegel, der an der Zimmertür hing, dabei erinnerte sie sich an die peinliche Situation bei der Schulabschlussfeier.

Bis dahin hatte Rebecca einfach die Ärmel der Jacken und Blusen gekürzt, für die Feier hatte sie zusätzlich eine kleine Pelerine daran genäht, die von ihren Schultern über ihre Arme gefallen war, auch ihre Hände waren vollständig darunter verschwunden. Keiner konnte mit seinem Blick über ihre Arme stolpern. Als Maeggan zwischen all den anderen Schülern vorne in der Aula gestanden hatte, war sie deshalb gar nicht aufgefallen. Allerdings hatte Maeggan kaum ihre Hände benutzen können, als sie auf der Toilette gewesen war, hatte sie sich ständig mit ihrem Anziehstab in der Pelerine verheddert. Deshalb hatte sie ewig gebraucht, bis sie fertig war. Fast wäre sie damals zu spät gekommen.

Ihr Klassenlehrer hatte ihr das Zeugnis überreicht. Dann war der Direktor gekommen, hatte mit ein paar freundlichen Worten jedem die Hand gegeben. Als er zu ihr gekommen war, hatte er ihr die Hand entgegengestreckt, jedoch auf der Höhe wie bei allen anderen Schülern. Als sein Griff ins Leere gegangen war, hatte er verwirrt er auf seine Hand geschaut, dann auf Maeggan. Eilig hatten sie sich gebückt, um die Hand des Direktors zu greifen. Völlig verwirrt, hatte er ihre Hand vorsichtig gedrückt und sich ohne ein weiteres Wort zur Schülerin neben ihr gewandt. Maeggan war das schrecklich unangenehm gewesen, auch wenn kein anderer die Situation bemerkt zu haben schien. Trotzdem sie ärgerte sich bis heute darüber. Sie hatte Rebecca nicht verletzen wollen, denn es war ja gut gemeint, doch es war extrem unpraktisch. Maeggan hätte sich lieber frei bewegen wollen, auch wenn dann alle ihre kurzen Arme gesehen hätten. Mit den verwirrten Blicken auf ihre Arme hätte sie umgehen können. Sie nahm die Blicke sowieso kaum noch wahr. Dann hätte der Direktor auch ihre Arme gesehen und ihr seine Hand auf der richtigen Höhe gegeben, oder eben gar nicht, wie es auch oft vorkam. Viele trauten sich nicht, als ob ihre Hand zerbrechlich wäre oder ansteckend. Das störte Maeggan nicht weiter, es war nicht ihr Problem.

Jetzt sah die Sache ganz anders aus. Sie hatte Todds unsicheren Blick auf ihre Arme gestern genau bemerkt. Maeggan legte nachdenklich ihr geliebtes Top zurück auf das Bett. Sie hatte es selbst gekauft und gegen den Willen ihrer Eltern auch in der Stadt getragen. Sie konnte sich sehr gut daran erinnern, wie sehr sie angestarrt worden war. Es hatte sich angefühlt, als ob nicht nur ihre Arme entblößt gewesen wären.

Vielleicht doch besser das grüne T-Shirt, das ausgezeichnet zu Ihren Augen passte. Lieber die Aufmerksamkeit auf ihre Augen lenken, als auf ihre Arme. Entschlossen zog sie sich das T-Shirt mithilfe der Türklinke über den Kopf.

Etwas später rutschte Henry unruhig auf dem Boden hin und her.

„Musst du aufs Töpfchen?", fragte Maeggan unsicher. „Meinst du wir schaffen das?"

Henry sah sie groß an. Dann stand er auf und ging zu Maeggan. Bevor Maeggan weiter nachdenken konnte, rief er: „Hoch, Hoch." Und legte dabei schon seine Arme um ihren Hals. Während Maeggan vorsichtig aufstand, umklammerte er ihren Hals. Zuerst so fest, dass sie kaum Luft bekam, aber als er seine Beinchen um ihre Taille schlang, ließ er ein wenig lockerer. Es war, als ob sie ihren Rucksack verkehrt herum aufzog, auf diese Weise hätte sie Henry sehr lange tragen können. Vorsichtig stieg Maeggan mit ihm die Treppe zum oberen Bad hoch. Im Bad zog sie ihm mit den Füßen die Hosen aus, um ihn auf sein Töpfchen zu setzen. Nachher wischte sie ihm mit den Füßen den Popo ab und zog ihn an.

„Wir sind ein gutes Team." Maeggan strahlte Henry an, der tapste schon Richtung Treppe. Sie trug den Kleinen zurück zu seinen Spielsachen. Als Caro gegen Mittag nach Hause kam, fand sie Henry mit Maeggan im Wohnzimmer, wo die beiden glücklich mit den Bauklötzchen spielten.

Caro strahlte, als Maeggan berichtete, wie gut sie miteinander zurechtgekommen waren. „Ich bin froh, dass ich jetzt nicht mehr immer meine Schwiegermutter bitten muss. Sie wohnt gleich da drüben." Caro zeigte auf eine große Villa, die ein paar Häuser weiter zwischen großen Bäumen stand. „Sie will einfach nicht glauben, dass wir sehr gut alleine zurechtkommen und nur selten einen Babysitter benötigen. Am Anfang wollte sie, dass wir täglich zum Essen rüberkommen. Erst nach viel Streit konnte Fynn sich mit ihr darauf einigen, dass wir einmal die Woche zum Essen hingehen und sie ab und zu auf Henry aufpasst."

Maeggan schaute zu der Villa hinüber. Sie konnte nicht nachvollziehen, was Caro meinte. Großeltern oder andere Verwandte hatte sie nie gehabt, sie hatte immer nur mit ihren Eltern zusammengelebt. Für sie war die Vorstellung, einfach zur Verwandtschaft hinüber laufen zu können, wunderbar. Und dann waren ihre Eltern noch nicht einmal ihre leiblichen Eltern. Diese waren tot und nur vielleicht hatte sie einen Bruder. Ansonsten war sie allein. Sie merkte, wie sich ein paar Tränen in ihre Augen schleichen wollten. Nein, sie würde sich nicht in den Sumpf aus dunklen Gedanken ziehen lassen.

„Willst du noch etwas essen, bevor du zur Arbeit im Buchladen aufbrichst?" unterbrach Caro Maeggans Gedanken.

„Mach dir keine Mühe. Ich esse schnell ein kleines Müsli, das reicht." antwortete Maeggan froh über die Unterbrechung. Sie musste unbedingt ihre Suche fortsetzen, um endlich Klarheit zu haben.

Figgins Lane
Marlborough

Zurück in seinem Büro, polterte Green sofort verärgert: „Warum haben Sie nicht gesagt, dass Arlington mit einem Freund aus London gekommen ist?"

Sullivan rang nervös die Hände. Green konnte wirklich ein schwieriger Chef sein. Sein Vorwurf war völlig unberechtigt!

Green stapfte in seinem Büro umher. „Wir müssen mit diesem Kerl sprechen, falls er dort ständig ein und aus geht." Green blieb vor Sullivan stehen.

„Ich habe genau wie Sie erst jetzt davon erfahren, Sir", erklärte sie mit fester Stimme.

Green musterte sie nachdenklich, dann winkte er jedoch ab und ließ sich in seinen Schreibtischstuhl fallen. „Wir müssen mehr über diesen Freund erfahren. Aus welchem Grund teilen die beiden sich in London eine Wohnung? In welchem Verhältnis stehen sie zueinander? Wie heißt er? Was arbeitet er? Usw."

Während Green sprach, hatte Sullivan ihr Notizbuch gezückt, um fleißig mitzuschreiben. Jetzt richtete sie sich auf. „Es handelt sich um Todd Fletcher."

Green schaute sie erstaunt an.

„Die Londoner Kollegen hatten das berichtet." Sullivan zeigte auf die Akte, die sie am Vortag angelegt hatte.

„Mmh." Green schlug die Akte auf, las nach und schlug sie wieder zu. „Er könnte sehr gut im Auftrag von Arlington gehandelt haben. Dem werden wir nachgehen, wenn wir mehr Informationen über ihn haben. Trotzdem ändert das nichts an meinem Verdacht dem Butler gegenüber."

Sullivan blätterte in ihrem Notizbuch ein paar Seiten zurück. „Die zeitliche Lücke in seinem Alibi hätte ausgereicht."

Green nickte. „Und nicht nur das. Der Butler schien schon lange völlig freie Hand im Haus gehabt zu haben. Höchstwahrscheinlich hat er sich schon längst bedient. Der Earl könnte dahintergekommen sein."

„Außerdem ist überall bekannt, wie schwierig der alte Earl war, zum Beispiel dass er seine Angestellten sehr schlecht bezahlt hat", ergänzte Sullivan.

„Nach allem, was ich bisher gehört habe, ist schwierig sehr freundlich ausgedrückt", schnaufte Green. „Er war wohl eher ein echter Kotzbrocken."

Erschrocken hielt Sullivan die Luft an. Von klein auf war sie es gewohnt, dass man sich über den englischen Adel zurückhaltend äußerte. Schließlich schlich sich ein erleichtertes Lächeln in Gesicht. „So deutlich wollte ich das nicht ausdrücken, obwohl sich der Earl wirklich die ganze Welt zum Feind gemacht hat."

„Ah, jetzt wird es interessant. Weiter!", forderte Green sie auf.

„Der alte Earl muss ein schrecklicher Kerl gewesen sein", fuhr Sullivan fort. „Hier in der Gegend gab es schon immer viel Gerede über die Familie. Es war allgemein bekannt, dass sein Sohn ihn äußerst selten besucht hat. Auch niemand anderes hier wollte Kontakt zu ihm haben, trotz seiner gehobenen Position in der Grafschaft."

„Sie meinen, er blieb der Feudalherr?"

Sullivan schüttelte den Kopf. „Nein, das natürlich nicht mehr. Obwohl er selbstverständlich den Vorsitz in einigen Vereinen hatte. Zum Beispiel dem Jagdverein. Diese Positionen hatte er nur aus Tradition. Gern gesehen war er dort nicht."

„Also pflegte er keine Freundschaften in den Ortschaften ringsumher?"

200

„Freundschaften mit den Dorfbewohnern?" Verwundert schaute Sullivan Green an. „So etwas gab es nicht. Wahrscheinlich hatte er ein paar Freunde unter seinen Nachbarn."

„Welche Nachbarn?", fragte Green verwirrt.

„Die anderen Adelshäuser ringsherum", erklärte Sullivan. „Unter denen sind auch ein paar Adelige, die anscheinend seine politischen Ansichten teilten und mit denen er zur Jagd ging."

Green hörte ihr aufmerksam zu.

„Überall in der Gegend wird gemunkelt, dass er sein nationalsozialistisches Denken nie abgelegt hat", sagte sie. „Vermutlich hat es hier selbst heute noch geheime Treffen gegeben. Es heißt, von dieser Gegend aus wären einige Aktionen gegen ausländische Mitbürger gestartet worden, sogar dies nach London. Auf jeden Fall war das ein weiterer Grund, warum er hier zum Teil extrem unbeliebt war."

„Die Wahrscheinlichkeit, dass sich jemand hat hinreißen lassen, ihn die Treppe hinunter zu stoßen, ist also groß. An Verdächtigen mangelt es uns wirklich nicht. Trotzdem halten wir uns erst einmal an die naheliegendsten Personen. Da haben wir den Sohn, den Butler, außerdem den Freund", zählte Green an seinen Fingern ab. „Natürlich könnte es auch ein Einbrecher gewesen sein, oder jemand, der diese fremdenfeindlichen Ansichten unterbinden wollte." Er überlegte weiter. „Was ist eigentlich mit den Pflegern? Haben Sie deren Alibis überprüft?"

„Ja sicher", eifrig zückte Sullivan ihr Notizbuch. „Die Alibis der Pfleger sind hieb und stichfest. Der eine war auf einer Fortbildung mit 30 Kollegen, die es bezeugen können. Der andere war während der Zeit bei einem Rettungseinsatz auf der Autobahn dabei. Der Einsatz dauerte mehr als drei Stunden."

„Gute Arbeit, Sergeant."

Sullivan strahlte.

Green knallte die Handflächen auf die Tischplatte, und hievte sich aus seinem Sessel empor. „Auf jeden Fall muss ich sofort mit diesem Freund sprechen."

Schon war er an Sullivan vorbei in den Flur getreten.

„Jetzt kommen Sie schon, Sullivan, worauf warten Sie? Wir müssen mit ihm sprechen, bevor der Butler die Gelegenheit hat, ihn vorzuwarnen", rief er über seine Schulter Sullivan zu, während er schon den Gang entlangeilte.

Seven Oaks Hall
North Wessex

Sullivan ließ den schweren Türklopfer gegen die alte Eichentür von Seven Oaks Hall fallen. Erst nach dem dritten Mal hörten sie Schritte hinter der Tür.

„Ja bitte?", fragte der Butler kurz angebunden.

„Wir müssen mit Arlington und seinem Freund sprechen", polterte Green und drückte sich gleichzeitig an Magnus vorbei in die Eingangshalle.

Der Butler baute sich rasch wieder vor ihm auf. „Ich muss nachschauen, ob der junge Herr anwesend ist. Warten Sie hier bitte."

Verärgert blieb Green im Flur stehen, während der Butler die Treppe hinaufstieg.

Es dauerte nicht lange bis Magnus zurückkehrte. „Der junge Herr ist nicht zu Hause."

„Sein Freund, Todd Fletcher, wo ist der?"

„Beide sind heute Morgen aufgebrochen", behauptete Magnus. Green warf Sullivan einen Blick zu. Sie schüttelte leicht den Kopf.

„Was soll das heißen, aufgebrochen? Sind Sie zurück nach London gefahren?"

„Ich glaube nicht. Sie hatten jedenfalls kein Gepäck dabei."

„Nun gut", knurrte Green. „Melden Sie bitte sofort die Rückkehr der beiden."

Verärgert trat Green den Rückzug an.

„Besorgen Sie uns Informationen über diesen Fletcher", forderte er Sullivan auf.

„Sollten wir nicht jemanden hier postieren, um den Freund abzupassen?", fragte Sullivan.

„Daran habe ich auch schon gedacht, aber dazu fehlt uns Personal. Außerdem haben wir nicht genug in der Hand, um eine Genehmigung dafür zu bekommen."

High Street
Marlborough

Ab mittags arbeitete Maeggan wieder in der Buchhandlung. Mrs Cunningham war im Lager beschäftigt und hatte Maeggan den Laden anvertraut. Sie war sich der Ehre vollauf bewusst und bemühte sich um jeden Kunden. Jedes Mal, wenn die Türglocke läutete, hoffte sie, dass es Todd sein möge. Doch vergebens. Am frühen Nachmittag betrat Caro mit Henry den Laden.

„Oh, Maeggan, könntest du mir noch einmal helfen?", rief Caro. „Ich habe mir vorhin ein Stück von einem Zahn abgebrochen, jetzt muss zu meinem Zahnarzt. Zum Glück hat er heute Nachmittag einen Termin für mich. Natürlich ist Fynn unterwegs, leider hat die Oma auch wieder keine Zeit."

Maeggan sah Henry nach, der sich sogleich auf seine Bücherkiste stürzte.

„Du hast das heute Morgen prima hinbekommen. Henry hat dich wirklich sehr gern. Außerdem bin ich nur zwei Häuser weiter. Ich bin im Nu zurück."

„Gerne, kein Problem," antwortete Maeggan erfreut. Vor ein paar Tagen hatte sie nur davon geträumt, so viel zugetraut zu bekommen, die Verantwortung für den Laden, gleichzeitig auch noch für Henry, das war viel auf einmal, aber nicht zu viel.

„Wir schaffen das!", behauptete sie glücklich.

Caro lächelte Maeggan dankbar zu und eilte schnell an einem etwas rundlichen Herrn im Trenchcoat vorbei die Stufen hinunter.

Inspektor Green betrat den Laden, dabei bimmelte die kleine Glocke über der Tür fröhlich, niemand schien es zu hören. Mrs Cunningham war wohl im Lager. Das war ihm recht, er wollte erst einmal in Ruhe selber schauen. Was Sullivan über die Partei der British Union of Fascists gesagt hatte, interessierte ihn. Heute dazu der Hinweis auf die fremdenfeindliche Einstellung des Earls. Er brauchte mehr Informationen über die jüngere britische Geschichte.

Als er an das Regal für neuere Geschichte trat, erblickte er in der Ecke eine junge Frau mit rotblonden Locken, die sich gerade auf dem Fußboden kniete. Neben ihr saß ein kleiner Junge, der ein Bilderbuch vor sich hielt. Die beiden vertieften sich ganz in das Buch, es war ein wunderschönes Bild von Mutter und Sohn, aber irgendetwas irritierte Green daran. Der kleine Junge hielt das Buch etwas schräg, damit die Frau gut mit hineinschauen konnte. Jetzt erkannte er, was ihn irritiert hatte, die Mutter konnte es gar nicht halten, weil ihre Arme zu kurz und verkrüppelt waren. Trotzdem wirkte es völlig normal, wie die

204

beiden gemeinsam das Buch betrachteten. Etwas so Verstörendes hatte er bisher noch nie gesehen.

Kopfschüttelnd wandte sich dem Geschichtsregal zu. Er fand ein paar vielversprechende Bücher. Auf dem Weg zur Kasse fiel sein Blick auf ein ausgestelltes Buch über Hochzeitsvorbereitungen. Abrupt blieb er stehen. Verdammt! Schon wieder hatte er den Hochzeitstag vergessen. Jetzt musste er auch, warum Mira heute beim Lunch ihm diese enttäuschten Blicke zugeworfen hatte.

Er brauchte unbedingt ein Geschenk. Vielleicht einen Reiseführer mit der Aussicht auf einen Urlaub? Nein. Reiseliteratur schien ihm nicht das Richtige. Damit würde er nur Wünsche wachrufen, die er am Ende höchstwahrscheinlich wieder nicht erfüllen konnte. Zu oft war es schon vorgekommen, dass er geplante Reisen wegen irgendeines Falles verschieben oder sogar absagen hatte müssen. Nein, es musste etwas anderes her. Da fiel sein Blick auf die Kochbücher. Ein Kochbuch, nicht allein für Mira, sondern mit dem Versprechen mit ihr zusammen zu kochen, wie in den ersten Jahren ihrer Ehe. Etwas Gemeinsames, das war die Lösung. Green zog ein italienisches Kochbuch heraus.

„Kann ich Ihnen behilflich sein?"

Green wandte sich um. Die junge Frau mit den missgebildeten Armen stand lächelnd vor ihm.

„Nein danke, ich komme schon zurecht", erklärte er freundlich, gleichzeitig hörte er aus der Ecke den kleinen Jungen rufen:

„Guck Elefant. Komm!" Er hielt ein Bilderbuch in die Höhe und winkte der jungen Frau zu.

„Ich komm schon!" Schnell ging die Frau zurück zu dem kleinen Jungen.

Green blätterte in dem Kochbuch, italienische Küche, genau das Richtige, da könnten sie beim Kochen und beim Essen in den Erinnerungen an ihre Hochzeitsreise in der Toskana schwelgen. Zufrieden ging Green mit dem Buch zu dem Ladentisch, auf dem die Kasse stand. Die junge Frau aus der Ecke kam zu ihm.

„Möchten Sie, dass ich die Bücher als Geschenk einpacke?"

„Nur das Kochbuch." Green zögerte. „Wenn es keine Mühe macht?"

„Nein, überhaupt nicht, das mache ich sehr gerne", antwortete sie, während sie vorsichtig den Preis ablöste.

Die Frau nahm das Buch, trotz ihrer verkrüppelten Arme packte sie es geschickt in das Geschenkpapier. Dabei warf sie mehrmals den Kopf herum, damit ihre Haare nicht zwischen das Papier und den Klebestreifen gerieten. Green staunte, sie packte das Buch flinker und ordentlicher ein, als er es gekonnt hätte.

"Ist Mrs Cunningham heute nicht da?" Green guckte an der jungen Frau vorbei in den Nebenraum.

„Sie ist im Lager. Soll ich ihr etwas ausrichten?"

Green schüttelte den Kopf. Die Frau reichte ihm das eingepackte Buch, nahm das Geld entgegen und fischte, etwas umständlich, das Wechselgeld aus der Kasse.

Green warf einen Blick auf die Münzen, der Betrag stimmte. Er bedankte sich und verließ immer noch verblüfft über das eben Erlebte den Laden. Er wusste, dass Behinderte hauptsächlich in beschützenden Einrichtungen arbeiteten, dort bekamen sie Aufgaben, die sie leisten konnten, auf diese Weise hatten sie einen produktiven Anteil an der Gesellschaft. Auf dem freien Markt wären sie völlig überfordert. Dass Mrs Cunningham sie allein im Laden ließ, war schon ziemlich leichtsinnig. Green zuckte mit den Schultern. Sowohl für ihre soziale Ader wie auch für ihr unkonventionelles Denken war sie bekannt. Trotzdem, einen Laden führen, gleichzeitig sich um eine Behinderte kümmern ... Green schüttelte den Kopf.

Wie die junge Frau das wohl alles schaffte? Er könnte sich das nicht vorstellen, ein normales Leben zu führen mit solchen Armen. Sicher hatte sie viel Hilfe zu Hause, Pfleger und andere, wahrscheinlich ihre Eltern. Aber ein eigenes Kind! Er und Mira hatten sich jahrelang Kinder gewünscht, sie wären sicher eine perfekte Familie geworden, sie hätten jedem Kind ein wunderbares Zuhause geben können. Ganz im Gegensatz zu der behinderten Frau. Sie konnte ihr Kind gar nicht selbst versorgen. Alle, die sich schon um sie kümmern mussten, mussten sich zusätzlich um das Kind kümmern. Was für ein Aufwand! Dass die Behörden hier nicht einschritten, war kaum zu glauben. Noch absurder war die Vorstellung, dass sie es zuließen, möglicherweise sogar finanziell unterstützten. Als er sich über Adoptionen informiert hatte, war er über unmöglich viele Einschränkungen gestolpert, sie wären zu alt, sein Beruf und sogar seine Herkunft wurden zerpflückt. Einer hilfsbedürftigen Behinderten dagegen ließ man ihr Kind. Kopfschüttelnd ging er in sein Büro zurück.

16.

Am frühen Nachmittag eilte Caro in den Laden. „Oh Maeggan, es tut mir wirklich leid, ich musste warten. Jetzt hast du nochmal lange auf Henry aufpassen müssen."

„Das macht gar nichts. Henry war sehr brav, wir haben zusammen Bilderbücher angeschaut. Sobald Kunden kamen, hat er sich prima alleine beschäftigt", berichtete Maeggan lachend. Henry tapste auf seine Mutter zu, um ihr glücklich in die Arme zu fallen. Caro hob ihn auf und ging zur Tür. In der Tür wandte sie sich zu Maeggan um. „Ich habe ganz vergessen dir zu sagen, dass wir heute Abend bei Fynns Eltern zum Essen sind. Sie haben dich ausdrücklich mit eingeladen. Magst du Mrs Cunningham fragen, ob du etwas früher gehen kannst, damit wir pünktlich sind. Da legt Fynns Mutter großen Wert drauf."

Maeggan zog die Augenbrauen hoch. „Soll ich wirklich mitkommen?"

„Natürlich. Fynns Mutter kocht fantastisch, das darfst du dir auf keinen Fall entgehen lassen", lachend ließ Caro die Ladentür mit fröhlichem Glockenklingeln ins Schloss fallen.

Mrs Cunningham kam mit einem großen Karton aus dem Lager zurück. Während sie gemeinsam die neuen Bücher einräumten, schielte Maeggan wiederholt durch das Schaufenster auf die Straße, aber von Todd war weit und breit nichts zu sehen.

Cardigan Road
Marlborough

Später ging Maeggan mit der kleinen Familie zu Fynns Eltern. Auf dem Weg erzählte Maeggan zufrieden von ihrer Arbeit.

„Du hast wirklich alles geschafft?", fragte Fynn sie erstaunt.

„Naja. Nicht ganz", gab sie zu. „Das Büchereinräumen war schon sehr anstrengend. Ich kann nicht die Lücke im Regal mit einer Hand aufhalten, um mit der anderen das Buch hineinzuschieben."

Fynn nickte bestätigend. „Da kann man schon verzweifeln. Ich kenn das. Immer wenn ich ein Buch zwischen zwei andere ins Regal stecken möchte, rutschen die anderen, rechts und links, mit nach hinten weg. Zieh die Bücher auf beiden Seiten ein Stück heraus, bevor du das mittlere Buch hineinschiebst, dann ist das Problem gelöst", antwortete Fynn lachend.

„Super Idee. Jetzt kann ich noch besser beim Aufräumen helfen, da wird sich Mrs Cunningham freuen."

An die kleinen Häuser, wie das von Fynn und Caro, schlossen sich in der gleichen Straße einige große Villen aus dem letzten Jahrhundert an. Umgeben von großen Gärten mit schmiedeeisernen Zäunen ragten sie herrschaftlich hinter den gestutzten Büschen hervor. Gleich an der ersten Villa drückten sie auf den modernen Klingelknopf in dem Pfeiler neben dem Tor. Auf dem Messingschild darüber stand in eleganten Buchstaben „Jackson Mac Kerye – Lawyer".

„Ich habe zwar einen Schlüssel", erklärte Fynn. „Trotzdem klingele ich lieber."

Kurz darauf summte das Tor. Henry drückte mit aller Kraft dagegen und rannte, so schnell ihn seine kleinen Beine trugen, die breite Auffahrt hinauf zur Haustür. Mrs Mac Kerye stand in der offenen Türe. In der einen Hand hielt sie eine Schürze, mit der anderen Hand strich sie ihr graues Haar zurück, das zu einem Bubikopf geschnitten war. Als Henry auf sie zu gestolpert kam, ging sie in die Hocke, sofort warf sich Henry in die Arme seiner Oma.

„Da bist du endlich, mein Goldstück. Ich habe dich schon ewig nicht mehr gesehen", rief Fynns Mutter und drückte den Kleinen an sich.

„Eine Woche, um genau zu sein", grummelte Fynn vor sich hin.

Fynns Mutter stand auf und wollte Fynn auch umarmen. Er wich geschickt aus, drückte seiner Mutter einen oberflächlichen Kuss auf die Wange und stellte ihr Maeggan vor.

„Das ist Maeggan. Sie hat keine Anerkennung als Contergan-Opfer. Ich wollte Paps bitten ihr zu helfen. Solange wird sie bei uns wohnen."

„Oh Gott, oh Gott, dass wird Caro nun wirklich zu viel. Sie muss sich sowohl um dich als auch um Henry kümmern, dazu auch bald das Baby..." Die Mutter schüttelte entsetzt den Kopf.

Caro verdrehte die Augen. „Fynn kümmert sich um sich selbst. Maeggan hilft mir sehr viel im Haus, außerdem kann sie alles allein. Sie braucht keine Assistenz."

„Aber..."

„Was macht ihr da draußen? Soll das Essen heute auf der Auffahrt serviert werden, zur Freude der Nachbarn", rief eine Stimme aus dem Innern des Hauses.

Dankbar für die Unterbrechung nahm Caro Henry auf den Arm, um hineinzugehen. Fynns Vater kam ihnen aus der Kanzlei entgegen, die im Erdgeschoss untergebracht war. Er war groß und ziemlich dick, fand Maeggan. Nachdem alle Mr Mac Kerye begrüßt hatten und Fynn Maeggan vorgestellt hatte, gingen sie in die Wohnung im ersten Stock. Das ganze

Treppenhaus war sehr großzügig gebaut. Es wirkte, trotz des nachgedunkelten Holzes, nicht düster. Das Licht kam durch ein großes, buntes Glasfenster, das bis zum zweiten Stock hinauf reichte. Maeggan war beeindruckt, es wirkte alles reich und herrschaftlich.

Mrs Mac Kerye öffnete die Tür zum Esszimmer.

„Kommt schon herein. Sonst wird die Suppe kalt."

Sie schien den kleinen Disput an der Haustür vergessen zu haben. Jetzt war sie ganz in ihrem Element als Hausfrau, Mutter und Oma.

Maeggan schaute sich staunend in dem riesigen Esszimmer um, während sie sich auf den ihr zugewiesenen Stuhl zwischen Caro und Mr. Mac Kerye setzte. Sie lauschte dem Tischgespräch, in dem es um die anstehende Geburt ging.

„Was sagen deine Eltern dazu, dass du dich allein in der Welt herumtreibst?", fragte Mrs Mac Kerye ganz unvermittelt

Erstaunt sah Maeggan auf.

„Ja, es ist schon mutig von dir, wirklich bewundernswert", hob Mr. Mac Kerye hervor.

Fynn stimmte seinem Vater zu. „Ihr werdet es kaum glauben, Maeggan hat mir zeigen können, wie ich auch unterwegs überall ganz allein zur Toilette gehen kann."

Er erzählte von dem Anziehstab. Sein Vater und er überlegten sofort, wer das für ihn nachbauen könnte. Mrs Mac Kerye hörte dabei mit verkniffenem Mund zu. Maeggan beobachtete sie verwundert. Wieso freute sie sich nicht für Fynn? Wollte sie, dass er immer abhängig blieb?

Sie dachte daran, dass Rebecca oft und manchmal auch Karl damit geprahlt hatten, wie gut Maeggan ohne Hilfe zurechtkam.

Maeggan stach mit ihrer Gabel in eine Kartoffel, um sie heftig zu zerdrücken.

Dass Rebecca sie genau dadurch ausgegrenzt hatte, hatte Rebecca gar nicht gemerkt. Gedankenverloren schob Maeggan sich eine Gabel voll Kartoffeln mit Gemüse in den Mund. Wahrscheinlich wollte Rebecca mit der Prahlerei verbergen wie viel Sorgen sie sich um Maeggan machte. Vielmehr als Maeggan bisher gedacht hatte. Ähnlich schien sich Mrs Mac Kerye anscheinend ständig um Fynn zu sorgen. Maeggan blickte zwischen Fynn und seiner Mutter hin und her. Sie hatte schon oft gehört, dass es Müttern schwerfällt, ihre Kinder loszulassen, aber dass es für Mütter mit besonderen Kindern noch viel schwerer möglich war, hatte sie nicht gedacht.

„Maeggan, mein Pa kennt sich sehr gut mit dem Anerkennungsverfahren für Contergan Opfer aus", sagte Fynn und riss sie aus ihren Gedanken.

Überrascht legte Maeggan ihre Gabel auf den Teller, während Fynn seinem Vater von ihrem Gespräch vor ein paar Tagen erzählte.

Daraufhin beschrieb Mr Mac Kerye Maeggan die Arbeit der Kommission und welche Schritte sie unternehmen müsste. Maeggan schwirrte der Kopf. Obwohl das Medikament ursprünglich aus Deutschland stammte, gab es eine eigene Kommission für die Anerkennung in Großbritannien. Zum Glück, denn sie konnte gar kein Deutsch. Doch das alles klang sehr kompliziert.

Als Fynns Vater Maeggans verwirrtes Gesicht sah, lachte er.

„Lass den Kopf nicht hängen, ich habe das schon öfter gemacht. Es lohnt sich ganz sicher. Wir haben von der Abfindung damals das Häuschen gekauft, indem Fynn und Caro jetzt wohnen. Auf diese Weise können wir immer in der Nähe sein."

„… und helfen", stellte Fynns Mutter fest.

Fynn schaute Caro mit hoch gezogenen Augenbrauen an, sie zuckte nur mit den Schultern.

„Wir schaffen die Anerkennung schon. Wie sieht es mit deinen Eltern aus, haben die irgendwelche Unterlagen von deiner Geburt oder so?", fuhr Mr. Mac Kerye fort.

Maeggan wurde rot. Peinlich berührt schwieg sie.

Fynn bemerkte es und meinte: „Paps, lass Maeggan erstmal essen."

Er stand auf, um die Schüssel mit dem Nachtisch aufzuheben, die direkt neben ihm stand, um sie neben Maeggan abzustellen. Während Fynn sich wieder setzte, nickte sein Vater nachdenklich, er hatte jetzt auch Maeggans Zurückhaltung bemerkt.

„Gut, lass uns nach dem Essen in meinem Arbeitszimmer weiterreden, da kann ich mir auch gleich Notizen machen."

Später saß Maeggan in einen weichen tiefen Ledersessel vor Mr Mac Keryes Schreibtisch. Er hatte sie gebeten, ihm etwas sowohl über sich selbst als auch über ihre Familie zu erzählen. Wo sollte sie nur anfangen? „Ich bin in einem Dorf in Wales aufgewachsen", begann sie vorsichtig. „Meine wahren Eltern kenne ich jedoch nicht."

Mr. Mac Kerry zog die Augenbrauen hoch ihr aufmunternd zu nickend. Maeggan überlegte, plötzlich erschien das alte steinerne Schloss vor ihrem inneren Auge. Nein, solange sie nicht mit Gewissheit sagen konnte, ob sie wirklich von Seven Oaks Hall stammte, wollte sie nicht darüber reden. Sie holte tief Luft: „Karl und Rebecca sind meine Pflegeeltern. Meine wirklichen Eltern sind beide tot."

Lange betrachtete Mr. Mac Kerry Maeggan, endlich meinte er: „Nun gut, das macht die Sache nicht einfacher. Deine Arme sehen jedoch extrem nach einem Conterganschaden aus, dass es auch ohne Belege aus der Zeit gehen müsste."

Auf Maeggans fragenden Blick hin ergänzte er: „Manche Eltern hatten noch das Rezept von dem Mittel, oder sogar die angebrochene Packung in irgendeinem Schrank."

Er holte einen Aktenordner aus dem Regal hinter sich.

„Ich habe hier einige Adressen von Ärzten, die sich deine Arme und dich insgesamt anschauen müssen. Ihr Gutachten reichen wir zusammen mit dem Antrag bei der Kommission ein, an sich müsste das genügen."

Er warf einen Blick auf seine Armbanduhr.

„Vielleicht ist noch jemand in der Praxis, ich kann gleich einen Termin vereinbaren."

Er griff schon zum Telefonhörer, als er Maeggans Gesicht bemerkte, stutzte er.

„Hast du weitere Fragen dazu?"

Maeggan schluckte. Sie hatte immer versucht nicht aufzufallen, ganz normal zu sein und auf keinen Fall im Mittelpunkt zu stehen. Von Karl und Rebecca hatte sie die Abneigung gegenüber Behörden übernommen. Nun würde sich alles um sie drehen.

„Mir geht das zu schnell. Das klingt schrecklich kompliziert, vielleicht brauche ich das gar nicht. Ich komme prima allein zurecht. Eine Arbeit werde ich ganz sicher auch finden."

Mr. Mac Kerye schaute Maeggan so nachdrücklich an, dass sie anfing nervös in den Sessel herumzurutschen.

„Ja, ich kann dich verstehen. Du bist ganz anders aufgewachsen als Fynn. Wir waren immer für Fynn da, besonders meine Frau, damit er sich nicht sehr anstrengen musste. Natürlich war es uns wichtig, dass er selbstständig wird, gleichzeitig haben wir darauf geachtet, dass er seinen Rücken und seine Gelenke schont."

„Nein, nein! Sie missverstehen mich, meine Eltern haben mir jederzeit geholfen. Nur gab es auf der Farm immer viel zu tun,

214

da hat es mir oft zu lange gedauert, bis sie Zeit fanden." Maeggan schluckte, sie hat das Gefühl Karl und Rebecca verteidigen zu müssen. Beide waren, jeder auf seine Weise, so lieb zu ihr, wie es wahre Eltern nur sein konnten.

„Oh Maeggan, da hast du mich falsch verstanden. Ich bin ganz sicher, dass deine Pflegeeltern sich wirklich liebevoll um dich gekümmert haben. Es geht mir um etwas anderes. Jetzt kommt ihr prima allein zurecht, ihr habt euch mit euren kurzen Armen wunderbar arrangiert. Es ist fantastisch, dass ihr zum Beispiel Henry tragen könnt, trotzdem sehe ich, wie sehr das euren Rücken belastet. Oder ihr setzt eure Zähne ein, um etwas Schweres zu heben, natürlich wird das eines Tages Folgen haben. Nicht jetzt, erst in zehn oder zwanzig Jahren werdet ihr es merken. Wahrscheinlich werdet ihr immer mehr Hilfe benötigen, dafür ist die finanzielle Unterstützung. Es wäre sehr ungerecht, wenn ihr diese Hilfe von eurem selbst verdienten Geld bezahlen müsstet. Auch jetzt habt ihr schon Ausgaben, die Menschen mit langen Armen nicht haben. Denk doch an die ganzen Kosten für das Ändern der Kleidung. Oder Fynns Auto. Hat er dir erzählt, wie teuer es war, diese besondere Lenkung und der extra Führerschein?"

Maeggan nickte. Darüber hatte sie bisher gar nicht nachgedacht. Bisher waren ihre Arme für sie einfach nur manchmal lästig, sie wäre nie auf die Idee gekommen, sich wirklich als behindert anzusehen. Sie war ein ganz normales, junges Mädchen, mit Wünschen und Hoffnungen.

Erst jetzt realisierte sie, dass es außerdem eine ganz andere Seite gab. Mr. Mac Kerye hatte Recht. Zuhause hatten Karl oder Rebekka nötigenfalls gerne geholfen. Aber irgendwann würden die beiden nicht mehr da sein, wer würde ihr dann im Notfall helfen? Bisher waren es eigentlich nur Kleinigkeiten gewesen, bei denen sie Hilfe brauchte, zum Beispiel ihre Haare zu einem Pferdeschwanz binden. Später im Alter, könnte sich das vielleicht wirklich ändern. Außerdem würden Karl und Rebecca im Alter wahrscheinlich selbst Hilfe benötigen. Fynn hatte Caro, die ihm jetzt und sicher auch später helfen würde. Würde sie einen Partner finden, der ihr zur Seite stand?

Mr. Mac Kerye räusperte sich.

„Es tut mir leid, dass du dich mit solchen Dingen befassen musst. Lass mich dir helfen. Mit der Anerkennung brauchst du dir all diese Sorgen nicht mehr machen. Möchtest du, dass ich morgen früh gleich einen Termin bei dem Doktor vereinbare?"

Jetzt nachdem Mr Mac Kerye es genauer erklärt hatte, wollte sie, dass es losging.

Fynns Vater holte einen weiteren Ordner aus dem Regal.

„Ich habe hier Zeitungsartikel und andere Informationen zu der Contergan Katastrophe gesammelt. Lies es in Ruhe durch, so bekommst du einen besseren Überblick, was damals genau passiert ist."

Er schlug den Ordner auf. „Hier, zum Beispiel, ist ein Artikel über Fynn, als er drei Jahre alt war."

Auf dem Foto lachte sie ein kleiner Junge an. Zuerst dachte Maeggan es wäre Henry, erst auf den zweiten Blick erkannte sie Fynn. Ihre Eltern hatten nur wenige Fotos von ihr gemacht. Sie konnte sich kaum vorstellen, wie ein kleines Kind mit kurzen Armen aussah, umso spannender fand sie die Fotos und die Artikel in diesem Ordner. Sie blätterte neugierig weiter. Mr Mac Kerye lächelte.

„Du kannst den Ordner ruhig mitnehmen, um ihn in Ruhe anzuschauen", bot er an. Ab diesem Moment konnte Maeggan es gar nicht mehr erwarten, endlich gehen zu können.

Während Caro und Fynn Henry ins Bett brachten, setzte sich Maeggan mit dem dicken Ordner an den Küchentisch. Ganz am

Anfang fand sie einen Artikel von 1961. Ein Arzt berichtete von seiner Arbeit in einem Krankenhaus, in dem damals gleich mehrere Babys mit Behinderungen geboren worden waren. Er hatte sie wochenlang mit seinen Kollegen untersucht und besorgt beobachtet. Viele hatten ohne ihre Eltern in dem Krankenhaus bleiben müssen. Damals gab es nur streng reglementierte Besuchszeiten, stand in den Berichten.

Schockiert betrachtete sie die Fotos dieser Kleinen. Manche hatten genau solche Arme wie sie. Manche sahen völlig anders aus, besonders die, die auch verformte Beine hatten. Wie konnte aus diesen Babys überhaupt etwas werden, dachte sie. Eine Träne schlich sich in ihr Auge. Sie wischte sie hastig weg, bevor sie auf die Bilder tropfte und blätterte weiter.

In dem nächsten Artikel erzählten einige Eltern, wie es für sie gewesen war, als ihnen ihr Baby zum ersten Mal gezeigt wurde. Für alle war es ein riesiger Schock gewesen, die meisten hatten ihre Babys trotzdem angenommen und liebgewonnen. Manche beschrieben es als Trotzhaltung, weil es Ärzte gegeben hatte, oder auch Verwandte, die der Meinung waren, aus diesen Babys könnten nie normale Kinder werden. Ein Arzt erzählte von Eltern, die ihr Kind einfach in der Obhut der Ärzte gelassen hatten. Sie waren gegangen, als ob ihr Kind gar nicht geboren worden wäre. Diese Babys waren in Kinderheimen großgezogen worden.

Maeggan konnte nicht weiterlesen, denn bei ihr war es sogar weit schlimmer gewesen, ihre Eltern hatten sie einfach ausgesetzt. Was wäre passiert, wenn Rebecca und Karl nicht vorbeigekommen wären? Oder wie wäre es gewesen auf Seven Oaks Hall aufzuwachsen, vielleicht hätten ihre wahren Eltern extra eine Pflegerin für sie angestellt, die ihr immer geholfen hätte? Sie wäre zwar wunderbar umsorgt worden, aber bis heute abhängig von Hilfe.

Maeggan hörte das Lachen von Fynn und Henry aus dem oberen Stockwerk. Dem Plätschern nach zu urteilen, saß Henry in der Badewanne. Ja, eine liebevolle Familie hatte sie bisher auch schon gehabt und gleichzeitig hatte sie von klein auf gelernt, selbst die Hindernisse im Alltag zu überwinden.

Maeggan las weiter. Es gab viele Berichte darüber, wie die Kinder aufgewachsen waren. Fynn war in den Kindergarten gegangen, danach auf eine besondere Schule für behinderte Kinder. Andere Kinder hatten, genau wie Maeggan, normale Schulen besucht. Anscheinend waren alle wie ganz normale Kinder aufgewachsen. Mit der Hilfe ihrer Eltern natürlich. Was aus den Kindern geworden war, die im Heim hatten leben müssen, darüber fand Maeggan keine Informationen. Es wurde nur von den anderen berichtet. Den gesamten Abend verbrachte Maeggan mit dem Ordner. Auf diese Weise entdeckte sie ein Stück ihrer eigenen Geschichte.

17.

Sullivan eilte mit dem Umschlag in der Hand in Greens Büro. „Sie werden es nicht glauben, Sir, dies liegt seit gestern Abend unten am Empfang."

Sie zog eine dicke Akte aus einem braunen Umschlag auf dem in großen Buchstaben Eilauftrag stand. Green blickte von seinen Papieren auf, in denen er gerade las. Er streckte die Hand nach den Unterlagen aus. Der Aktendeckel war schon älter und neben dem Namen von Todd Fletcher waren viele andere Kürzel zu lesen. Sie musste schon seit Jahren durch viele Hände gegangen sein. Zwischen den braunen Aktendeckeln hatte sich ein erstaunlich dicker Stapel Papiere angehäuft. Green fing an darin zu blättern.

„Ich habe auf dem Weg hierher schon hineingeschaut", berichtete Sullivan. „Dieser Fletcher hatte anscheinend eine sehr schwierige Kindheit. Hauptsächlich wird auf Jugendstrafen verwiesen, es scheinen jedoch meistens kleinere Delikte gewesen zu sein. Es ist von sehr vielen Sozialstunden die Rede. Seit drei oder vier Jahren sind dann kaum noch Eintragungen hinzugekommen, erst vor ein paar Monaten wieder."

Sie tippte mit dem Finger auf den Aktendeckel, den Green vor sich auf den Tisch gelegt hatte.

„Den fand ich besonders interessant." Sullivan blätterte in der Akte, um triumphierend ein Protokoll hervorzuziehen. Sie wedelte mit dem Papier. „Dies ist ein Protokoll von einer Schlägerei in einem Spielcasino. Dieser Fletcher scheint dort sehr gut bekannt gewesen zu sein."

Sie guckte Green erwartungsvoll an. Green musste lächeln, was für ein Elan. Angesteckt von ihrer Begeisterung nahm er Sullivan das Protokoll und die Akte aus der Hand, um sofort darin zu lesen.

„Gute Arbeit, Sergeant", murmelte er dabei. „Das bringt uns endlich voran."

Swindon
Grafschaft Wiltshire

Am nächsten Morgen brach Maeggan schon früh mit dem Bus nach Swindon auf. Sie hatte einen Termin beim Orthopäden für die Anerkennung als Contergan-Opfer, den Fynns Vater für sie arrangiert hatte. Die Praxis war in einer großen Villa im Erdgeschoss untergebracht. Gleich nachdem Maeggan am Empfang einige persönliche Daten angegeben hatte, kam eine Frau im weißen Kittel auf Maeggan zu, kurz darauf wurde sie zum ersten Mal in ihrem Leben geröntgt.

Danach führte eine andere Krankenschwester sie in ein Arztzimmer, nahm ihr die Tasche ab und fing kommentarlos an, Maeggans Bluse aufzuknöpfen.

Entsetzt wich Maeggan einen Schritt zurück. „Hören Sie auf, was soll das!"

„Jetzt stell dich nicht so an, der Arzt muss sich deine Arme ansehen können", sagte die Schwester, während sie nicht aufhörte an Maeggans Jeans herum zu nesteln.

„Das ist mir klar, ich bin nicht blöd. Ausziehen kann ich mich sehr gut alleine. Lassen Sie die Finger von mir."

Die Schwester stoppte verblüfft und beobachtete, wie Maeggan sich auf die Untersuchungsliege setzte, um sich ihr T-Shirt mit dem Fuß über den Kopf zu ziehen.

„Fantastisch, wie du das kannst! Ich bewundere dich!", staunte der Schwester.

Maeggan blickte verärgert von ihrer Jeans auf. „Ihre Bewunderung brauche ich nicht, das ist Alltag für mich. Starren Sie mich nicht wie ein Zirkustier an. Oder tun sie das bei anderen erwachsenen Patienten auch?"

Sie drehte der Frau den Rücken zu, um sich weiter auszuziehen. Hinter sich hörte sie, wie die Tür zu schlug. Nur in der Unterwäsche setzte sie sich auf die Liege und wartete.

Sie fing schon an zu frieren, als endlich nicht nur ein Arzt, sondern gleich drei Ärzte eintraten. Der älteste Arzt nickte Maeggan nur kurz zu und schon bauten sie sich vor ihr auf, keiner sprach sie an. Sie fingen an, Maeggans Arme und Schultern zu betasten und in alle Richtungen zu bewegen.

„Die Schultergelenke fehlen vollständig. Es gibt nur einen verkrüppelten Teil des Oberarms. Dann folgt gleich der Ellenbogen", sagte der Arzt, der gerade ihren rechten Arm betastete.

„Nein. Das ist nicht der Ellenbogen, sondern schon das Handgelenk", unterbrach sein Kollege ihn, dabei tastete er Maeggans Arm ab. Der dritte Arzt drängte sich dazwischen. „Ein Gelenk ist gar nicht da, weder Ellenbogen noch Handgelenk. Nur zusammengewachsene Knochenstücke."

Während alle drei heftig diskutierten, schaute keiner Maeggan in die Augen. Für diese Ärzte schien sie nur aus ihren kurzen Armen zu bestehen. Sie biss die Zähne aufeinander. Der Drang, einfach aufzuspringen und die Ärzte an zu schreien, nahm immer mehr zu, trotzdem musste sie hierdurch. Ständig sprach der grauhaarige Arzt etwas in sein kleines Diktiergerät, das er in der Hand hielt. Die Ärzte tasteten ihre Wirbelsäule ab, anschließend überprüften sie auch noch die Beweglichkeit ihrer Hüfte. Nicht einmal, als die Ärzte mit der Untersuchung fertig waren, sprachen sie mit Maeggan. Während sie aus dem Zimmer gingen, diskutierten sie weiter, nur einer wandte sich an Tür kurz um, um ihr zu sagen, sie könne sich anziehen.

Zurück bei der Empfangsdame wies diese Maeggan nur darauf hin, dass alle Unterlagen an Mr. Mac Kerye geschickt werden würden. Daraufhin verließ Maeggan die Praxis, um sich schnellstmöglich auf den Rückweg nach Marlborough zu begeben.

Später auf der Heimfahrt im Bus spürte sie die Finger der Ärzte weiterhin auf ihrer Haut. Sie schauderte und konzentrierte sich auf die vorbeifliegende Landschaft. So etwas wollte sie nie wieder erleben. Maeggan schwor sich, nur zu Ärzten zu gehen, falls es wirklich keine andere Möglichkeit gab. Zum Glück hatte sie das alles nicht als kleines Kind über sich ergehen lassen müssen.

Sie bereute ein wenig, dass sie Mrs Cunningham versprochen hatte, nachmittags im Laden zu helfen. Eigentlich war ihr nicht nach Gesellschaft. Aber vielleicht kam heute Todd vorbei.

„Warum hast du so kurze Arme?"

Maeggan zuckte zusammen. Sie hatte aus dem Busfenster auf die wogenden Getreidefelder geschaut und an zuhause gedacht.

„Warum hast du so kurze Arme?", wiederholte der kleine Junge, der auf dem Platz ihr gegenübersaß. Er baumelte mit den Beinen, die nicht bis auf den Boden reichten, dabei zeigte er auf Maeggans Arme. Bevor Maeggan etwas sagen konnte, drückte das Mädchen neben dem Jungen dem Kleinen die Hand auf den Mund. „So etwas fragt man nicht!"

Dabei starrte sie Maeggan genauso neugierig an, wie es ihr kleiner Bruder tat. Es mussten Geschwister sein, dachte Maeggan. Beide hatten Unmengen Sommersprossen und die gleichen wilden roten Haare. Die beiden waren wohl auf dem Nachhauseweg. Die große Schwester hatte nach der Schule ihren kleinen Bruder aus dem Kindergarten abgeholt, wie die Uniformen und die Umhängetasche des Jungen verrieten.

Der Kleine wehrte sich jetzt strampelnd gegen die Hand seiner Schwester. Maeggan blickte sich vorsichtig um. Die anderen Insassen guckten mittlerweile alle zu ihnen hinüber. Der Kampf der beiden Kinder, hatte die Aufmerksamkeit aller geweckt.

Endlich war es dem Jungen gelungen, seine Schwester abzuwehren. „Lass das!" fauchte er sie an. „Ich will nur wissen, warum die so kurze Arme hat."

Die Schwester schielte hilflos zu Maeggan hinüber.

„Naja, ich bin so geboren", erklärte Maeggan zurückhaltend. Der kleine Junge steckte seinen Daumen in den Mund, während er Maeggan mit großen Augen betrachtete.

Seine Schwester nickte. „Ja sowas gibt es, denk nur an Onkel Georg, der ist auch mit einem komischen Fuß auf die Welt gekommen." Sie knuffte ihren kleinen Bruder in die Seite. Der Kleine beachtete seine Schwester nicht, er nahm den Daumen aus dem Mund.

„Und wie isst du?", fragte er Maeggan.

Jetzt musste Maeggan lächeln. „Genauso wie du! Mit einem Löffel, Messer und Gabel. Ich muss mich dabei eben nur etwas mehr über den Tisch beugen."

„Und Trinken?"

„Das geht auch", antwortete Maeggan geduldig.

„Und …", setzte der Kleine an. Doch seine Schwester unterbrach ihn. „Du kannst die Frau nicht so ausfragen!", zischte sie ihn an.

„Das macht nichts", lachte Maeggan. „Es ist mir klar, dass ihr euch das nicht vorstellen könnt. Aber ich kann euch nicht mein ganzes Leben erklären. Obwohl: Gefragt werden ist nicht so schlimm, wie angestarrt zu werden oder mit mitleidigen Blicken konfrontiert zu werden", fügte sie etwas lauter hinzu, während sie die anderen Passagiere anfunkelte. Einige schauten ertappt weg, andere nickten und lächelten zustimmend.

Der kleine Junge rutschte unruhig auf seinem Platz umher, Maeggan merkte, dass ihm viel mehr Fragen auf der Zunge brannten. Da bremste der Bus ab, sie waren in Marlborough angekommen.

„Ich muss hier aussteigen", murmelte sie erleichtert, sie schnappte sich ihre Umhängetasche und drängte sich durch die Menschen zur Tür.

High Street
Marlborough

Todd steckte sich eine weitere Zigarette an. Jetzt saß er schon stundenlang in seinem Auto am Straßenrand und beobachtete den Eingang der Buchhandlung. Auf Seven Oaks Hall hatte er es nicht mehr ausgehalten. Am Vortag hatte William gebettelt, dass er ihn auf keinen Fall bei der Beerdigung alleine lassen sollte. Er hatte gedacht, William wäre endlich bereit sich auch vor seiner Verwandtschaft zu outen. Natürlich hatte er versprochen, nicht von seiner Seite zu weichen. Wie immer hatte er seine Bedürfnisse hintenangestellt, William zu Liebe. Er wusste, wie sehr William ihn brauchte, nämlich mindestens genauso, wie er William brauchte.

Todd warf den Zigarettenstummel auf die Straße, um sich sofort eine weitere Zigarette anzuzünden. Ja, William war sein Leben. Sie liebten und brauchten sich, sie ergänzten sich, der eine war nichts ohne den anderen. Nichts durfte sich dazwischendrängen. Nicht dieser schreckliche Vater, auch nicht die Schwester oder irgendwer anders.

Trotzdem stand er jetzt hier und war nicht an Williams Seite, denn heute Morgen, noch vor dem Aufstehen, hatte William darauf bestanden, dass er nicht mit zur Beerdigung gehen sollte. Todd hatte genau gespürt, dass William Angst hatte, er könnte sich danebenbenehmen. Das war einerseits verletzend, andererseits erleichterte es ihn. Williams Verwandtschaft behandelte ihn nur von oben herab, dieses hochwohlgeborene Getue ging ihm schrecklich auf die Nerven, das den ganzen Tag ertragen zu müssen, hätte ihn wahrscheinlich irgendwann ausrasten lassen. Eigentlich hatten sie verabredet, dass er sich in ihrem Zimmer aufhalten sollte, sodass William sich immer mal zu ihm zurückziehen konnte. Er hatte aus dem Fenster beobachtet, wie eine Limousine nach der anderen vor das Haus fuhr, wie William vor jedem einzelnen buckelte. Einer Herde Elefanten gleich hatte sich die Familie um ihn gescharrt, als wären sie die besten Freunde, und müssten William trösten und beschützen. Nein, eigentlich waren sie eher wie eine Schar Geier, die sich auf ein totes Kaninchen stürzten. Es war zu deutlich gewesen, was sie wollten. Er galt als der Alleinerbe. Nachdem sein Vater so zurückgezogen gelebt hatte, musste sich das Erbe sehr vergrößert haben. Da hatten sie die Rechnung ohne den Wirt gemacht.

Nach einer Weile war Todd es leid gewesen im Zimmer herumzuhängen. Er hatte versucht sich aus dem Haus zu schleichen. Ärgerlicherweise hatte William ihn dabei gesehen. Zum Glück war er so von zahlreichen Verwandten belagert, dass er Todd nur einen enttäuschten Blick zu werfen konnte. Der hatte jedoch ausgereicht, ihm ein schlechtes Gewissen zu machen.

Er nahm die letzte Zigarette aus der Schachtel, zerknüllte sie und warf sie aus dem Auto auf den Gehsteig.

Es waren zermürbende Tage gewesen. Erst die Nachricht von den Börsenverlusten. William hatte sie ziemlich ruhig hingenommen, für ihn stand auch nicht so viel auf dem Spiel, als neuer Herr von Seven Oaks Hall. Aber für ihn brach alles zusammen.

Es war nicht seine Schuld gewesen, dass sie das ganze Vermögen, das sie in den letzten Jahren angehäuft hatten, auf die falsche Karte gesetzt hatten. Sie waren ein so gutes Team gewesen. Beide hatten sie das schnelle Geld gewollt. William wollte unabhängig von seinem Vater sein und er, er hatte nichts. Er hatte William damals an der Londoner Börse getroffen, als er versuchte sich in den Aktienhandel einzuarbeiten. Bald hatten sie entdeckt, dass man zu zweit viel zügiger die gewinnbringenden Aktien herausfiltern konnte. Todd konnte sich ruckzuck einen Überblick verschaffen, außerdem war er entscheidungsfreudiger. William dagegen wog besser ab und rechnete in Ruhe durch, welche Aktionen sinnvoller waren. So hatten sie in kurzer Zeit sehr viel Geld gemacht. Ohne diesen schleimigen Börsenberater, der ihnen die falschen Tipps gegeben hatte, hätten sie es geschafft, doch dann war alles weg gewesen. Sie mussten Kredite aufnehmen, um überleben zu können und diese bekam immer nur William, mit einem Adelstitel und als angesehener Alleinerbe war er bei den Banken gern gesehen. Zuerst hatte das geholfen, jetzt fraßen die Raten an ihnen.

Das Erbe hätte ihre Rettung sein können, doch hatte sich diese Schwester dazwischengedrängt. Todd zog heftig an seiner Zigarette und krallte dabei die Finger in das Lenkrad. Sie zerstörte alles. Am Ende würde sie auch noch seine Beziehung zu William zerstören. Am besten wäre es, es gäbe sie überhaupt nicht. Er öffnete das Handschuhfach und betrachtete die Pistole. Sie hatte in Seven Oaks Hall am Fuß der Treppe gelegen. Er hatte sie, ohne weiter darüber nachzudenken, einfach eingesteckt und in das Handschuhfach gelegt.

In diesem Moment entdeckte er die Frau mit den rotblonden Locken und den kurzen Armen, wie sie aus dem Bus stieg, der gerade ein Stück entfernt an einer Haltestelle hielt. Während er die Zigarette aus dem Fenster warf, blickte er konzentriert zu ihr hinüber. Tolle Figur, dachte er, dazu wirklich fantastische Haare. Wenn da nicht diese verkrüppelten Arme wären.

Sie eilte zu dem Buchladen, sprang die Stufen hinauf, um in dem Laden zu verschwinden. Eins nach dem anderen, dachte er und wischte die schweißnassen Hände an seinen Jeans ab. Zuerst einmal musste er ihr Vertrauen gewinnen, dann konnte er entscheiden, was zu tun sei. Er stieg aus dem Wagen und schlenderte gemächlich er über die Straße.

Seven Oaks Hall
North Wessex

Green trat durch die offene Tür in die Eingangshalle von Seven Oaks Hall. Überall standen Frauen in schwarzen Kostümen und Herren im formellen Cut. Mit seinem grauen zerknitterten Trenchcoat fühlte sich Green völlig fehl am Platz. Die Blicke der

Herrschaften um ihn herum unterstützten dies auch. Mit durchgestreckten Rücken ging Green forsch auf William Arlington zu, der im Gespräch mit einigen weißhaarigen Männern war. Er räusperte sich und sagte zu Arlingtons Rücken: „Mr. Arlington, es tut mir leid, dass ich Sie ausgerechnet heute stören muss, ich habe ein paar Fragen."

Während die Herren Green neugierig anschauten, wandte sich Arlington zu Green um.

„Sie hier? Was soll das?", rutschte es ihm heraus. Gleichdarauf hatte er sich wieder unter Kontrolle. Er stellte sein Glas auf das Tischchen neben sich. „Da kann man wohl nichts machen. Folgen Sie mir."

Er nickte den Herren zu. „Entschuldigen Sie mich bitte für einen Moment."

Green folgte ihm in das Speisezimmer, das zurzeit leer war. Arlington schloss die Tür. Aufgebracht zischte er: „Müssen Sie ausgerechnet heute kommen und ausgerechnet in ..." Sein Blick wanderte mit hochgezogenen Augenbrauen an Green entlang. Green übersah Arlingtons Blick und lehnte sich stattdessen gelassen sich an das Büfett.

„Der Tag mag nicht passend sein. Ich gehe jedoch davon aus, dass Sie auch an einer Aufklärung des Falls interessiert sind."

Wie gewünscht reagierte Arlington irritiert. „Ja natürlich, ...", antwortete Arlington stockend. Schneller als Green gedacht hatte, hatte er sich jedoch wieder gefangen. „Nun sagen Sie schon, ich muss zurück zu meinen Gästen."

„Ich möchte mit Todd Fletcher sprechen."

„Todd?", fragte Arlington unsicher.

„Ja, mir wurde gesagt, Mr. Fletcher wäre bei Ihnen zu Gast?"

Der junge Earl blickte zur Zimmerdecke und gleich darauf zu Green. „Ja," bestätigte er gedehnt.

„Ich muss ihm dringend sprechen," beharrte Green.

„Er nimmt an der Beerdigung nicht Teil", behauptete Arlington ausweichend.

„Ist er im Haus, oder ist er nach London zurückgefahren in ihre gemeinsame Wohnung?", hakte Green erneut nach. Sofort ärgerte er sich über seine Ungeduld.

Arlington nickte bedächtig. „Nach London denke ich."

Green beobachtete den Earl intensiv, es war eindeutig, dass Arlington etwas vor ihm verbarg. Wahrscheinlich hielt sich Fletcher im Haus auf und Arlington wollte verhindern, dass er mit ihm sprach. Heute war die Beerdigung. Unter den Gästen hatte er einige hochrangige Persönlichkeiten gesehen. Ohne Beschluss in das Haus vorzudringen, würde unter Garantie böse für ihn ausgehen. So zuckte Green nur mit den Schultern und ging an Arlington vorbei zu Tür.

„Gut, ich werde ihn dort aufsuchen." Beziehungsweise morgen nochmal hier auf der Matte stehen, setzte er seinen Satz in Gedanken fort. In der Tür fügte er über die Schulter hinzu: „Entschuldigen Sie die Störung."

High Street
Marlborough

„Hallo, Maeggan."

Maeggan hörte auf Bücher im Regale ein zu sortieren und wandte sich überrascht um. In ihrem Bauch fing es an zu kribbeln.

„Tut mir leid, dass ich erst heute vorbeikomme", entschuldigte sich Todd lächelnd.

Vorsichtig stellte Maeggan das Buch in das Regal. „Ist schon in Ordnung. Ich habe hier immer viel zu tun."

Maeggan räumte eilig die letzten zwei Bücher in die Regale, ohne darauf zu achten, ob sie dort auch wirklich hingehörten. Endlich wandte sie sich zu Todd. „Du wolltest etwas über die Feenbäume erfahren?", fragte sie so gelassen wie es ihr nur möglich war, „die stehen dort hinten in der Ecke. Komm, ich zeige sie dir."

Während Todd hinter Maeggan her ging, spürte sie seinen Blick auf sich. Glücklich zeigte sie auf die Bücher neben sich.

„Das hier sind alle Bücher, die wir über die Feenbäume haben."

„Viele sind das nicht", sagte er und zog eins der Bücher aus dem Regal.

„Ja, das stimmt. Mrs Cunningham hat mir erklärt, dass es in der Nähe, in Avebury, eine ausgenommen gute Fachbuchhandlung gibt. Da macht es für sie keinen Sinn, auch eine große Auswahl zu haben," erklärte sie und schaute zu, wie Todd in dem Buch blätterte. „Sie hat sich mehr auf allgemeine Literatur und Reiseführer beschränkt."

„Wahrscheinlich macht es dann mehr Sinn, ich fahre nach Avebury.", sagte Todd während er das Buch zurückstellte. Er warf Maeggan einen entschuldigenden Blick zu und wandte sich zum Ausgang.

Maeggan sah ihm enttäuscht nach.

An der Tür blieb er stehen. „Hast du Lust, mit mir zu dieser Buchhandlung zu fahren? Du erzähltest, dass du dich auch für Feenbäume interessierst. Was meinst du?"

„Ich?" Maeggan zögerte. In dem Moment, als Todd die Tür öffnen wollte, antwortete sie wie aus der Pistole geschossen: „Ja, gerne. Ich war zwar schon in Avebury, aber in der Fachbuchhandlung bin ich nicht gewesen."

„Gut." Todd grinste über das ganze Gesicht. „Hast du morgen Zeit? Wir können einen Ausflug machen."

Maeggan lachte ihn begeistert an. „Ja natürlich, Mrs Cunningham sagte vorhin, sie würde mich morgen nicht brauchen."

„Gib mir deine Adresse, ich hole dich um neun ab."

Maeggan zögerte.

„Du kannst dich darauf verlassen, morgen komme ich wirklich.", versprach er mit Nachdruck.

Glücklich nannte Maeggan Todd die Adresse von Caro und Fynn.

18.

Cardigan Road
Marlborough

Gerade als Maeggan aufstehen wollte, klopfte es an ihrer Zimmertür. Sie warf sich die Decke zurück über ihren Körper.

„Guten Morgen Maeggan, bist du wach?", rief Fynn im Flur.

Als Maeggan antwortete, steckte er seinen Kopf durch den Türspalt.

„Wir wollen heute einen Ausflug machen."

Bevor er weitersprechen konnte, schob sich Henrys Wuschelkopf an seinen Beinen vorbei zu Maeggan ins Zimmer.

„Omi, brumm, brumm", krähte er, gleichzeitig kletterte er auf ihr Bett.

„Ja, wir wollen Caros Mam besuchen. Sie kann das Haus nicht mehr verlassen. Bevor das Baby kommt, wollten wir noch einmal hinfahren. Wir werden über Nacht wegbleiben, wahrscheinlich sind wir erst morgen Abend zurück", erklärte Fynn. „Möchtest du mitkommen?", fragte er verhalten.

Maeggan schüttelte sofort den Kopf. "Nein, nein, ich bleibe lieber hier. Ich bin froh, mich einfach mit einem Buch in die Sonne legen zu können."

Sie schob Henry zurück, der unter ihre Bettdecke kriechen wollte.

„Mit all dem Gepäck wird es in deinem Auto auch viel zu eng."

„Da hast du Recht", Fynn klang erleichtert.

„Komm Henry," er trat näher zum Bett. „Wir müssen dich anziehen und Mama beim Packen helfen."

Henry klammerte sich an ihn. „Maeggy auch?"

232

„Nein. Maeggan möchte heute mal einen Tag für sich haben."

Fynn trug Henry aus dem Zimmer. Als er die Tür mit dem Fuß zuziehen wollte, lächelte er dankbar Maeggan zu. Maeggan stand auf, um den beiden dabei zu helfen, sich für ihren Ausflug fertig zu machen. Am Ende war Fynns Golf gepackt wie für eine drei wöchige Reise. Das Reisekinderbett und Henrys Buggy nahmen schon den ganzen Kofferraum ein. Neben Henry in seinem Kindersitz quetschten sich auf der Rückbank zwei große Reisetaschen.

Maeggan winkte dem Wagen nach, als er aus der Ausfahrt bog. Sie hatte den beiden nicht erzählt, was sie heute vorhatte. Sie würde es vielleicht morgen Abend tun, still vergnügt lächelte sie in sich hinein. Voller Vorfreude eilte sie in ihr Zimmer zurück. Ihr Top lag ausgebreitet auf ihrem Bett, sie hatte sich bisher nicht entschieden, ob sie es wirklich tragen wollte.

Nein, kein T-Shirt! Heute würde sie ihr geliebtes Top anziehen. Sie hatte gemerkt, wie Todd immer wieder mal auf ihre Arme geschielt hatte, sollte er sie ruhig ganz sehen. Sie tauschte das T-Shirt gegen ihr Top aus.

„Meine Arme gehören zu mir. Wer sich daran stört, kann ja wegschauen", sagte sie mit fester Stimme zu ihrem Spiegelbild, dass ihr aus dem Spiegel an der Zimmertür entgegen grinste. Sie schnappte sich ihre Tasche, ohne die sie nie das Haus verließ, prüfte, ob ihr Anziehstab und ihre Wasserflasche darinnen waren und hängte sie an das Treppengeländer neben der Haustür.

Todd stellte den Motor ab und beobachtete die Einfahrt auf der anderen Straßenseite. Vor dem Haus half Maeggan gerade einer hochschwangeren Frau beim Beladen eines weißen Golfs. Er war sich ziemlich sicher, dass er die Frau mit dem schwarzen

Pferdeschwanz neulich in Seven Oaks Hall gesehen hatte, wie sie die Einfahrt hinuntergeeilt war. Als die Frau zum Gartentor kam, um es aufzuschieben, duckte sich Todd tief hinter das Lenkrad. Jetzt war er sich zu hundert Prozent sicher. Endlich fuhr der weiße Golf aus der Ausfahrt und verschwand hinter einer Kurve. Todd wartete eine Zigarettenlänge lang. Dann stieg er aus, ging zu Haustür und klingelte.

Gleichdarauf öffnete Maeggan die Tür. Sie strahlte ihn an. Er lächelte zurück und schielte gleichzeitig verstohlen auf ihre Arme, die vollständig nackt waren. Sie ähnelten eher Flügeln von kleinen Küken nicht menschlichen Armen. Er schaute Maeggan ins Gesicht, sie blickte herausfordernd zurück.

Wollte sie ihn provozieren, indem sie ihre Arme hervorhob? Ok, wenn das so war, sich jetzt nichts anmerken lassen, beschloss er.

„Können wir los? Ein wunderbarer Tag wartet auf uns." Fröhlich wies er mit einer Handbewegung auf den Gartenweg. Maeggan knickste grinsend, zog die Haustür hinter sich zu und ging vor Todd zu seinem Wagen.

An der Beifahrertür des roten Sport Coupes blieb Maeggan stehen. Todd schloss die Fahrertür auf, eilte auf die rechte Seite des Wagens, um Maeggan galant die Beifahrertür zu öffnen. „Darf ich bitten, junge Dame?"

Maeggan lächelte glücklich und ließ sich nicht so ganz damenhaft auf den Beifahrersitz plumpsen. Todd eilte um den Wagen herum und fuhr schwungvoll los.

„Wer war eigentlich die Familie, die gerade weggefahren sind?" Er konzentrierte sich auf die Landstraße, auf die er gerade eingebogen war. „Verwandte von dir?"

„Nein, Caro und Fynn sind Freunde. Sie haben mich eingeladen, ein paar Tage bei Ihnen zu wohnen. Eigentlich komme ich aus Wales."

„Die Frau kam mir bekannt vor", sagte Todd. „Ich frage mich die ganze Zeit, wo ich sie schon mal gesehen haben könnte."

„Caro?" Verwundert sah Maeggan zu ihm hinüber. „Das kann ich dir auch nicht sagen. Früher hat sie in der Buchhandlung gearbeitet, möglicherweise hast du sie dort gesehen."

Todd schüttelte den Kopf. „Nein, dort war ich gestern zum ersten Mal." Er runzelte die Stirn und blickte weiter konzentriert auf die Straße.

„Irgendwie muss ich immer an das Herrenhaus denken, wenn ich diese Caro vor mir sehe", murmelte Todd. „Ich besuche zurzeit einen Freund, der auf Seven Oaks Hall wohnt."

„Seven Oaks Hall?", fragte Maeggan so überrascht, dass Todd kurz zu ihr herüberblickte. „Das ist ein Herrenhaus hier in der Nähe, sein Vater war der Earl", erklärte er.

Maeggan nickte stumm.

„Kann es sein, dass diese Caro etwas mit dem Haus zu tun hat?"

„Mmh, ja! Caro hat mir erzählt, dass ihr Großvater in einem Herrenhaus Chauffeur gewesen war", antwortete Maeggan nach einer Weile. „Das ist jedoch schon lange her und ich weiß nicht warum …", Sie verstummte abrupt.

Todd warf ihr einen erstaunten Blick zu, doch Maeggan schaute aus dem Seitenfenster. Eine Weile schwiegen beide.

Endlich wandte sich Maeggan an Todd. „Ist der Earl nicht gerade gestorben?"

Todd zuckte zusammen, sagte aber nichts.

„Das stand überall in der Zeitung", erklärte Maeggan.

„Ja, ich habe meinen Bekannten aus London zur Beerdigung hierher begleitet," bemerkte er knapp. Das Gespräch nahm eine Wendung, die ihm nicht passte. Er biss die Lippen aufeinander und überlegte, wie er weitere Informationen aus Maeggan herausbekommen konnte. Schließlich fragte er sie: „Wie kommt eigentlich ein Mädchen aus Wales nach Marlborough?"

Maeggan erzählte fröhlich, wie sie Caro getroffen hatte und wie diese sie nach Marlborough eingeladen hatte.

Nach einer Weile bog Todd von der Landstraße in eine schmalere Straße ein, die Richtung Avebury führte.

„Hast du dir bei deinem Besuch in Avebury den Feenbaum schon angesehen?", erkundigte sich Todd.

„Nein, an dem Tag waren so viele Touristen auf dem Platz, dass ich keine Lust hatte mich dazwischen zu quetschen. Ich hoffe, dass das heute weniger schlimm ist."

„Das hoffe ich auch."

Gemächlich fuhr Todd die Dorfstraße entlang und parkte den Wagen ein Stückchen vor dem Platz auf dem der berühmte Baum stand.

Maeggan zeigte mit dem Kinn auf einen kleinen Laden, der sich auf der anderen Seite des Dorfplatzes befand. Vor dem kleinen Schaufenster stand ein Tisch auf dem Obst und Gemüse ausgebreitet waren.

„Anscheinend haben wir Glück." Sie lächelte. „Die Buchhandlung ist geöffnet."

Während sie die Straße zum Dorfplatz entlang schlenderten, erzählte Todd ihr von den Reisen, die er nach seinem Schulabschluss unternommen hatte.

„Ich war mit einem Freund unterwegs, wir sind mit Rucksack und Campingausrüstung durch ganz Schottland gewandert. Warst du schon einmal dort?"

„Nein, ich bin bisher kaum aus meinem Dorf herausgekommen", gestand sie.

„Das macht doch nichts, jetzt steht dir die Welt offen. Es ist mir eine Ehre, dir bei den ersten Schritten ein wenig helfen zu können."

Er verneigte sich leicht vor ihr und zwinkerte ihr zu. Maeggan lachte verlegen und wandte sie sich ab. Aber Todd hatte gesehen, wie sie rot geworden war. Da drehte sich Maeggan tief Luft holend zu ihm um und schaute ihm tief in die Augen.

Todd entspannte sich, dass war bisher einfacher gegangen, als gedacht. In ein, zwei Stunden würde sie ihm folgen wie ein kleines Hündchen.

Sie überquerten die Straße und traten auf den Dorfplatz. Eine niedrige Hecke umgab den Platz, in dessen Mitte die alte, knorrige Ulme aufragte. An der Hecke standen rundherum Bänke, von denen aus man den Baum betrachten konnte. Am anderen Ende des Platzes lauschte eine Gruppe Touristen dem Vortrag ihres Tourguides. Ein paar gingen um den Baum herum. Seine Äste und Zweige reichten hoch und weit empor und waren mit dichtem Laub bedeckt. Die unteren Äste waren abgeschnitten worden, damit die Touristen und Besucher leichter bis an den Stamm des Baumes gelangen konnten. Ein paar von den Touristen standen dort, sie versuchten den dicken Stamm zu umarmen. Maeggan und Todd gingen über den akkurat geschnittenen Rasen auf den Baum zu.

„Hier konnte keiner mehr seine Wünsche aufhängen", murmelte Maeggan enttäuscht. „Alles ist extrem akkurat und sauber. Ich habe mir den Platz viel geheimnisvoller, märchenhafter vorgestellt."

Todd und Maeggan blieben stehen, um die Touristen zu beobachten.

„Ich hätte nicht gedacht, dass ein Baum überhaupt so riesig sein kann. Wie dick der wohl ist?", überlegte Maeggan.

Todd versuchte die Menschen zu zählen, die sich um den Stamm drängten. „Da braucht es sicher vier oder mehr Menschen, um ihn zu umfassen", schätzte er.

„Ja mindestens, aber welche mit langen Armen!", antwortete Maeggan.

Todd wandte sich zu ihr um. Er blinzelte irritiert, bis er Maeggans verschmitztes Grinsen bemerkte. Für einen Moment hatte er die kurzen Arme von Maeggan ganz vergessen.

„Wie du meinst", meinte er etwas verlegen.

Die Touristengruppe versammelte sich inzwischen an einigen Überblickstafeln am Rande des Platzes, endlich konnten Maeggan und Todd allein zu dem Baum gehen.

Schweigend blickten sie in die wispernde Baumkrone hinauf.

Nach einer Weile trat Todd dichter an Maeggan heran und legte seinen Arm sanft um sie. Sie ließ es gerne zu und lehnte sich auch an ihn.

Todd spürte, dass er Maeggans Vertrauen gewonnen hatte. Jetzt musste er unbedingt herausbekommen, ob sie das richtige Mädchen war. Welche Möglichkeiten hatte er? Sich an sie heran zu machen, war wirklich relativ leicht gewesen. Aber wie die wichtigen Infos aus ihr herausquetschen? Todd kaute nachdenklich auf seiner Lippe herum. Außerdem was sollte er tun, falls sie die Richtige war?

Da blickte ihn Maeggan voller Vertrauen an. Todd brach der Schweiß aus. Maeggan schien nichts zu bemerkten.

„Weißt du, ich bin unter solch einem Baum, von meinen Eltern gefunden worden."

Todd schluckte. Sollte dieser einzelne Satz ihm wirklich bestätigen, dass er sich auf der richtigen Spur befand? Er riss sich zusammen, jetzt keinen Fehler machen, dachte er. Er drehte

Maeggan ein wenig, damit er ihr in die Augen schauen konnte. „Du meinst, du hast unter einem Feenbaum gesessen?"

„Nein. Nicht gesessen. Ich war ein Baby. Ich habe in einer Reisetasche gelegen."

„Dann bist du wirklich ein richtiges Feenkind?", fragte er vorsichtig.

„Ja genauso hat mich meine Mutter auch immer genannt."

„Das ist eine fantastische Geschichte! Magst du mir mehr davon erzählen? "

Todd schaute sich um und zeigte auf eine Bank in der Nähe. „Komm, lass uns da hinübergehen, da haben wir mehr Ruhe. Vielleicht kann ich das in meine Arbeit einbauen, natürlich ohne deinen Namen zu nennen."

Schon während sie hinübergingen, begann Maeggan strahlend von ihrem Leben auf der Farm in Wales zu erzählen. Auf der Bank rückte Todd immer näher an sie heran. Dann legte er erneut vorsichtig seinen Arm um ihre Schultern.

Maeggan hielt inne.

„Erzähl weiter", flüsterte Todd ihr ins Ohr. Die Mittagssonne schickte einige Strahlen durch das dichte Blätterdach zu ihnen und ließ Maeggans Locken aufglänzen.

Todd vergrub seine Nase in Maeggans Locken und atmete den angenehmen Duft ihres Shampoos ein. Das half ihm sich ein wenig zu entspannen und seine Ungeduld zu zügeln, während sich Maeggan fester an ihn kuschelte.

„Mich einfach mitzunehmen. Wie wäre meine Kindheit wohl verlaufen, wenn ich …", murmelte sie.

Lange saßen sie schweigend dicht beieinander und blickten zu dem Feenbaum.

Nach einer Weile erzählte Maeggan von ihrem Besuch auf dem Standesamt. Dass sie nun nach Bath fahren wollte, um mit der Hebamme zu sprechen.

„Wozu musst du mit der Hebamme sprechen?", hakte Todd nach, ohne Maeggan loszulassen.

„Nur sie kann bezeugen, dass ich wirklich adoptiert bin und aus der Familie von Seven Oaks Hall stamme", erklärte sie Todd.

Gerade noch in letzter Sekunde konnte Todds ein lautes Aufstöhnen verhindern. Doch bevor er sich wieder gefasst hatte, fragte Maeggan ihn: „Kennst du die Familie gut?"

Er räusperte sich, nach einer kleinen Pause schüttelte er den Kopf. „Nein. Ich wohne in London und William ist ein Studienkamerad. Ich wollte ihn nur nicht allein zur Beerdigung fahren lassen."

Sie lehnte sich ein wenig mehr an Todd und flüsterte: „Wie lieb von dir, einem Freund in schwerer Stunde beizustehen."

Todd achtete gar nicht auf das, was sie sagte, in seinem Kopf hallten die Worte „aus der Familie von Seven Oaks Hall stamme" nach. Es gab keinen Zweifel mehr. Maeggan war Williams Schwester. Ihre Geschichte passte, die Arme stimmten mit der Beschreibung, die William von dem Notar bekommen hatte, überein und ihre Haare…. Todd wickelte sich eine Locke von Maeggan um seine Finger. Die Locken ähnelten wirklich Williams Mutter auf dem Porträt. Wie sollte es jetzt weitergehen? Ihr Vertrauen hatte er gewonnen, das war ihm nie schwergefallen. Was jetzt?

Todd spielte weiter mit Maeggans Locken. Die Gedanken wirbelten in seinem Kopf herum. Egal, wie er es drehte und wendete, die einzige Lösung war, sie aus dem Weg zu räumen. Er durfte keine Gefühle für Maeggan entwickeln, sonst könnte er nicht mehr handeln. Eiskalt musste er sein. William zuliebe musste er es tun. Natürlich auch für sich selbst, gestand er sich ein. Um nichts in aller Welt wollte er noch einmal in die Gosse zurück. Außerdem waren da auch die Geldeintreiber. Er war gezwungen es zu tun.

Wiederholt stieg der Duft von Maeggans Locken in seine Nase. Maeggans Kopf war dicht an seinem, ob er wollte oder nicht roch er ihr Shampoo, das nach frisch geschnittenem Gras duftete. Todd schloss genießerisch die Augen. Verdammt, es roch wirklich gut. Nein, er brauchte dringend eine klare Strategie.

Egal, wie sehr sie sich an ihn anschmiegte, es gab keinen anderen Weg.

Also am besten noch heute, bevor William etwas mitbekam. William durfte von der ganzen Sache nie erfahren, sowie er von seiner Schwester geschwärmt hatte, wäre dieses Wissen das Aus für ihre Beziehung.

Trotz der Mittagshitze schauderte Todd. Um ihre Liebe zu retten musste er Maeggan töten. Nur wie? Todd dachte an die Waffe, die im Wagen lag. Hätte er sie doch eingesteckt. Aber hier mitten im Dorf konnte er ja doch nichts tun. Je mehr Menschen sie hier zusammen sahen, desto gefährlicher würde alles für ihn. Er musste sie irgendwie an einen ruhigen Ort locken.

In seinem Kopf wirbelten die Gedanken durcheinander.

Schließlich durchbrach er die Stille zwischen ihnen.

„Lass uns zu dem Laden gehen, sonst schließt er noch." Er zeigte zu dem kleinen Buchladen.

19.

Maeggan nickte versonnen lächelnd und folgte Todd über den Platz. Wer hätte gedacht, dass sie auf der Suche nach ihren richtigen Eltern einen wirklich netten Mann kennenlernen würde. Zuerst war sie sich ein wenig unsicher gewesen. Als Todd an dem Baum seinen Arm um sie gelegt hatte, hatte sie nicht lange gezögert, sondern sich gerne darauf eingelassen. Sie hatte auf Todds Atem gelauscht, er hatte wunderbar angenehm männlich gerochen und sie konnte sich nicht daran erinnern, dass ihr Herz jemals so verrückt geschlagen hatte. In dem Moment hatte sie kurz an Bob gedacht, aber Bob konnte und wollte sie nun wirklich nicht mit Todd vergleichen. Bob war nicht wirklich an ihr interessiert gewesen, er hatte nur Sex gewollt.

Todd war da ganz anders. Er hatte ihr total konzentriert zugehört, er hatte immer wieder nachgefragt, sein ganzes Interesse galt ihr. Voller Vertrauen schaute sie auf Todd, der vor ihr her zu dem Laden ging, außerdem sah er ungemein gut aus. Es hatte ihr extrem gutgetan, sich die Vergangenheit von der Seele zu reden. Zuerst war es ihr etwas schwergefallen, die richtigen Worte zu wählen, schließlich war alles auf einmal aus ihr herausgesprudelt.

Maeggans Herz schlug von neuem ungestüm, als ihr Todds Aftershave in der Nase stieg. Sie hatte das Gefühl, dass er sie wirklich ernst nahm. Vielleicht sah er auch mehr als nur eine Freundin in ihr. Fast schon märchenhaft, dachte sie. Der Prinz und sie und der Feenbaum. Hoffentlich würde er sich nicht in einen Vogel verwandeln und in den Zweigen des Baumes verschwinden, wenn sie ihn berührte. Sie blickte zu Todd, der schon bei dem Laden angekommen war. Maeggan folgte ihm wie auf Wolken.

Todd hielt ihr die Tür auf, Maeggan knickste leicht, lachend betraten sie den Laden. Es war keine richtige Buchhandlung, eher ein Kramladen. Im vorderen Teil des Ladens befand eine große Theke, in der Pasteten, Sandwiches und Gebäck ausgestellt waren. Ein Ehepaar stand an der Theke. Sie berieten anscheinend welche Pastete man kaufen wollte. Ganz sicher waren sie verheiratet, dachte Maeggan. Plötzlich erinnerte sich Maeggan an das schreckliche Ehepaar auf der Fahrt nach Marlborough. Dieses Paar trug rote, identische Wanderjacken, aber zum Glück ähnelte es den Kanarienvögeln sonst in keiner Weise. Die Verkäuferin hinter der Theke sah kaum auf, als Todd und Maeggan hereinkamen, sondern verteilte Pasteten in der Theke und sprach weiter mit ihren Kunden.

Beim Anblick des leckeren Gebäcks lief Maeggan das Wasser im Mund zusammen. Trotzdem wollte sie zuerst zu den Büchern. Wo waren sie? An den Wänden des Ladens reihten sich ein Regal an das andere. Es gab alles zu kaufen, von frischen Eiern über Werkzeug bis hin zu Mehl und Wandfarbe. Auf langen Tischen standen Kisten mit frischem Obst und Gemüse.

„Da möchte man am liebsten sofort hineinbeißen", murmelte Maeggan.

„In die Bücher?" Stirnrunzelnd wandte sich Todd ihr zu. Maeggan wies kichernd auf die Tomaten.

Maeggan bemerkte, dass Todd unruhig wurde. Die Enge des Ladens schien ihm nichts zu gefallen. Deshalb schaute sie sich nach den Büchern um und entdeckte sie in einem kleinen Hinterzimmer.

„Komm her, Todd, ich habe sie gefunden!", rief sie ihm zu.

Sie wartete bis sich Todd sich zwischen Pasta und Waschpulver hindurchgezwängt hatte. Endlich stand er neben ihr vor dem hohen Kiefernholzregal, dass vollgequetscht war mit Büchern über die Feenbäume. Es gab nicht nur Bücher, die sich direkt mit dem Baum in Avebury beschäftigen, sondern auch die unterschiedlichsten Werke über Feenbäume in ganz Großbritannien. Besonders viele schien es in Süd- und Mittelengland zu geben, außerdem natürlich in Irland. Da gab es Reiseführer, Märchenbücher, Bücher mit Sagen und Mythen, dazu dicke Bildbände mit wunderschönen Fotografien.

Die Auswahl war gewaltig, Maeggan gar nicht wusste, wo sie anfangen sollte. Es war für sie auch schwierig, sich ein Buch aus dem vollgestopften Regal herauszuziehen. Besonders die großen Bildbände waren ihr zu schwer. Während sie noch unschlüssig war, ob sie erst einmal die Märchen anschauen wollte oder eins der Sachbücher, hatte Todd schon einen großen Bildband aus dem Regal herausgezogen und schlug ihn auf. Maeggan trat dicht neben ihn, auf diese Weise konnte sie ungehindert das Buch mit ihm gemeinsam anschauen.

„Schau mal, der Baum", Maeggan legte ihre Hand auf die Seite des Buches und stoppte Todd, der das Buch schnell durchblätterte. Auf dem Bild war eine sehr alte, knorrige Eiche zu sehen, die überall mit bunten Bändern und kleinen Blumensträußchen behängt war. „Das ist der Feenbaum, wie ich ihn mir vorgestellt habe, mit all diesen Bändern, Blumen und kleinen Geschenken. Hier im Dorf darf man nichts mehr anhängen."

Todd schaute verwundert auf.

„Das stand auf einem Schild am Rand des Dorfplatzes", erinnerte sie Todd und zeigte erneut auf das Buch. „Der Baum soll hier ganz nah beim Ort sein. Steht da irgendetwas, wo er genau zu finden ist?"

Interessiert beugten sich beide über die Seite. Der Baum stand einzeln auf einer großen Wiese. Rundherum weideten ein paar Rinder, sonst waren weder Häuser noch Menschen zu sehen. In der Bildunterschrift hieß es, der Baum stünde eine Meile außerhalb von Avebury.

Todd schlug den Bildband bedächtig zu und stellte ihn zurück ins Regal. „Was hältst du davon, wenn wir einen kleinen Abstecher machen? Wir könnten uns hier etwas zu essen kaufen." Er zeigte zu der Theke mit den Snacks. „Anschließend fahren wir zu dem Baum und machen dort Picknick."

Maeggan zögerte nur einen Moment.

„Ja, warum nicht. Das ist eine gute Idee", versuchte sie ruhig zu antworten, obwohl ihr Herz alles andere als ruhig schlug. Aufgeregt folgte sie Todd, der schon zu den Sandwiches und Getränken vorausgegangen war, dabei fing sie an in ihrer Umhängetasche nach ihrem Portemonnaie zu suchen.

„Such dir etwas aus, ich lade dich ein", sagte er über seine Schulter hinweg zu Maeggan.

Um die Theke drängte sich gerade die gesamte Busladung Touristen, die alle einen Snack kaufen wollten.

„Am besten wartest du hier. Ich drängele mich alleine vor. Sonst stehen wir noch übermorgen hier." Todd grinste Maeggan an. „Sag mir einfach, was du haben möchtest."

Maeggan musste sich auf die Zehenspitzen stellen, um über die Köpfe hinweg ihre Auswahl treffen zu können.

Nachdem sie sich mit Sandwiches und Getränken eingedeckt hatten, gingen sie über den Platz zurück zu Todds Wagen. Die Reisegruppe war in die andere Richtung gegangen. Er und Maeggan waren ganz allein, keiner bemerkte, wie sie in Todds Auto stiegen und davonfuhren.

Avebury
Grafschaft Wiltshire

Kurz darauf fuhr Todd sein Auto auf einem großen fast leeren Parkplatz. Er stellte den Motor ab und machte das Handschuhfach auf, während Maeggan die Beifahrertür öffnete. Bevor sie aussteigen konnte, lief ein Irish Setter auf sie zu und
beschnupperte sie.

„Oh, schau dir diesen freundlichen Hund an", sagte Maeggan. Sie blieb sitzen, streichelte ihn und blickte zu Todd, der
immer noch mit seiner Hand in dem Fach umherwühlte.
„Suchst du etwas?", fragte Maeggan.

„Ich dachte da wären noch ein paar Servierten", murmelte
er, zog seine Hand aus dem Fach und schloss es. Auf einen lauten Pfiff hin lief der Hund schnell zurück über den Parkplatz
zu einem alten Volvo neben dem eine Frau stand.

Todd stieg aus und sah sich um. „Von hier müssen wir wohl
laufen."

Während er die Tüte mit dem Picknick aus dem Kofferraum
nahm, informierte Maeggan sich schon auf einem großen Weg-
weiser.

„Ja, hier geht es in den Wald. Nach einem kleinen Stück
müsste die Wiese mit dem Baum kommen." Sie zeigt mit dem
Fuß in den Wald.

Am Rande der Wiese mussten sie über ein Rindergatter steigen. Maeggan bemerkte, dass sich Todd unsicher nach den Tieren umsah. Sie standen ein Stück entfernt, friedlich grasend, im
Schatten des Waldrandes im hohen Gras.

„Man merkt, dass du aus London bist", lachte Maeggan.
„Die tun wirklich nichts. Die interessieren sich gar nicht für
uns, die interessieren sich nur für ihr Futter."

Fröhlich lief sie den kleinen Pfad entlang über die Wiese zu dem Baum. Todd kam widerwillig hinterher. Immer wieder musste sie auf Todd warten, der jedem Kuhfladen auswich, trotz aller Mühe erkannte man bald die Spuren der Wiese auf seinen feinen Halbschuhen. Maeggan unterdrückte ein Schmunzeln.

Je näher sie dem Baum kamen, desto ungeduldiger wurde sie. Endlich erreichte sie den Baum. Ein großer Kreis um den Baum herum war sorgfältig gemäht. Während Maeggan den Baum bereits umrundete, war Todd endlich an der gemähten Wiese angekommen. Sie schaute fasziniert zu den vielen bunten Bändern und kleinen Blumensträußchen hinauf, die sich im leichten Wind wiegten.

Genauso hatte Rebecca ihr den Baum beschrieben, unter dem sie sie damals gefunden hatten. Zwar hatte Rebeccas Baum im Ort gestanden, nicht außerhalb, ansonsten passte alles.

Nachdem Maeggan den Karton mit seinem merkwürdigen Inhalt gefunden hatte, hatte sie ständig versucht, mehr von Rebecca zu erfahren. Endlich hatte ihr Rebecca erzählt, wie sie Maeggan unter dem Feenbaum zum ersten Mal im Arm gehalten hatte. Nie würde sie das vergessen, hatte sie geschwärmt, ihre kleine Fee. Ein Geschenk der Feen nur für sie, sie würde ihre kleine Fee niemals wieder hergeben. Die außergewöhnlichen Arme hätten sie nicht gestört. Gerade diese Kinder bräuchten besonders viel Liebe und Zuwendung. Viel zu lange hätte sie sich ein kleines Wesen gewünscht, für das sie ausschließlich da sein könnte.

Maeggan fühlte sich noch einmal genauso eingeengt, wie damals als sie es zum ersten Mal gehört hatte. Sie war keine Fee, sie war eine erwachsene Frau. Später hatte Rebecca ihr erzählt, dass sie nach einer schrecklichen, grausamen Kindheit mit Karl auf dem Hof endlich ein eigenes Zuhause gefunden hatte, zusammen mit Maeggan. Danach hatte Maeggan verstehen können, warum es für Rebecca so wichtig war, sie zu umsorgen und zu behüten. Dabei hatte sie jedoch nicht gemerkt, dass sie Maeggan mit zu viel Liebe und Fürsorge überschüttet hatte. Für alles hatte sie gute Ratschläge parat und wenn Maeggans Entscheidungen nicht in ihrem Sinne waren, nörgelte sie ständig an ihr herum.

Auf der anderen Seite war Rebecca oft krank gewesen, weshalb Maeggan vieles im Haushalt übernommen hatte. Schon mit fünf Jahren hatte sie angefangen sich um die Kaninchen und die Hühner auf der Farm zu kümmern. Für andere da zu sein, fiel ihr leicht. Gleichzeitig war sie von klein auf viel allein gewesen und hatte lernen müssen, auch für sich selbst zu sorgen. Genau darüber war Maeggan auch froh, denn nur auf diese Weise hatte sie ihre Selbständigkeit erlangt, zumindest was die Alltagsbewältigung an ging. Eigene Entscheidungen treffen, zu wissen, was sie selbst wollte, sich eigene Ziele setzen, das musste sie noch lernen. Aber ihre Selbständigkeit würde ihr helfen auch ihre Unabhängigkeit zu finden, um ihren eigenen Weg zu gehen.

Maeggan sah sich nach Todd um. Er hielt sich gerade an einem Schild fest, während er versuchte, seine Schuhe von Gras und Erde zu befreien.

„Du bist wirklich nicht oft draußen in der Natur." Schmunzelnd setzte sich Maeggan einfach dort, wo sie stand, ins Gras. Sie trug alte, ausgewaschene Jeans, auf einen Grasfleck mehr oder weniger kam es da nicht an.

Todd kam zu ihr herüber und sah sich unzufrieden um.

„Einen Picknickplatz gibt es hier wohl nicht", grummelte er. Er zog sein Jackett aus, legte es auf den Boden, dicht neben

Maeggan, um sich vorsichtig daraufzusetzen. Dann packte er die Sandwiches aus. „Willst du zuerst Schinken oder Käse?"

„Lieber Schinken."

Maeggan angelte sich mit dem Fuß eine Cola Flasche aus der Tüte, gleichzeitig nahm sie mit ihren Händen Todd das Sandwich ab, das er ihr hinhielt. Anschließend hebelte sie den Kronkorken der Flasche mit ihrem Schlüssel ab. Dazu hielt sie den Flaschenhals zwischen ihren Zehen des linken Fußes und den Schlüssel zwischen ihren Zehen des rechten Fußes, ohne dass Sandwich aus den Händen zu legen. Erst jetzt nahm sie wahr, dass Todd sie fasziniert beobachtete.

„Wow, das ist praktisch", sagte er.

„Ach, für mich ist das selbstverständlich, ich mache es schon immer so", wehrte Maeggan ab, dabei steckte sie den Schlüssel zurück in ihre Umhängetasche.

Als sie die Flasche gegriffen hatte, war es Normalste der Welt für sie, jetzt machte Todd daraus etwas Außergewöhnliches. Dadurch wurde sich Maeggan erneut ihrer kurzen Arme und damit auch ihrer Andersartigkeit bewusst. Das ärgerte sie. Warum konnte sie nicht einfach Maeggan sein? Warum nahmen die Menschen sie ständig als die arme kleine Behinderte wahr, wie vor ein paar Tagen die Kellnerin, oder bewunderten sie für ganz alltägliche Dinge, wie Todd gerade? Schweigend aßen sie ihre Sandwiches.

Währenddessen zerknüllte Todd die Papiertüte in seiner Hand zu einem immer kleiner werdenden Ball. Als er aufgegessen hatte, zog er ein Päckchen Zigaretten hervor. Er hielt es Maeggan hin. „Willst du auch eine?"

Maeggan schüttelte den Kopf. „Danke, aber ich rauche nicht."

Todd zuckte mit den Schultern und fing an seine Hose abzuklopfen.

„Warte, ich habe Streichhölzer in meiner Tasche." Maeggan suchte mit dem Fuß in ihrer Umhängetasche, zog ein Päckchen Streichhölzer hervor und reichte es Todd. Er schaute etwas verwundert auf ihren Fuß, nahm aber dann die Streichhölzer entgegen. Nachdem er seine Zigarette angezündet hatte, gab er das Päckchen Maeggan zurück in ihren Fuß.

Anschließend legte er seinen Arm um sie und zog sie zu sich heran. Glücklich kuschelte sich Maeggan an ihn und ließ ihren Gedanken freien Lauf.

Nach einer Weile sagte sie leise: „Falls ich wirklich die Tochter des Earls bin, dann werde ich vielleicht auch etwas erben, nachdem der Earl tot ist." Maeggan wand sich ein wenig in Todds Armen, sodass sie Todd ansehen konnte. „Versteh mich nicht falsch. Natürlich bin ich traurig, dass er tot ist, aber ich habe ihn überhaupt nicht gekannt." Sie schwieg einen Moment. „Außerdem wollte er mich nicht haben. Er hat mich sogar ausgesetzt."

Sie schmiegte sich wieder ganz fest an Todd. Dieser sagte nichts dazu, sondern hielt sie nur weiter in seinem Armen.

„Mit dem Erbe könnte ich mein Studium bezahlen", durchbrach Maeggan schließlich die Stille. „Dann bräuchte ich dafür nicht meine Entschädigung verwenden, ich könnte mir wahrscheinlich ein Auto kaufen, wie Fynn. Außerdem würde ich für Karl und Rebecca die Farm renovieren, oder falls sie lieber in Swansea wohnen würden, das alte Haus von Rebeccas Eltern..."

Maeggan schwärmte weiter, während Todd seine Zigarette heftig im Gras neben sich ausdrückte. Dann schaute er in die Baumkrone. „Schau, dort ist ein Vogelnest", sagte er und drehte Maeggan Kopf, damit sie auch hinaufschauen konnte. Seine Hand blieb in ihrem Nacken liegen. Eigentlich hätte sie jetzt lieber die Augen geschlossen und sich ganz auf Todds Nähe eingelassen, trotzdem sie hielt brav nach dem Nest Ausschau. Obwohl sie genau hinsah, bemerkte sie kein Nest.

„Was für ein Vogel mag dort wohl wohnen?", fragte Todd.

Nach einigem Suchen erblickte Maeggan einen kleinen Vogel, der in der Baumkrone ein paar Zweige tiefer saß.

„Wahrscheinlich der dort."

Maeggan hatte den Blick fest auf den Vogel gerichtet, doch das Einzige, was sie wirklich wahrnahm, waren Todds Hände und ihr rasendes Herz. Langsam wanderte seine andere Hand aufwärts.

20.

Plötzlich hörten sie Stimmen aus dem Wald.

„Scheiße," knurrte Todd und ließ Maeggan abrupt los.

„Was ist?" Maeggan setzte sich auf.

„Die Touristen kommen", schnaubte Todd ärgerlich.

Währenddessen strömte eine ganze Busladung Touristen aus dem Wald. Das Rindergatter stoppte sie nur kurz. Indem sie einer nach dem anderen darüber zu kletterten, hatte sie das Hindernis schnell hinter sich gebracht. Maeggan warf Todd einen enttäuschten Blick zu und griff nach ihrer Tasche. Todd hob rasch die Verpackung der Sandwiches und die leeren Flaschen auf, um alles in einen Abfallkorb zu werfen.

„Lass uns gehen, wenn jetzt all die schnatternden Touristen hier aufschlagen, will ich nicht mehr hier sein", bemerkte er.

Ärgerlich hob Todd sein Jackett auf, schüttelte es aus, um es anzuziehen. Maeggan stand auch auf und versuchte sich den Riemen ihrer Umhängetasche mit Schwung über den Kopf zu werfen. Bevor Todd ihr helfen konnte, hatte sie es geschafft. Versonnen schaute sie zu dem Baum hinauf, endlich wandte sie sich zu Todd um. „Ja, lass uns gehen, auf Menschenmassen habe auch ich keine Lust."

Todd wählte einen anderen Weg zurück zum Parkplatz, auf dem sie nicht an den Touristen vorbeigehen mussten. Beherzt lief er zwischen den Rindern hindurch, die waren bisher zum Glück friedlich geblieben. Er war sauer auf sich selbst, wegen diesem blöden Köter hatte er die Pistole nicht heimlich mitnehmen können und dann hatte er zu lange gezögert.

Jetzt brauchte er Zeit, um zu überlegen, wie es weiter gehen sollte. Obwohl der Pfad sehr schmal war, legte er erneut seinen Arm um Maeggan, um sie an sich heranzuziehen. Sie ließ es sich gerne gefallen.

Da kam ihm eine Idee, hatte sie nicht gesagt, sie wolle nach Bath? Vielleicht ließ sie sich darauf ein, dass er sie fuhr? Mit ein paar Umwegen würde die Strecke sicher eine gute Stunde dauern. Auf dem Weg konnte allerhand passieren. Er musste dafür sorgen, dass niemand ihre Abfahrt mitbekam. Möglicherweise konnten sie direkt von hier aufbrechen? Während er darüber nachdachte, wie sein Plan am besten funktionieren könnte, erreichten sie sein Auto. Bevor Todd das Auto aufschloss, drehte er Maeggan zu sich herum und drückte ihr einen Kuss auf die Lippen.

„Das war ein wunderbarer Ausflug", flüsterte er dann.

Aufgewühlt nickte Maeggan. Mit weichen Knien ging sie um den Wagen herum auf die Beifahrerseite und blinzelte verliebt zu Todd hinüber. Was machte sie hier, konnte das wahr sein? Sie spürte noch den Kuss auf ihren Lippen. Langsam strich sie mit dem Finger über ihren Mund, es war wahr.

Todd schloss den Wagen auf, öffnete nicht gleich die Fahrertür, sondern lächelte Maeggan über das Autodach hinweg an. „Was hältst du davon, wenn ich dich nach Bath begleite?" Ohne Maeggans Antwort abzuwarten, stieg er ein und öffnete Maeggan von innen die Beifahrertür. Maeggan setzte sich ohne ihre Tasche abzunehmen. Glücklich sah sie ihn von der Seite an.

„Das wäre natürlich schön, doch es ist eine weite Fahrt. Du hast sicher viel Arbeit ..."

Maeggan streifte ihre Sandalen ab, um mit dem Fuß die Tür zuzuziehen.

Todd startete den Wagen und lenkte ihn vom Parkplatz in Richtung Avebury.

„Nein, nein. Ich würde das sehr gerne machen, deine Geschichte ist ausgefallen spannend und ...", er zögerte ein wenig, „ich bin sehr gerne mit dir zusammen."

Maeggan blieb vor Aufregung die Luft weg. Ihr Kopf fühlte sich leer an. Sie wusste überhaupt nicht, was sie darauf antworten sollte. Sie spürte nur, wie ihr das Blut in den Kopf stieg, verlegen wanderte ihr Blick aus dem Fenster. „Ich bin auch sehr gerne mit dir zusammen", brachte sie endlich hervor.

„Lass uns jetzt gleich fahren, dann könntest du heute mit deiner Suche anfangen."

Maeggan schüttelte den Kopf.

„Wir werden erst spät in Bath ankommen, sicher ist dann keine Besuchszeit mehr in den Altenheimen. Wäre es nicht besser, erst morgen zu fahren?"

„Nein, das glaube ich nicht", behauptete Todd gelassen. „Ich kenne mich hier gut aus. Wir haben schon die halbe Strecke hinter uns, wir werden also lange vor dem Abendessen in Bath sein."

Maeggan überlegte lange, endlich nickte sie. „Gut. Wenn es dir nichts ausmacht. Das ist wirklich sehr, sehr lieb von dir."

Chippenham
Grafschaft Wiltshire

„Du, Fynn, mir geht etwas nicht aus dem Kopf", flüsterte Caro, nachdem sie die Tür zu dem Gästezimmer bei ihrer Mutter geschlossen hatte. Hinter der Tür wälzte sich Henry unruhig in seinem Kinderbett. Fynn legte einen Finger an seine Lippen und deutete mit der anderen Hand Caro an, ihm die Treppe hinunter zu folgen. Unten setzte er sich auf die Stufen und zog Caro zu sich heran. „Was ist los? Geht es um deine Mutter?", fragte er besorgt.

Caro schüttelte den Kopf. „Als wir heute Morgen losgefahren sind, habe ich, glaube ich, einen Mann gesehen, den ich schon mal gesehen habe", erzählte sie.

„Du hast einen Mann gleich zweimal gesehen?", flüsterte Fynn lächelnd.

Caro boxte ihn zart in die Seite. „Lach mich nicht aus!", flüsterte sie Fynn ins Ohr. „Ich glaube der Mann war auf Seven Oaks Hall, als ich die Münzen zurückgebracht habe", vertraute sie Fynn an. Fynns Gesicht wurde ernst, während er Caro konzentriert zu hörte.

„Gerade als ich aus der Bibliothek gehen wollte, habe ich in der Eingangshalle ein Gepolter gehört", erzählte Caro leise. „Als ich vorsichtig durch die Tür gespäht habe, lag unten an der Treppe der alte Earl. Ich bin sofort hingegangen, um zu helfen, aber er war hundert Prozent tot." Sie blickte in Fynns erschrockenes Gesicht. „Ich konnte ihm wirklich nicht mehr helfen", murmelte sie. Fynn holte Luft, doch bevor er etwas sagen konnte, fuhr Caro fort: „und ich bin mir ganz sicher, dass oben an der Treppe eine Person gewesen war."

„Eine Person? Hast du sie erkennen können?"

„Ich habe sie nur einen Augenblick lang gesehen. Ich glaube, es war ein Mann mit schwarzem Haar. Was er anhatte, weiß ich nicht mehr." Caro zuckte mit den Schultern, während sie Fynn unsicher ansah.

„Das war wahrscheinlich der Sohn des Alten oder der Butler."

Caro schüttelte den Kopf. „Der Butler ist mit dem alten Wagen weggefahren, da bin ich mir ganz sicher. Und William hätte ich erkannt, der hat blondes Haar und seine Figur...", Sie zögerte kopfschüttelnd. „Dann hätte er sich extrem verändert."

Eine Weile schwiegen beide.

„Möglicherweise hatte der Earl gar keinen Unfall", überlegte Fynn. Entsetzt riss er die Augen auf. „Vielleicht hast du einen Mörder entdeckt", stöhnte er. Caro schlug sich mit der Hand vor den Mund, um einen Aufschrei zu verhindern. „Ich kann nicht zur Polizei gehen, ohne dass herauskommt, dass ich gestohlen habe", flüsterte sie mit erstickter Stimme.

„Trotzdem kannst du das nicht der Polizei vorenthalten", belehrte sie Fynn. „Soweit ich es in der Zeitung verstanden habe, verdächtigen die jetzt William."

Caro stöhnte. „Wie kommen die darauf? Ich weiß, dass er immer unter seinem Vater gelitten hat. Trotzdem würde er ihn nie etwas antun können. Er ist wirklich ein lieber Kerl. Ich muss ihm irgendwie helfen!"

Als Fynn Caros entsetztes Gesicht sah, zog er Caro dicht an sich heran. „Lass mich überlegen, ich werde schon eine Lösung finden", flüsterte er ihr beruhigend zu.

21.

Avebury lag hinter ihnen, während sich die weite Landschaft von Somerset vor ihnen öffnete. Zwischen den großen Wäldern schmiegten sich in den Tälern kleine Dörfer, die umgeben waren mit weiten Feldern und Weiden. Todd war von der Hauptstraße abgefahren. Er hatte Maeggan erklärt, dass dort eine große Baustelle sei, wegen der es immer endlose Staus geben würde. Er hatte eine Route mit lauter kleinen Seitenstraßen gewählt, die er viel schöner und außerdem romantischer fand.

Maeggan betrachtete die Landschaft. „Falls man hier von der Straße abkommt, könnte man leicht dicht an einem Dorf vorbeilaufen, ohne es zu sehen", stellte sie fest.

Da konnte Todd ihr nur zustimmen. Lässig legte er seinen rechten Arm auf das geöffnete Seitenfenster und lenkte nur mit der linken Hand.

„Die Gegend ist anders als zuhause. Alles ist sanft, nicht karg und schroff, wie ich es von der Küste her kenne. Hier ist das Land angefüllt mit satten grünen Farben", schwärmte Maeggan.

Todd nickte nur.

„Schau mal die dicken Wolken dahinten. Bald wird es ein heftiges Gewitter geben."

„Meinst du?", fragte Todd.

„Du kommst wirklich aus der Großstadt. Hier auf dem Land muss man sich schon ein wenig mit dem Wetter auskennen. Aber obwohl ich mich damit auskenne, hat mich vor paar Tagen mich ein Gewitter überrascht und mich völlig durchnässt."

Sie erklärte ihm, dass man anhand von Licht, Wind und Luft in etwa erahnen konnte, wie lange es brauchen würde, bis ein Gewitter da sei, auch wie stark es werden würde.

Ohne den Blick von der kurvenreichen engen Straße zunehmen, hörte Todd ihr zu. Maeggan musterte ihn von der Seite.

Todd spürte Maeggans Blick und bemühte sich grinsend zu reagieren: „Du bist ein richtiger Wetterfrosch."

Beide lachten.

Er bog vorsichtig in die nächste Seitenstraße ein. Anstatt endlich schneller voranzukommen, tauchte ein Traktor vor ihm auf, an Überholen war auf dieser Straße gar nicht zu denken. Genervt hinter dem Traktor her zuckelnd drehte Todd an dem Radio. Wegen des heranziehenden Gewitters bekam er keinen Sender ohne Störgeräusche herein. Heftig schlug er auf das Armaturenbrett, griff stattdessen nach einer Kassette und schob sie in den Autokassettenrekorder. Sofort erfüllte die warme Stimme von Rod Stewart den Wagen: „… I am sailing stormy waters. To be near you, to be free …".

Todd hörte Maeggan leise mitsingen und sah zu ihr hinüber. Sie strahlte ihn an, wurde ein wenig rot und schaute schnell aus dem Fenster, dabei spielte sie mit ihren nackten Zehen an den Schnallen ihrer Sandalen.

Nach einer Ewigkeit bog der Traktor in einen Seitenweg ab. Während er Gas gab, schickte Todd ihm einen bösen Blick hinterher. Leider musste er bei den vielen Kurven gleich wieder abbremsen. Das Getriebe knirschte laut, als er in der nächsten Kurve heftig zurückschaltete. Mit einem Seitenblick zu Maeggan, trommelte er nervös mit den Fingern auf das Lenkrad.

Dieses endlose Geplapper vom Wetter und ihrem glücklichen Farmleben nervte. Lange würde er es nicht mehr aushalten, er spürte, dass die Spannung in ihm immer mehr zunahm. Er brauchte bald eine Lösung, sonst würde er nicht mehr überlegt handeln können. Er wusste, wie impulsiv und chaotisch er sein konnte, wenn ihm der Stress zu viel wurde. Natürlich könnte er sie einfach erschießen. Leider klang das unkomplizierter, als es in Wirklichkeit war. Das Risiko, dass die Waffe zu ihm und William zurückverfolgt werden könnte, war zu groß. Am Anfang war ihm die Idee mit der Waffe sehr gut vorgekommen. Später hatte er sich an all die Krimis erinnert, die er und William ständig gemeinsam anschauten. Die wenigsten gingen gut für den Mörder aus. Auch sein Versuch, sie zu erwürgen, war danebengegangen, wegen diesen blöden Touristen.

Mittlerweile war das Gewitter herangekommen. Der Regen prasselte heftig auf das Autodach, weshalb Rod Stewarts Stimme kaum zu hören war.

Nein, ein Unfall wäre bequemer, ein tödlicher Unfall. Leider waren sie hier viel zu weit von der Küste entfernt, da hätte er sie die Klippen hinunterstürzen können. Er stellte sich vor, dass er den Wagen direkt an den Rand der Klippe fahren und im letzten Moment selbst herausspringen würde, ehe sie etwas bemerkte. Zwar wäre auf diese Weise auch der Wagen hin, dass könnte er verkraften. Anschließend würde es genug Geld geben, um ein schnittigeres Modell zu kaufen. Vielleicht einen Jaguar Xjs V12.

Er schüttelte den Kopf, mit einem Seitenblick zu Maeggan, die verträumt aus dem Fenster blickte. In einem See ertränken wäre auch gut, leider war ein See nirgends in Sicht. Bisher hatte niemand sie beide zusammen gesehen, das musste er ausnutzen. Also musste ihm bis zum nächsten Ort etwas einfallen. Zum Glück kam das nächste Dorf erst in 15 Meilen und hier in dieser einsamen Gegend fuhren selbst Sonntag nachmittags kaum andere Autos.

Maeggan hätte stundenlang mit Todd weiterfahren können, bis an das Ende der Welt. Sie schloss glücklich die Augen. Wie gut hatte sich alles in den letzten Tagen entwickelt, sie hatte einen Job, würde bald finanziell abgesichert sein, außerdem sie hatte liebe Freunde gefunden. Nicht zu vergessen sie hatte ihre wahre Familie entdeckt. Gut, das stimmte nicht ganz. Sie öffnete die Augen und ließ ihren Blick über die vorbeifliegende Landschaft gleiten. Ihre leibliche Mutter war schon vor langem gestorben. Auch war sie zu spät gekommen, um ihren leiblichen Vater kennenzulernen. Da war jedoch ihr Bruder, William. In den nächsten Tagen würde sie versuchen Kontakt zu ihm aufzunehmen, nahm sie sich vor. Wie er wohl war?

„Du kennst William aus London? Studiert er auch Journalismus?", fragte sie Todd.

„Ja und Geschichte."

„Ihr habt euch an der Uni kennen gelernt?"

Todd nickte nur.

„Wie sieht er aus? Und wie ist er so?"

Weil Todd noch immer nicht reagierte, setzte sie hinzu: „Ich freue mich wirklich darauf, ihn kennenzulernen. Ein Bruder habe ich mir schon immer gewünscht."

„Er ist etwa groß wie ich, aber er hat blonde Haare", antwortete Todd kurz angebunden. Mit einem Blick auf Maeggans fragendes Gesicht, ergänzte er: „Er ist sehr freundlich. Er weigert sich zum Beispiel auf Jagd zu gehen."

„Das kann ich sehr gut verstehen. Ein Tier zu töten, käme für mich auch nicht in Frage."

„Hast du seinen Vater gekannt?", fragte Maeggan nach einer Weile. „Eigentlich sollte ich sagen: unserem Vater. Obwohl ich ihm nie begegnet bin."

„Ich auch nicht. Wir sind erst jetzt für die Beerdigung nach Seven Oaks Hall gefahren", bemerkte Todd, während er den

Blinker setzte, um nach rechts auf die Landstraße nach Bath abzubiegen.

Die Beerdigung. Wollte sie dahingehen? Bisher hatte sie darüber gar nicht nachgedacht. Immerhin war er ihr leiblicher Vater. Sie würde niemanden dort kennen. Was würde ihr Bruder sagen, wenn sie plötzlich auftauchen würde? Wahrscheinlich wäre es besser, ihn in den nächsten Tagen erst einmal anzurufen. Oder vielleicht sollte sie hingehen, auch wenn sie niemanden kannte. Da kam ihr ein Gedanke. Wenn sie Caro bitten würde, sie zu begleiten? Immerhin kannte sie die Familie von früher. Gleichdarauf fiel Maeggan ein, dass Caro gesagt hatte, sie wolle nie wieder dorthin. Caro hatte ihr erzählt, sie wäre seit Jahren zum ersten Mal wieder bei dem Haus gewesen. Plötzlich kam ihr ein Gedanke: Könnte es sein, dass Caro von Todd beobachtet worden war, als sie die Münzen zurückbrachte?

„Wann ist eigentlich die Beerdigung?", fragte sie nachdenklich.

„Die war gestern."

Maeggan zuckte enttäuscht mit den Schultern, darüber musste sie sich auch keine Gedanken mehr machen. Sie ließ ihren Blick über die Landschaft gleiten.

„Dann seid ihr schon ein paar Tage auf Seven Oaks Hall?"

„Ne, wir sind erst vorgestern Abend gekommen."

Vorgestern Abend? Das passt nicht zu dem, was Caro erzählt hatte. Sie hatte gesagt, sie wäre vor einigen Tagen auf Seven Oaks Hall gewesen, noch bevor Maeggan sie kennen gelernt hatte. Wie konnte Todd sie dann gesehen haben?

„Und wann hast du Caro dann gesehen?"

Todd bremste den Wagen ab und fuhr langsamer weiter. „Das ist schon länger her. Vor ein paar Wochen oder so." Er guckte verärgert zu Maeggan.

„Wirklich? Bist du dir da ganz sicher?"

„Nee, es kann auch schon vor ein, zwei Monaten gewesen sein. Manchmal habe ich William zu seinem kranken Vater," er blickte zu Maeggan, „ich meine eurem Vater begleitet."

Als Maeggan Todds angespannte Hände an dem Lenkrad bemerkte, wurde sie unruhig, aber jetzt konnte sie nicht mehr zurück.

Sie holte tief Luft: „Caro hat mir erzählt, sie wäre nur dieses eine Mal seit ewig langer Zeit wieder in dem Haus gewesen. Es muss genau an dem Tag gewesen sein, als mein Vater gestorben ist."

„Was willst du damit sagen?", fragte Todd, ohne den Blick von der Straße zu nehmen.

„Ich meine ..., ich glaube ...," stotterte Maeggan. „In der Zeitung stand, die Polizei würde ermitteln. Und ich dachte mir, das bedeutet, dass das irgendetwas mit dem Treppensturz zu tun haben könnte."

Todds Gesicht hatte mittlerweile die gleiche weiße Farbe angenommen wie seine Fingergelenke am Lenkrad. Er kaute auf seiner Unterlippe und warf Maeggan andauernd unruhige Blicke zu. Maeggan wünschte sich plötzlich, sie hätte den Mund gehalten. Gerade als sie beschlossen hatte, Todd zu bitten anzuhalten, um sie aussteigen zu lassen, bog dieser plötzlich von der Nebenstraße ab in einen Waldweg ein.

Vorsichtig fuhr er mit dem tief liegenden Wagen über den unebenen Boden in den Wald hinein.

„Ich glaube, es wird Zeit für die Wahrheit. Ich war auf Seven Oaks Hall, und ich weiß auch, dass diese Caro mich gesehen hat. Ich verstehe nur nicht, warum sie nichts gesagt hat. Obwohl mir das eigentlich egal ist." Er warf Maeggan einen wilden Blick zu. „Ja, ich war in dem Haus. Ja, ich habe den Alten gestoßen."

Er hielt den Wagen an und stellte ganz ruhig den Motor ab.

Maeggan saß wie erstarrt auf ihren Platz. Die wage Idee in ihrem Kopf war durch Todds Worte wahr geworden. Sie saß neben einem Mörder! Sie musste hier weg!

Maeggan wandte sich angespannt zur Tür, um sie zu öffnen. Todd griff an ihr vorbei und verriegelte die Tür.

„Außerdem kannst du genauso dankbar sein wie William, dass ich ihn euch vom Hals geschafft habe. Egal! Jetzt ist nur wichtig", er grinste Maeggan verschlagen an, „was mit dir passiert."

Maeggan war wie versteinert vor Angst, sie hielt die Luft an.

Todd schien sie im Moment gar nicht zu sehen, er schaute aus der Frontscheibe.

„Der Alte hat sich immer ständig zwischen William und mich gedrängt," murmelte er, als müsste er sich selbst davon überzeugen, dass er das Richtige getan hatte. „Schließlich wollte er William sein Erbe verweigern. Das war zu viel. Ich musste es für William und mich tun. Eigentlich wollte ich ihn in seinem Bett ersticken, aber der Alte war einfach nicht totzukriegen." Wütend schlug er auf das Lenkrad. „Gerade als ich die Treppe runter gehen wollte, tauchte er mit einer Pistole in der Hand hinter mir auf."

Maeggan zog erschrocken die Luft ein.

„Ich habe sie ihm aus der Hand geschlagen und ihn die Treppe hinuntergestoßen," sagte Todd eiskalt. Sein Blick bohrte sich wieder in Maeggan. „Und jetzt musst du auch verschwinden", zischte er sie an. „Ich lasse nicht zu, dass du mein Leben zerstörst."

Ehe Maeggan irgendwie reagieren konnte, griff Todd nach ihr, um sie an dem Riemen ihrer Umhängetasche zu sich heran zu zerren.

„Fass mich nicht an!", schrie Maeggan.

Mit ihren kurzen Armen hatte sie keine Möglichkeiten, Todd von sich fern zu halten, seine Hände umschlossen ihre Schultern wie Schraubstöcke. Sie bog ihren Rücken mit aller Kraft nach hinten, gleichzeitig versuchte sie ihre Beine zwischen sich und Todd zu zwängen. Todd war jedoch zu stark. Sie schrie, spuckte und wand sich wie ein Aal in seinen Armen, um seinen Griff zu lockern. Trotzdem hatte sie keine Chance, sich zu befreien.

Todd zog Maeggan mit einem Arm zu sich heran und packte sie fest um die Schultern, während er mit der anderen Hand versuchte an das Handschuhfach zu kommen. Maeggan drehte sich wild umher, um Todds Umklammerung zu lockern. Das Klicken, mit dem er das Handschuhfach öffnete, ließ sie aufhorchen. Einen Moment hörte sie auf, sich zu wehren, um den Ursprung des Geräuschs auszumachen. Plötzlich zog Todd eine Pistole aus dem Handschuhfach. Maeggan starrte die Pistole an. Im letzten Moment gab sie sich einen Ruck, bevor Todd die Pistole richtig halten konnte, biss sie ihn mit aller Kraft in die Hand. Aufschreiend ließ Todd Maeggan unwillkürlich los. Maeggan gelang es die Wagentür zu entriegeln und zu öffnen. Sie versuchte auszusteigen. Todd zog sie mit einer Hand an den Haaren zurück. In der anderen hielt er die Pistole.

„Halt still, du Krüppel", zischte er. Als Maeggan sah, wie Todd die Waffe auf sie richtete, geriet sie in Panik. Sie musste hier raus, war ihr einziger Gedanke. Todd konnte sie mit der verletzten Hand nicht fest genug halten, um mit der anderen zielen zu können. Stöhnend rangen sie beide miteinander. Endlich gelang es Maeggan, mit aller Kraft ihr Knie gegen Todds rechte Hand zustoßen, die Waffe wurde aus seiner Hand geschleudert und fiel in Maeggans Fußraum.

Todd versuchte mit der rechten Hand an die Waffe heranzukommen. Mit der linken Hand hielt er Maeggan an den Haaren fest.

Maeggan spürte das kalte Metall der Waffe an ihrem Fuß. Ohne nachzudenken, griff sie die Pistole mit einem Fuß und stützte sie mit dem anderen. Sie zwängte ihren Zeh an den Abzugsbügel. Während Todd blind nach der Waffe tastete und zur selben Zeit Maeggan an den Haaren zu sich heranzog, versuchte Maeggan auf ihn zu zielen. Ohne genau zu sehen, wohin sie schoss, drückte sie ab. Gleichzeitig mit dem lauten Knall spürte Maeggan, wie ihr die Waffe aus den Füßen gerissen wurde. Todd bäumte sich auf. Unvermittelt ließ er ihre Haare los. Er sackte auf seinem Sitz zusammen. Eine große Blutlache bildete sich auf seinem Hemd. Maeggan starrte zu ihm hinüber.

Lange saß sie wie gelähmt da, endlich stupste sie ihn vorsichtig mit dem Fuß an. Er kippte zur Seite an das Seitenfenster, sodass Maeggan in seine erstarrten Augen sehen musste. Wie erstarrt konnte sie den Blick nicht von ihm lösen. Der laute Knall hallte in ihrem Kopf nach und ging in ein Dröhnen über. Sie beobachtete, wie sich der rote Fleck auf Todds Brust immer weiter ausbreitete. Er schien über Todd hinauszukriechen, schließlich nahm er ihr gesamtes Blickfeld ein. Alles war rot, und dann wurde es immer dunkler, bis sie gar nichts mehr wahrnahm.

22.

Cherhill White Horse
Auf dem Weg nach Bath

Maeggan stolperte durch den Wald. Der Boden war rutschig, ständig versuchten Brombeerranken sie festzuhalten. andauernd musste sie dem wirren Dickicht ausweichen, mittlerweile hatte sie jegliches Raum- und Zeitgefühl verloren. Erst nach einiger Zeit wurde ihr bewusst, dass das komische Klappern im Wald ihre Zähne waren, die aufeinanderschlugen. Sie sah an sich hinab.

„Kein Wunder!", brachte sie zwischen den klappernden Zähnen hervor. Ihre Jeans und ihr Top klebten durchnässt und schlammverkrustet an ihrer Haut. Aus den Haaren tropfte das Wasser herab. Sie konnte sich nicht erinnern, wie lange sie schon durch Regen gelaufen war. Was war mit ihr passiert? Wo war sie? Wie war sie hierhergekommen? Um sie herum war nur dichter Wald, weder ein Pfad noch ein Weg waren zu sehen. Es regnete nicht mehr, sondern tropfte nur von den Bäumen auf sie herab. Ein paar Sonnenstrahlen kämpften sich durch die Wolken, zwischen den Bäume hindurch bis auf den nassen Waldboden. Genau wie die Strahlen durchbrachen jetzt ein paar Bilder den Nebel in ihrem Kopf. Da war Todd, er blickte zum Wagendach empor, doch sein Blick war leer.

Maeggan fing an zu schwanken, schnell setzte sie sich auf den nassen Waldboden. Ein großer roter Fleck hatte sich auf Todds Brust ausgebreitet. Sie zog die Luft ein. Sie hatte Todd erschossen. In ihrem Magen fing es an zu rumoren, prompt übergab sie sich in den Farn neben sich. Am ganzen Körper zitternd hockte sie im Moos. In Ihrem Kopf hallte das Geräusch von dem Schuss nach. Ja, sie hatte einen Menschen getötet. Fortwährend rumorte es in ihrem Magen. Heftig schluckend rappelte sie sich auf, um sich ein paar Schritte von dem Baum zu entfernen. Weiter kam sie nicht, mit zitternden Knien lehnte sie sich an eine Buche, um sie herum glitzerte das Sonnenlicht auf dem nassen Blättern. Die friedliche Stimmung stand total im Gegensatz zu dem Aufruhr, der in ihr herrschte.

Ja, sie hatte geschossen, aber was hätte sie sonst tun sollen? Todd hatte sie angegriffen, er hatte sie umbringen wollen. „Was habe ich nur getan?", stöhnend sank sie zurück auf den nassen Waldboden. Als sie die Augen schloss, sah sie wieder Todd neben sich auf dem Autositz mit dem roten Fleck auf seinem Hemd.

„Das war Notwehr!", verteidigte sie sich selbst. „Er hat mich angegriffen! Er hat mich umbringen wollen!", rief sie anklagend. Ein paar Meisen flatterten erschrocken aus der Buche über ihr auf. Maeggan sah ihnen aufgebracht nach. „Ich habe mich nur gewehrt", schrie sie den kleinen Meisen nach. Sie sprang auf, stampfte mit dem Fuß auf. „Außerdem hat er meinen Vater umgebracht. Er war der Mörder", zischte sie. Um sie herum blieb alles still, nur von den Blättern tropfte es weiter wie Tränen auf sie herab. Maeggan stand zitternd zwischen den Bäumen und lauschte auf die Stille.

Sie begann sowohl ihre Umgebung wie auch sich selbst bewusster wahrzunehmen. Erst jetzt bemerkte sie, dass sie weinte. Das Regenwasser aus den Bäumen tropfte auf ihr Gesicht und vermischte sich mit ihren Tränen.

„Ich muss zurückgehen!", sagte sie plötzlich. „Vielleicht lebt er noch und braucht Hilfe".

Erneut sah sie Todd vor sich und wie sich der rote Fleck auf seiner Brust ausbreitete. Sie schüttelte sich und versuchte sich zu orientieren, sie konnte nicht einmal sagen, aus welcher

Richtung sie gekommen war. Dichter Wald umschloss sie von allen Seiten. Genauso wenig wusste sie, wie lange sie durch den Wald geirrt war. Sie seufzte, es gab keine Möglichkeit zurückzugehen. Aber hierbleiben konnte sie auch nicht. Sie spürte, dass die Nässe aus dem Moos durch ihre Jeans gedrungen war.

Die Stille wurde durch leichtes Grollen unterbrochen. Ein weiteres Gewitter kündigte sich an. „Ich brauche ein Dach über dem Kopf. Ich muss mich unbedingt aufwärmen, außerdem die nassen Klamotten loswerden", murmelte sie und suchte sich einen Weg durch das Gestrüpp, wo es weniger dicht war.

Endlich erreichte sie den Rand des Waldes. Sie fand sich auf der Kuppe eines kleinen Berges wieder. „Mist!", fluchte sie, als sie sich umschaute. Ringsumher gab es kein Anzeichen von Zivilisation. Nur Wiesen und Felder, unterbrochen von kleinen Wäldchen. Die leicht hügelige Landschaft breitete sich vor ihr, hinter ihr und zu beiden Seiten aus.

Aus der Ferne hörte sie andauernd ein dumpfes Grollen. Als sie in die Richtung guckte, sah sie, wie sich im Westen dicke dunkle Wolken auftürmten. Sie musste dringend einen Unterschlupf finden.

Mittlerweile fuhren die ersten Gewitterböen durch das Getreide, das sich vor ihr einen Hang hinunter bis zur Talmitte ausbreitete. Durch die aufziehenden Wolken verdunkelte sich der Himmel immer mehr. Da die Sonne schon weit im Westen stand, setzte unten im Tal schon die Dämmerung ein. Im Zwielicht erkannte Maeggan die Umrisse eines kleinen Hauses zwischen den Bäumen in der Talsenke. Da zuckte der erste Blitz über den Himmel, gleich darauf rollte der Donner durch das Tal.

Sie rannte überstürzt mitten durch das Feld auf die Bäume zu, trotzdem schaffte sie es nicht. Auf halber Länge setzte starker Regen ein, rutschend und schlitternd rannte sie weiter.

Endlich tauchten vor ihr in der Talmulde die Bäume auf. Beim Näherkommen erkannte Maeggan die Umrisse des Häuschens zwischen den Bäumen, klein, krumm und schief wie ein Hexenhaus. Gegen ein paar Lebkuchen hätte ich jetzt nichts einzuwenden, dachte Maeggan und kicherte atemlos.

Obwohl es im Tal bereits ziemlich dunkel war, brannte kein Licht. Erst als Maeggan direkt davorstand, erkannte sie, dass es die Ruine einer kleinen Kate war mit einem halb eingebrochenen Dach und eine Tür, die schief an einer rostigen Angel hing. Mühsam schob sie die Tür mit ihrer Schulter so weit auf, dass sie sich hindurchquetschen konnte.

Ihre Augen benötigten einen Moment, um sich an die Dunkelheit in der Hütte zu gewöhnen. Nur ein leeres Bettgestell in der Ecke, wo das Dach eingebrochen war, sodass es hereinregnete. In der anderen Ecke sah es besser aus. Gleich neben dem offenen Kamin schien es trocken zu sein. Dort lagen auch ein paar Decken auf dem Boden. Sehr sauber sahen sie nicht aus, aber wenigstens trocken. Sie ließ ihre Umhängetasche zu Boden fallen, während sie sich daneben auf die Decken setzte.

Hoffentlich holte sie sich keine Lungenentzündung. Neben dem Kamin lag ein letzter Rest ordentlich gestapeltes Feuerholz. Auf den Knien rutschte sie hinüber, um das Holz zu prüfen. Es war trocken.

Sie kramte ihre Streichhölzer aus ihrer Umhängetasche. Mit den Füßen riss Maeggan einige Seiten als Anzünder aus einer alten Zeitung, die neben dem Kamin lag. Trotzdem klappte das Anzünden nicht auf Anhieb. Ihre Füße waren schrecklich kalt, dass sie kaum Gespür darin hatte. Das erste Hölzchen zerbrach schon bei dem Versuch, es an der Reibefläche anzureißen. Das zweite Hölzchen brannte zwar, als sie es an die Holzspäne halten wollte, ließ sie es leider schon vorher fallen. Ungeduldig nahm sie ein drittes, diesmal hatte sie Glück. Es gelang ihr, das brennende Hölzchen unter das zusammen geknüllte Papier zu schieben, das unter den Holzscheiten lag. Vorsichtig blies sie in die kleine Flamme, nach und nach breitete sich das Feuer aus. Sie rückte so nah heran, wie sie konnte, um die aufsteigende Wärme zu genießen.

„Naja für eine Nacht und um trocken zu werden", murmelte sie zu den Flammen und drehte ihnen den Rücken zu.

Aber egal, wie sie sich hinsetzte, die dem Feuer abgewandte Seite fror bitterlich. Zwar klapperten ihre Zähne nicht mehr, aber sie zitterte noch immer. Ob es wegen dem war, was sie getan hatte, oder weil sie bis auf die Haut durchnässt war, wusste sie nicht.

„Ich muss aus den nassen Sachen raus", seufzte sie halblaut, sogleich zog sie sich das Top mit dem Fuß über den Kopf. Für ihre Jeans musste sie ihren Anziehstab im tanzenden Licht des Feuers aus ihrer Umhängetasche fischen, um damit die nasse Hose, die wie eine zweite Haut an ihrem Körper klebte, herunter zu pellen. Es war eine richtige Quälerei. Sie balancierte auf einem Bein, während sie mit dem anderen Fuß an dem Hosenbein zog. Nacheinander schob sie mit dem Stab mal rechts, mal links den Hosenbund nach unten. Der nasse Stoff wollte jedoch nicht über ihre Haut rutschen. Immer wieder musste sie an den Hosenbeinen ziehen und von oben schieben. Endlich gelang es ihr mit viel Fluchen und Stöhnen Zentimeter für Zentimeter die Jeans auszuziehen.

Sie legte die nasse Kleidung neben dem Feuer über einen halbzerbrochenen Stuhl, sorgsam darauf bedacht, dass sie weder Feuer fangen, noch durch das leckende Dach vollgetropft werden konnte. Dann schüttelte sie eine der alten Decken, die am saubersten aussah, aus und sah den davon hastenden Kellerasseln nach. Als sie sich in die Decke wickelte, hoffte sie darauf, dass darin keine weiteren Tiere wie Flöhe oder Wanzen wohnten. Sie setzte sich näher an das Feuer und starrte in die Flammen. Abermals dachte sie daran, dass sie hätte zurückgehen müssen. Sie hätte nachschauen müssen, ob Todd wirklich tot war. Vielleicht hatte sie einen Sterbenden zurückgelassen und nicht einmal versucht, Hilfe zu holen. Sofort meldete sich ihr Magen, doch nachdem sie ein paarmal heftig geschluckt hatte, beruhigte er sich zum Glück.

„Selbst wenn ich versucht hätte Hilfe, zu holen, wäre das viel zu spät gewesen. Außerdem ...," sie schluckte, „er war selber schuld!"

Lange starrte sie in die Flammen. Ich sollte zur Polizei gehen, dachte sie. Aber würde die Polizei ihr glauben? Hatte Todd wirklich zugegeben, dass er den Vater geschubst hatte? Oder hatte sie sich das nur eingebildet? Der ganze Tag, den sie mit Todd zusammen verbracht hatte, schien ihr nun unwirklich. Die Fahrt nach Avebury, die Buchhandlung, der Feenbaum und schließlich die Sache im Auto. Maeggan schauderte, es war wie ein Albtraum.

Und es ging nicht nur um sie, sondern auch um Caro, denn wie konnte sie erzählen, was auf Seven Oaks Hall passiert war, ohne Caro zu erwähnen? Ein Holzstück zerplatzte plötzlich, Funken stieben auf und Maeggan rückte hastig ein Stückchen vom Feuer fort.

Doch sofort griff die kühle Luft nach ihr, sie fing erneut an zu zittern und sie rutschte schaudernd näher an das Feuer heran. Oder wenn herauskäme, dass sie die Tochter des Earls war und er sie als Baby ausgesetzt hatte. Würde man sie demnach nicht auch verdächtigen? Maeggan seufzte. Sie war die Einzige, die Todds Geständnis gehört hatte. Jetzt im Nachhinein war sie sich nicht mehr ganz sicher, was er genau gesagt hatte. Sicher war nur, dass sie nicht ins Gefängnis wollte. Sicher war sie sich auch, dass sie Karl und Rebecca nichts von alledem

271

erzählen wollte. Sie hatte einen Mörder gestellt, aber auch sie war eine Mörderin.

23.

Cherhill White Horse
Auf dem Weg nach Bath

Am nächsten Morgen brauchte Maeggan einige Zeit, um sich zurecht zu finden. Das Tageslicht fiel durch das zerbrochene Fenster auf den kaputten, verschmutzten Boden. Das Feuer war heruntergebrannt, sodass von der Wärme nichts geblieben war. Sie schälte sich aus der Decke und griff nach ihren Jeans, die kaum noch feucht war. Maeggan klopfte den getrockneten Schlamm so weit wie möglich ab und schlüpfte hinein. Ihr Top war zum Glück trocken geworden.

Vorsichtig warf Maeggan einen Blick aus dem Fenster. Es war niemand zu sehen. Auch nicht auf den Feldweg, der an der Hütte vorbeiführte. Sie zog die Tür auf und trat ein paar Schritte hinaus aus dem Schatten der Bäume. Immer noch erschöpft setzte sie sich in das mittlerweile getrocknete Gras, um ihr Gesicht der Sonne entgegen zu strecken. Es war wunderbar friedlich, am liebsten wäre sie sitzen geblieben. Maeggan blickte den kleinen weißen Wolken nach, die über den Himmel zogen.

„Was soll ich jetzt bloß tun?" Sie seufzte. Ein Rascheln ließ sie aufhorchen und sie entdeckte Stück entfernt von ihr ein Kaninchen im hohen Gras, vorsichtig lugte es neugierig zu Maeggan hinüber. Die aufgeweckten kleinen Augen des Kaninchens erinnerten Maeggan an Caro.

„Ich habe Caro versprochen auf Henry aufzupassen, wenn das Baby kommt", erinnerte sie sich. Und stand auf, dass Kaninchen verschwand sofort zwischen den Bäumen. „Es kann jetzt jeden Tag passieren. Ich darf sie nicht im Stich lassen. Das

273

ist jetzt das Wichtigste. Danach werde ich in Ruhe überlegen, ob ich zu Polizei gehe oder nicht."

Sie kehrte in die Hütte zurück, um ihre Tasche zu holen. Die Sonne, die mittlerweile hoch am Himmel stand, brannte heiß auf sie herab. Maeggan beschloss, dem Feldweg zu folgen. Er musste schließlich irgendwo hinführen, im besten Fall auf eine Straße, die sie zu einer Bushaltestelle bringen würde. Als der Weg einen Bach kreuzte, merkte sie, wie durstig sie war. Ihre Zunge klebte dick und pelzig an ihrem Gaumen. Vorsichtig hielt sie die Zehen in das kühle Wasser. Ob es wohl sauber war? Maeggan beschloss, dass sie keine andere Wahl hatte. Sie watete einen Schritt in den Bach, bückte sich ganz weit hinab, um den Mund ins Wasser tauchen zu können. Als sie ihr Gesicht im Wasser sah, erschrak sie. Sie sah einer Mörderin ins Gesicht. Würden das nicht alle erkennen können? Schnell richtete sie sich auf und bewegte mit dem Fuß das Wasser, damit ihr Gesicht verschwamm.

Nach einer Weile bückte sie sich erneut und trank, erst jetzt erinnerte sie sich daran, dass sie ihre Wasserflasche in ihrer Umhängetasche hatte. Sie zog sie hervor, um sie mit Wasser aus dem Bach zu füllen. Dann ging sie weiter.

Endlich mündete der Feldweg in einer geteerten Straße. Ohne lange nachzudenken, entschied sie sich nach links zu gehen. Nach einer gefühlten Ewigkeit tauchte hinter einer Kurve ein Dorf auf.

Der Pub am Ortseingang war geschlossen. Maeggan seufzte genervt. Etwas zu Essen und die Möglichkeit wenigstens ihr Gesicht zu waschen, hätte sie gut gebrauchen können. An der Bushaltestelle blieb sie stehen, um den Fahrplan zu studieren. Da habe ich endlich mal Glück, dachte Maeggan, als sie entdeckte, dass der Bus von hier direkt nach Marlborough fuhr. Aber ihr Zeitgefühl war völlig durcheinander, wie spät war es wohl? Suchend sah Maeggan sich um, weiter unten an der Straße konnte sie die Kirchturmuhr erkennen. Es war kurz nach zwei, und bevor sie das mit dem Abfahrtsplan vergleichen konnte, hörte sie den Bus herankommen.

Cherhill White Horse
Auf dem Weg nach Bath

Obwohl die Sonne schien, fielen immer noch dicke Tropfen aus den Bäumen auf Inspektor Greens Hut, als er sich hinunterbeugte, um das Autokennzeichen genauer anzusehen. Die schweren Gewitter von gestern Abend waren abgezogen und Green hatte sich auf einen freien Tag gefreut. Stattdessen war die Einsatzmeldung gekommen. Warum musste sich ein Londoner ausgerechnet in seinem Revier erschießen lassen? Dazu in dieser Einöde, wo jede noch so kleine Ortschaft meilenweit entfernt war. Inspektor Green sah sich um. Überall standen nur dicke Buchen von denen das Wasser tropfte. Der schmale Waldweg, der sich durch das dichte Unterholz schlängelte, war vom Regen völlig aufgeweicht. Bei jedem Schritt wurden seine Schuhe von dem matschigen Boden festgehalten.

Die nächste befestigte Straße war ein gutes Stück entfernt. Auf dem Weg zum Tatort waren die Polizeifahrzeuge beinahe mehrmals in Morast stecken geblieben. Wie hatte es der Londoner nur geschafft, mit seinem tiefergelegten Sportwagen bis hierher zu kommen? Die einzige Möglichkeit war, dass er schon vor dem Regen hier angekommen war. Trotzdem, selbst bei trockenem Wetter war es mit einem so wertvollen Sportwagen ein großes Wagnis gewesen. Er musste schon einen triftigen Grund gehabt haben, sich in dieser gottverdammten Gegend herumzutreiben. Green stöhnte. Hatte er nicht genug mit dem toten Earl zu tun?

Da trat ein Polizist an ihn heran. „Inspektor Green?"

Unwillig sah der Inspektor auf. Dabei lief ihm sofort das Regenwasser von seiner Hutkrempe in den Nacken. Er schüttelte sich wie ein nasser Terrier.

„Der Pathologe möchte Ihnen etwas zeigen, Inspektor Green", murmelte der Polizist, ohne Green anzusehen. Schnell wich der Polizist zur Seite in das hohe nasse Gras aus, damit für Green der Weg zum Tatort frei war.

Green stapfte den Weg entlang, andauernd musste er großen Pfützen ausweichen. Der Regen hatte den Boden um den Sportwagen herum völlig aufgeweicht. Die Reifen des Wagens waren bis zur Hälfte im Schlamm versunken. Außer ihren eigenen würden sie sowohl hier wie auch im ganzen Umkreis sicher keine verwertbaren Spuren finden. Er sah sich um, zugleich trat er prompt in eine tiefe Pfütze. Das Wasser drang in seinen Schuh ein, fluchend zog er ihn wieder heraus. Beinahe wäre der Schuh im Schlamm stecken geblieben. Als Green aufblickte, sah er, wie der junge Polizist verlegen wegsah. Der Polizist trug natürlich Gummistiefel, wie alle anderen Anwesenden auch. Allein der Inspektor hatte nicht daran gedacht, vorsichtshalber Gummistiefel in seinem Kofferraum zu deponieren. Er konnte und wollte sich einfach nicht an das nasse, feuchte Klima der Gegend gewöhnen. Missmutig trat er an den kleinen Sportwagen heran. Aus der Beifahrertür ragte ein dicker Hintern im weißen Überzug. Der Anblick hob ganz und gar nicht seine Stimmung.

„Was haben Sie für mich?" fragte er unwirsch.

„Alles sehr seltsam", drang es aus den Wageninnern, bevor sich der Hintern bewegte. Ein älterer Herr schob sich aus der schmalen Beifahrertür und richtete sich vor Green auf.

„Wir kennen uns noch nicht", stellte Green fest.

„Ich bin in Vertretung hier, aus Bath. Eigentlich bin ich schon pensioniert, aber es tut gut, auch weiterhin gebraucht zu werden. Der Kollege hat einen plötzlichen Krankheitsfall in der Familie, deshalb bat er mich kurzfristig einzuspringen. Es macht Ihnen doch nichts aus?", fragte Pathologe und lächelte Green freundlich an. „Dieser Fall ist wirklich interessant. Doktor Simon Doyle." Er streckte Green die behandschuhte Hand entgegen.

„Inspektor Green, Marlborough", knurrte Green und ignorierte die Hand.

„Was ist nun?"

Der Doktor zuckte nur mit den Schultern.

„Auf den ersten Blick kann ich nicht viel sagen, es gibt nicht viele Spuren. Alles rundherum ist vom Regen weggewaschen und vernichtet worden, aber das sehen Sie natürlich selbst. Diese starken Gewitter, ein paar Tage direkt hintereinander, haben wir hier sehr selten. Da merkt man, dass die Klimaerwärmung wirklich voranschreitet. Wo soll das hinführen?"

Green trat ärgerlich von einem Fuß auf den anderen, während er den Doktor düster ansah. Doktor Doyle räusperte sich.

„An der Leiche sind auf den ersten Blick auch nicht viele Spuren zu erkennen. Dank der offenen Beifahrertür konnten sowohl der Regen als auch Tiere ganze Arbeit leisten." Der Pathologe schüttelte mit einem Blick zum Himmel den Kopf. „Der Mann liegt hier vermutlich noch nicht lange. Vielleicht seit gestern Abend." Er zuckte mit den Schultern. „Eindeutig kann ich bisher nur sagen, er ist mit einem einzigen gezielten Schuss getötet worden. Die Kugel drang direkt ins Herz, er muss sofort tot gewesen sein." Er hielt inne und verlagerte sein Gewicht unbehaglich auf das andere Bein. „Mit dem Tierfraß an der offenen Wunde sieht es beinahe aus, als sei der Schuss aus dem

Beifahrerfußraum gekommen", murmelte er. „Obwohl ich mir nicht erklären kann, wie jemand von dort einen präzisen Schuss abgeben konnte."

Der Pathologe rieb sich nachdenklich das Kinn und zeigte in den Wagen. „Entweder hat der Schütze mit dem Fuß geschossen oder er hat einen Kopfstand gemacht."

Green schnaubte. „Lassen Sie den Quatsch! Suchen Sie lieber nach konkreten Spuren."

Der Pathologe sah kopfschüttelnd auf den Inspektor herab. Green schaute an dem Patholgen vorbei in den Wagen.

„Was ist mit Suizid?", knurrte er.

„An sich ist das nicht auszuschließen. Aber dann wäre er sicher Linkshänder", überlegte der Pathologe.

„Wieso das?", fragte Green verwundert.

„Auf den ersten Blick spricht der Einschusswinkel dafür. Aber die Waffe liegt auf der Beifahrerseite im Fußraum, was wiederum für einen Schuss mit rechts spricht." Doyle zeigte in den Wagen. Dann wies er auf die linke Hand. „Gegen einen Schuss mit links spricht auch die tiefe Bisswunde an der linken Hand. Ich muss mir auf jeden Fall erst die schwere Verletzung ansehen, um sagen zu können, ob er mit der Hand überhaupt hätte schießen können. Es spricht vieles dafür, dass sie ihm vor dem Tod zugefügt wurde. Später in der Nacht, also nach dem Tod, haben sich dann wahrscheinlich ein Fuchs oder ein Dachs an der Wunde zu schaffen gemacht. Genaueres kann ich Ihnen erst sagen, wenn ich ihn auf dem Tisch habe." Schon wollte er erneut in den Wagen abtauchen. „Moment, ich habe hier die Brieftasche des Toten."

Er zog einen Plastikbeutel aus seinem Overall und reichte ihn Green. Der Inspektor nahm die Brieftasche aus dem Beutel und schlug sie auf. Viel enthielt sie nicht, nur ein paar Münzen, eine abgelaufene Kreditkarte, einen Personalausweis und einen

Führerschein. Auf den Fotos der Ausweise lächelte ihm ein gut-aussehender junger Mann mit schwarzen Haaren entgegen. Todd Fletcher stand unter dem Foto, wohnhaft in London.

Green brauchte einen Moment, um die Tragweite dieser Information zu begreifen. Er blickte zu dem Toten im Wagen hin-über. Todd Fletcher! Ausgerechnet der Mann, den er unbedingt sprechen wollte!

Energisch stopfte Inspektor Green die Brieftasche in den Plastikbeutel. Während er sie in seinem Trenchcoat verstaute, sah er sich suchend nach seiner Assistentin um. Sullivan stand neben einem jungen Mann, der schlotternd unter einer großen Buche stand, neben ihm saß ein großer Schäferhund. Der Junge war vielleicht 17 Jahre alt, obwohl er mit einem langen Anorak und Gummistiefeln gut gegen mögliche weitere Gewitter ge-kleidet war, zitterte er. Green ging, vorsichtig die Pfützen ver-meidend, zu den beiden hinüber. Sofort trat Sullivan auf Green zu, auch sie trug natürlich Gummistiefel, bemerkte Green.

„Sir. Der junge Mann hat den Toten gefunden? Er stammt aus einem der umliegenden Dörfer, er war mit seinem Hund unterwegs."

„Das sehe ich", knurrte Green. Während er den Hund beisei-teschob, der neugierig an ihm herumschnupperte, fragte er: „Wann haben Sie den Toten gefunden?"

Der junge Mann zuckte zusammen, erschrocken sah er den Inspektor an.

„Ich habe noch nie einen Toten gesehen." Seine Zähne klap-perten so stark, dass er kaum zu verstehen war. Fürsorglich legte Sullivan ihm eine Hand auf die Schulter. Bevor sie etwas Beruhigendes sagen konnte, fragte Green schon ungeduldig: „Das geht vielen so. Haben sie irgendwas angefasst?"

Schluckend starrte der Junge zu dem Sportcoupé hinüber.

„Ich habe nichts angefasst, nur durch das Fenster in den Wagen geschaut." Mühsam brachte er die Worte zwischen den klappernden Zähnen hervor. „Mein Hund hat den Wagen entdeckt, er ist plötzlich losgerannt. Als ich ihn endlich eingeholt hatte, sprang er ständig laut bellend an dem Auto empor." Er zeigte auf den Schäferhund. „Wir sind schon heute Morgen losgelaufen, von Hilmarton aus. Wir waren sehr lange unterwegs."

Ungeduldig funkelte Green ihn an, schnell ergänzte der Junge: „gegen 11 Uhr. Ich bin sofort zur Straße vorgelaufen, um einen Wagen anzuhalten, damit die die Polizei anrufen. Anschließend habe ich hier gewartet."

„Sie sind den ganzen Weg wieder zurückgegangen, um auf uns zu warten?", fragte Sergeant Sullivan verwundert. Der Junge nickte. „Ich wollte den...", er zögerte, „den Wagen nicht alleine lassen."

„Das haben Sie ganz richtig gemacht", grummelte Green. „Lassen Sie sich einen Tee geben, der hilft gegen das Zähneklappern." Er winkte Sullivan ihm zu folgen. Sullivan nickte Green zu und redete noch einen Moment mit dem jungen Mann, dabei zeigte sie auf einen Rettungswagen, der ein Stück entfernt durch die Bäume zu sehen war. Endlich folgte sie Green, der ungeduldig neben seinem Wagen das Wasser von seinem Hut schlug. „Sie werden es kaum glauben, der Tote ist unser Fletcher." Er zog den Beutel mit der Brieftasche aus seiner Manteltasche.

„Wirklich?" Sullivan nahm den Beutel und schaute interessiert auf die aufgeschlagene Brieftasche darinnen. Schließlich sah sie Green fragend an.

„Ja," knurrte dieser bitter. „Da tun sich wirklich viele neue Fragen auf. Aber hier können wir zurzeit nicht mehr viel erreichen." Er blickte zu den tropfenden Bäumen hinauf. „Das ist jetzt Aufgabe der KTU. Lassen Sie uns zurück zur Wache fahren."

24.

William starrte auf den kleinen Zettel, der vor ihm an dem Spiel zwischen dem Kondenswasser klebte. Er nahm jedoch weder die Worte darauf noch sein eigenes Gesicht dahinter wirklich wahr. Stattdessen erschien ihm wieder seine Onkel Edward. Erst gegen Mittag war Onkel Edward mit seinen Söhnen aufgebrochen, natürlich mit dem heuchlerischen Versprechen, sich ab jetzt immer um ihn zu kümmern. Selbstverständlich könne er sie jederzeit um Hilfe bitten, bei der Verwaltung des großen Anwesens. Da können sie warten, bis sie tot umfallen, dachte William verbittert. Er wischte das Kondenswasser zusammen mit Onkel Edward fort.

Seufzend zupfte William die Notiz vom Spiegel. Am Tag der Beerdigung war Todd spät abends wieder bei ihm aufgetaucht. Todd hatte ihn in den Arm genommen und ihm geduldig zugehört. Wie er allein vor dem offenen Grab hatte stehen müssen, mit all den Verwandten und komischen Freunden seines Vaters im Rücken. Von dieser Verwandtschaft, fast alle von der Seite seines Vaters, hatte er niemanden mehr gekannt. Er hatte nicht gewusst, was er mit alle den Menschen hätte reden können, war sich vollständig überflüssig vorgekommen. Zum Glück hatte er Todd.

Ein versonnenes Lächeln schlich sich auf Williams Gesicht, als er an die Nacht dachte. Gestern Morgen jedoch war Todd vor dem Frühstück wieder verschwunden. Er hatte nichts gesagt, aber diesen kleinen Zettel an den Badspiegel geklebt: Ich liebe dich, bin heute Abend rechtzeitig zurück. Darunter ein kleines Herzchen.

Aber Todd war nicht zurückgekehrt. Den ganzen Tag hatte William auf ihn gewartet, nachdem die Gäste weg waren, hatte er bis spät in die Nacht versucht sich mit dem Papierberg in der Bibliothek abzulenken, vergebens. Auf jedes Geräusch von außen hatte er gelauscht. Weit nach Mitternacht war er allein ins Bett gegangen, nur um die Beerdigung ein zweites Mal in seinen Träumen durchleben zu müssen. Jetzt fühlte er sich selbst nach der langen heißen Dusche nicht viel besser. Schrecklich einsam war er gewesen und überflüssig war er sich vorgekommen. Und genauso ging es ihm immer noch.

Sein Vater hatte seine eigene Beerdigung bis ins Kleinste vorbereitet. Er hatte sowohl den Notar wie auch Magnus genauestens instruiert. Bevor William überhaupt auf den Gedanken gekommen war, zu überlegen, wer alles zur Beisetzung eingeladen werden müsste, waren die Einladungen schon verschickt gewesen. Selbst der Sarg war von seinen Jagdfreunden getragen worden, nicht einmal dort war ein Platz für ihn vorgesehen gewesen. William fuhr sich über das stopplige Kinn und griff nach dem Rasierer.

Magnus hatte, ohne Rücksprache mit ihm, den Beerdigungskaffee vorbereitet, er benahm sich wie der Herr im Haus. Auch wenn er ihn jetzt zwar immer mit „My Lord" ansprach, spürte William ständig, dass er von Magnus nicht ernstgenommen wurde. Sein Vater hatte Magnus mit seinem antiquierten Lebensstil und seinen rechten Ansichten viel zu stark beeinflusst. Oder war es umgekehrt gewesen? Wie auch immer. Darüber wollte William nicht weiter nachdenken, es war zu bitter.

Einzig und allein der Dorfpastor, der die Beisetzung durchgeführt hatte, war ein wenig auf ihn eingegangen. Er hatte sich Williams Erzählungen über seinen Vater angehört, und dabei hatte William den Eindruck gewonnen, dass sich auch der Pastor mit der Art seines Vaters schwergetan hatte. Trotzdem hatte er sich in seiner Ansprache wieder ganz an die Vorgaben seines Vaters gehalten. Nur bei der Liturgie hatte er offensichtlich etwas geändert, denn einige von Vaters alten Kameraden waren am Grab sehr unruhig geworden, als der Pastor nach dem Absenken des Sarges gleich zum Vater unser übergegangen war. Etwas schien zu fehlen. Bei der Diskussion der Kameraden beim Kaffeetrinken ging wohl darum. Als der Pastor dies gesehen hatte, hatte er sich eilig von William verabschiedet mit dem Versprechen, in den nächsten Tagen einmal vorbeizusehen. Zum Glück hatten sich auch fast alle Gäste an die Etikette gehalten und waren nach einer gefühlten endlosen Stunde aufgebrochen.

Während er sich anzog, blickte er zu dem leeren Bett hinüber. Wo war Todd? Zu gerne würde er sich jetzt in seine Arme fallen lassen. Mit seiner aufmunternden Art würde Todd ihm neuen Lebensmut geben. Außerdem hatte Todd auch in den verworrensten Situationen einen Plan parat. Er könnte ihm dabei helfen, die vermaledeite Sache mit dem Erbe zu regeln. Nur würde Todd überhaupt zurückkommen, um hier zu leben? Er hatte sich schon immer über alten Reichtum lustig gemacht. Das war seine Art, seinen Unwillen auszudrücken. Wahrscheinlich war Todd nach London zurückgefahren und hatte ihn im Stich gelassen. Vielleicht hatte er einen anderen Lover, der ihm viel mehr geben konnte als William.

Durch die halb geschlossenen Gardinen schien die Sonne auf das leere Bett neben seinem zerwühlten und erinnerte ihn daran, dass es schon später Vormittag war. Er zog die Gardine ganz auf, öffnete die Fenster und ging zum Frühstück. Auf der Treppe hörte er ein Klirren aus dem Speisezimmer. Das konnte nur Magnus sein. Räumte er gerade den Frühstückstisch ab, oder was hätte er sonst um diese Zeit im Speisezimmer zu suchen? William ging durch die Eingangshalle, um das Speisezimmer zu betreten. Magnus stand am Tisch das Tafelsilber in einen großen Koffer sortierend. Er bemerkte William gar nicht.

„Können Sie mir sagen, was Sie hier tun?"

Klirrend fielen die Gabeln aus Magnus Hand in den Koffer. Zögernd wandte er sich zu William um.

„My Lord!" Er räusperte sich ausführlich. „Ich räume auf", setzte er forsch hinzu.

„So könnte man das wohl auch nennen." William trat an den Tisch.

„Ich nehme mir nur, was mir zusteht", fauchte Magnus. „Seit Monaten bin ich schon nicht mehr bezahlt worden."

„In den nächsten Tagen kümmere ich mich darum", versprach William genervt. „Wenn ich erst mal einen Überblick über die Finanzen habe, überweise ich Ihr Gehalt sofort."

Magnus lachte bitter. „Da sehe ich schwarz. Oder besser gesagt rot. Ich nehme das hier," Magnus zeigte auf das Silber, „als Sicherheit. Sie bekommen es zurück, falls Sie Geld auftreiben."

William schluckte, antwortete jedoch ruhig: „Ganz sicher nicht. Das sieht mir vielmehr nach Diebstahl aus."

„Wer im Glashaus sitzt, sollte nicht mit Steinen schmeißen."

„Was meinen Sie damit?", fragte William verwirrt.

„Wer wird denn hier ständig von der Polizei aufgesucht?"

„Nachdem, was mit meinem Vater passiert ist, ist es ganz natürlich, dass die Polizei auch einige Fragen an mich hat. Sicher hat der Inspektor auch Sie befragt?"

„Natürlich hatte er das", grinste Magnus. „Aber ich habe ihm nichts erzählt." Er zwinkerte William zu.

„Was soll das bedeuten?", fragte William aufgebracht. „Sie tun so, als ob es etwas zu verheimlichen gäbe."

„Oh", lachte Magnus. „Da würde mir schon einiges einfallen."

„Erklären Sie!", forderte William ihn entrüstet auf.

„Das Haus hat eine wunderbare Akustik." Magnus grinste. „Durch die Kaminschächte zieht nicht nur der Rauch."

„Sie haben gelauscht", rief William aufgebracht.

„Das war gar nicht nötig. Sie und Ihr Freund...", bei dem Wort zog Magnus die Augenbraue hoch, „haben sich wirklich keine Mühe gegeben, leise zu sprechen. Ich weiß genau, was Sie beide vorhatten."

William wurde blass.

„Was haben Sie gehört?", zischte er.

„Ich brauche das Erbe", äffte Magnus Williams Stimme nach. „Ohne das Geld können wir unsere Schulden nicht tilgen." Er grinste William an.

William atmete tief durch, doch bevor er etwas sagen konnte, fuhr Magnus fort.

„Wenn Ihr Vater eine Woche früher verstorben wäre, hätten Sie alles geerbt. Alles wäre nach Ihren Wünschen abgelaufen. Jetzt ist alles den Bach runtergegangen." Magnus lachte leise in sich hinein. „Ich habe es schon lange gewusst. Der Herr Notar hatte sogar freundlicherweise alles laut wiederholt, was der Earl nur leise aussprechen konnte. Diese Geschichte mit der Schwester ist wirklich rührend."

Herablassend schnaufend trat Magnus an das Buffet, um eine Schublade zu öffnen. Während er weitersprach, nahm er weiteres Silber heraus.

„Nur ein paar Tage, bevor Sie sich endlich mal wieder herablassen konnten, Ihren sterbenskranken Vater zu besuchen, war der Notar hier. Er hat ein ganz neues Testament aufgesetzt, allein zu Gunsten Ihrer Schwester. Für Sie bleibt nur der Titel", schnaufte er und musterte William von oben bis unten. „Leider können Sie sich mit dem Nix kaufen."

Magnus wickelte das Silber in ein Tuch. Er trug es zum Tisch, gleichzeitig grinste er William an. Er trat ganz dicht an ihn heran. „An dem Tag, als Ihr Vater starb, habe ich Ihren Wagen in der Nähe des Hauses gesehen." Er zwinkerte William zu.

William hielt sich eine Tischkante fest, er zitterte. Magnus war jedoch noch nicht fertig. „Und glauben Sie, ich weiß nicht, was Sie beide vorhatten? Selbst nach der Schwester zu suchen, um sie aus dem Weg zu räumen? Nur ist der Schuss ziemlich nach hinten losgegangen."

Lachend schob Magnus das Silber in dem Koffer auf eine Seite.

„Anstatt die Schulden los zu sein, hat sich Ihr Freund auch verdrückt." Er legte das Silber hinein. „Wenn Sie Glück haben, können Sie sich jetzt außerdem um einen Krüppel kümmern."

William schlug mit der Hand auf den Tisch.

„Jetzt reicht es. Was bilden Sie sich ein? Ich habe schon längst mit dem Notar besprochen und alles mit ihm geklärt. Außerdem werde ich meine Schwester", William schluckte, „wenn sie gefunden wird, gerne hier aufnehmen. Ich werde ihr ein Zuhause bieten. Selbstverständlich werde ich für ihre Pflege sorgen."

Magnus knallte den Koffer zu.

„Das ich nicht lache. Sie wollen die Verantwortung für einen Krüppel übernehmen? Sie können kaum selbst auf sich aufpassen. Ich habe gehört, wie Sie Ihrem Freund jammernd in den Ohren lagen, er solle Sie retten. „Ach Todd, ohne dich kann ich nicht leben. Du musst mir helfen, das Geld aufzutreiben."" Erneut äffte Magnus William nach. „Euer Hochwohlgeborenen braucht ständig jemanden, der ihm alles hinterherträgt."

Magnus zog den schweren Koffer vom Tisch. Mit einem finsteren Blick auf William knurrte er: „Für Ihren Vater war ich gerne da. Es war mir eine Ehre, dem Earl zu dienen. Ich habe nur die Beerdigung abgewartet, damit die auch wirklich in seinem Sinne abläuft. Aber jetzt für einen Krüppel und für...", sein Blick wanderte an William entlang verächtlich schnaubend, „zum Glück kann ich das sinkende Schiff rechtzeitig verlassen."

Er trat an William vorbei zur offenen Tür.

„Das Kündigungsschreiben liegt auf dem Schreibtisch."

William rannte ihm nach, riss Magnus den Koffer aus der Hand, gleichzeitig stieß er Magnus von sich.

„Verschwinden Sie", fauchte er. „Wenn Sie irgendetwas mitgenommen haben, das Ihnen nicht gehört, hetze ich Ihnen die Polizei auf den Hals."

Magnus lautes Lachen hallte durch die Eingangshalle.

„Nur zu. Ich erzähle dem Inspektor gerne, dass Sie und Ihr Freund an dem Tag hier im Haus waren."

Weiter lachend ging Magnus durch die Halle und schlug die Eingangstür mit einem lauten Knall hinter sich zu.

Cardigan Road
Marlborough

Maeggan hatte das Gefühl gerade erst eingeschlafen zu sein, als sie spürte, dass jemand sie vorsichtig an der Schulter schüttelte. Als sie sich umwandte, sah sie in Fynns Gesicht. Sofort war sie hellwach.

„Ist es so weit?"

„Ja, die Fruchtblase ist geplatzt, wir müssen los. Kannst du dich um Henry kümmern, wenn er aufwacht? Ich hoffe, er macht keine Schwierigkeiten, wenn wir beide nicht da sind."

„Ach, das bekommen wir schon hin", beruhigte Maeggan ihn. Unverzüglich stand sie auf, um ihm in den Flur zu folgen. „Kann ich euch sonst irgendetwas helfen?"

„Nein, im Moment ist alles gut."

Fynn eilte Caro entgegen, die schwerfällig die Treppe herunterkam. Caro legte ihren Arm um seine Schultern, um sich auf ihm zu stützen. Maeggan sah Caros Reisetasche neben der Tür, hob sie mit den Zähnen auf und schob sie sich über die Schulter.

„Ich bringe sie euch zum Wagen".

Sie schaute zu, wie Fynn Caro in den Wagen half, anschließend hektisch selbst einstieg, um mit quietschenden Reifen davon zu fahren. Zurück im Haus setzte sie sich mit einer Tasse Tee in die Küche. Schlafen konnte sie jetzt nicht mehr, lieber hörte sie den Vögeln bei ihrem Morgengesang zu. Erstaunlicherweise hatte sie in der Nacht tief und fest geschlafen, kein einziger Albtraum hatte sie heimgesucht. Als sie am Vorabend nach Hause gekommen war, hatte sie vor der Nacht schreckliche Angst gehabt. Nachdem sie ihre Kleidung in die Waschmaschine gestopft, geduscht und sich in ihr Bett verkrochen hatte, war sie sofort eingeschlafen. Erst Fynn hatte sie wieder geweckt.

Jetzt, hier am Frühstückstisch, kamen jedoch die Erinnerungen zurück. Maeggan dachte an Todd. Er war so nett gewesen, doch dann … Sie rührte in ihrem Tee und beobachtete, wie die Milch sich mit dem Tee vermischte. Hoffentlich konnte sie das Bild von Todd im Auto irgendwann einmal vergessen. Die Augen schließend konzentrierte sie sich auf schöne Bilder: die Farm, Sammy, all die Schafe. Es gelang ihr nicht wirklich, sich abzulenken. Sie merkte, dass sie ständig nach außen horchte, aus Angst, die Polizei könnte plötzlich vor der Tür stehen. Obwohl sie stark bezweifelte, dass die auf sie kommen würden. Niemand hatte sie zusammen mit Todd gesehen. Weder bei dem Feenbaum noch in dem Laden in Avebury, in der Busladung Touristen waren sie völlig untergegangen. Als Todd sie abgeholt hatte, waren Fynn und Caro schon losgefahren. Maeggan hatte auch niemanden sonst auf der Straße bemerkt. Nur Mrs Cunningham hatte sie zusammen in der Buchhandlung gesehen, aber auch da waren viele andere Kunden gewesen, Todd hätte einer von ihnen sein können.

Henry riss sie mit einem lauten Krähen aus ihren Gedanken. Er rief nach seinen Eltern, doch als Maeggan zu ihm kam, war er auch glücklich. Er ließ sich von ihr anziehen, danach trug Maeggan ihn in die Küche. Nach dem Frühstück spielten sie zusammen im Wohnzimmer. Fortwährend warf Maeggan einen Blick zum Telefon. Wann rief endlich Fynn an?

Nach einer Weile war es ihr zu nervig, ständig das Telefon anzustarren, deshalb fragte sie Henry, ob er nicht gerne draußen in der Sandkiste spielen wollte. Henry war sofort begeistert, im Sand buddeln, am besten mit Wasser, das mochte er am liebsten. Maeggan stellte das Telefon auf das Fensterbrett am offenen Fenster, damit sie es im Garten hören würde.

Im Vorgarten schlug sie die Plane von der Sandkiste auf, anschließend holte sie für Henry einen Eimer Wasser aus der Regentonne. Trotz des ganzen Regens in den letzten Tagen, war sie nur halb voll. Mit den Händen konnte sie gar nicht bis an das Wasser gelangen. Deshalb stellte sie sich fest auf ihr rechtes Bein, nahm den kleinen Eimer mit dem linken Fuß und hob ihr linkes Bein über den Rand der Tonne. Jetzt konnte sie mit den Fuß den Eimer ins Wasser tauchen, um ihn voll zu schöpfen. Vorsichtig balancierte sie ihr linkes Bein mit dem vollen Eimer zurück über den Rand der Tonne und stellte den Eimer auf dem

Boden ab. Sie nahm das Eimerchen mit der Hand auf, um es zur Sandkiste zu tragen.

„Verbrauch nicht alles auf einmal." Sie stellte den Eimer am Rand der Kiste ab. „Bald ist die Tonne leer, dann gibt es kein Wasser mehr."

Henry sah sie ernst an und kippte den Eimer vollständig in die Sandkiste. Glücklich ließ er sich mitten in den nassen Sand plumpsen. Lachend setzte sich Maeggan auf den Rand des Sandkastens. Mit den Füßen befüllte sie kleine Förmchen, die Henry begeistert auf die Holzbretter pfefferte, um die entstehenden Formen jedes Mal lautstark zu bewundern. Während Maeggan weiter auf das Telefon lauschte, dachte sie erneut an Todd. Sollte sie nicht zur Polizei gehen? Aber heute musste sie auf Henry aufpassen. Sie blickte zu Henry, der gerade eine Schippe voll Sandkuchen in den Mund stecken wollte. Rasch nahm sie ihm das Schippchen ab.

„Nicht den Sand essen", ermahnte sie ihn. „Wenn du Hunger hast, hole ich dir eine Banane."

Henry schüttelte nur den Kopf weiter zufrieden im feuchten Sand matschend.

Zur Polizei konnte sie auch morgen gehen, oder in den nächsten Tagen. Wenn Caro und Fynn sie im Moment brauchten, war das wichtiger. Sie nahm Henry das leere Eimerchen ab, das er ihr auffordernd hinhielt, um noch einmal zur Regentonne zu gehen. Gerade als sie wieder Wasser eingefüllt hatte, bog Fynn mit seinem Wagen in die Einfahrt ein. Sofort stolperte Henry zu seinem Vater. Fynn stieg langsam aus, kniete sich hin, um ihn zu umarmen.

„Henry hat eine kleine Schwester, eine kleine Ava", rief er dabei Maeggan zu. Nachdem er Henry aufgehoben hatte, kam zu Maeggan hinüber.

„Beiden geht es prächtig. Die Geburt war total unkompliziert, ganz anders als bei Henry, da hat es ewig gedauert. Caro hat das super gemacht, in null Komma nichts war die Kleine da, sie plumpste der Hebamme einfach in die Arme."

Maeggan stellte den Eimer ab. „Oh, wie wunderbar! Eine kleine Ava! Das ist fantastisch!", rief sie. Fynn lächelte ihr müde entgegen.

„Caro hat mich nach Hause geschickt, wir brauchen alle etwas Schlaf und etwas zu essen"

„Es ist etwas von dem Auflauf von gestern da, ich mache uns den warm. Zum Kochen bin ich leider nicht gekommen", erklärte Maeggan sofort. Schon lief sie den beiden voran ins Haus.

„Warte!", rief Fynn ihr nach. „Lass dir ruhig Zeit, so verhungert bin ich auch wieder nicht."

25.

Einige Stunden später machte sich Fynn zusammen mit Maeggan und Henry erneut auf den Weg ins Krankenhaus. Fasziniert beobachtete Maeggan, wie er den Wagen fuhr. Er hatte den rechten Fuß für Gas und Bremse frei, während der linke Fuß in einer Art Pedal steckte. Wenn er das Pedal nach vorne bewegte, drehte sich das Lenkrad in die eine Richtung, bewegte er den Fuß zurück, drehte es sich in die andere Richtung. Dabei saß Fynn bequem zurückgelehnt im Sitz. Alle anderen Hebel waren so verlängert, dass er sie mit dem Knie bedienen konnte.

Als ihre Klassenkameraden anfingen ihre Führerscheine zu machen, hatte sie sich natürlich Gedanken gemacht, wie sie auch selbst fahren könnte. Maeggan war oft mit Karls altem Rover auf dem Farmgelände umhergefahren. Karl hatte sie auf dem Hof und auf den Weiden im ersten Gang damit fahren lassen. Es war etwas mühsam gewesen an die Schaltung zu kommen, ansonsten kam sie gut mit dem Rover zurecht.

Das Leben auf dem Land wäre viel einfacher gewesen, wenn sie einen Führerschein gehabt hätte. Für einen Führerschein hatte jedoch das Geld gefehlt. Rebecca hatte bezweifelt, dass die Behörden es erlaubt hätten. Aber wahrscheinlich hatte Rebecca einfach viel zu viel Angst um Maeggan gehabt. Maeggan war damals heimlich mit einem Freund zu einem Fahrlehrer gegangen. Er hatte sie einen Automatikwagen ausprobieren lassen. Das war sogar viel besser gegangen. Sie konnte ganz normal fahren wie jeder andere. Schalten musste sie nur beim Anfahren und Anhalten. So lässig, wie Fynn, hatte sie da zwar nicht sitzen können, aber der Fahrlehrer hatte ihr das Fahren zugetraut.

Als Fynn Maeggans Blick bemerkte, schnitt er die nächste Kurve. Schnell stützte sich Maeggan mit den Füßen ab, um nicht umhergeschleudert zu werden.

„Wow, ich kann nur staunen, wie flott und sicher du mit den Füßen fahren kannst", gab sie zu.

„Ach. Das ist alles Übung", antwortete Fynn.

Maeggan spürte, wie stolz er war.

„Wo hast du das Auto her?" Sie erinnerte sich daran, was Mr Mac Kerye gesagt hatte. „Es war sicher sehr teuer?"

„Das kannst du laut sagen. Für die Kosten der Umbauten hätte man einen zweiten Neuwagen kaufen können, es gab zwar ein paar Zuschüsse, trotzdem mussten wir das meiste selbst zahlen. Es lohnt sich auch bloß, wenn du sie in einen Neuwagen einbauen lässt, der dann entsprechend lang hält."

Wenn Maeggan an all die Kosten dachte, wurde ihr ganz anders.

„Wie hast du Führerschein gemacht? Dazu brauchtest du doch auch schon einen Wagen mit diesen Umbauten?", fragte Maeggan weiter.

„Dazu musste ich extra nach London fahren. Nur dort gibt es eine spezielle Fahrschule mit Autos für uns."

„Mann oh Mann, das ist kompliziert." Maeggan schüttelte den Kopf. „Ich werde das auf jeden Fall anders machen."

Sie erzählte Fynn von ihren Probefahrten auf der Farm.

„Glaubst du, dass dir das erlaubt wird?" Fynn sah Maeggan skeptisch an. „Ich kenne zwar ein paar Leute mit kurzen Armen, die mit den Händen lenken, ob das wirklich sicher ist?"

Beide schwiegen und Fynn sah stur auf die Straße.

„Man muss nicht, auf Teufel komm raus, alles genauso machen wollen wie die Langarmer!", grummelte er vor sich hin, trotzdem laut genug, dass Maeggan es hören musste.

„Darum geht es gar nicht", verteidigte sie sich. „Diese Fußlenkung ist gewiss sehr bequem, vielleicht auch sicherer, ob ich mir das je leisten kann, weiß ich nicht." Sie seufzte. An diese zusätzlichen Probleme wollte sie im Moment überhaupt nicht denken. Es war alles sowieso schon schwierig genug. Zwar warteten möglicherweise ihr Bruder und ein großes Erbe auf sie, wenn sie denn jemals den Mut aufbringen würde nach Seven Oaks Hall zufahren. Im Augenblick war das der letzte Ort, wo sie hinwollte, denn Todd war von dort gekommen. Sie spürte, dass sich ihr Magen zusammenzog, hastig versuchte sie an etwas anderes zu denken.

Mit ihrer Entschädigung würde sie ihr Studium beginnen können, ob ihr Geld, auch ohne ein Erbe, dann noch für einen Neuwagen mit den Umbauten reichen würde, war fraglich. Vielleicht hätte sie irgendwann mal genug Geld, um sich einen alten gebrauchten VW, oder etwas in der Art, zu kaufen.

Sie schaute zu Fynn hinüber, der schien weiterhin verstimmt zu sein. Wie konnte sie ihm erklären, dass es hier überhaupt nicht um Konkurrenz ging, wer mehr oder weniger behindert sei, sondern dass sie nur praktisch dachte.

„Ich will die nächsten Jahre flexibel sein", erklärte sie. „Wer weiß, wo ich wohnen werde. Ich weiß im Moment nicht einmal, ob und was ich studieren will, oder ob ich eine Ausbildung machen will. Da werde ich ziemlich sicher kein Geld für ein Auto haben, schon gar nicht so ein spezielles. Wenn ich mal einen Wagen brauche, möchte ich mir einen leihen können. Das geht nur, wenn ich mit den Händen lenken kann."

„Dein Rücken wird dir das nicht danken", knurrte Fynn missmutig.

„Du hast sicher Recht, für die nächsten Jahre jedoch ist das die beste Lösung. Später kann ich auch auf die Fußlenkung umsteigen, wenn es sein soll." Maeggan zuckte mit den Schultern. „Es ist mir egal, ob ich mit Händen oder Füßen fahre, Hauptsache ich kann es finanzieren und praktisch muss es sein."

Da kam ihr eine Idee. „Wenn ich neben dem Studium einen Job finde, vielleicht in einem Buchladen, und das mit der Entschädigung klappt, habe ich vielleicht genug Geld, um mir diese Umbauten mit dem Neuwagen leisten zu können."

Sie strahlte Fynn an. Der entspannte sich sichtlich wieder.

„Ja, mein Vater wird das schon für dich hinkriegen", murmelte er.

Zufrieden lehnte sich Maeggan im Sitz zurück. Dass Fynn so empfindlich sein konnte, hatte sie nicht gedacht. Bei anderen Dingen ließ er sich doch gerne von Caro helfen. Es schien ihm in den Momenten nichts auszumachen, dass er manches nicht konnte, oder nicht in der gleichen Weise konnte wie die Langarmer. Anscheinend war es etwas anderes, wenn sie etwas hinbekam, was er nicht konnte. Jedenfalls beim Autofahren. Als sie ihm ihren Anziehstab gezeigt hatte, hatte er ganz anders reagiert. Mann, war das kompliziert. Maeggan fragte sich, ob sie auf andere wohl ähnlich kompliziert wirkte. Wahrscheinlich schon.

„Hast du schon mal davon gehört, dass es mittlerweile Fahrzeuge gibt, die mit Strom fahren?", fragte sie Fynn, um ihn und sich auf andere Gedanken zu bringen.

„Das ist Quatsch!", lachte Fynn. „Hängen die dann an einem extralangen Stromkabel? So große Batterien gibt es gar nicht."

„Noch nicht", erwiderte Maeggan. Sie erzählte Fynn von der Umweltschutz-AG in der Schule. Sie hatten kleine Fahrzeuge mit einem Solarmodul gebaut und auf dem Schulhof damit Rennen veranstaltet. „Es wird nicht mehr lange dauern, dann werden alle Autos auf diese Weise angetrieben werden. Wir werden kein Benzin mehr brauchen. Ich möchte unbedingt einen Beruf haben, in dem ich an Innovationen mitarbeiten kann."

Fynn antwortete nicht, sondern schaute nur auf die Straße. Auch Maeggan schwieg und sie dachte daran, dass sie am Vortag um diese Zeit neben Todd im Auto gesessen hatte. Wieder hörte sie den lauten Knall und das Bild von Todd mit dem Blutfleck auf der Brust drängte sich ihr auf. Sie biss die Lippen aufeinander, hoffentlich waren sie bald bei Caro.

Seven Oaks Hall
North Wessex

Der dumpfe Ton klang durch die Halle, als Green den Türklopfer benutzte. Gleichdarauf wurde die Tür aufgerissen.

„Magnus, warum …" William Arlington sah ihn erstaunt entgegen. „Sie schon wieder?" Der junge Earl brauchte einen Moment, bis er sich wieder gefasst hatte. Dann trat er jedoch schwungvoll von der Tür weg zurück in die Halle in der ein großer Koffer stand.

„Magnus ist gerade gegangen. Mein Bekannter ist auch nicht da", behauptete er ohne den Inspektor anzusehen.

Green folgte ihm in die Halle. „Ich komme nicht, um mit dem Butler oder ihrem Freund zu sprechen. Ich will Sie sprechen."

Arlington musterte den Inspektor. „Wenn es denn sein muss", murmelte er ergeben. „Kommen Sie", er ging dem Inspektor voran in die Bibliothek.

Mitten im Raum blieb Arlington stehen, wandte sich ungeduldig um und blickte den Inspektor erwartungsvoll an.

„Ich muss Ihnen leider mitteilen, dass Ihr Freund, Mr. Fletcher, ..." Weiter kam Green nicht. Das entsetzte Gesicht des jungen Earls ließ ihn verstummen. William Arlington wirkte völlig aufgelöst. Er hatte nicht erwartet, dass seine Worte den jungen Arlington so aus der Fassung bringen würde, Todd Fletcher musste ihm sehr nahegestanden haben.

Der junge Mann starrte ihn an, schluckte immer wieder. Nach einer Weile krächzte er: „Was ist passiert?"

Green räusperte sich. „Mr. Fletcher hatte einen Unfall."

Arlington wurde kreidebleich, schwankte und langte hektisch nach einem Halt suchend um sich.

„Setzen Sie sich!" Hastig William am Arm greifend zog Green ihn hinüber zu einem der Sofas und bugsierte ihn darauf. Er blieb vor ihm stehen.

„Brauchen Sie etwas? Einen Whisky, Wasser ...?"

Green schluckte. Warum hatte er ausgerechnet heute Mittag Sullivan freigegeben? Wenn der Mann jetzt zusammenbrach, hatte er keine Ahnung, was er tun musste. Sein letzter Erste-Hilfe-Kurs war schon wieder viel zu lange her. Nachdenklich betrachtete Green William Arlington. Arlington benahm sich so, als ob er die Todesnachricht eines engen Familienangehörigen erhalten hätte. Befürchtete er immer das Schlimmste, oder wusste er mehr? Ein bisschen aufgesetzt wirkte sein Verhalten schon.

Green trat näher an Arlington heran, um ihn noch intensiver fixieren zu können.

„Einen Whisky. Dort auf dem Tisch", flüsterte William und zeigte auf den aufgeklappten Globus in der Zimmerecke. Dort standen verschiedenen Spirituosen in feinen Glaskaraffen, daneben die passenden Gläser. Green prüfte, indem er daran roch, in welcher Karaffe sich wohl Whisky befand. Dann griff er irgendein Glas, um einen großzügigen Schluck einzuschenken.

Er reichte Arlington das Glas und setzte sich auf die Sofakante ihm gegenüber. William Arlington nippte an dem Whisky, während er das Glas in seinen zitternden Händen drehte.

„Was ist mit Todd?", fragte er leise.

Das klang nicht nach nur einem Mitbewohner, dachte Green.

„Todd Fletcher ist gestern tot in seinem Wagen gefunden worden."

Bei diesen Worten beobachtete Green den Earl sehr genau. Das bisschen Farbe, das der Whisky gerade in dessen Gesicht zurückgebracht hatte, verschwand wieder. Sofort machte sich Green bereit, ihn aufzufangen, falls er zusammenbrechen sollte. Arlington stellte das Glas auf ein Beistelltischen neben sich. Seine Hand zitterte dabei unkontrollierbar, weshalb das Glas laut auf der Glasplatte klirrte.

„Ich habe es gewusst", presste er zwischen den Zähnen hervor. „Ich habe es gespürt."

Green ließ William nicht aus den Augen. Der Whisky schien zu wirken, schon hoffte er, der Bursche hätte sich gefangen, als dass letzte bisschen Farbe aus Arlingtons Gesicht verschwand.

„Wie konnte er mir das nur antun."

Nach diesen Worten sank der junge Earl in sich zusammen, gleichzeitig rutschte er wie ein nasser Sack von dem Sofa. Green sprang auf. Im letzten Moment konnte er verhindern, dass Arlington sich den Kopf an dem Tisch neben sich stieß. Vorsichtig legte er den jungen Mann auf das Sofa. Er griff nach dem Whisky, um ihn ihm unter die Nase zu halten. Schwerfällig kam William Arlington wieder zu sich, wirkte jedoch weiter völlig verwirrt. Green sah, dass er im Moment nicht weiterkommen würde. Entweder erlebte er hier einen ausgezeichneten Schauspieler, oder es ging Arlington wirklich sehr schlecht.

„Soll ich den Butler für Sie rufen?"

Der junge Earl winkte ohne aufzusehen ab. „Nein, nein. Ich komme schon zurecht", flüsterte er.

„Ich bitte Sie, morgen Vormittag zu mir auf die Polizeistation in Marlborough zu kommen. Sie müssen noch einige Fragen beantworten."

William Arlington reagierte nicht.

„Haben Sie mich verstanden?"

Green beugte sich zu ihm hinab, um ihm tief in die Augen zu sehen. Als Arlington schwach nickte, nahm Green das zum Anlass, sich aus dem Staub zu machen. Rasch holte er noch ein neues Glas Whisky, stellte es neben den jungen Mann auf den Tisch und verließ die Bibliothek.

London Road
Marlborough

Im Krankenhaus klopfte Fynn kurz an Caros Zimmertür. Gleichdarauf trat er mit Maeggan und Henry ein. Caro lag entspannt in ihrem Bett. Sie winkte ihnen zu, dabei schaute sie in das kleine Bettchen, das neben ihr stand.

„Psst, die Kleine schläft gerade."

Die drei schlichen an das Bettchen heran. Maeggan spürte, wie ihr beinahe die Tränen vor Rührung kamen. So rosig, so zart, so vollkommen. Fasziniert betrachtete sie das Baby.

„Sie ist ganz wunderbar", hörte Maeggan Fynn leise sagen.

„Aber sie kann auch sehr gut schreien, vorhin hat sie die ganze Station zusammen gebrüllt und das bloß, weil die Schwester sie ins Kinderzimmer mitnehmen wollte zum Wickeln. Sobald sie wieder bei mir lag, war sie still und versuchte sofort zu trinken."

Fynn strich dem Baby über das Köpfchen. „Das ist gut, dass du deutlich sagst, was du willst", flüsterte er seiner Tochter zu.

Während die drei sich unterhielten, kuschelte Henry sich glücklich an seine Mutter, dabei schielte er nur zu dem Bettchen hinüber. Schließlich wurde er mutiger und sah sich das Bettchen von allen Seiten genau an. Da es auf Rollen war, versuchte er es umherzuschieben. Sofort stellte Fynn die Bremse fest, damit Henry es nicht verschieben konnte. Da er das Baby auch nicht zum Spielen rausholen durfte, wurde es ihm bald langweilig.

Als er lange genug gequengelt hatte, schlug Maeggan vor, mit ihm in der Cafeteria ein Eis essen zu gehen. Sowohl Caro wie auch das Baby brauchten Ruhe.

Maeggan schluckte, als sie in die Cafeteria trat. Mit einem Zweijährigen an einen solchen Ort zu gehen, war ein Wagnis. Henry liebte es, im Essen zu matschen. Aber sie hatte ihm ein Eis versprochen. Wenn sie jetzt umkehrte, würde er höchstwahrscheinlich einen Aufstand machen. Alles sah so sauber und steril aus. Weiße Resopaltische und weiße Plastik Stühle standen auf hellgrünem Linoleum. An der Decke waren grelle Lampen angebracht, die jeden Krümel aufdeckten. An einigen Tischen saßen Ärzte oder Krankenschwestern in ihren weißen Kitteln. An anderen unterhielten sich Patienten im Jogginganzug oder Bademantel mit ihrem Besuch. An der Theke neben der Eingangstür glänzte das Metall und die Glasscheiben ließen den Blick frei auf Teller mit verschiedenen Kuchen und Sandwiches. Entschieden ging sie mit Henry zur Theke. Sie suchte ihm einen kleinen Eisbecher aus. Anschließend setzte sie sich mit ihm in eine Nische, so weit weg wie möglich von den ganzen Weißkitteln. Am Fenster in ihrer Nähe saß eine junge Frau, die sich angeregt mit einer älteren Frau im Bademantel unterhielt. Die junge Frau achtete gar nicht auf ihre zwei kleinen Kinder, die fleißig in ihren Pommes mit Mayonnaise und Ketchup herumstocherten. Nachdem sie ein paar Pommes Stücke gegessen hatten, fingen sie an, die Pommes gegen das geschlossene Fenster zu werfen, um die Spatzen davor zu ärgern. Immer, wenn ein Spatz gegen die Scheibe flog, kreischten sie fröhlich. Ein kleiner Spatz saß schon ganz benommen auf dem Boden vor der Scheibe, die von innen ganz verschmiert mit Mayonnaise, Ketchup und Pommes Stückchen war.

Maeggan rümpfte die Nase. Unmöglicher, als diese Kinder sich verhielten, konnte es mit Henry gar nicht werden, dachte sie. Also lehnte sie sich entspannt zurück, um die Menschen in der Cafeteria zu beobachten. Ein junges Paar hatte sich an einen Nebentisch gesetzt, während es mit gedämpften Stimmen stritt.

„Und ich soll weiter Tag ein, Tag aus, Hintern abwischen? Stellst du dir so eine Partnerschaft vor?", fragte der Mann.

„Das hat damit überhaupt nichts zu tun", erwiderte die Frau. „Es ist deine freie Entscheidung, wenn du weiter lediglich Pfleger sein willst und dich nicht fortbilden möchtest. Da kannst du mir doch nicht vorwerfen, wenn ich eine Chance bekomme."

Ärgerlich stellte die Frau ihre Teetasse auf den Tisch ab, dass es klirrte. Der Mann schaute sie finster an.

„Ich will nicht mein ganzes Leben lang Strafzettel schreiben, und Verkehrsunfälle aufnehmen", sagte sie. „Ich will mehr aus meinem Leben machen."

Maeggan nickte unwillkürlich. Das konnte sie gut verstehen.

„Dafür gehst du über Leichen", schimpfte der Mann.

„So ein Quatsch! Es ist auch eine Chance für uns beide. Das Gehalt sowohl von einem Pfleger als auch einer Streifenpolizistin ist wirklich nicht hoch, da wäre es schön …"

Weiter kam sie nicht.

„Ich bin dir also nicht gut genug. Das Fräulein möchte Karriere machen. Was wird aus unseren Plänen mit Familie? Stellst du dir das jetzt so vor, dass ich dann zuhause bleibe? Ich wische dann eben nicht mehr den Alten den Hintern ab, sondern unseren Kindern, während Frau Inspektor Joyce Sullivan sich mit Mördern und Drogendealern rumtreibt?"

Maeggan zuckte zusammen, ausgerechnet eine Polizistin saß am Nachbartisch. Auch wenn die Frau sie gar nicht beachtete, schrumpfte Maeggan immer mehr zusammen. Sie hatte das Gefühl, jeder müsste ihr ansehen können, was sie getan hatte.

Sergeant Sullivan antwortete Tom nicht. Sie kam einfach nicht mehr an ihren Verlobten heran. Alle ihre Argumente blockte er ab, dafür kam er ihr mit lächerlichen Vorwürfen. Enttäuscht und traurig sah sie über seine Schulter an ihm vorbei zu den anderen Leuten, die um sie herum in der Cafeteria saßen.

Ihr Blick blieb an einer jungen Frau hängen, die gerade einem kleinen Jungen, der im Hochstuhl neben ihr saß, einen Löffel Eis in den Mund schob. Die Frau beugte sich sehr weit vor, dabei hielt sie den Löffel fast an ihr eigenes Gesicht. Sie hatte beinahe keine Arme, ihre Hände waren direkt an ihren Schultern angewachsen. Es sah beinahe so aus, als ob sie ihr Kind küssen würde, während sie es fütterte. Die ganze Situation schien völlig normal zu sein, jedenfalls für die beiden. Der kleine Junge grabschte nach dem Löffel, um selbst das Eis zu löffeln. Die Frau lehnte sich lachend zurück, um ihn dabei zu beobachten. Als der Junge anfing ein bisschen in seinem Eis herum zu matschen, trat eine Krankenschwester an den Tisch.

„Wir bewundern Sie sehr, wie Sie das mit Ihrem kleinen Sohn schaffen. Sie sind wirklich mutig. Also, dass Sie sich ein Kind zutrauen. Bei der Erziehung brauchen Sie jedoch wohl etwas Hilfe." Schon griff die Schwester nach einer Serviette, um den Tisch abzuwischen und um vielleicht sogar den Mund des Jungen zu säubern. Die Frau mit den kurzen Armen war zuerst sprachlos, gleichdarauf gewann ihre Empörung die Oberhand.

„Gehen Sie jetzt auch zu der anderen Mutter, die hat sogar zwei Kinder, die wesentlich mehr Dreck gemacht haben."

Gerade noch konnte Sergeant Sullivan ein Lächeln unterdrücken. Ihr Verlobter, der immer noch seinen Tee umrührte, hätte es sicher fehlinterpretiert. Genau so ging man mit aufdringlichen, unhöflichen Leuten um, dachte sie.

Die Krankenschwester war jedenfalls beleidigt. Sie wendete sich brüsk ab und stolzierte an ihren Tisch zurück, an dem bald darauf zwischen den dort sitzenden Schwestern eine hitzige Diskussion ausbrach.

Der jungen Mutter schien die Situation sehr unangenehm zu sein. Sie nahm dem kleinen Jungen den Löffel weg, griff nach der Serviette, um ihm das verdreckte Gesicht abzuwischen. Der Kleine strampelte empört, sodass die junge Frau mit ihren kurzen Armen keine Chance hatte, an sein Gesicht zu gelangen. Sie legte ruhig die Serviette auf den Tisch, lehnte sich zurück, zog ihre Sandalen aus, um die Serviette mit dem rechten Fuß zuzugreifen. Gleichzeitig nahm sie den linken Fuß hoch und hielt mit ihm die kleinen Händchen des Jungen fest. Geschickt und zart wischte sie mit dem rechten Fuß das Eis aus dem Gesicht und aus seinen blonden Haaren. Nachdem das Gesicht sauber war, hielt die Frau mit dem linken Fuß eine Hand des Jungen nach der anderen fest, um auch diese sauber zu wischen. Anschließend legte sie die schmutzige Serviette mit dem Fuß auf ihr Tablett und schlüpfte wieder in ihre Sandalen. Schnell trug sie das Tablett mit den Händen zur Ablage an der Wand.

Auf dem Weg zurück zu ihrem Kind, warf die junge Mutter der Krankenschwester einen bitterbösen Blick zu, dann hob sie geschickt den Kleinen aus dem Kinderstuhl und trug ihn aus der Cafeteria.

Kingsbury Street
Marlborough

Green nippte an dem Kaffee, den die Sekretärin des Notars ihm serviert hatte. Er hatte sich nicht angemeldet, sondern war direkt nach dem unbefriedigten Besuch bei Arlington zu dem Notar gefahren. Jetzt wartete er darauf, dass dieser sein Gespräch mit einem Klienten beendete. Endlich kamen aus dem Büro zwei Männer heraus. Der eine ging, ohne auf seine Umgebung zu achten schnurstracks zum Ausgang, während der andere, ein schlanker, sportlich wirkender Herr, sich an Green wandte.

„Inspektor Green?" Der Herr reichte Green freundlich die Hand.

„Es freut mich, Sie kennenzulernen."

„Mr. Smith." Green erwiderte den Händedruck.

„Kommen Sie bitte herein und nehmen Sie Platz." Smith zeigte auf eine Sitzgruppe, die die Hälfte seines Büros einnahm. Beide Männer ließen sich in die weichen Ledersessel sinken.

„Sie sagten meiner Sekretärin, es ginge um den Erbfall Arlington?"

„In der Tat."

Der Notar hob die Hände und legte bedächtig die Fingerspitzen aneinander. „Sie wissen, dass ich Ihnen nicht weiterhelfen kann. Solange das Testament nicht eröffnet wurde, darf ich keine Auskunft darüber geben."

„Aber Sie wissen, was in dem Testament steht!" Green lehnte sich in seinen Sessel nach vorne.

Doch Smith zuckte lediglich mit den Schultern.

Green kniff die Augen zusammen. „Da das Testament bisher nicht eröffnet wurde, kann ich also davon ausgehen, dass es Schwierigkeiten gibt?" Green lächelte den Notar an. Dieser zuckte erneut mit den Schultern, nickte aber dieses Mal dabei.

„Nach dem, was ich über den alten Earl gehört habe, hatte er wohl kein so gutes Verhältnis zu seinem Sohn? Es könnte also sein, dass der junge Arlington nicht der Alleinerbe ist?"

Der Notar runzelte die Stirn und schwieg.

Green lehnte sich wieder zurück. „Vielleicht sogar überhaupt nichts erbt?"

Der Notar reagierte noch einmal mit einem leichten Nicken.

„Es gibt also auch andere Begünstigte?"

Diesmal presste Smith die Lippen aufeinander. Green fixierte den Notar, doch dieser blieb stumm.

„Es gibt Gerüchte," Green versuchte es noch einmal, „dass das Erbe sehr gering ausfallen könnte."

Smith stand auf. „Die finanziellen Verhältnisse des Earls sind kompliziert. Ich kann Ihnen nur sagen, dass mich der Earl erst vor Kurzem gebeten hatte, ein neues Testament aufzusetzen. Ich habe ihn dafür wenige Tage vor seinem Unfall aufgesucht."

Auch Green erhob sich. „Hat sein Sohn von dem neuen Testament gewusst?"

Der Notar zuckte mit den Schultern. „Darüber habe ich keine Informationen." Mit diesen Worten ging er zur Tür, um sie zu öffnen.

„Es hat mich sehr gefreut, Sie kennengelernt zu haben."

Green folgte dem Notar in den Vorraum.

„Gleichfalls."

Die Männer schüttelten sich die Hand.

Als Green auf die Straße trat, rieb er sich die Hände. Endlich nahm der Fall Fahrt auf. Ein Erbe, der leer ausging, stattdessen auf seinen Schulden sitzen blieb. Die Wahrscheinlichkeit, dass er gemeinsam mit seinem Freund den alten Earl beseitigt hatte, wurde immer größer. Und als sie feststellen mussten, dass es umsonst gewesen war, hatte es Streit zwischen den beiden gegeben. Zufrieden kramte er seinen Autoschlüssel aus der Hosentasche.

26.

In seinem eigenen Büro traf Green Sullivan an. Sie sortierte gerade die verschiedenen Akten auf dem Schreibtisch. Er begrüßte sie fröhlich und ließ sich in seinen Schreibtischstuhl fallen.

„Der Notar hat unsere Annahme bestätigt, dass es Probleme mit der Erbschaft gibt", berichtete er. „Es liegt durchaus im Bereich des Möglichen, dass Arlington nichts erben wird. Außerdem scheinen die Gerüchte zu stimmen, dass die finanzielle Situation des alten Earls kompliziert war. Wenn das Erbe nur aus dem alten Kasten besteht, dann gute Nacht", berichtete Green. „Das ist wie ein Fass ohne Boden."

Sullivan zog die Luft durch die Zähne.

„Das heißt, das Erbe könnte wesentlich geringer ausfallen, als der neue Earl hofft."

Green schlug mit der flachen Hand auf den Tisch. „Genau! Wenn er nicht der Alleinerbe ist, bedeutet das wahrscheinlich: nicht genug Geld sowohl für die Kredite wie auch für weitere Schulden."

„Das muss hart für Arlington sein. Ganz sicher hat er doch damit gerechnet, der Alleinerbe zu sein."

„Womöglich haben er und Fletcher ihre ganzen Geschäfte darauf aufgebaut", ergänzte Green.

„Also müsste er jetzt das Testament anfechten, um an Geld zu kommen."

„Ja. Es ist jedoch ein sehr kompliziertes Verfahren, das sehr lange dauern wird. Bis dahin verwaltet der Notar alles.

Arlington kann nicht selbst über das Geld verfügen. Er müsste dem Notar seine Geldsorgen preisgeben, ihn bitten, die Kredite zu bedienen. Eventuell würde sogar der Pflichtanteil des Erbes nicht genug sein, um alles zu tilgen. Wer weiß, ob die Banken sich bis dahin gedulden würden."

„Ich kann mir auch nicht vorstellen, dass Arlington als Bittsteller vor den Notar treten möchte", überlegte Sullivan.

„Wir müssen von Arlington erfahren, ob er den Inhalt des Testaments kannte. Außerdem", er hob den Zeigefinger, „wurde das Testament erst vor ein paar Tagen neu aufgesetzt."

Sullivan setzte sich Green gegenüber. „Sie vermuten, dass Arlington seinen Vater wegen des neuen Testaments ermordet hat?"

„Es wäre schön, wenn es so einfach wäre", grinste Green. „Doch leider hat Arlington ein wasserfestes Alibi."

„Er könnte jemanden beauftragt haben?"

„Gut mitgedacht. An diesem Punkt kommen wir zu Todd Fletcher."

„Todd Fletcher?", fragte Sullivan.

„Arlington kannte Fletcher anscheinend wesentlich besser als wir bisher gedacht haben. Er könnte ihn mit der Ermordung seines Vaters beauftragt haben."

Green berichtete Sullivan in knappen Worten von seiner Begegnung mit dem Herrn von Seven Oaks Hall.

„Was halten Sie davon, wenn jemand sofort in Ohnmacht fällt, wenn er erfährt, dass ein Gast seines Hauses verstorben ist?"

Sergeant Sullivan überlegte einen Moment.

„Das ist seltsam. Das ist mir bisher nie passiert. Obwohl ich leider schon ein paar Todesnachrichten habe überbringen müssen." Sie schüttelte den Kopf. „Es war auch so schon unangenehm genug", seufzte sie. „Die beiden müssen sich nahegestanden haben."

„Vielleicht ist er auch ein sehr guter Schauspieler", Green schüttelte nachdenklich den Kopf. „Die ganze Szene war schon bühnenreif."

Erstaunt schaute Sullivan Green an.

„Aber wozu?", fragte sie. „Wollte er von etwas ablenken, oder ist er krank, oder vielleicht macht ihm ja auch etwas anderes zu schaffen", wendete sie ein.

„Der Tod seines Vaters? Mmh, ich hatte nicht den Eindruck, dass der ihm extrem nahe gegangen war. Nach allem, was wir über das Verhältnis von Vater und Sohn gehört haben …"

„Nein, das glaube ich nicht", meinte Sullivan. Sie zögerte und räusperte sich nervös.

„Ach so", lachte Green auf. „Sie meinen, die beiden hatten etwas miteinander."

Sullivan wurde rot.

„Dann wird es morgen spannend." Auf Sullivans Blick hin erklärte er grinsend: „Ich habe Arlington nämlich für morgen Vormittag hier auf das Kommissariat bestellt. Mal sehen, ob und wann er hier auftaucht."

Cardigan Road
Marlborough

Spätabends quengelte Henry immer noch in seinem Bettchen.

„Mama? Will Fee!", verlangte er andauernd. Maeggan hatte schon einen ganz rauen Hals vom Singen und Geschichten erzählen.

„Ich habe dir jetzt alle Lieder, die ich kenne, ein paar Mal vorgesungen. Schlaf doch endlich ein." Sie setzte sich erschöpft neben Henrys Bettchen auf den Boden.

Wenn sie ihn in den letzten Tagen mal zu Bett gebracht hatte, war Henry immer schnell eingeschlafen. Aber heute half nichts, weder seine Lieblingslieder noch die Kuscheltiere. Seufzend ging Maeggan zu Fynn ins Wohnzimmer. Er lag in den letzten Zügen seiner Semesterarbeit, die er eigentlich vor der Geburt hatte abgeben wollen. Es fehlten nur noch einige Korrekturen und das Literaturverzeichnis, dazu brauchte er besonders viel Konzentration.

„Ich habe ihn schon gehört", stöhnte Fynn und legte den Stift aus der Hand. Der Tisch, der sich in die Ecke des Zimmers quetschte, war völlig überladen mit Büchern. Auch auf dem Boden lagen sie, mit Zetteln versehen oder aufgeschlagen. Fynn stieg über die Bücher hinweg.

„Ich komme schon, ich kann mich sowieso nicht richtig konzentrieren. Das wird wieder eine Nachtsitzung."

„Es tut mir leid, aber ich schaffe es nicht, ihn ruhig zu bekommen", murmelte Maeggan zerknirscht.

„Du kannst nichts dafür, für Henry war es heute wirklich zu viel. Vielleicht hätten wir ihn nicht mit zu Caro und Ava nehmen sollen. Für uns alle war es ein anstrengender Tag gewesen, besonders für ihn. Wenn ausgerechnet nach so einem Tag zusätzlich das Einschlafritual fehlt …"

Gemeinsam gingen sie hoch zu Henry. Er saß in seinem Bettchen und weinte, sofort streckte er die Arme nach Fynn aus. Fynn hob ihn hoch, um sich mit ihm in den Sessel ans Fenster zu setzen. Beruhigend redete er auf Henry ein und wiegte ihn sanft. Nachdem Henry aufgehört hatte zu weinen, fing Fynn an, eine Geschichte zu erzählen. An seinen Papa geschmiegt schloss Henry die Augen und steckte seinen Daumen in den Mund.

„Es war einmal eine Fee …"

Maeggan setzte sich an den Türrahmen auf den Fußboden. Auch sie war erschöpft und wünschte sich dringend von ihren Gedanken um Todds Tod abgelenkt zu werden. Maeggan schloss die Augen, um sich auf Fynns Stimme zu konzentrieren. Sie erinnerte sich an früher, als Rebecca ihr abends eine Feengeschichte zum Einschlafen erzählt hatte. Es sei eine ganz besondere Geschichte, die nur ihr gehören würde. Später hatte Maeggan alle Geschichten über Feen gelesen, aber die von Rebecca war nicht dabei gewesen, es war definitiv ihre eigene, genau wie Rebecca es gesagt hatte. Und jetzt erzählte Fynn auch eine Geschichte, die Maeggan bisher nirgends gelesen hatte.

Maeggan öffnete die Augen und sah zu Fynn hinüber.

Bei Rebecca war es um ein Feenkind gegangen, das von Menschen aufgenommen wurde. Fynn erzählte von einem Menschenkind, das von Feen gefunden und aufgezogen wurde.

Schon ein paar Minuten später war Henry auf seinem Schoß eingeschlafen, lange bevor Fynn beim Ende der Geschichte angelangt war. Maeggan war froh, dass Henry endlich schlief, gleichzeitig aber auch enttäuscht, weil sie nun die Geschichte nicht bis zum Schluss hören würde. Vorsichtig nahm Fynn Henrys Schlafsack mit den Zähnen an Henrys Schulter auf, gleichzeitig schob er seine Hand unter Henrys Beine. Mit der anderen Hand stützte er Henrys Rücken. Auf diese Weise konnte Fynn seinen Sohn vorsichtig in sein Bettchen legen, ohne dass er wieder aufwachte. Leise schlichen sie sich aus dem Zimmer und Fynn schloss die Tür.

„Geschafft!", flüsterte er erleichtert. „Ich lege jetzt eine Nachtschicht ein, dann schaffe ich es hoffentlich, die Arbeit abzugeben, bevor ich Caro und das Baby abhole."

312

„Woher habt ihr diese Geschichte?", fragte Maeggan. „Die kenne ich gar nicht. Dabei habe ich wahrscheinlich alle Feengeschichten gelesen, die es gibt."

„Oh, die", Fynn überlegte einen Moment. „Die hat Caro mit in die Ehe gebracht. Ihr Großvater hat sie ihr immer erzählt, sagt sie. Wo her er die Geschichte hatte, weiß ich nicht. Das musst du Caro fragen. Ich muss jetzt wirklich ..." Mit diesen Worten ließ er Maeggan im Flur stehen.

Maeggan war sich heute sicher, dass Rebecca unbewusst etwas von Maeggans wahrer Geschichte in das Feenmärchen eingesponnen hatte. Wie ärgerlich, dass Rebecca und Karl ihr die Informationen über ihre Herkunft vorenthalten hatten. Wenn die beiden ehrlich zu ihr gewesen wären, wäre all das nicht passiert. Dann hätte sie nicht ... Maeggans Magen krampfte sich zusammen. Wie der Blitz lief sie die Küche, um ein Glas Wasser zu trinken. An etwas anderes denken, ich muss an etwas anderes denken, ermahnte sie sich bei jedem Schluck Wasser. Nachdem sie zwei große Gläser so ausgetrunken hatte, dachte sie erneut an die Feengeschichte von Caros Großvater. Steckte auch in dieser Geschichte ein Funken Wahrheit?

27.

Cardigan Road
Marlborough

Maeggan setzte sich im Bett auf. Ständig schlich sich Todd in ihre Träume: entweder saß er im roten Auto, oder er küsste sie. Aber immer starrte er sie mit toten Augen an. Auch das große alte steinerne Haus nahm immer mehr Raum in ihren Träumen ein. Wenn das so weiter ging, würde sie noch verrückt werden, oder von den gleichen schrecklichen Kopfschmerzen geplagt, wie Rebecca. Ihre Mutter hatte zwar nie von Albträumen erzählt, aber Maeggan hatte sie manchmal nachts weinen oder aufschreien gehört. Nach solchen Nächten lag Rebecca tagsüber oft im Wohnzimmer dösend in eine Decke gehüllt. Vor langer Zeit hatte Karl Maeggan erklärt, dass Rebeccas Schmerzen wahrscheinlich etwas mit einem schrecklichen Erlebnis in ihrer Kindheit zu tun hatten. Maeggan wischte die Träne, die ihr über Wange lief, weg. Nein, sie durfte sich nicht gehen lassen, sie war auf sich allein gestellt.

Resolut schob sie die Decke weg und stand auf. Im Bad betrachtete sie sich im Spiegel. Erschöpft sah sie aus, extrem müde, mit Ringen unter den Augen. So konnte es nicht weitergehen, beschloss sie. Mit irgendjemanden musste sie sprechen, nur mit wem? Mit der Polizei? Nein, nicht solange Caro und Fynn sie brauchten. Konnte sie den beiden alles erzählen? Das wäre nicht richtig, sie konnte die Familie nicht mit ihren schrecklichen Problemen belasten. Sollte sie nach Bryn-henllan zurückfahren, um Karl und Rebecca alles zu berichten? Sie würden ihr ganz sicher zu hören, zu ihr stehen und sie vor der Polizei beschützen. Auf der Farm könnte sie sich ganz sicher verstecken. Sie schloss die Augen und dachte an den großen Obstgarten mit der Hängematte zwischen den Apfelbäumen.

Aber vielleicht hatten Karl die Farm schon verkauft und alle zogen gerade nach Swansea um. Außerdem würde sie auf diese Weise nichts ungeschehen machen können. Sofort erschien erneut das Bild von Todd vor ihren Augen. Nein, nicht schon wieder. Verstecken war keine Option. Sie musste etwas tun. Am besten suchte sie erst einmal Antworten auf die vielen offenen Fragen.

Wieder sah sie das steinerne Herrenhaus vor sich. Sie musste zurück zu dem Haus fahren, möglicherweise sollte sie mit William darüber sprechen, was Todd ihr gebeichtet hatte. William war ihr Bruder. Ganz sicher würde er ihr zu hören und zu ihr stehen, hoffte sie jedenfalls. Maeggan versuchte zu lächeln. Der Gedanke einen Bruder zu haben, fühlte sich auf jeden Fall gut an. Sie griff nach ihrer Zahnbürste. Hoffentlich würde das die dunklen Erinnerungen beenden, dachte sie. Doch vorher musste sie ganz sicher sein, dass sie von Seven Oaks Hall stammte. Dazu musste sie unbedingt die Hebamme in Bath aufsuchen.

Während sie sich anzog, versuchte sie sich an den Namen der Hebamme zu erinnern. Ihr fiel ein, dass der Beamte in dem Office in Avebury den Namen aufgeschrieben hatte, wahrscheinlich hatte sie den Zettel in ihre Umhängetasche gestopft. Maeggan eilte in ihr Zimmer, warf ihre Umhängetasche auf den Boden, um sie mit den Füßen auszuräumen. Völlig zerknittert fand sie den Zettel mit dem Namen: Elisabeth Moringthon. Eine Adresse stand leider nicht dabei. Der Beamte hatte gesagt, sie würde in einem Altenheim in Barth leben, erinnerte sie sich. Im Wohnzimmer fand Maeggan das Telefonbuch und suchte die Altenheime in Barth heraus. Es waren weit mehr, als sie gedacht hatte. Vielleicht hatte Mrs Moringthon einen eigenen Telefonanschluss. Maeggan suchte unter M, kein Eintrag.

Sollte das etwa eine Sackgasse sein?

Sie konnte nicht alle Altenheime abtelefonieren, außerdem wusste sie nicht, ob man ihr am Telefon eine Auskunft geben würde.

Als sie das Telefonbuch zurück ins Regal legte, sah sie neben dem Sofa den Wäschekorb mit der frischen Wäsche, die sie am Vortag von der Wäscheleine abgenommen hatte. Sie setzte sich auf einen Stuhl, um die Wäsche auf dem Boden mit den Füßen zusammenzulegen. Bei so einer Arbeit konnte sie immer am besten nachdenken.

Maeggan faltete einen kleinen Strampelanzug ordentlich. Er war mit kleinen roten Entchen bedruckt, Fynns Mutter hatte ihn extra für die neue kleine Enkelin gekauft. Wenn Caro und Ava nach Hause kämen, wollte die kleine Familie bestimmt erst einmal unter sich sein. Lächelnd dachte Maeggan an das niedliche Baby. Fynn konnte in den Semesterferien zu Hause viel übernehmen, da wurde sie nicht mehr gebraucht. Weder Caro noch Fynn würden ihr das sagen, dazu waren sie viel zu nett.

Sie dachte an ihre eigene Familie. Karl und Rebecca machten sich bestimmt Sorgen um sie. Vor ein paar Tagen hatte sie ihnen eine Postkarte geschrieben. Sie wollte die beiden wieder sehen, obwohl sie sich nicht entscheiden konnte, ob sie auch weiterhin mit ihnen zusammenleben wollte.

Maeggan seufzte. Oder gehörte sie vielleicht doch nach Seven Oaks Hall? Sie musste es herausbekommen. Ob sie wollte oder nicht, sie musste sich auf den Weg machen.

Als Maeggan den ordentlichen Kleiderstapel betrachtete, wurde ihr klar, dass sie sich nur abgelenkt hatte. Es half nichts, sie musste die Hebamme suchen.

Sie eilte in die Küche, dort suchte sie an einer Pinnwand zwischen Bildern, die Henry gekritzelt hatte, den Busfahrplan von Marlborough. Mit vielen Verrenkungen angelte sich Maeggan den Plan aus dem Papierwust hervor. Mit einem Blick auf die Küchenuhr stellte sie dann fest, dass sie sofort aufbrechen musste. Rasch packte sie sich etwas Obst in ihre Umhängetasche, suchte ihre Wasserflasche und lief zur Bushaltestelle.

Zum Glück durften Menschen mit einer Schwerbehinderung in öffentlichen Verkehrsmitteln umsonst fahren, das hatte Fynn ihr erklärt. Zwar brauchten sie dazu einen besonderen Ausweis, den Maeggan bisher nicht besaß. Aber Fynn hatte gemeint, er wäre noch nie kontrolliert worden. Meistens fühlte Maeggan sich gar nicht schwerbehindert, trotzdem gab es Situationen, wo sie damit konfrontiert wurde, wie beim Bus fahren. Während die Langarmer locker im Bus stehen und sich dabei an den Haltestangen festhalten konnten, brauchte sie unbedingt einen Sitzplatz, um nicht in jeder Kurve durch den Bus geschleudert zu werden.

Heute war der Bus sehr voll, natürlich war auch der Platz gleich hinter dem Fahrer besetzt. Dieser Platz war extra für behinderte Menschen reserviert. Maeggan fixierte den jungen Mann auf dem Platz. Der schaute übertrieben aufmerksam aus dem Fenster.

„Könnten Sie bitte den Platz für mich frei machen?", bat Maeggan höflich.

Der junge Mann blickte weiter aus dem Fenster.

Bevor Maeggan ihre Bitte wiederholen konnte, wandte sich der Busfahrer von seinen Platz nach hinten um: „Stehen Sie endlich auf! Sie sehen doch, dass die junge Frau den Platz benötigt."

Der Mann schnappte sich seine Tasche, erhob sich grummelnd, um im Mittelgang zwischen den anderen Passagieren zu verschwinden.

Maeggan nickte dem Busfahrer kurz freundlich zu und setzte sich eilig auf den freigewordenen Platz. Der Fahrer winkte ab und startete den Bus.

Verblüfft stellte Maeggan fest, dass ihr die Situation egal war. Sie beschäftigten ganz andere, viel wichtigere, Dinge.

Oaks Hall
North Wessex

William öffnete die Augen, froh endlich die wilden Träume los zu sein, in denen eine Frau mit rotblonden Haaren Todd mit dem Fahrrad überfuhr. Mal hatte sie das Gesicht seiner Mutter und mal war es nur eine grässliche Fratze, aber immer hatte sie kurze Arme. Er betrachtete die Decke über seinem Bett, doch als er versuchte den Kopf zu heben, war der schwerer als Beton und innen fühlte sich alles wie Watte an. Vorsichtig tastete er mit den Händen seine Schläfen ab. So einen üblen Kater hatte er schon lange nicht mehr gehabt. Was war passiert? Seine Hand wanderte auf das Kopfkissen neben sich. Es war leer. Er zuckte zusammen. Todd war nicht zurück.

William erstarrte. Todd kam nie wieder. Stück für Stück erinnerte er sich an das Gespräch mit dem Inspektor. Todd war tot. Alles verkrampfte sich in William, er rollte sich wie ein Embryo zusammen und zog sich die Decke über den Kopf. Nicht mehr denken, nicht mehr fühlen, gar nicht mehr sein. Ohne Todd hatte nichts mehr Sinn. Die Tage bis zur Beerdigung hätte er ohne Todd nicht überlebt. Am Tag nach Vaters Tod war

Todd die ganze Zeit bei ihm geblieben, hatte ihn getröstet und versucht ihn aufzumuntern. Er war mit ihm in die nahen Berge gefahren, um ihn abzulenken, hatte alles für ihn getan. Abends hatten sie, aneinander gekuschelt, im Bett Pläne geschmiedet. Für die nächsten Tage und weit darüber hinaus. Er hatte sich in Todds Armen wunderbar geborgen gefühlt, so sehr, dass er wirklich für eine kleine Weile alles andere vergessen hatte. Das alles schien Hunderte von Jahren her zu sein.

Was war gestern eigentlich passiert? Der Inspektor hatte gesagt, Todd sei tot in seinem Wagen gefunden worden. Hatte er einen Unfall gehabt? Es musste ein Unfall gewesen sein, was sonst? War Todd auf dem Weg zu ihm von der Straße abgekommen, weil er mal wieder wie der Teufel gefahren war? Oder hatte er einen Zusammenstoß gehabt, beim Überholen? Nein, das konnte nicht sein. In dem Fall hätte er sofort etwas erfahren, der Unfall wäre bemerkt worden. Die Polizei wäre am gleichen Abend zu ihm gekommen.

Wenn jedoch er von der Straße abgekommen war, war der Wagen vielleicht so im Gestrüpp gelandet, dass er erst viel später entdeckt worden war. Trotzdem blieb die Frage offen, wieso war ein Inspektor zu ihm gekommen? Bei einem Unfall hätte ihm ein Streifenpolizist die Nachricht überbracht. Doch es war der gleiche Inspektor gewesen, der ihn schon wegen dem Unfall seines Vaters aufgesucht hatte. Hatte das etwas zu bedeuten, oder gab es auf der Dienststelle nur einen Inspektor? Überhaupt, auf welcher Straße war Todd gefunden worden? War Todd in London gewesen, bei irgendeinem Liebhaber? War der andere Mann bei Todd im Wagen gewesen? Irgendetwas stand unausgesprochen im Raum. Er würde erst Frieden finden, wenn er genau wusste, was mit Todd passiert war.

Energisch schob er die Bettdecke beiseite, schwang sich aus dem Bett, um an das offene Fenster zu treten. Draußen war der

Morgengesang der Vögel schon verstummt und durch die Ruhe, die der Park ausstrahlte, wurde sein Kopf nach und nach etwas klarer.

An den Vorabend konnte er sich nur schemenhaft erinnern. Er musste wohl die gesamte Whiskyflasche geleert haben, wie er später in sein Zimmer und in sein Bett gekommen war, wusste er nicht mehr. Der Inspektor hatte am Ende irgendetwas gesagt, grübelte William. Wie hieß er gleich? Irgendeine Farbe?

„Green", murmelte William.

Der Inspektor hatte schon bei seinem ersten Besuch seine Karte dagelassen, die lag sicher unten in der Bibliothek. Siedend heiß fiel es ihm wieder ein, er sollte zu ihm auf das Kommissariat kommen ... in Marlborough. Heute Vormittag.

Augenblicklich drehte sich William zu dem Wecker um, sofort wurde ihm schwindelig und übel. Er schluckte heftig und hielt sich an einem Stuhl fest. Als sich nicht mehr alles in seinem Kopf drehte, sah er auf die Uhr: kurz nach 10 Uhr. Wenn er vormittags in Marlborough sein wollte, musste er sich sputen.

Geduscht und frisch gekleidet eilte er zum Speisezimmer, es war leer. Kein Frühstück stand bereit. Verärgert wollte er nach Magnus rufen, da stolperte er über den großen Koffer, der mitten im Weg stand.

Erst da fiel ihm ein, dass Magnus am Vortag gekündigt hatte. William schob den schweren Koffer zurück in das Speisezimmer. Mit knurrenden Magen ging er in die Küche, in der Annahme die Zugehfrau anzutreffen. Hoffentlich machte sie ihm ein Frühstück oder wenigstens einen Kaffee. Leider war die Küche auch kalt und leer. Hatte die Frau aus dem Dorf heute frei? Mit weichen Knien lehnte er sich an die Spüle. Was war nur los mit ihm, war er krank? Nein, er war nur unterzuckert, ohne Frühstück war er schon, wenn es ihm gut ging, unausstehlich, unter Stress war alles viel schlimmer. Er brauchte etwas zu essen.

Er durchstöberte die Küche nach etwas Essbarem, viel war nicht da. Wann in den nächsten Tagen die Frau aus dem Dorf vorbeikommen kommen würde, wusste er nicht. Um all das hatte sich Magnus gekümmert, jetzt war er auf sich gestellt. In London kümmerte er sich um alles selbst, hier jedoch wusste er nicht einmal, wo sich in Seven Oaks Hall was befand, geschweige denn wo die entsprechenden Geschäfte waren. Er durchkramte die ganze Küche, öffnete Türen nur um sie wieder frustriert zuzuschlagen. Was sein Gefühl von Einsamkeit nur noch weiter steigerte. Endlich fand er den Kaffee und kochte sich einen leidlich trinkbaren. Todd hätte es sicher besser gekonnt. Nachdem er auch etwas Toast und Marmelade aufgestöbert hatte, machte er sich am Küchentisch ein kleines, kaltes Frühstück, dann verließ er die Küche, ohne aufzuräumen. Mit immer noch heftigen Kopfschmerzen stieg er ins Auto und raste los, um mehr über Todds Tod zu erfahren.

28.

Gegen Mittag war Maeggan in Bath angekommen. In einer Telefonzelle hatte sie in einem zerfledderten Telefonbuch die Seite herausgerissen auf der die örtlichen Alten- und Seniorenheime aufgelistet waren.

Mittlerweile war sie drei Stunden in Bath unterwegs. Der ganze Ort schien nur aus Heimen zu bestehen. In sechs verschiedenen Häusern war sie gewesen, meistens war sie sehr freundlich empfangen worden, nur die Auskunft, die sie brauchte, hatte ihr bisher niemand geben können.

Maeggan ging auf das nächste Heim zu. Es lag in einem großen Garten, eine Villa umgeben von vielen Bäumen und Blumenrabatten. Auf einer Veranda saßen alte Leute, die sich unterhielten oder stumm in den Garten blickten. Kaum hatte Maeggan die Veranda betreten, eilte schon eine adrette Pflegerin in blauer Uniform auf sie zu. „Kann ich helfen?"

„Wohnt bei Ihnen eine Elisabeth Moringthon?", fragte Maeggan höflich.

Die Pflegerin reagierte gar nicht auf ihre Frage, sondern löcherte Maeggan weiter mit Fragen. „Hast du dich verlaufen? Brauchst du etwas zu Essen oder musst du zur Toilette?"

Maeggan kam gar nicht zu Wort. Erst als sie sehr bestimmt „Stopp!" sagte, hörte die Pflegerin auf, sie mit übergriffigen Fragen zu bombardieren.

„Wohnt bei Ihnen eine Elisabeth Moringthon?", wiederholte Maeggan geduldig. „Außerdem komme ich sehr gut allein zurecht. Ich brauche nicht die Hilfe einer Pflegerin. Vor allen Dingen bin ich kein kleines, dummes Kind."

Die Pflegerin schaute Maeggan erstaunt von oben bis unten an.

„Es tut mir wirklich leid. Ich habe Sie falsch eingeschätzt", entschuldigte sie sich. Sie erklärte: „Bitte verstehen Sie. Ich habe vor ein paar Jahren in einem Seniorenheim gearbeitet, indem ein Mädchen lebt, mit genauso einer Behinderung wie Sie sie haben." Sie schüttelte den Kopf. „Es ist viel schlimmer dran, denn es kann auch nicht hören. Zusätzlich hat sie auch ein verkrüppeltes Bein. Das Mädchen brauchte ständig Hilfe." Erneut schüttelte sie den Kopf. „Sie tat mir so leid."

Die Pflegerin hörte gar nicht mehr auf von dem „armen kleinen Hascherl", wie sie das Mädchen nannte, zu erzählen. Maeggan trat unruhig von einem Fuß auf den anderen. Endlich schaffte sie es, den Redefluss zu unterbrechen, um zum dritten Mal ihre Frage zu stellen. Diesmal bekam sie eine Antwort, leider nicht die, die sie brauchte. Sie verabschiedete sich höflich, obwohl sie wütend darüber war, mit hilflosen behinderten Menschen gleichgesetzt zu werden, das passte überhaupt nicht zu ihrem persönlichen Lebensgefühl. Sie fühlte sich wie eine starke junge Frau, diese Gleichsetzung war wie ein Schlag vor den Kopf. Maeggan warf einen Blick auf die Seite aus dem Telefonbuch. Nur ein Seniorenheim war übrig.

Dieses letzte Haus lag mitten in der Stadt auf dem Weg zum Busbahnhof.

Es war ein mehrstöckiges Haus, direkt an einer stark befahrenen Straße, mit einer schweren großen Holztür. Es gab keinen Vorgarten oder wenigstens Straßenbäume vor dem Haus. Die Gegend wirkte auch nicht so, als ob es dahinter einen Garten geben würde. Kein bisschen einladend. Maeggan betrat die Eingangshalle.

Entgegen ihrer Erwartung war hier alles hell und freundlich gestaltet. Rechts neben der Tür standen ein paar zierliche Sessel mit einem kleinen Tisch, auf dem einige Broschüren lagen, gegenüber befand sich ein Tresen mit weiteren Broschüren und einer Klingel. Von der Halle zweigten breite Gänge ab. Als Maeggan dort hineinschaute, erblickte sie neben einigen Türen Rollatoren oder Rollstühle. Gleich neben dem Tresen befand sich ein Aufzug, direkt daneben eine Treppe, die in die oberen Stockwerke führte. Obwohl Maeggan einige Stimmen hörte, war niemand zu sehen. Sie klingelte. Gleich darauf öffnete sich eine Tür hinter dem Tresen. Ein Mann in weißer Kleidung mit einem Tablett in der Hand trat heraus. Überrascht blieb er vor Maeggan stehen. Er war wohl nicht aufgrund ihres Klingelns hier.

„Was kann ich für Sie tun?", fragte er Maeggan.

„Ich suche Elisabeth Moringthon, wohnt sie zufällig hier?"

„Ja natürlich, Sie finden sie im Speisesaal. Den rechten Gang entlang und dann links." Der Pfleger wies ihr mit dem Tablett den Weg, wandte sich um, um die Treppe hinauf zu eilen.

Maeggan konnte es kaum fassen. Sie hatte nicht mehr damit gerechnet, die Hebamme zu finden. Sie straffte die Schultern und ging den Gang hinunter zu dem Speisesaal, an der Tür blieb sie stehen. An allen Tischen saßen alte Männer und Frauen beim Tee. Maeggan hörte leise ihren Magen knurren, es roch gut nach Tee, außerdem nach frischen Scones. Neben einigen Menschen saßen Pfleger und Hilfspersonal, um das Essen anzureichen. Obwohl der Raum nicht groß war und die hellgelbe Farbe an den Wänden an einigen Stellen schon renovierungsbedürftig war, wirkte alles so einladend wie die Eingangshalle. Durch die hohen breiten Fenster schien die Sonne in den Raum, nur etwas abgeschirmt durch zarte weiße Gardinen.

Eine Pflegerin trat an sie heran. „Hallo, ich bin Schwester Mary, wollen Sie jemanden besuchen?"

Maeggan zuckte zusammen.

„Ich möchte zu Elisabeth Moringthon, sie soll hier wohnen."

„Natürlich." Schwester Mary zeigte zu einem Tisch am Fenster.

„Dort sitzt sie. Wollen Sie ihr beim Tee Gesellschaft leisten? Ich kann Ihnen gerne auch ein Gedeck bringen." Mit einem raschen Blick auf Maeggans Arme, bot sie an: „Ich kann Ihnen gerne beim Essen behilflich sein, falls Sie Assistenz benötigen."

„Das ist sehr freundlich von Ihnen. Ich komme sehr gut allein zurecht. Dankeschön".

Schon eilte Schwester Mary davon. Verwirrt sah Maeggan ihr nach. Nach dem verletzenden Gespräch mit der Pflegerin in dem letzten Altenheim, brachte sie die professionelle Umgangsweise von Schwester Mary etwas aus der Fassung, damit hatte sie nicht gerechnet. Hatten sich in ihr mittlerweile auch schon Vorurteile gegen Pflegepersonal festgesetzt? Sie fasste sich wieder und schaute zu dem Tisch hinüber.

Dort saßen zwei alte Frauen, die sich angeregt unterhielten. Die ihr zugewandte trug ein graues Kostüm mit weißer Bluse und Unmengen von Schmuck. Sie hatte kurzes gekräuseltes Haar, das ganz sicher gefärbt war, wie der leichte Rosaton verriet. Die Frau ihr gegenüber trug einen einfachen Rock, dazu trotz des warmen Sommertages eine dunkelrote Strickjacke. Ihre Haare hatte sie zu einem strengen Knoten nach hinten gebunden. Welche der beiden war Mrs Moringthon?

Maeggan trat an den Tisch.

„Guten Tag, entschuldigen Sie bitte die Störung, ich suche Elisabeth Moringthon."

„Das bin ich." Die Frau in der dunkelroten Strickjacke legte ihr Besteck auf ihrem Teller ab.

Bevor jemand etwas sagen konnte, stand Schwester Mary mit einem Teegedeck neben ihnen.

„Sie haben sich schon kennen gelernt, wie schön. Ich habe Ihren Gast zum Tee eingeladen", plauderte Schwester Mary, gleichzeitig stellte sie das Gedeck neben Mrs Moringthon ab. „Das ist Ihnen doch recht?"

Etwas irritiert antwortete Mrs Moringthon: „Ja natürlich, ich freue mich immer über Besuch."

Alles war überraschend schnell gegangen, dass Maeggan gar nicht wusste, was sie sagen sollte. Stumm zog sie mit dem Fuß den Stuhl neben Mrs Moringthon hervor, um sich zusetzen.

„Kann ich Ihnen irgendwie helfen?", fragte Mrs Moringthon neugierig.

„Ja, mein Name ist Maeggan Taylor und ich bin auf der Suche nach meinen Eltern."

Sie richtete diese Worte jedoch nicht an Mrs Moringthon, sondern eher an die Teetasse vor sich. Diese alte Dame, so klein und zierlich sie auch war, schüchterte sie ein. Trotz ihres hohen Alters, strahlte sie extrem viel Kompetenz und Energie aus. Maeggan kam sich ganz klein und unbedeutend neben ihr vor.

Die andere Dame räusperte sich. „Liebe Elisabeth, bitte entschuldige mich, ich habe einen Arzttermin und muss jetzt los." Sie stellte ihr Geschirr zusammen, dabei stand sie auf.

„Jaja, ist schon gut, wir sehen uns nachher beim Abendessen, meine liebe Clara."

Mrs Moringthon winkte Clara freundlich hinterher, dann wandte sie sich Maeggan zu. „Sie suchen Ihre Eltern?", forderte sie Maeggan auf.

Maeggan nahm all ihren Mut zusammen und sah Mrs Moringthon direkt an. „Ja. Ich bin ein Findelkind. Die Eltern, die mich großgezogen haben, sind nicht meine richtigen Eltern.

Das weiß ich ganz sicher. Der Registrar in Avebury hoffte, Sie könnten mir vielleicht helfen, meine wahren Eltern zu finden."

„Der gute alte Robinson", erinnerte sich Mrs Moringthon. „Wenn Sie dort in der Gegend geboren sind, ja, dann ist es sehr wahrscheinlich, dass ich Ihnen helfen kann."

Sie blickte interessiert auf Maeggans Arme, anschließend wieder in Maeggans Gesicht.

„Es ist natürlich schon sehr, sehr lange her, trotzdem ich kann mich gut an diese Zeit erinnern. Es kam damals leider viel zu oft vor, dass ein Kind mit schlimmen Fehlbildungen geboren wurde. Bei jeder Geburt war ich in großer Sorge, vielmehr als sonst und leider manchmal berechtigt. Ich freue mich immer darüber zu hören, was aus diesen Babys geworden ist. Da war ein junger Mann in Marlborough", versonnen schaute Mrs Moringthon aus dem Fenster. „Er hat vor zwei Jahren, glaube ich, geheiratet und nun hat er schon ein Kind."

„Ich glaube, ich weiß, wen Sie meinen. Sie meinen sicher Fynn. Mittlerweile hat seine Frau schon ein zweites Kind bekommen, die kleine Ava."

Schmunzelnd hörte Mrs Moringthon zu, als Maeggan freudestrahlend von Ava und Henry erzählte. Nach einer Weile unterbrach sie Maeggan. „Haben Ihre Pflegeeltern gesagt, dass Sie aus Avebury sind?"

Maeggan zögerte.

„Nicht direkt. Meine Eltern haben mir eine Art Adoptionsurkunde gezeigt. Außerdem haben sie mir erzählt, sie hätten mich als ganz kleines Baby im Winter unter dem Feenbaum in Avebury gefunden."

„Ausgesetzt! Mitten im Winter!", rief die Hebamme erschrocken. „Das hat mir damals niemand gesagt." Es dauerte einen Moment bis sich Mrs Moringthon wieder gefangen hatte. „Haben Sie andere Hinweise, vielleicht auch ein Datum?"

„Ich habe zuhause einen Karton entdeckt. Darin lag ein kleiner Strampelanzug mit einem eingestickten Wappen. Ein Adler mit einem Eichenzweig, glaube ich. Ein genaues Datum habe ich nicht. Es war auf jeden Fall im Januar 1961. Wir feiern immer am 19. Januar meinen Geburtstag. Meine Eltern haben mir erzählt, sie hätten mich an diesem Tag gefunden", erzählte Maeggan.

Mrs Moringthon blickte lange aus dem Fenster. Maeggan wurde schon ganz unruhig.

Endlich schob sie energisch ihre Teetasse von sich. Sie sah Maeggan direkt an. „Ich glaube ich bin Ihnen eine Erklärung schuldig. Damals war ich bei einer Geburt dabei, die gar nicht gut verlief." Traurig schüttelte sie den Kopf.

„Sie wissen etwas über meine Herkunft?"

„Möglicherweise, " Mrs Moringthon betrachtete Maeggan lange nachdenklich. „Es ist leider eine sehr traurige Erinnerung."

„Oh, bitte, erzählen Sie es mir, ich suche schon so lange nach meiner eigentlichen Familie."

„Nun gut. Ich bin in ein sehr vornehmes Haus gerufen worden, nach Seven Oaks Hall in der Nähe von Pewsey. Die Countess erwartete ihr zweites Kind. Besonders diese Familien bevorzugten damals Hausgeburten. Wenn sie in ein Krankenhaus gegangen wäre, wäre das alles vielleicht gar nicht passiert."

Traurig schaute sie erneut aus dem Fenster. „Die Geburt selbst war eigentlich gar nicht besonders schwer gewesen, aber dann… ", sie stockte.

Maeggan bezwang nur mühsam ihre Ungeduld.

Schließlich seufzte Mrs Moringthon. „Zuerst der Schreck, als wir die Kleine sahen. Verstehen Sie mich bitte nicht falsch, es war immer ein schrecklicher Schock, wenn ein Baby mit solchen schweren Behinderungen auf die Welt kam. Man konnte ja nie wissen, ob nur die Arme betroffen waren, wie anscheinend bei Ihnen, oder auch weitere Schädigungen vorlagen."

Wiederholt seufzte sie und schwieg einen Moment anscheinend versunken in alte Erinnerungen. Doch dann fuhr sie fort: „Auf Seven Oaks Hall jedenfalls nahm der Earl das Baby sofort an sich. Ich konnte auch nicht viel für das Kleine tun, da es der Countess nach der Geburt sehr schlecht ging. Sie brauchte meine volle Aufmerksamkeit und ich flehte den Earl an, einen Arzt zu rufen. Der Earl verließ mit dem Baby das Zimmer, um zu telefonieren. Aber es dauerte lang, bis der Arzt endlich gekommen war, auch ihm gelang es nicht mehr, die schweren Nachblutungen der Countess zu stoppen, sie starb kurz darauf. Selten habe ich mich so hilflos gefühlt wie in dieser Nacht."

Die Hebamme schlug die Hände vors Gesicht.

Maeggan schluckte. „Das tut mir leid, ganz sicher haben Sie Ihr Bestes gegeben", versuchte sie Mrs Moringthon zu trösten. Es war ihr wirklich sehr unangenehm, aber sie wollte trotzdem mehr erfahren.

„Ja, das habe ich, ich hatte mein Bestes gegeben, leider war es nicht genug", flüsterte Mrs Moringthon.

„Was ist dem Baby passiert?", fragte Maeggan.

„Das Baby? Der Earl sagte mir, es wäre in seinen Armen gestorben. Damals sind viel zu viele Babys mit Fehlbildungen auf die Welt gekommen. Sehr viele davon starben wirklich gleich nach der Geburt, deshalb habe ich das auch zuerst geglaubt. Nachdem der Arzt gekommen war, hat mich der Earl sofort aus dem Haus geworfen. Er gab mir die Schuld am Tod seiner Frau." Mrs Moringthon hielt inne. „Aber er hat ja so lange gezögert den Arzt zu rufen." Wieder starrte sie gedankenverloren aus dem Fenster.

„Das Baby?", hakte Maeggan nach.

Die ehemalige Hebamme seufzte und konzentrierte sich auf Maeggan: „Ein paar Tage später rief mich der alte Pfarrer von Avebury zu sich. Bei ihm waren zwei junge Leute mit einem Baby aufgetaucht." Mrs Moringthon nickte Maeggan zu. „Sie hatten nicht erzählt, wo sie das Baby gefunden hatte, nur dass sie sich um das Baby kümmern wollten. Ich habe die Kleine auf der Stelle wiedererkannt. Der Pfarrer rief den Earl von Seven Oaks Hall an. Dieser kam dann und zusammen haben wir diese Urkunde aufgesetzt." Entrüstet schüttelte die alte Hebamme ihren Kopf. „Ich wusste nicht, dass er das Baby einfach unter dem Baum ausgesetzt hatte. Wer setzt ein Baby mitten im Winter in einer kalten Nacht einfach aus?"

„Meine Eltern, also, nicht meine richtigen Eltern, haben mich gerettet", erzählte Maeggan. „Ich wäre sonst erfroren. Sie waren immer liebevolle Eltern für mich", ergänzte Maeggan. „Trotzdem möchte ich mehr über meine leiblichen Eltern herausfinden."

Die Hebamme zog ihre Teetasse wieder zu sich heran und rührte in ihrem kalt gewordenen Tee.

Als Maeggan schon unruhig begann auf ihrem Stuhl hin und her zu rutschen, antwortete Mrs Moringthon: „Das ist Ihr gutes Recht."

Sie lächelte Maeggan an. „Und für mich ist es auch völlig offensichtlich, Sie sehen genauso wie die Countess aus. Die Locken und die Augen."

Maeggan schluckte, sie wusste nicht, was sie sagen sollte. Sie glaubte der Hebamme, aber es fühlte sich komisch an, dass sie die Tochter einer Countess sein sollte, also eher eine Prinzessin, als eine kleine Fee.

Mrs Moringthon lachte leise. „Sie können es wohl nicht wirklich glauben. Das verstehe ich. Wenn Sie nach Seven Oaks Hall fahren und sich das Portrait Ihrer Mutter anschauen, es hing damals in der Eingangshalle, werden Sie es auch erkennen. Sie sehen ihrer Mutter wirklich verblüffend ähnlich."

29.

Inspektor Green war ganz vertieft in die Akte der Londoner Polizei über Fletcher, als er ein Räuspern hörte. Sullivan stand vor ihm.

„Entschuldigen Sie bitte, Sir. Ich habe den Bericht der Staffel abgeholt, die den Wald abgesucht hat."

Sie legte die Mappe vor Green auf den Tisch.

„Danke." Green griff nach dem Bericht und fing an zu lesen. Schon nach dem ersten Abschnitt warf er ihn wütend von sich.

„Das ist nicht zu glauben. Wir ermitteln in einem Mord! Trotzdem werden uns keine Suchhunde zu Verfügung gestellt."

Sofort griff er zum Telefon und wählte rasch eine Nummer. Währenddessen nahm Sullivan sich den Bericht.

„Hier steht: Die Hunde wurden nach Newbury ausgeliehen. Zwei zehnjährige Jungen werden seit einigen Tagen im Moor vermisst."

Überrascht schaute Green zu Sullivan, bedächtig legte er den Hörer wieder auf.

„Da kann man nichts machen. Die Buben gehen natürlich vor. Ärgerlich ist es trotzdem", grummelte er enttäuscht.

Er lehnte sich in seinem Sessel zurück und holte tief Luft.

„Steht sonst etwas Hilfreiches da drin?" Er wedelte mit der Hand in Sullivans Richtung. Sullivan las den Bericht, gleichzeitig fasste sie ihn zusammen: „Die Staffel hatte den Wald um den Tatort in immer größer werdenden Kreisen abgesucht. Aber keine Wagenspuren gefunden, die zur Tatzeit gepasst hätten,

332

abgesehen von Spuren des Wagens des Opfers. Auf dem Weg, auf dem Fletchers Wagen stand, gab es Unmengen von Reifenspuren von Geländewagen. Die waren alle viel älter und vom Regenwasser verwaschen. Der Regen hatte dafür gesorgt, dass auch alle anderen Spuren verwischt waren. Bis auf die Fußabdrücke des Jungen, der die Leiche gefunden hatte, gab es weder um das Auto herum, noch im weiteren Gebiet brauchbare Fußspuren ..."

„Wie konnte der Mörder ohne eigenes Auto an diesen Tatort kommen?"

Sullivan sah auf. „Der Täter könnte auch bei Fletcher im Wagen gesessen haben und anschließend zu Fuß geflüchtet sein. Die Spuren hat der Regen dann vernichtet. Ein paar Meilen entfernt, haben sie in einem heruntergekommenen Haus Reste eines Feuers gefunden, dass etwa in die Tatzeit passen könnte. Auch dort hat der Regen alle möglichen Spuren, die eine Verbindung zur Tat hätten herstellen können, weggewaschen." Sullivan klappte die Mappe zu und reichte sie Green.

Ohne sie aufzuschlagen warf Green den Bericht zu den Akten auf seinen Tisch.

„Es ist frustrierend. Dieser englische Regen ist wirklich entsetzlich."

„Was ist mit anderen Spuren am Tatort, Sir?", fragte Sullivan, gleichzeitig suchte sie in dem Aktenberg. „Ist der Bericht der Spurensicherung noch immer nicht da?"

Green schüttelte verärgert den Kopf. „Natürlich nicht. Genauso wenig wie der Obduktionsbericht", antwortete er heftig. „Nur die Waffe haben sie schon vorbeigebracht, natürlich auch ohne Bericht."

Green kramte auf dem Schreibtisch, endlich zog er unter einem Stapel Papiere die Plastiktüte mit der Waffe hervor. Er hielt sie Sullivan hin. „Eine Luger Parabellum 08", betonte er.

Sullivan nahm den Beutel entgegen, um die Waffe aufmerksam von allen Seiten zu betrachten. „Eine Luger? Den Namen habe ich bisher nie gehört", gab sie zu. „Dieses Modell ist mir auch unbekannt. Sie scheint sehr alt zu sein." Vorsichtig legte sie die Waffe zurück auf den Tisch.

„Die ist viel älter als Sie", lachte Green. „Eine deutsche Waffe aus dem Zweiten Weltkrieg." Green nahm den Beutel auf, um seinerseits die Waffe genau zu untersuchen. „Ich frag mich nur, wer solch eine Waffe mit sich herumträgt. Normalerweise sollte eine beinahe antike alte Waffe in einer verschlossenen Vitrine liegen", grummelte er. „Dass die überhaupt funktioniert hat, ist ein Wunder."

„Ist es sicher, dass Fletcher damit erschossen wurde?", fragte Sullivan. Green schaute erstaunt auf. „Gute Frage! Aus ihr ist ein Schuss abgegeben worden. Der Pathologe hatte vor Ort schon vermutet, dass dies Tatwaffe sei." Er legte die Waffe aus der Hand, nahm erneut den Bericht der Staffel auf. „Außerdem haben Sie im Umkreis des Wagens keine Einschussstelle entdecken können. Vielleicht hat aber die Spurensicherung im Wagen selber etwas gefunden. Zum Beispiel einen Hinweis auf eine zweite Waffe, mit der auf Fletcher geschossen wurde. Wenn dem so wäre, könnte er sich mit der Luger wahrscheinlich gewehrt haben und die Kugel steckt irgendwo im Wagen oder in dem Täter."

„Sie meinen, der Täter ist verletzt", schnaufte Sullivan erstaunt.

„Wir können es nicht ausschließen, solange wir die Berichte nicht haben", knurrte Green. „Das sind jedoch reine Spekulationen, die uns nicht weiterführen. Wir müssen uns zuerst einmal auf die Luger selbst konzentrieren. Erneut nahm er die Waffe in die Hand. „Sie ist akkurat gepflegt. Sie muss einem Waffennarr gehört haben."

„Könnte sie vielleicht dem alten Earl gehört haben?"

Green sah sie erstaunt an.

„Ich meine, Sir, der Earl hatte doch so viel für Deutschland und die Nazizeit übrig", stotterte sie. „Könnte er auch alte deutsche Waffen gesammelt haben?"

Green warf Sullivan einen anerkennenden Blick zu, seine Assistentin dachte ausgezeichnet mit.

„Richtig! Wenn die Waffe aus Seven Oaks Hall stammt, könnte auch der Mörder von dort kommen. Was meinen Sie?" Er legte die Waffe zurück auf den Tisch Sullivan auffordernd ansehend.

„Wir müssen erst einmal sicher sein, ob diese alte Pistole wirklich nach Seven Oaks Hall gehört", schlug Sullivan vor.

In diesem Moment öffnete sich die Bürotür. Sullivans ehemaliger Kollege Connor steckte seinen Kopf durch den Türspalt: „Sir? Der Earl von Seven Oaks Hall ist hier. Soll er hereinkommen? Sir?"

„Nein, nein. Ich will ihn in den Besprechungsraum haben."

Er grinste Sullivan an. „Da haben wir schon jemanden, der uns in dieser Sache vielleicht weiterhelfen kann." Beim Aufstehen steckte er den Beutel mit der Luger in seine Jackett Tasche. „Kommen Sie mit", forderte er Sullivan auf, während er zur Tür ging. „Das wird ein interessantes Gespräch werden."

Im Flur begrüßte Green den Earl von Seven Oaks Hall, der unruhig auf und ab ging. „Schön, dass Sie es geschafft haben heute Vormittag vorbeizukommen." Mit einem vielsagenden Blick auf seine Armbanduhr lächelte er Arlington süffisant zu. „Lassen sie uns hinüber in den Besprechungsraum gehen."

Er ging dem Earl voraus den Flur entlang, um eine Tür auf der linken Seite zu öffnen. Mit einer Handbewegung bat er den jungen Mann einzutreten, Sullivan folgte ihnen.

„An meine Assistentin Sergeant Sullivan können Sie sich noch erinnern?", stellte er Sullivan vor, als er Arlingtons fragende Miene sah.

„Nehmen Sie Platz." Green zeigte auf einen unbequemen Holzstuhl hinter einen einfachen Holztisch. Er selbst und Sergeant Sullivan setzte sich dem Earl gegenüber. Sullivan rückte ihren Stuhl ein wenig zur Seite, gleichzeitig legte sie Block und Stift bereit. Green lehnte sich zurück, faltete die Hände über seinem Bauch und begann im Plauderton. „Dann wollen wir mal loslegen. Mr. Fletcher war also zu Gast bei Ihnen?"

William wusste nicht, wie er reagieren sollte, er wollte von dem Kommissar erfahren, was passiert war. Jetzt behandelte ihn der Inspektor wie einen Verdächtigen. Auf keinen Fall wollte er sich aushorchen lassen. Sie saßen sich schweigend gegenüber, es war ein Kräftemessen. Schließlich hielt es William nicht mehr aus, seine Trauer um Todd war größer als sein Wunsch, dem Mann die Stirn zu bieten.

„Erklären Sie mir bitte, wie Todd ums Leben gekommen ist!" Als er merkte, wie rau seine Stimme klang, räusperte er sich. „Todd Fletcher, meine ich."

Green wippte ein wenig auf seinem Stuhl vor und zurück, während er nur leicht den Kopf schüttelte.

„Warum haben Sie mich überhaupt hierher bestellt?", fragte William.

„Wir gehen davon aus, dass Sie zur Aufklärung des Falls beitragen können."

Aus den Augenwinkeln konnte William sehen, dass die Frau fleißig mitschrieb, obwohl er bisher nichts Wichtiges gesagt hatte. Doch darauf konnte er jetzt nicht achten, er musste sich auf den Inspektor konzentrieren. Er sprach von einem Fall. Was hatte das zu bedeuten? Das klang nicht nach einem Unfall, sondern eher…

„In welchem Verhältnis standen Sie zu Todd Fletcher?", unterbrach der Inspektor seine Überlegungen.

William biss sich auf die Lippen. Auf keinen Fall wollte er mit der Polizei über seine Beziehung zu Todd sprechen, dass ging die gar nichts an. Auch wusste er nicht, wie der Inspektor auf seine Beziehung zu Todd reagieren würde, hier auf dem Land gab es zu viele Vorurteile gegenüber Homosexualität.

„Er war ein guter Freund von mir", begann er vorsichtig.

Mit einem knappen Nicken forderte Green William auf fortzufahren.

„Wir haben uns in London eine Wohnung geteilt", ergänzte William zögernd.

„Und weiter!" hakte der Inspektor freundlich nach.

Dieser dicke Polizist regte ihn auf, anstatt ihm endlich zu sagen, was passiert war, fing er an ihn auszufragen.

„Ist das hier ein Verhör? Oder was? Ich will endlich erfahren was mit meinem Fr…." William unterbrach sich, beinahe hätte er sich verplappert, hastig verbesserte er sich: „Mit Todd Fletcher passiert ist."

Green lehnte sich nach vorne, um William noch direkter in die Augen zu sehen.

Unter dem strengen Blick des Inspektors begann William der Schweiß auszubrechen. Er fixierte die Tischplatte und versuchte sich von dem Inspektor abzuschotten.

Beinahe wäre es ihm gelungen, doch plötzlich fragte Green: „Hatten Sie Streit?" Entrüstet sah er auf und starrte den Inspektor sprachlos an.

Schweigend saßen sich die Männer gegenüber.

Endlich lehnte sich Green zurück, so kam er hier nicht weiter. Dieser Arlington verheimlichte ihm einiges, das spürte er. Gestern hatte er gedacht, er wäre leicht zu knacken. Green warf Sullivan einen Blick zu, sie schien ganz mit dem Mitschreiben beschäftigt zu sein. Er musste anders vorgehen.

Green stand auf, ging gemächlich um den Tisch herum, und lehnte sich neben Arlington an die Tischkante. Er spürte, wie Arlington in seiner Nähe immer unruhiger wurde.

„Das ist natürlich kein Verhör, nur eine Befragung." Auf Arlingtons Scheitel herabblickend, fügte er freundlich hinzu: „Sie wollen sicher auch erfahren, wer Ihren Freund ermordet hat."

„Ermordet." Mit erstickter Stimme und weitaufgerissenen Augen wiederholte der junge Mann das Wort mehrmals und wurde leichenblass.

Mist, hoffentlich fiel er nicht noch einmal in Ohnmacht, wie gestern. Eben hatte er gedacht, einen harten Kerl vor sich zu haben. Zum Glück kehrte die Farbe umgehend in Arlingtons Gesicht zurück. „Ermordet? Es war also ein Überfall oder so?"

„Nun", Green ging zu seinem Platz, setzte sich und begann behäbig in einer Akte, die der aus dem Büro mitgenommen hatte, zu blättern. „Ob es ein Überfall war, ist bisher nicht geklärt. Auf jeden Fall gab es Kampfspuren." Obwohl er dabei Arlington nicht direkt ansah, beobachtete er den Earl ganz genau, aber in seinem Gesicht zeigte sich keine Regung. Wie versteinert saß Arlington ihm gegenüber.

Green knallte den Aktendeckel zu. „In Ihrem Haus gibt es außergewöhnlich viele Waffen!"

Sullivan blickte erstaunt von ihrem Schreibblock auf, gleichzeitig zuckte Arlington erschrocken zusammen. Er fing sich jedoch prompt wieder. „Ja, selbstverständlich", entgegnete er gelassener. „Mein Vater hatte einige im Haus. Jagdwaffen und andere."

338

„Und andere?"

„Ich glaube, er hatte auch ein paar alte Revolver, ob die noch funktionieren, weiß ich nicht. Ich bin kein Waffenfreund."

Green überlegte, sollte er das Arlington glauben? Mal benahm sich Arlington, als ob er ein weicher Softie wäre, eben ein echter Schwuler. Dann wieder gab er den taffen jungen Großgrundbesitzer. Er wurde einfach nicht schlau aus dem Earl. Vielleicht half eine kleine Herausforderung. Er griff in seine Jackettasche, um die Luger, die in der Plastiktüte steckte, direkt vor Arlington zu legen. Dieser zuckte zusammen und starrte die Waffe an.

„Sie wollen sagen, er ist erschossen worden? Mit dieser Pistole?" fragte William unsicher.

„Vermutlich. Gehört sie Ihnen?"

„Nein."

„Eventuell Ihrem Vater?"

„Das könnte sein. Mich interessieren die Waffen meines Vaters nicht." Arlington schien zu überlegen. „Höchstwahrscheinlich kann Ihnen da unser Butler weiterhelfen, er kennt sich im Haus besser aus als ich. Ich wohne eigentlich schon lange in London."

„Das heißt, Sie haben nicht vor Ihren Wohnsitz hierher zu verlegen? Auf den Familiensitz? Der gehört doch jetzt Ihnen?"

Arlington presste die Lippen aufeinander und funkelte Green an. Dieser ließ Arlingtons Blicke gelassen an sich abperlen.

„Wo waren sie eigentlich am Sonntagnachmittag und Abend?", fragte Green wie beiläufig.

„Ich, ich war…", stotterte Arlington, während langsam sein Gesicht an Farbe verlor.

Plötzlich sprang er auf. „Wie können Sie es wagen?", fauchte er Green an. „Ich habe meinem Freund nichts angetan", schrie er. Green und Sullivan waren auch schleunigst aufgestanden, Arlington sank allerdings schon auf seinen Stuhl zurück.

„Am Sonntagnachmittag war ich zu Hause und am frühen Abend auf der Jahreshauptversammlung des Jagdclubs in Pewsey."

Green blickte triumphierend zu Sullivan.

„Mein Vater war der erste Vorsitzende", stellte Arlington klar, „deshalb musste ich natürlich hinfahren."

Green hatte genug gehört. „Ich habe vor erst keine Fragen mehr. Bleiben Sie in der Gegend. Ich komme sicher wieder auf Sie zu."

Arlington erhob sich, sichtbar erleichtert, aber auch verwirrt. Mit so einem abrupten Ende des Gespräches hatte er anscheinend nicht gerechnet. Ohne sich zu verabschieden verließ er fluchtartig den Raum.

Green und Sullivan gingen zurück in das Büro. Den ganzen Weg über schwieg Sullivan. Erst als sie die Bürotür hinter sich schloss, konnte sie nicht mehr an sich halten. „Sir? Darf ich etwas fragen?"

Green hatte nur darauf gewartet. „Ja natürlich, schießen Sie los."

„Warum haben Sie Arlington so schnell entlassen? Sir. Er hat sich wirklich merkwürdig verhalten, mir sind viele weitere Fragen gekommen."

„Das habe ich mir gedacht. Sie können sicher sein, die Fragen bekommen wir beantwortet," lachte er. „Ich glaube, er wird uns rascher und leichter antworten, wenn wir ihn ein wenig schmoren lassen. Im Moment halte ich es für wichtiger, dass wir eine Strategie ausarbeiten, wie wir weiter vorgehen wollen. Außerdem müssen wir selbstverständlich das Alibi prüfen, bevor wir ihn weiter befragen."

Green nahm die Waffe aus der Jackentasche, legte sie auf den Tisch und ließ er sich in seinen Schreibtischstuhl fallen. Mit einer Handbewegung forderte er Sullivan auf, sich zu setzen. Er lehnte sich zurück und legte die Fingerspitzen aneinander. „Da haben wir zuerst einmal den möglichen Mord an dem alten Earl. Als potentielle Täter kommen William Arlington, der Butler, Todd Fletcher oder ein Einbrecher in Frage", zählte er auf.

Als Sullivan Luft holte, hob Green abwehrend die Hand. „Weiterhin haben wir den Mord an Todd Fletcher. Hier können wir ganz sicher sein, dass es sich um Mord handelt. Der Pathologe hat am Tatort einen Suizid so gut wie ausgeschlossen. Keine Schmauchspuren an Fletchers Hand, der Schusswinkel und so weiter. Auch hier kommen sowohl William Arlington als auch der Butler in Frage. Wir dürfen uns jedoch nicht allein darauf versteifen, sondern müssen auch die anderen Fakten und Indizien hinzuziehen", dozierte er weiter. Er kramte zwischen den Akten den Polizeibericht aus London über Todd Fletcher hervor. „Da hatte doch irgendetwas von Spielschulden gestanden", murmelte er, während er zunehmend genervt darin blätterte.

„Darf ich?" Sullivan nahm Green die Akte aus der Hand und schlug gezielt eine Seite auf. „Sie meinen die Schlägerei in dem Spielcasino vor ein paar Monaten." Sie hielt Green die Akte hin, gleichzeitig zeigte sie mit dem Finger auf den entsprechenden Absatz. „Ob es bei der Schlägerei um Spielschulden ging, ist nicht sicher", erklärte sie.

Green blickte sie auffordernd an.

„Ich werde sofort versuchen, weitere Informationen zu bekommen", dienstbeflissen notierte sich Sullivan die Aufgabe.

„Machen Sie das! Ich kann mir allerdings nicht vorstellen, dass irgendwer aus London hierhergekommen ist, um bei Fletcher Schulden einzutreiben. Der Täter ist sicher von hier." Er wippte auf seinem Stuhl vor und zurück. „Alles führt immer wieder zu diesem ehrwürdigen Herrenhaus", knurrte er sarkastisch.

„Sie meinen die Freundschaft zwischen Arlington und Fletcher?"

„Ja", grinste Green „Arlington ist weiterhin unser Hauptverdächtiger."

Sullivan nickte aufgeregt. „Ich bin ganz ihrer Meinung."

„Na dann erklären Sie mir, was ihn zu unserem Hauptverdächtigen macht", forderte Green Sullivan freundlich auf.

„Er hat eine sehr enge Beziehung zu diesem Fletcher gehabt. Das hat sein Verhalten gestern gezeigt, auch heute war dies zu spüren. Sie haben zusammen in London in dieser Wohnung gewohnt, sicher nicht als Wohngemeinschaft, sondern als Paar."

Bei diesen Worten sah sie mit rotem Kopf zu Green hinüber.

„Ja, das ist eindeutig, sie waren ein schwules Paar." Als Green merkte, dass Sullivan bei dem Begriff schwul zusammenzuckte, dozierte er: „Nennen wir das Kind beim Namen. Schwul sein ist heutzutage nichts Schlimmes mehr. Jedenfalls nicht in London, oder in vielen anderen Ländern auf der Welt. Hier auf dem Land wird das natürlich immer noch sehr anders gesehen, leider. Ein bisschen mehr Offenheit würde niemanden schaden. Wieso sollte er seinen Liebsten ermorden? Was vermuten Sie?"

„Naja, es könnte sein, dass Fletcher fremdgegangen ist. Arlington hat ihn zur Rede gestellt, es kam zum Streit, in dem Arlington Fletcher aus Eifersucht erschossen hat."

„Das klingt plausibel. Eifersucht ist ein klares Motiv", nickte Green.

„Genauso könnte er herausgefunden haben, dass Fletcher seinen Vater die Treppe hinuntergestoßen hat."

„Wenn er es getan hat", warf Green ein. „In dem Fall hätten wir Rache als Motiv. Gibt es weitere Motive?"

Auffordernd sah er Sullivan an. Sie spielte nachdenklich mit ihrem Bleistift, endlich leuchteten ihre Augen auf. „Die Schulden. Es könnte doch sein, dass Arlington das mit den Spielschulden herausbekommen hat. Dass es deshalb zum Streit zwischen den beiden gekommen ist."

„Motiv: Schulden, bzw. Geld!" Green rieb sich zufrieden die Hände. „Beim Thema Geld kommt selbstverständlich auch der Butler in Frage."

Sullivan runzelte die Stirn. „Anscheinend hatte er eine sehr einflussreiche Stellung im Haus. Vor dem Tod des alten Earls konnte er nach Gutdünken handeln. Vielleicht hat er in die eigene Tasche gewirtschaftet, ohne dass es jemanden auffiel."

„Oder er war dem alten Earl treu ergeben und wollte seinen Tod rächen", entgegnete Green. „Auf jeden Fall haben Sie Recht, er hatte Zugang zu den Finanzen. Es ist schon auffallend, dass er sich noch vor dem Tod des alten Earls nach einer neuen Stellung umgesehen hatte."

„Ja, vielleicht hat der junge Earl ihm schon länger mit der Kündigung gedroht", fügte Sullivan aufgeregt hinzu.

„Oder der Butler hat selbst gekündigt, weil er nicht für den Jungen arbeiten will und sich schon einen Anteil gesichert hatte", ergänze Green.

„Vielleicht hat der Butler Fletcher und Arlington erpresst?"

Green sah sie mit einem beifälligen Nicken an. „Er hat das mit der Beziehung der beiden herausgefunden. Wie Sie schon sagten, hier auf dem Land kommt das gar nicht gut. Erpressung, Rache, Schulden. Geld, ob man es hat oder nicht, ist immer ein gutes Motiv. Daraus ergeben sich eine Menge Fragen, sowohl an Arlington als auch an den Butler." Green sah zu, wie Sullivan sich Notizen machte.

„Jedoch bevor wir uns die beiden noch einmal vorknöpfen, müssen wir das Alibi von Arlington überprüfen."

„Ist schon notiert", sagte Sullivan und hielt ihr Notizbuch hoch.

Green nickte zufrieden. „Außerdem müssen wir die Herkunft der Luger prüfen. Und ohne den Obduktionsbericht kommen wir auch nicht weiter." Er stand auf. „Ich kümmere mich jetzt selbst um den Bericht und Sie prüfen währenddessen Arlingtons Alibi. Anschließend fühlen wir dem Butler noch einmal gründlich auf den Zahn. Ich bin mir sicher, er kann uns etwas zu der Luger sagen."

30.

William trat aus der Polizeistation auf die Straße. Dieser komische Inspektor hatte ihm wirklich unterstellt, er hätte Todd umgebracht.

Dazu immer dieses süffisante Grinsen und die ironische Betonung, wenn er von ihrer Freundschaft sprach. Es war widerlich gewesen. Von so einem Beamten konnte William kein gerechtes Vorgehen erwarten. Als Homosexueller war man auf dem Land Freiwild. Niemand interessierte es, dass sein geliebter Todd tot war, ermordet! Mit zittrigen Händen suchte William nach seinem Autoschlüssel. Nein, fahren konnte er im Moment nicht. Mit zitternden Knien stand er mitten auf der Straße. Er brauchte erst mal einen Tee mit etwas Stärkerem dazu. Vor einem Pub um die Ecke vom Kommissariat standen ein paar Tische einladend auf dem Gehsteig. William setzte sich so weit weg wie möglich von den anderen Gästen an den äußersten Tisch.

Nachdem er einen Tee und einen Brandy bestellt hatte, versuchte er seine Gedanken zu ordnen, es war unmöglich, er war zu aufgewühlt. Alte Erinnerungen an Todd, die Worte des Inspektors und seine Fantasien dazu drängten sich alle auf einmal in seinem Kopf. William dachte an den Rat, den ihm ein Psychiater gegeben hatte, er solle sich einen Fixpunkt suchen, auf den er sich konzentrieren konnte, bis sich die Wogen in seinem Kopf geglättet hätten. Sein Blick fiel auf den Buchladen weiter unten auf der anderen Straßenseite. An der geöffneten Ladentür stand eine ältere Dame mit kurz geschnittenem grauem Haar. Sie trug

345

ein wadenlanges bunt bedrucktes Kleid. Am Fuße der Treppe, die zu dem Laden hinaufführte, stand eine zweite jüngere Frau mit rotblonden Haaren halb hinter einem Lieferwagen verborgen, der am Straßenrand parkte. Sofort dachte er an seine Schwester. Nein, das war albern. Wie Todd schon gesagt hatte, es gab hier viele Frauen mit rotblonden Haaren. Wieso sollte ausgerechnet diese Frau seine Schwester sein? Wurde er jetzt verrückt und sah in jeder Frau mit rotblonden Haaren seine Schwester? Außerdem waren da ja noch die kurzen Arme. Er fixierte die Frau und hoffte, sie würde ein Stück nach vorne treten, doch stattdessen verschwand sie ganz hinter dem Lieferwagen. William beobachtete den Lieferwagen, aber die Frau tauchte nicht wieder auf. Sie musste wohl in die Seitenstraße neben dem Laden eingebogen sein.

William nahm den Brandy, seine Hand zitterte kaum mehr. Todd war erschossen worden, mit der Waffe seines Vaters. Er hatte sie mit den tiefen Schrammen im Griff sofort erkannt, denn sie lag immer geladen in der Nachttischschublade seines Vaters. William hatte nie verstanden, warum sein Vater sie dort aufbewahrt hatte. Hatte er Angst vor Einbrechern gehabt? Aber wer würde schon in diesen alten Kasten einbrechen? Feinde hatte sein Vater nicht gehabt, es war eher andersherum, viele fürchteten sich vor ihm. Wie aus dem Nichts erschien das ernste faltige Gesicht seines Vaters vor seinem inneren Auge. Er schien William mit seinem Blick zu durchbohren. William schauderte. Er ballte seine Hände, bis sich seine Fingernägel tief in die Handflächen bohrten.

Der Schmerz half ihm sich erneut zu fokussieren. Die Waffe. Todd musste sie gefunden haben, doch wie und wann war Todd an sie gelangt? Sein Vater hatte wochenlang das Schlafzimmer nicht verlassen. William konnte sich beim besten

Willen nicht vorstellen, dass Todd zu seinem Vater in das Schlafzimmer gegangen war, während sein Vater noch gelebt hatte.

Er schüttelte den Kopf. Aber als Todd das Haus nach dem Tresor durchsucht hatte, da hätte er die Waffe im Schlafzimmer seines Vaters finden können und unbemerkt einstecken können. Oder Magnus hatte die Waffe, nachdem er sie mal wieder gereinigt hatte, in der Waffenkammer vergessen. Todd konnte sie auch dort gefunden und mitgenommen haben. Warum nur? War er angegriffen worden? Oder hatte er vor jemanden Angst gehabt? Wenn ja, von wem? Hatte er wieder Spielschulden? War irgendein Kredithai hinter ihm her? Das wäre nicht das erste Mal, voriges Mal hatte William die Schulden in letzter Sekunde zahlen können und Todd so vor den Schlägern des Kredithais gerettet. Was, wenn diese Typen sich jetzt an ihn ran machen wollten? William blickte sich verstohlen um, doch die Straße lag völlig ruhig vor ihm. Nur ein paar Hausfrauen tratschten miteinander in der heißen Mittagssonne unter der Markise eines Lebensmittelladens.

Oder Todd hatte genug von ihm. Im schlimmsten Fall gab es schon lange jemand anderen im Hintergrund und Todd hatte nur auf eine gute Gelegenheit gewartet, ihn zu verlassen. Auf Seven Oaks Hall hatte Todd sich sowieso nie wohl gefühlt. Er hatte ihm nie verheimlicht, wie sehr er das Haus mit dem ausgestellten Prunk gehasst hatte. Vielleicht hatte Todd auf der Suche nach Geld und anderen Wertsachen die Waffe gefunden. Im Vergleich zu den anderen Waffen im Haus war sie zwar nicht viel wert, aber immerhin. Nein, beruhigte sich William, er hätte es gespürt, wenn es jemand anderen gegeben hätte. Außerdem hätte Todd ihn nie mit all den Problemen allein gelassen. William spürte, wie sich Tränen in seine Augen drängten. Nein, nicht in der Öffentlichkeit. Er sah sich um, ob ihn jemand beobachtete, doch zum Glück war das Pärchen, das sich am anderen Tisch einen Shepard Pie teilte, mit sich selbst beschäftigt. Offensichtlich frisch verliebt.

Er griff nach der Teetasse nur um festzustellen, dass der Tee mittlerweile kalt geworden war. So hielt er sich an den Brandy, der ihm wohltuend den Magen wärmte. Wie aus dem Nichts überfiel ihn ein fürchterlicher Gedanke, was wenn Todd allein nach Seven Oaks Hall gefahren war, um ihn von seinem Vater zu befreien? Der Gedanke erschreckte William zutiefst, er kippte den restlichen Brandy in sich hinein. Todd hatte ihm nicht genau sagen können, wo er am Todestag seines Vaters gewesen war. Die Geschichte von der Uni war irgendwie unglaubwürdig gewesen, dachte William. Plötzlich sah er die Kristallschale in ihrer Londoner Wohnung vor sich. Nun dämmerte ihm, was ihn damals irritiert hatte: der Schlüssel zu seinem Elternhaus hatte ganz oben gelegen, obwohl er ihn grundsätzlich tief unten in der Schale vergrub. Und nun war in Todds Auto die Waffe seines Vaters aufgetaucht, die sein Vater nie aus der Hand gegeben hatte. William starrte in das leere Glas. War Todd erschossen worden, weil er ihn hatte retten wollen? Vermutlich von Magnus, der ach so treue Diener seines Vaters?

„Ich sollte Magnus umgehend zur Rede stellen!", überlegte William. Schnell stand er auf und warf eine fünf Pfundnote auf den Tisch.

Figgins Lane
Marlborough

Green studierte den Obduktionsbericht. Auf dem Weg zur Pathologie war ihm ein Streifenpolizist mit den dringend

348

erwarteten Berichten entgegengekommen. Sullivan vertiefte sich zur selben Zeit in Bericht der Spurensicherung.

Green las ihr vor, was die Kollegen herausgefunden hatten: „Kaum Kampfspuren am Opfer, eine sehr tiefe, wahrscheinlich von einem Menschen verursachte Bisswunde, an Fletchers Hand." Er wurde leiser und murmelte nur noch. Nach einer Weile fasste er zusammen: „Durch den Regen ist die Hand leider ordentlich abgewaschen worden, weshalb keine Fasern oder anderes zu finden sind. Die Zahnabdrücke sind nicht genau zuzuordnen, weil nach dem Tod auch irgendwelche Tiere an der offenen Wunde gefressen haben. Das Einzige, wobei sich der Pathologe sehr sicher ist, ist, dass der Biss von einem erwachsenen Menschen stammt, da der Abstand zwischen dem Abdruck der Eckzähne mehr als drei cm beträgt. Außerdem ist sie ihm kurz vor seinem Tod zugefügt worden. Ob Fletcher von einem Mann oder einer Frau gebissen wurde, lässt sich nicht mit Sicherheit sagen. Der Biss an Fletchers Hand sei erstaunlich tief, was den Pathologen vermuten lässt, ein Mann hätte zugebissen. Aber das, was noch von der Zahnstruktur zu erkennen ist, würde mehr für eine Frau sprechen."

Ärgerlich beugte sich Green vor und funkelte Sullivan an, als ob sie die Lösung des Falls vor ihm verbergen würde.

Unter seinem strengen Blick, wusste sie nicht, was sie dazu sagen sollte. Also griff sie erneut nach dem Bericht der Spurensicherung. „An der Waffe gibt es keine Fingerabdrücke", sagte sie. „Wie kann das sein? Hat der Täter etwa Handschuhe getragen?" Oder hatte er sie abgewischt, wollte sie gerade nachschieben, als Green schon antwortete.

„Ich denke, das war keine geplante Tat, auch passt die alte Armeepistole nicht dazu." Auf Sullivans fragenden Blick hin erklärte Green: „Wenn man eine solche Tat geplant, würde man sich eine verlässlichere Waffe suchen."

Er nahm ihr den Bericht der Spurensicherung aus der Hand. „Die Waffe hat auf der rechten Seite im Fußraum des Wagens gelegen in einer Regenwasserpfütze", las er vor. „Der Regen hat sie ordentlich abgewaschen", erklärte er Sullivan, Er legte den Bericht wieder beiseite. „Laut Forensik stammen die Fingerabdrücke im Wagen von Fletcher und einer anderen Person." Green verdrehte die Augen. „Völlig klar, wer die andere Person ist. Selbstverständlich Arlington, immerhin haben beide den Wagen benutzt, das hilft uns also nicht weiter", grummelte Green. „Trotzdem müssen wir auf Nummer sicher gehen."

Er zog seine Schreibtischschublade auf, um einen Beutel mit einem Glas hervorzuholen. „Zufällig ist bei Arlington dieses Glas in meiner Tasche gelandet, nachdem er daraus getrunken hatte", grinste er. Sullivan griff nach dem Beutel. „Ich bringe ihn sofort in die KTU."

Green schüttelte den Kopf. „Das hat Zeit, sonst hätte ich es schon gestern selbst getan. Ich bin mir hundert Prozent sicher, dass die Fingerabdrücke von Arlington stammen. Wir brauchen die Bestätigung nur für den abschließenden Bericht." Er wies mit dem Kinn auf den Bericht der Spurensicherung. „Gibt es weitere Spuren an der Leiche oder im Wagen?"

„Außer langen, lockigen, rotblonden Haaren, nichts."

„Was denn für Haare?", blaffte Green erstaunt.

Sullivan blätterte ein paar Seiten in dem Bericht der Spurensicherung zurück. „Hier steht, dass auf der Beifahrerseite im Fußraum des Wagens ein paar lange rotblonde Haare gefunden wurden." Sie tippte auf den entsprechenden Abschnitt und sah auf einmal die junge Frau mit langen rotblonden Haaren und den kleinen Jungen aus der Cafeteria vor ihrem inneren Auge. Schnell wischte sie das Bild aus Ihrem Kopf und konzentrierte sich auf Green. „Arlington hat kurze blonde und Fletcher schulterlange schwarze Haare," erinnerte Sullivan. „So langes Haar könnte auch gut zu einer Frau passen …?" Sie sah Green fragend an.

Er nahm ihr schweigend den Bericht aus der Hand, um die entsprechende Stelle selbst noch einmal nachzulesen. Nach einer Weile blickte er Sullivan über den Rand des Ordners an.

„Sie haben Recht. Auch Kleinigkeiten sind wichtig. Nur würde ich mich nicht festlegen wollen, ob die Haare zu einer Frau gehören."

„Ich komme darauf, weil…", stotterte Sullivan, „heute tragen Männer ihre Haare lieber kurz. Nicht mehr wie…" Verlegen sah sie an Green vorbei aus dem Fenster hinter ihm.

„Nicht so wie die Hippies in meiner Jugend, wollen Sie sagen." Green grinste. „Aber sind Sie sich sicher, dass das auch auf schwule Männer zutrifft?"

Eine Weile lang schwiegen beide.

Endlich unterbrach Green die Stille. „Was fällt Ihnen sonst noch zu der Biss Spur und den Haaren ein?"

Sullivan hatte nur darauf gewartet, ihre Idee preisgeben zu dürfen. „Wenn ich einfach mal ins Blaue hinein vermuten darf, Sir, dann hat im Wagen eine Frau gesessen, oder ein Mann", ergänzte sie mit einem Seitenblick auf Green. „Die oder der hat sich mit Todd Fletcher gestritten, daher die rotblonden Haare im Fußraum. Bei einem Kampf zu beißen, ist eher eine weibliche Art sich zu wehren."

„Mmmh. Könnten die Haare nicht auch schon länger dort gelegen haben?"

Sullivan schüttelte den Kopf. „Das glaube ich nicht. Der Wagen wirkte sehr gepflegt. Als ob er mindestens einmal die Woche gereinigt würde. Aber das können wir ja überprüfen lassen."

Green nickte anerkennend.

„Es gab im Wagen nur Fingerabdrücke von zwei verschiedenen Personen, Fletcher und, wie ich bisher vermutet habe, Arlington. Nehmen wir jedoch an, dass Fletcher das Auto erst vor kurzem gereinigt hat und Arlington danach nicht mehr den Wagen benutzt hat, dann wären die Abdrücke von einer anderen Person", überlegte er laut. Er griff nach dem Beutel mit dem Glas und drehte es in der Hand.

Sullivan streckte die Hand danach aus. „Soll ich es gleich in die KTU bringen?"

Green schüttelte den Kopf. „Nein, lassen Sie uns erst unsere Überlegungen abschließen." Er legte dem Beutel beiseite. „Wenn ich jedoch recht habe und die Fingerabdrücke stammen von Arlington, wieso gab es von der anderen Person keine Fingerabdrücke im Wagen? Und in welcher Beziehung stand sie zu Fletcher und vielleicht auch zu Arlington? Wer könnte sie sein? Wo ist das Motiv? Wo ist sie jetzt?"

Sullivan verzog den Mund. „Da habe ich keine Lösung", gab sie kleinlaut zu.

„Mmmh, macht nichts. Gehen wir zuerst einmal davon aus, dass eine weitere Person im Spiel ist." Green tippte auf die entsprechenden Worte. „Die müssen wir finden, lebendig oder tot."

„Wie kommen Sie darauf, dass sie tot sein könnte?"

Green erzählte Sullivan von seiner Theorie, dass Fletcher mit einem neuen Freund ober aber auch einer neuen Freundin unterwegs gewesen sein könnte.

„Das klingt sehr plausibel. Wenn Arlington Fletcher gefolgt ist, ihn mit dieser Person zusammen gesehen hat, könnte er Fletcher aus Eifersucht erschossen haben." Sie zögerte. „Nur, wo ist sie?"

„Wenn es eine Beziehungstat gewesen ist, wenn Arlington der Mörder war, weil er eifersüchtig auf diese Person war,

352

warum sollte er sie nicht auch erschossen haben?", mutmaßte Green. „Was soll er sonst mit ihr gemacht haben?"

„Nein", unterbrach Sullivan sofort. „Jedenfalls nicht mit dieser Waffe, es ist nur ein Schuss abgegeben worden."

„Denkbar ist auch, dass die Person weggelaufen ist und Arlington sie verfolgt hat."

„Hätten wir in dem Fall nicht trotz des Regens irgendwelche Spuren finden müssen?", warf Sullivan ein.

„Es ist vertrackt: wir haben nichts in der Hand, keine Spuren, keine Beweise, noch nicht einmal ein klares Motiv", polterte Green verärgert los.

Sullivan zog den Kopf ein, mit Greens Impulsivität kam sie kaum zurecht. Das gab ihr ständig das Gefühl, etwas falsch gemacht zu haben.

„Gut, gehen wir von dem Teil der Theorie aus, der besagt, dass Fletcher mit einer weiteren Person im Auto gesessen hat und Arlington den beiden auf die Spur gekommen ist. Dafür brauchen wir erst einmal Beweise. Wir müssen herausfinden, wann und wo diese Person in Fletchers Auto gestiegen ist und vor allen Dingen wer sie ist."

„Eventuell war sie auch gar nicht mit Fletcher befreundet, sondern nur ein Tramper, den Fletcher einfach mitgenommen hat", spekulierte Sullivan.

„Warum sollte irgendein Tramper Fletcher erschießen?", fragte Green verwirrt.

„Es könnte sein, dass Fletcher ihn bedrängt hat, sodass er sich wehren musste", flüsterte Sullivan. Green sah, wie ihr die Röte ins Gesicht stieg.

„Auf jeden Fall müssen wir erfahren, wie die Luger in den Wagen gekommen ist." Er nahm erneut den Beutel mit der Waffe in die Hand und betrachtete sie. „Eine Luger mit 7,65 mm ist schon etwas Besonderes. Außerdem müssen wir unbedingt den Tathergang nachvollziehen können, soll heißen, wie der Schuss abgegeben worden ist."

Sullivan schluckte, ganz tief in ihrem Hinterkopf regte sich eine Erinnerung verbunden mit einem verrückten Gedanken, den sie selbst jedoch nicht richtig in Worte fassen konnte. In dem Obduktionsbericht hatte Sullivan den Satz gelesen, den der Pathologe in Anführungszeichen gesetzt hatte: „Der Schütze müsste mit dem Fuß geschossen oder auf dem Kopf gestanden haben." Wieder sah sie die Frau aus der Cafeteria vor sich, wie sie mit den Füßen den Mund ihres Jungen abwischte? Sie war sehr geschickt mit ihren Füßen gewesen. Aber könnte jemand auch so geschickt mit den Füßen sein, dass er eine Waffe bedienen könnte? Allein dieser Gedanke kam ihr selbst schon extrem weit hergeholt vor, dass sie sich nicht traute, ihn laut zu äußern.

Außerdem hatte Green sich auf Arlington eingeschossen, weshalb er ihrer abwegigen Theorie höchstwahrscheinlich gar nicht zuhören würde. Dafür brauchte sie zuerst noch weitere Informationen, bevor sie laut darüber reden konnte. Irgendwann einmal hatte sie einen Bericht in einer Illustrierten gelesen über Kinder, die ohne Arme aufgewachsen waren. Die kleinen Jungen und Mädchen hatten mit den Füßen Bilder gemalt. Besonders beeindruckt hatte sie das Foto eines kleinen Jungen, der seinen Löffel mit dem Fuß hielt, um ihn geschickt zum eigenen Mund zu führen. Wo hatte sie das nur gelesen?

„Diese alte Waffe führt uns zu Arlington oder dem Butler. Ich bin mir sicher, dass Arlington gelogen hat, er kannte die Waffe. Er steckt irgendwie mit drin. Wir müssen unbedingt die Waffenscheine das Earls zu überprüfen." Entschlossen legte Green die Luger zurück auf den Tisch und sah zu Sullivan hinüber. „Außerdem müssen wir wissen, wer mit Fletcher im

Wagen gesessen hat. Arlington, der Butler, ein Tramper oder jemand, der mit dem Herrenhaus in Verbindung steht. Dieser wäre ein wichtiger Zeuge oder ist sogar der Täter. Wir müssen diese Person finden, nur auf diese Weise können wir erfahren, in welchem Verhältnis sie zu Fletcher stand. Wir brauchen jemanden, der die beiden zusammen gesehen hat. Ob Mann oder Frau… Sergeant?"

„Oh, Entschuldigung Sir, ich war ganz in Gedanken." Sullivan wurde rot.

Green beobachtete sie genervt. „Sie waren zwar die letzten Tage schon in der Umgebung unterwegs, um etwas über Arlington herauszubekommen, trotzdem sollten Sie die Gegend ein zweites Mal abklappern, diesmal fragen Sie nach dem roten Sportwagen. Solche Wagen fahren nicht viele in der Gegend herum. Die Chance, über ihn eine Spur von Fletcher zu finden, ist deshalb groß. Nehmen Sie auch ein Foto von Fletcher mit. Hoffentlich hat ihn jemand zusammen mit einem Mann oder einer Frau mit rotblonden Haaren gesehen."

Sullivan stand umgehend auf, griff nach dem Beutel mit dem Glas auf dem Tisch. „Das bringe ich vorher noch schnell in die KTU." Sie steckte den Beutel in ihrer Tasche und verließ das Büro.

Green sah ihr nach, ihr Querdenken war wirklich hilfreich. Vermutlich hatte er sich zu sehr auf Arlington eingeschossen. Natürlich stand er als Verdächtiger weiterhin an erster Stelle. Die Frage, wie er an den Tatort gekommen war und von dort wieder spurlos verschwinden hatte können, ließ sich jedoch bisher nicht beantworten. Musste er umdenken? Ratlos starrte er auf den Aktenberg vor sich.

Außerdem blieb die Frage offen, wie der Schuss abgegeben worden war.

Im Obduktionsbericht hatte der Pathologe zwar penibel alle Fakten zu dem Schuss beschrieben, aber selbst daraus ließ sich noch keine Theorie ableiten. Er nahm den Bericht erneut zur Hand, um die entsprechende Passage zu suchen. Auch nach mehrmaligen Lesen blieb die Frage offen. Die in Gänsefüßchen gesetzte Vermutung des Pathologen half auch nicht weiter. Mit dem Fuß! Im Kopfstand! Was für ein Spaßvogel dachte Green ärgerlich. Ein Schuss aus einer Entfernung von circa 1 Meter 50, von schräg unten, war kaum vorstellbar. Die Kugel war aus diesem unmöglichen Winkel direkt ins Herz gedrungen. Der Mann war auf der Stelle tot gewesen.

Am Morgen hatte Green Zeit damit zugebracht alle möglichen Sitzpositionen im Auto durchzugehen, um die richtige Position zu finden, aus der der Schuss gekommen sein könnte. Das Einzige, was dabei herausgekommen war, waren ein verzogener Rücken, bei all den Verrenkungen, die er gemacht hatte. Er hatte es zwar zuhause in seiner Einfahrt probiert. Dummerweise war seine Frau dazugekommen. Ob er zwei alte Versprechen auf einmal einlösen wollte, endlich den Wagen aufzuräumen und Sport zu treiben, hatte sie ihn amüsiert gefragt. An diesem Punkt kamen sie nicht weiter. Verärgert legte er den Bericht zurück. Er brauchte einen anderen Ansatz. Arlington! Ihn musste er sich endlich richtig vorknöpfen. Es bestand die Möglichkeit, dass die Frau zu seinem Bekanntenkreis gehörte.

Leider war er schon von der oberen Etage gebremst worden. Sicher kannten sich die Herrschaften vom Golfen oder waren zusammen auf Fuchsjagd gewesen. Aber das würde ihn auf keinen Fall aufhalten. Arlington war die einzige konkrete Spur, die sie hatten, jedenfalls solange bis Sullivan etwas über die andere Person herausgefunden hatte.

31.

Maeggan räumte die letzten Bücher in die Regale. Heute war im Laden wirklich viel los gewesen, ihr war keine Zeit geblieben, an etwas anderes zu denken. Erst jetzt kamen die Traumbilder der Nacht mit Macht zurück. Sie hatte von ihrem Bruder geträumt und ihren leiblichen Eltern, den Adeligen von Seven Oaks Hall. Was für ein Vater setzt ein Neugeborenes in einer Winternacht einfach aus! Eigentlich müsste sie Todd dankbar dafür sein, dass er ihren leiblichen Vater ermordet hatte. Maeggan schüttelte sich entsetzt. Wie konnte sie nur so denken? Immerhin hatte ihr Vater versucht Kontakt zu ihr aufzunehmen, vielleicht hatte er sich bei ihr entschuldigen wollen. Dank Todd würde sie es nun nie erfahren. Womöglich wusste ihr Bruder mehr. Mrs Moringthon hatte ihr von dem kleinen Jungen erzählt, der in der Nacht nach ihrer Geburt hinter der Tür gestanden hatte und sich einfach nicht hatte wegschicken lassen.

William hatte zwar seine Mutter früh verloren, doch sein Vater war ihm geblieben. Und er war auf dem großen Anwesen aufgewachsen, während sie in die Kälte ausgesetzt worden war. Sie fröstelte. Ihr Bruder konnte nichts dafür, ihm durfte sie nicht böse sein. Ihr leiblicher Vater trug die alleinige Schuld an der ganzen Misere. Ihm gegenüber hegte Maeggan Groll gleichzeitig spürte sie eine Sehnsucht in sich. Schon immer hatte sie sich ein Geschwister gewünscht. Ein großer Bruder. Das wäre wunderbar. Es wäre albern, den Kontakt zu ihrem Bruder zu meiden, nur weil sie wütend auf ihren verstorbenen Vater war. Sie konnte sich nur nicht entscheiden, ob sie mit ihrem Bruder über Todd sprechen konnte oder wollte, trotzdem würde sie ihn morgen anrufen.

Auf dem Heimweg fiel William ein, dass er wegen der ganzen Aufregung natürlich vergessen hatte einzukaufen. So blieb ihm nichts weiter übrig, als zurück nach Marlborough zu fahren, dabei ging ihm die junge Frau mit den rotblonden Locken vor der Buchhandlung nicht mehr aus dem Kopf. Vielleicht war es doch Fahrradfahrerin gewesen, die er neulich fast überfahren hätte, also seine Schwester womöglich? Todd hatte angeboten, Kontakt zu ihr aufzunehmen. Ob ihm das gelungen war, würde er nie mehr erfahren, außer …. Er musste es selbst in die Hand nehmen, schoss es ihm durch den Kopf. Abrupt hielt er mitten auf der Landstraße den Wagen an. Sofort hörte er hinter sich ein Hupkonzert. Einige Wagen überholten ihn, während die Fahrer ihm böse Blicke zu warfen. William war wie in Trance. Ja, das war jetzt seine Aufgabe. Er war sich sicher: diese junge Frau war seine Schwester. Diese rotblonden Locken erinnerte ihn unglaublich an seine Mutter.

Ein weiterer Wagen fuhr sehr nah und laut hupend an William vorbei.

„Es kann doch kein Zufall sein, dass ich sie immer wieder sehe. Ich muss diese Frau finden und befragen."

Er legte den Gang ein und gab entschlossen Gas, eine Schwester zu bekommen erschien ihm gerade wie ein unerwartetes Geschenk.

Cardigan Road
Marlborough

Maeggan eilte die Stufen zum Haus hinauf, sie hatte am Morgen Fynn vorgeschlagen, auf Henry aufzupassen, damit er Caro und Ava abholen konnte. Fynn zog gerade Henry seine Schuhe an, während beide dabei fröhlich Kinderlieder sangen.

„Willst du wirklich Henry mitnehmen, um Caro abzuholen?", fragte sie. „Ich kann auch gerne mit ihm zuhause warten."

„Er wollte unbedingt mit, aber eigentlich hast du Recht, er ist wirklich aufgedreht. Meinst du, du wirst mit ihm fertig? Es wird nicht leicht sein, ihn zu bändigen."

„Das gilt auch für dich, wenn du ihn mitnimmst und du musst dich um Caro und das Baby kümmern. Lass ihn ruhig bei mir. Ich nehme ihn zum Einkaufen mit, da ist er abgelenkt, außerdem sitzt er brav im Buggy".

„Willst du das wirklich? Ich kann auch später einkaufen, wenn wir zurück sind. Es fehlt sehr viel, das wird schwer zu transportieren."

„Ich kaufe nur ein, was ich im Buggy verstauen kann. Du kannst morgen dann den Großeinkauf mit dem Auto machen. Heute ist anderes wichtiger."

Fynn lächelte sichtlich entspannter. „Danke." Er setzte Henry ins Wohnzimmer in seine Spielecke, drückte ihm einen Kuss auf die Stirn, griff den Autoschlüssel und schon war er verschwunden. Sofort wollte Henry hinter Fynn herlaufen, Maeggan winkte flugs mit seinem Lieblingsspielzeugauto, das Fynn am Vorabend beim Aufräumen hinter dem Sofa wieder gefunden hatte. Henry zögerte einen Augenblick, schließlich schnappte er sich das kleine Auto, um damit enthusiastisch seine Runden auf dem Teppich zu drehen.

Nachdem Maeggan die Küche aufgeräumt hatte, ergänzte sie ihre Einkaufsliste, es fehlten schon wieder Butter, Knoblauch und Käse.

„Henry, wollen wir einkaufen gehen?", rief sie ein wenig später ins Wohnzimmer.

Der Kleine tappte sofort in die Küche. Maeggan trug ihn zu dem Buggy, der draußen vorm Haus stand.

Der Gemischtwarenladen lag nur zwei Seitenstraßen entfernt, den Buggy zu schieben, war für Maeggan nicht gerade bequem, die Haltegriffe waren viel zu niedrig. Auf ebenen Boden konnte sie den Buggy mit dem Bauch vorwärts stupsen. Jedoch in jeder Kurve und bergab musste sie sich äußert unbequem nach unten beugen, deshalb sah sie kaum, wo sie hinlenkte. Wie Fynn das wohl machte, oder ließ er immer Caro den Buggy schieben?

„Den Buggy müsste man genauso umbauen wie mein Fahrrad", schimpfte sie ärgerlich, als sie sich nach unten bückte und sich auf die Haltestange lehnte, um den Buggy anzukippen. Nur auf diese Weise schaffte sie es, ihn über die Bordsteinkante auf der anderen Straßenseite zu hieven.

Sie war so mit dem Buggy beschäftigt, dass sie den schwarzen Mercedes, der mit einigen Abstand hinter ihr herfuhr, gar nicht wirklich wahrnahm.

Als sie nach ein paar hundert Metern am Laden ankam, tat ihr schon der Rücken weh, von dem ständigen Bücken. Sie stellte den Buggy vorne bei den Kassen ab und hob Henry in den Kindersitz des Einkaufwagens.

William stellte den Mercedes auf dem Parkplatz vor dem Laden ab. Als er nach Marlborough zurückgefahren war, hatte er die Rotblonde mit einem Kinderwagen auf der Straße entdeckt. Nachdem er einen Moment gewartet hatte, folgte er ihr in den

Lebensmittelladen. Er sah ihr dabei zu, wie sie den kleinen Jungen aus dem Buggy hob, um ihn in den Einkaufswagen zu setzen. Sie benahm sich wie eine völlig normale Frau, die mit ihrem Kind einkaufen ging. Sie schien nicht zu sehen, dass die Leute sie anstarrten. War sie sich dessen überhaupt bewusst, wie ungewöhnlich das war, was sie tat? Offenbar nahm sie ihre verformten Arme nicht als Behinderung wahr, so ein Selbstbewusstsein hätte er auch gerne. William versuchte sich vorzustellen, wie er sich verhalten würde, wenn er Arme hätte wie ein Känguru. Er sah an sich hinunter, nein, das war unvorstellbar. Verkriechen würde er sich, auf keinen Fall könnte er es aushalten, immer angestarrt zu werden. Große Menschenmengen mied er sowieso schon, wo immer es möglich war. Er hasste es, wenn er die Aufmerksamkeit auf sich zog. Dabei war er ein normaler Mensch unter anderen normalen Menschen. Dieses Mädchen war nicht normal und gleichzeitig war sie es doch.

Fasziniert sah er ihr zu, wie sie den Einkaufwagen mit ihrem Bauch vorwärts schob.

In der Gemüse-Abteilung stellte Maeggan fest, dass sie den Einkaufszettel vergessen hatte, sie versuchte sich zu erinnern: Tomaten und Knoblauch hatte sie gestern schon aufgeschrieben, aber was noch?

Sie schubste den Wagen mit ihrem Bauch etappenweise durch die Gänge, immer, wenn sie um eine Kurve fuhr und sich dabei hinunterbeugte, um zu lenken, kam sie Henry ganz nahe, dann knuddelte Henry sie, während sie ihn kitzelte.

Am Käseregal versuchte sie sich zu erinnern, welchen Käse Fynn und Caro lieber mochten, als ihr eine ältere Dame unbedingt helfen wollte. Obwohl Maeggan höflich ablehnte, ließ die Frau nicht locker, weshalb Maeggan dann Käse Käse sein ließ, um Henry weiter zur Fleischabteilung zu schieben. Das

Päckchen mit der Wurst, die sie haben wollte, lag natürlich im aller obersten Fach. So sehr sie sich auch streckte, sie konnte es nicht erreichen. Als sie sich umsah, erblickte sie einen jungen Mann, der in ihrer Nähe stand, vertieft in die Beschriftung einer Schinkenpackung. Er trug eine elegante Hose mit einem Lacoste Poloshirt. In jedem Feinkostladen wäre er besser aufgehoben. Zwischen den Hausfrauen und Sonderangeboten wirkte er irgendwie fehl am Platz. Ohne Einkaufswagen stand er zwischen den Regalen herum. Sie wendete sich an ihn.

„Entschuldigung! Könnten Sie mir das Päckchen mit der italienischen Salami herunterreichen?"

William legte nachlässig die Schinkenpackung zurück ins Regal. Verwirrt schaute er auf die verschiedenen Wurstsorten, während er fieberhaft überlegte, was er nur sagen könnte. Doch selbst, wenn ihm etwas eingefallen wäre, hätte er es nicht aussprechen können, so zugeschnürt war seine Kehle. Endlich angelte er die Salami aus dem obersten Regalfach.

„Ist dieses das Richtige?", zwang er sich zu fragen.

Er zeigte ihr die Packung, die er in der Hand hielt.

Die Frau nickte. „Ja genau. Die meine ich."

William legte das Päckchen in ihren Einkaufswagen.

„Vielen Dank!"

„Gern geschehen."

Wie der Wind verschwand William hinter dem nächsten Regal. Schweratmend blieb er zwischen Kaffee und Marmelade stehen. Salami! Warum ausgerechnet italienische Salami, dachte William verwirrt. Wie sie ihn einfach gefragt hatte, als ob es das Normalste in der Welt wäre. Was hatte er nur für einen Unsinn geantwortet? Erneut hatte er eine Chance verpasst, ein Gespräch mit ihr zu beginnen. Er war keinen Schritt vorangekommen. Im Gegenteil, sein Respekt war weitergewachsen, was sollte er nur tun? Hier stehen bleiben jedenfalls nicht. William wischte seine schweißnassen Hände an seiner Hose ab.

An der Kasse drängte sich William vorsichtig an den Kunden vorbei. Er hatte nichts zu bezahlen und wollte nur den Laden verlassen. An der Nachbarkasse reihte sich die rotblonde Frau in eine der Schlangen ein. Zusammen mit dem kleinen Jungen legte sie ihre Waren auf das Band. Während sie sich tief in den Einkaufswagen hinab beugen musste, um den Einkauf herauszuheben, konnte der Kleine einfach, aus seinem Sitz heraus, die Sachen auf das Band werfen.

Auf der Höhe der Kasse angekommen, sah er, dass sich die Frau in seine Richtung wendete. Rasch stellte er sich hinter einen Zeitungsstand.

Sie schaute gar nicht in seine Richtung, sondern kramte ihr Portemonnaie aus ihrer Umhängetasche. Es dauerte ein Weilchen, bis sie das Geld herausgezogen hatte. Die Schlangen an der Kasse wurden in der Zeit immer länger. Da hörte William in der Schlange von weiter hinten eine zeternde Stimme. Eine ältere Dame plusterte sich immer weiter auf. „Wieso geht es da vorne nicht weiter? Wie lange soll das denn dauern? Ich werde mich beim Geschäftsführer beschweren."

Die Kassiererin, die gerade von der jungen Frau das Geld entgegennahm, rief nur nach hinten: „Wenn es Ihnen hier zu lange dauert, gehen Sie an die andere Kasse."

Die Kassiererin lächelte die rotblonde Frau entspannt an.

„Warten Sie, ich komme herum und helfe Ihnen, die Waren unten in den Buggy zu verstauen."

Seelenruhig verließ sie die Kasse, um alles einzupacken. Die anderen Leute in der Schlange warteten geduldig. Nur die ältere Dame stellte sich weiter schimpfend an das Ende der anderen Warteschlange.

Hinter den Zeitungen versteckt, beobachte William, wie die Frau den kleinen Jungen aus dem Einkaufswagen hob, ihn in den Buggy setzte und den Laden verließ. Er wartete ein Weilchen, bis er den fragenden Blick des Zeitungsverkäufers bemerkte, dann eilte er zu seinem Wagen.

Auf dem Heimweg fiel Maeggan auf, dass sie den Käse vergessen hatte.

„Nur wegen der blöden Ziege", knurrte sie laut vor sich hin. Aus dem Buggy ertönte ein lautes „Mäh". Maeggan lachte.

Ein alter schwarzer Mercedes überholte sie. Gleichdarauf hielt er ein wenig weiter vorne am Straßenrand. Der Mann, den sie im Laden angesprochen hatte, stieg aus. Er blieb neben dem Wagen stehen und sah ihr entgegen. Überrascht hielt Maeggan den Buggy an, es dauerte einen Moment, bis sie sich entschieden hatte, was sie tun sollte. Endlich gab sie sich einen Ruck. Vorsichtig stupste sie den Buggy weiter vor sich her. Sie wollte so rasch wie möglich an dem Mann vorbeigehen.

„Entschuldigen Sie bitte, dass ich Sie anspreche."

Sie bückte sich, um den Buggy zu stoppen. Als sie sich aufrichtete, blickte sie aufmerksam zu dem Mann hinüber. Dieser trat auf sie zu. „Könnte es sein, dass wir uns schon mal gesehen haben?", fragte er unsicher.

Maeggan betrachtete ihn lange. „Nicht, dass ich wüsste." Plötzlich fiel es ihr wieder ein „Doch, doch, Sie haben mir vor ein paar Tagen die Vorfahrt genommen, als ich mit dem Fahrrad unterwegs war."

„Das tut mir wirklich schrecklich leid."

„Die Entschuldigung kommt ein bisschen spät. Aber zum Glück ist mir nicht passiert." Mit einem Blick auf den Wagen fügte sie hinzu: „Nur ihr Auto scheint etwas abbekommen zu haben."

„Ach, das ist nur ein Scheinwerfer", wehrte er ab. „Ich wollte mich auf jeden Fall noch einmal dafür entschuldigen."

Der Mann starrte auf den Gehsteig.

„Sind Sie aus Marlborough?", fragte er zögernd.

Maeggan trat überrascht einen Schritt zurück. „Nein." Was wollte er von ihr? Irgendwie kam er ihr vertraut vor, gleichzeitig war ihr aber auch gerade das unheimlich. Sie zog sich weiter zurück. „Ich komme aus Wales."

Der Mann fuhr sich verlegen mit der Hand durch sein kurzes blondes Haar. Ein betretenes Schweigen breitete sich aus. Maeggan stupste den Buggy an und wollte weitergehen.

„Sie sind meine Schwester!", sprudelte es aus dem Mann geradezu heraus.

Maeggan blieb stehen und hielt den davon rollenden Buggy an. Sie sah nicht zu dem jungen Mann, sondern bückte sich bedächtig, um an Henrys Pullover herum zu zupfen.

„Wie kommen Sie denn darauf?", fragte sie mit rauer Stimme und richtete sich wieder auf.

„Also ich…" Er räusperte sich. „Ich bin William Arlington", stellte er sich vor.

Maeggan entspannte sich, der Name sagte ihr gar nichts. Schon setzte sie zu einem leichten ironischen Knicks an, um sich selbst vorzustellen, da fiel ihr ein, dass sie den Namen in der Zeitung gelesen hatte.

„Der neue Earl von Seven Oaks Hall?"

Fassungslos starrte Maeggan ihn an. Ihr Bruder! Sie hatte sich vorgenommen, ihn anzurufen. Jetzt stand er vor ihr. Woher wusste er, dass sie in Marlborough war? Wie hatte er sie überhaupt erkannt? Die Gedanken rasten durch ihren Kopf.

„Es ist eine komplizierte Geschichte", fing William an. „Zuerst einmal sehen Sie aus wie meine", er räusperte sich, „ich meine, unsere Mutter. Außerdem habe ich erfahren, dass meine

Schwester eine solche Behinderung hat wie sie." Verlegen zeigte William auf Maeggans Arme.

Maeggan schwieg weiter.

„Auf Seven Oaks Hall gibt es ein Porträt von meiner Mutter, ich meine unserer Mutter, da können Sie sehen, dass Sie ihr wirklich sehr ähneln", redete William weiter.

Endlich kam Bewegung in Maeggan. Das ging ihr alles zu schnell. Endlich hatte sie das Gefühl gehabt, wieder die Oberhand über ihren Alltag zu gewinnen, da brach alles erneut in sich zusammen.

„Es gibt viele Frauen mit rotblonden Haaren. Außerdem auch andere mit kurzen Armen", entgegnete sie störrisch.

„Es gibt Beweise", hob William trotzig hervor. „Mein Notar hat mir die Adoptionsunterlagen gegeben. Ich kann Sie Ihnen zeigen, sie liegen bei mir Zuhause auf Seven Oaks Hall."

William trat nochmals näher an Maeggan heran. Flink stellte sich Maeggan so, dass Henrys Buggy zwischen ihnen stand. Erschrocken sah Henry zwischen William und Maeggan hin und her.

„Mama", quengelte er, schob sich den Daumen in den Mund, gleichzeitig rutschte er in seinem Buggy umher.

„Ich muss Henry heimbringen", flüsterte Maeggan und bugsierte den Buggy an William vorbei.

„Bitte lassen Sie mich nicht einfach stehen", flehte William. „Kommen Sie bitte nach Seven Oaks Hall, ich würde mich wirklich freuen."

Maeggan stoppte den Buggy, um sich zu William umzuwenden. „Mal sehen, vielleicht, wenn ich Zeit finde", versprach sie zurückhaltend, obwohl sie schon wusste, dass nichts auf der Welt sie daran hindern würde, nach Seven Oaks Hall zu fahren, um endlich Licht ins Dunkel zu bringen.

32.

Ein beiger Transporter versperrte Green die Auffahrt zum Herrenhaus. Er stieg aus seinem Wagen, um den Transporter zu umrunden, in dem es rumpelte. Neugierig schaute er in das geöffnete Heck. Magnus war dabei einige Kisten und Koffer zu verladen. An die offene Tür gelehnt beobachtete Green den Butler. Erst als Magnus sich umdrehte, bemerkte er Green. Magnus zuckte zusammen, fing sich jedoch gleich wieder.

„So eine Überraschung." Er grinste und versuchte dabei mit dem Fuß unauffällig einen großen braunen Koffer hinter eine Kiste zu schieben. „Sie wollen sicher zu dem jungen Herrn und seinem Freund." Magnus gab es auf den Koffer zu verschieben und schwang sich aus dem Wagen. Er landete federnd direkt neben Green, der ein paar Schritte zurücktrat.

„Sie ziehen um?", fragte Green dabei gelassen.

Magnus nickte, während er sich die Hände an einem alten Tuch abrieb. „Ich habe die Stelle im Norden angenommen." Nachdem er den Lappen hinter sich in den Wagen geworfen hatte, verriegelte er die Wagentüren. „Die beiden sind nicht zu Hause."

Während er die Autoschlüssel aus seiner Hosentasche kramte, trat er von Green weg zur Fahrertür. Plötzlich wandte er sich wieder um. „Haben Sie den Freund gefragt, was er an dem besagten Tag im Haus getrieben hat?"

„Das war mir leider nicht mehr möglich." Green beobachtete Magnus genau.

„Wieso das denn? Hatte er sich verdrückt?"

„Verdrücken ist wohl nicht der richtige Ausdruck." Green bohrte seinen Blick tiefer in Magnus hinein. Dieser warf nervös den Autoschlüssel von einer Hand in die andere, dabei funkelte er Green ungeduldig an.

„Wo waren Sie eigentlich vorgestern?", fragte Green so, als ob ihn die Frage nur am Rande interessieren würde.

„Ich? Habe ich doch gesagt, ich habe meine neue Stelle angetreten. Was soll die Frage?"

„Nun, das wäre die letzte Möglichkeit gewesen, mich mit Fletcher zu unterhalten. Danach war er nicht mehr in der Lage etwas zusagen."

Magnus ließ vor Schreck den Autoschlüssel fallen. „Soll das heißen, er ist tot?"

Green nickte.

Es dauerte einen Moment bis Magnus sich wieder rührte. „Tot! Das is n´ Ding!" Er sah sich nach dem Autoschlüssel um und hob ihn auf.

„Und wieso fragen Sie jetzt nach meinem Alibi? Sie wollen doch nicht sagen, er wäre …?" Magnus starrte Green mit offenem Mund an. Plötzlich schnaubte er entrüstet: „Glauben Sie ja nicht, Sie könnten mir das in die Schuhe schieben! Fragen Sie lieber den jungen Earl. Diese Tunten haben sich ständig gestritten. Außerdem haben beide den Alten gehasst."

Green unterbrach ihn. „Wir werden Arlington dazu befragen. Ihr Alibi werden wir natürlich auch überprüfen", erklärte er ruhig. „Eine Frage habe ich trotzdem noch an Sie."

Heftig atmend blickte Magnus Green aufmerksam an.

„Wir müssen wissen, welche Waffen der Earl besitzt."

„Soll das heißen, er hat seinen Liebsten erschossen?"

Green reagierte nicht auf die Frage. „Ich nehme an es gibt einen Waffenschrank, oder eine Kammer, die Sie uns zeigen können."

„Ich arbeite hier nicht mehr." Nach kurzem Überlegen fügte Magnus hinzu: „Aber der Polizei hilft man natürlich immer gerne." Während er den Autoschlüssel einsteckte, ging er forsch auf das Herrenhaus zu.

Zielstrebig ging Magnus die Bibliothek, hielt auf den ausgestopften Eber zu und griff ihm ins Maul. Triumphierend zog er einen Schlüsselbund hervor, den er Green unter die Nase hielt.

„Und weiter? Wo ist der Waffenschrank?"

Magnus zuckte mit den Achseln und ging zurück in die Eingangshalle. Er zeigte auf eine kleine Tür, die halb unter der Treppe versteckt war. Green trat auf die Tür zu, um das Schloss zu untersuchen. Nachdem er festgestellt hatte, dass es unbeschädigt war, trat er zurück. „Na, dann schließen Sie auf!"

Es dauerte ein Weilchen bis Magnus den richtigen Schlüssel gefunden hatte, endlich drehte sich der Schlüssel knirschend im Schloss. „Bitteschön!" Mit einer einladenden Handbewegung zu Green trat er beiseite.

Ohne den Kopf einziehen zu müssen, schritt Green in den kleinen Raum. Er betrachtete die Waffen, die aufgereiht in ihren Halterungen nebeneinanderstanden. Neben alten und neuen Jagdgewehren, standen antike Gewehre und verschiedene alte Hieb und Stichwaffen. Alle wirkten sorgfältig gepflegt. Auf einem kleinen Tisch befand sich das Material, was zum Reinigen der Waffen benötigt wurde. Darüber lagen auf einem Board ordentlich aufgereiht einige Handfeuerwaffen. Auch hier schien von antiken Pistolen bis hin zu den neuesten Modellen alles vertreten zu sein. Nirgends war eine Lücke, die auf eine fehlende Waffe hingedeutet hätte.

Green wandte sich zu dem Butler um. „Sind das alle Waffen?"

Magnus zog die Augenbrauen hoch. „Sind das nicht genug?", fragte er sarkastisch. Nach einem Blick in Greens starre

Miene, murmelte er: „Da gibt es eine Luger, die hatte mein Herr immer zu seinem persönlichen Schutz in seiner Nachttischschublade liegen."

Sie verließen die Waffenkammer. Auf Greens auffordernde Handbewegung hin, schloss Magnus die Tür ab. Als er den Schlüsselbund einstecken wollte, forderte Green ihn auf, ihm den zu geben. Schulterzuckend reichte Magnus den Bund an Green weiter.

„Gibt es einen zweiten Schlüssel?", fragte Green, während er die Schlüssel in seiner Hosentasche verstaute. Magnus schüttelte den Kopf.

„Zeigen Sie mir die Luger!"

Magnus ging die Treppe hinauf und führte Green in das Schlafzimmer des alten Earls. Dort blieb er in der Tür stehen. Green trat an den Nachttisch, um die Schublade zu öffnen, sie war leer. Er sah mit hochgezogenen Augenbrauen zu dem Butler hinüber. Magnus kam näher und blickte überrascht in die Schublade. „Sie müsste hier liegen, ich habe sie nach jeder Reinigung zurückgelegt. Bevor der Earl krank wurde, hat er es sie natürlich selbst gereinigt, am Ende war das dem alten Herrn zu anstrengend."

„Wer wusste von dieser Waffe?"

Magnus zuckte mit den Achseln. „Jeder, der hier im Zimmer gewesen ist. Oft genug lag die Luger oben auf dem Nachttisch. Er hat sie gerne allen gezeigt", murmelte er in die Schublade schauend. „Ist die Tunte mit der Luger erschossen worden?" fragte er neugierig. Green dankte ihm nur und verließ das Zimmer.

Figgins Lane
Marlborough

Das Undenkbare denken, hatte sein Ausbilder immer ange-
merkt. Wenn man gar nicht weiter kam, ruhig auch einmal die
verrücktesten Theorien zulassen. Green war genau an diesem
Punkt angelangt. Die wenigen Fakten, Indizien, Tatverdäch-
tige, sowie Motive waberten wie Nebel durch seinen Kopf. Sein
Kopf fühlte sich genauso leer an, wie das Blatt Papier vor ihm.
Er griff nach einem Kugelschreiber, um Fragen zu notieren:
Eventuell doch ein Killer aus London? Oder war der Täter der
oder die neue Geliebte? Was war das Motiv? Wollte Fletcher
den oder die andere umbringen, dabei ging irgendetwas schief,
sodass Fletcher das Opfer wurde? War Arlington dazugekommen, hatte geschossen und war mit der anderen Person weg?
Auf welchem Weg wären die beiden danach verschwunden?
Wo wäre die Person jetzt? Was, wenn die andere Person Fletcher erschossen hatte und geflohen war? Wieso war der Schuss
von unten gekommen?

Green unterstrich die letzte Frage. Wie sollte er diesen Fall
klären, wenn er nicht einmal den Tathergang nachvollziehen
konnte?

In diesem Moment betrat Sullivan das Büro.

„Ich habe ein paar neue Informationen zu der Frau bekommen, Sir."

Ganz aufgeregt kramte sie in ihrer Tasche nach ihren Notizen. Während sie darin blätterte, fing sie schon an zu erzählen:
„Gestern habe ich nichts mehr erreichen können, in keinem
Dorf in der Umgebung hat jemand einen roten Sportwagen gesehen. Heute Morgen bin ich auch bis nach Avebury gefahren.
Sie wissen, das ist der Ort mit diesem uralten Feenbaum. Sie
werden es nicht glauben, in dem kleinen Gemischtwarenladen,

dort am Ort, konnte sich die Verkäuferin an Fletcher erinnern. Ich habe ihr das Bild von ihm gezeigt, außerdem hatte sie auch den roten Sportwagen im Ort gesehen. Aber nicht nur das, Fletcher war wahrscheinlich mit einer jungen Frau in ihrem Geschäft gewesen. Eine Frau mit rotblonden Haaren. Die Verkäuferin hat die Frau nicht genau sehen können, weil sie direkt hinter Fletcher stand. An die rotblonden Locken konnte sich die Verkäuferin auf jeden Fall erinnern. Sie hat Fletcher auf dem Foto zu hundert Prozent wiedererkannt. Er hat ein paar Snacks gekauft."

Endlich eine konkrete Spur, begeistert rieb sich Green die Hände.

„Wir müssen diese Frau finden. Kann die Verkäuferin die Frau genauer beschreiben? Können wir ein Phantombild anfertigen?"

„Ich glaube nicht." Sullivan schüttelte den Kopf.

„Ich habe sie sofort danach gefragt. Sie konnte sich leider überhaupt nicht an das Gesicht der Frau erinnern. An dem Tag wären viel zu viele Leute im Laden gewesen. Die Frau hätte auch zu weit weg gestanden."

„Also ist das Einzige, was wir erfahren haben, dass die Person bei Fletcher eine Frau war, mit der er sich im Laden unterhalten hat", knurrte Green.

Sullivan zögerte. Als Green dies bemerkte, sah er Sullivan herausfordernd an. „Da ist doch etwas. Irgendetwas spukt durch ihren Kopf. Raus damit."

Sullivan trat von einem Fuß auf den anderen.

„Ich weiß nicht recht, ich bin mir nicht sicher, ich habe da so eine Idee."

„Jetzt sagen Sie schon. Wir sind bei diesem Fall an einem Punkt angelangt, wo auch verrückte Ideen erlaubt sind."

„Sir." Sullivan räusperte sich nervös. „Ich habe den Obduktionsbericht ein zweites Mal durchgearbeitet." Unsicher nahm sie den Bericht vom Tisch und drehte ihn in ihren Händen. „Sie haben gesagt, man muss auch einmal über vermeintlich unmögliche Abläufe nachdenken."

Sullivan zögerte. Green winkte ihr herausfordernd zu.

Sie holte tief Luft: „Ich habe sehr lange über diesen Schusswinkel nachgedacht. Könnte es nicht sein, dass …" Sie schwieg und schluckte. Endlich sprudelte es aus ihr heraus. „Ich habe vor einiger Zeit in einer Illustrierten von Kindern gelesen, die unheimlich geschickt mit den Füßen sind, sie konnten Bilder malen mit den Füßen! Sie konnten sogar mit dem Fuß einen Löffel zum Mund führen, um auf die Weise alleine ohne Arme zu essen."

Sullivan schwieg und schaute Green fragend an. Der forderte sie jedoch nur mit einem Kopfnicken auf weiter zu sprechen.

„Was wäre, wenn diese Frau, die bei Fletcher im Wagen gesessen hat, auch so geschickt wäre und mit dem Fuß geschossen hätte?" Sie schwieg abwartend.

„Die Idee ist wirklich verrückt. Warum sollte ein Mensch seine Füße benutzen? Füße wie Hände benutzen…" Kopfschüttelnd blickte Green auf seine eigenen Füße, die in festen Schnürschuhen aus elegantem Leder steckten. Über seine Füße hatte er sich bisher nie Gedanken gemacht, sie trugen ihn, wohin er wollte und der einzige Moment, in dem er sich mit ihnen befasste, war beim Nägel schneiden oder im Schuhgeschäft.

„Nein, niemand kann seine Füße wie Hände benutzen, wir sind doch keine Affen."

Wiederholt schüttelte er den Kopf. „Nein, dieser Artikel, den Sie da gesehen haben, der war sicher völlig übertrieben, oder sogar eine Fälschung."

Sullivan ärgerte sich über sich selbst. Es war klar gewesen, dass Green ihre Überlegungen einfach abtun würde, obwohl er sie genau dazu aufgefordert hatte. Sie solle spekulieren, hatte er gesagt. Aber am Ende zählten für ihn dann nur Fakten. Sullivan schwieg. Sie sah die junge Frau in der Cafeteria vor sich, wie sie mit den Füßen ihrem Jungen den Mund abwischte. Sollte sie Green von ihr erzählen? Er hatte äußerst ablehnend reagiert. Noch mehr Zurückweisung konnte sie sich nicht gebrauchen. Sullivan klappte ihr Notizbuch zu. Nach einer Weile nahm sie trotzdem all ihren Mut zusammen und sagte: „Sir, ich habe da..., vor ein paar Tagen..."

Green unterbrach sie, er hatte ihr gar nicht zugehört. „Wir müssen diese Frau finden, sie könnte der Schlüssel zu dem Fall sein." Er tippte auf den Bericht der Spurensicherung. „Wir können zwar nicht jede rotblonde Frau in der Gegend fragen, ob sie Todd Fletcher gekannt hat. Wir müssen anders vorgehen." Er schob energisch seinen Stuhl zurück und stand er auf. „Wir können Arlington fragen, ob es in seinem Bekanntenkreis jemanden mit rotblonden Haaren gibt." Er hielt inne. „Außerdem können wir in den Unterlagen aus London nachforschen, beziehungsweise die Londoner Kollegen fragen, ob ihnen jemand einfällt, den sie mit Fletcher in Verbindung bringen können. Sie übernehmen die Unterlagen und die Telefonate. Ich fahre zu Arlington raus. "

In diesem Moment klopfte es an der Bürotür. Sullivan, die direkt neben der Tür stand, öffnete und sah ihrem Kollegen Petersen an. „Da ist eine Frau, die Sie dringend sprechen will, Sir." Obwohl Sullivan direkt vor ihm stand, beachtete Petersen sie gar nicht, sondern richtete seine Worte nur ein Green. „Sie sagt, es geht um den alten Earl."

Green blickte von Petersen zu Sullivan. „Eine neue Zeugin?", fragte er erstaunt. Sullivan zuckte jedoch nur verwundert mit den Schultern.

„Bringen Sie sie in den Besprechungsraum," befahl Green. „Ich bin sofort da."

Petersen nickte kurz und verschwand.

„Kommen Sie mit." Green winkte Sullivan zu, ihm zu folgen. Als sie den Besprechungsraum erreicht hatten, bot Petersen gerade einer jungen Frau in einem geblümten Sommerkleid einen Platz an. Green stellte sich und Sullivan vor. Während beide der Frau gegenüber Platz nahmen, schloss Petersen die Tür hinter sich.

„Sie haben uns etwas zu dem Earl von Seven Oaks Hall zu erzählen?", begann Green das Gespräch.

Die Frau nickte schüchtern, ihr schwarzer Pferdeschwanz wippte dabei. „Ich habe gesehen, wie der alte Earl mit jemanden gestritten hat", erzählte sie zögernd, „an dem Tag, als er starb."

Sullivan zog ihr Notizbuch hervor, um mitzuschreiben. Green räusperte sich.

„Das klingt interessant. Dennoch wäre es schön, wenn Sie uns auch Ihren Namen verraten."

„Ja natürlich", entschuldigte die junge Frau sich. „Ich bin Caro Mac Kerye aus Marlborough."

„Gut, erzählen Sie einmal genau", forderte Green sie auf.

„Ich hatte an dem Tag etwas im Haus abgegeben." Auf Greens fragenden Blick hin, erklärte sie: „Mein Großvater hat früher dort gearbeitet. Ich wollte dem kranken Earl ein kleines Geschenk und Blumen vorbeibringen."

Sich zurücklehnend forderte Green sie mit einer Handbewegung auf fortzufahren. „Die Haustür war wie immer nicht abgeschlossen."

Green lehnte sich etwas vor. „Was meinen Sie mit „wie immer nicht abgeschlossen"?"

„Als mein Großvater dort gearbeitet hatte, war die Eingangstür nie abgeschlossen, wenn jemand zu Hause war. Ich habe geklopft und auch gerufen, wie es üblich war. Als niemand gekommen ist, bin ich in den Frühstücksraum gegangen, um die Blumen in eine Vase zu stellen." Sie stockte. Green signalisierte ihr weiterzusprechen. „Da habe ich Stimmen gehört von oben an der Treppe. Als ich hochgeschaut habe, habe ich zwei Männer gesehen. Einer davon war der alte Earl, den anderen Mann kannte ich nicht."

„Um wie viel Uhr war das genau?" Green durchbohrte die junge Frau mit seinem Blick.

„Ich weiß nicht", stotterte sie. „Das muss so gegen Mittag gewesen sein. Ich hatte in der Pension meiner Tante in Avebury ausgeholfen. Deshalb musste ich in meiner Mittagspause rüberfahren. Meine Tante hat sich den Fuß verstaucht und..." Weiter kam sie nicht, denn Green unterbrach sie ungeduldig: „Können Sie den Mann beschreiben?"

Mrs Mac Kerye schloss die Augen. „Er hatte schulterlanges schwarzes Haar. Was er anhatte, weiß ich nicht mehr." Green warf Sullivan einen auffordernden Blick zu.

„Würden Sie ihn wiedererkennen?", fragte er die Zeugin.

Mrs Mac Kerye schüttelte den Kopf. „Ich glaube nicht, ich habe ihn nur von der Seite gesehen. Und das auch nur einen Moment lang."

Sullivan war währenddessen aus dem Zimmer gegangen. Jetzt kam sie zurück und legte drei Fotos von schwarzhaarigen Männern vor die Zeugin. Zufrieden nickte Green ihr zu. Sie hatte neben dem Foto von Todd Fletcher auch zwei Vergleichsfotos dazu genommen.

Mrs Mac Kerye betrachtete die Bilder lange, dann griff sie unsicher nach dem Foto von Fletcher. „Er könnte es sein, die Haare stimmen, aber ich bin mir nicht sicher." Sie legte das Foto zurück auf den Tisch. „Die Sonne hat mich geblendet, deshalb konnte ich den Mann nicht richtig erkennen. Obwohl ich glaube, dass er ein paar Tage später mit einem roten Sportcoupé an mir vorbeigefahren ist. Deshalb ist er mir überhaupt wieder eingefallen. So ein Auto habe ich an dem Tag auch in der Nähe von dem Herrenhaus am Straßenrand stehen sehen." Sie nickte zufrieden.

„Hat der Mann Sie im Haus bemerkt?"

Mrs Mac Kerye riss erschrocken die Augen auf. „Nein, nein. Ganz sicher nicht. Ich bin durch die Bibliothek, über die Terrasse fortgegangen." Sie schwieg, während sie weiter auf das Foto vor sich blickte.

„Warum haben Sie Ihr Geschenk nicht direkt dem alten Earl gegeben?"

„Ich ...", Mrs Mac Kerye zögerte. „Mir war der alte Earl schon immer unheimlich," stotterte sie. „Ich wollte nur das Geschenk abgeben."

Green stand auf, um ihr die Hand zu reichen. „Vielen Dank für Ihre Aussage, meine Assistentin wird sich Ihre Kontaktdaten notieren, falls wir weitere Fragen haben." Er nickte der jungen Frau freundlich zu und ging zurück in sein Büro.

Gleich darauf folgte Sullivan ihm. Nachdem sie die Bürotür geschlossen hatte, legte Green sofort los. „Endlich sind wir drei große Schritte weiter."

„Drei?", fragte Sullivan erstaunt.

„Als erstes wissen wir jetzt, warum die Terrassentür offen gestanden hat. Kein Einbrecher, sondern eher ein Ausbrecher", grinste er spitzbübisch. „Des Weiteren können wir endlich mit ziemlicher Gewissheit sagen, dass der alten Earl die Treppe hinuntergestoßen wurde und wer es getan hat", zählte Green auf. „Drittens wissen wir außerdem, woher die Waffe kommt."

„Ich frage mich nur, wie Fletcher ins Haus gekommen ist", überlegte Sullivan. „Der Butler hat steif und fest behauptet, er hätte alles abgeschlossen und es gab keine Einbruchsspuren."

„Entweder hatte der Butler doch vergessen abzuschließen, oder Fletcher war im Besitz von Arlingtons Schlüssel. Ich denke, wir können davon ausgehen, dass der Sohn einen Schlüssel bei sich zu Hause in London hatte. Fletcher hat ihn genommen, oder Arlington hat ihn ihm gegeben."

„Deshalb hat Mrs Mac Kerye die Haustür auch unverschlossen vorgefunden. Fletcher ist in das Schlafzimmer des Earls geschlichen, um ihn zu töten. Vielleicht wollte er ihn zuerst mit einem Kissen im Bett ersticken, der Earl hat sich gewehrt, weshalb Fletcher fliehen wollte." Sullivan redete sich in Fahrt. „Der Earl hat die Waffe aus der Nachttischschublade genommen, um Fletcher zu folgen."

„Konnte der das überhaupt, krank wie er war?"

Sullivan dachte lange nach. „Aufgrund des Angriffs hatte er wahrscheinlich so viel Adrenalin im Blut, dass er die Kraft dazu hatte. Er ist Fletcher zu Treppe gefolgt, dort kam es zum Kampf und er stürzte." Zufrieden nickte Sullivan.

Green musste über den Elan seiner Assistentin lächeln. „Möglicherweise wollte Fletcher das Haus auch nur ein wenig von seinen Reichtümern befreien. Als der Earl ihn gehört hat, ist er ihm mit der Luger entgegengetreten. Vor oder nach dem Stoß hat Fletcher die Luger an sich genommen. So oder so Fletcher ist der Täter."

Green ließ sich erleichtert auf seinen Schreibtischstuhl fallen, sodass dieser ächzte.

„Jetzt stellt sich nur die Frage, ob Fletcher alleine gehandelt hat oder im Auftrag von Arlington."

33.

„Ich habe euch einen Eistee mitgebracht. Hoffentlich habe ich nicht zu viel Zucker hineingetan." Maeggan stellte das Tablett mit dem Krug und Gläsern auf den Gartentisch, der neben der Sandkiste unter dem Apfelbaum stand. Während Fynn neben Henry auf dem Sandkistenrand saß, lehnte sich Caro mit der kleinen Ava auf dem Arm vorsichtig in dem Liegestuhl zurück.

„Es ist wunderbar, wie du mich verwöhnst. Ich hätte nicht gedacht, dass ich nach einer Stunde in der Stadt so fertig bin. Hoffentlich bin ich bald wieder auf den Beinen, damit ich wieder übernehmen kann", lächelte sie.

„Lass dir nur Zeit!", erwiderte Maeggan lächelnd.

Ava schien tief und fest zu schlafen. Noch vor kurzem hatte sie die gesamte Nachbarschaft darauf aufmerksam gemacht, dass ein neues Familienmitglied angekommen war. Wenn sie weinte und Caro nicht im Handumdrehen bei ihr war, steigerte sich ihr Weinen in lautes Gebrüll. Jetzt, nachdem Caro sie gestillt hatte, schlief sie fest. Henry hatte sich während des Stillens sogar von seiner geliebten Sandkiste getrennt, um Caro und das Baby interessiert zu beobachten. Ava fing an zu husten und zu quengeln. Caro hob sie an ihre Schulter, gleichzeitig fing sie an, ihr sanft den Rücken zu klopfen. Dabei fiel das Spucktuch zu Boden. Sofort sprang Maeggan auf, hob es mit dem Fuß hoch, schüttelte es kräftig aus und reichte es Caro.

„Ist das sauber genug? Oder soll ich lieber ein neues aus dem Haus holen?"

„Nein, das ist noch ganz in Ordnung. Lass gut sein. Möchtest du mir bitte von dem Eistee eingießen?"

Caro sah Maeggan zu, wie sie die schwere Kanne griff, um die beiden Teegläser erneut voll zu gießen. Dabei musste sich Maeggan sehr weit nach unten über den Tisch beugen, während sie die schwere Kanne mit beiden Händen ausbalancierte.

„Tut mir leid, dass ich dich das machen lassen muss, mit der kleinen Ava auf dem Arm geht das nicht gut. Wenn ich sie jetzt ablege, brüllt sie gleich."

Nachdem Maeggan die Kanne zurückgestellt hatte, ließ sie sich wieder in ihren Gartenstuhl fallen.

„Lass mal gut sein. Ein bisschen Bewegung schadet mir gar nichts."

„Diese Verrenkungen sind für deinen Rücken aber auch nicht gut."

„Verrenkungen lassen sich sowieso nicht vermeiden, ich muss halt gelenkig bleiben. Viel wichtiger ist es, dass ich dir helfen kann, damit es uns allen gut geht."

Maeggan streckte ihren Rücken und lehnte den Kopf zurück die Sonne genießend.

„Das ist lieb von dir." Caro klopfte der kleinen Ava zart auf dem Rücken, um sie zu einem Bäuerchen zu animieren. „Ich bin so froh, dass du hier bist und Fynn natürlich." Sie lächelte Fynn zu, der mit Henry spielte und den beiden zugehört hatte.

„Es ist sehr angenehm, wie du mir zur Seite stehst. Du siehst, was zu tun ist. Gleichzeitig drängst du dich nicht auf, sondern wartest, bis ich dich um Hilfe bitte."

„Ach, das ist nichts. Ich versuche euch so zu helfen, wie ich auch gerne geholfen bekommen würde, wenn ich Unterstützung brauche."

„Was meinst du damit?", fragte Fynn. Er setzte sich mit an den Gartentisch.

Henry schien es gar nicht zu bemerken, sondern schob weiter ganz vertieft seine kleinen Spielzeugautos im Sand umher.

„Naja, manche bieten ihre Hilfe auf eine Art und Weise an, dass ich mir dabei wirklich dumm vorkomme. Als ob ich nicht nur kurze Arme hätte, sondern auch geistig behindert wäre."

Da musste Caro lachen, was ihr die erstaunten Blicke der anderen beiden einbrachte.

„Ich muss gerade an eine Szene denken, die Fynn und ich einmal in der Stadt erlebt haben. Wir waren im Kino danach sind wir durch die Stadt gebummelt. Plötzlich sprach mich ein Mann an, weil er es so tapfer fände, dass ich mit einem Behinderten durch die Stadt gehen würde. Da hätte ich wirklich eine Belohnung verdient. Er hat mir 10 Pfund in die Hand gedrückt. Ich war sprachlos. Fynn hat jedoch nur gelacht und mich in die nächste Eisdiele geschleppt."

„Daran kann ich mich gar nicht mehr erinnern", Fynn lachte. „Solche peinlichen und schrecklichen Situationen verdränge ich grundsätzlich vollständig. Trotzdem stimmt es, dass andere bei einer sichtbaren Behinderung häufig sofort denken, dass man auch im Kopf behindert wäre."

„Ich glaube, es ist noch etwas anderes. Wenn man jemanden hilft, fühlt man sich gut, es hebt das Selbstwertgefühl, auf einmal fühlt man sich ein wenig „besser" als der andere. Da schon kann es passieren, dass man es von oben herab tut, ohne dass man es merkt oder will", überlegte Caro.

„Ja, es ist nicht mehr auf Augenhöhe", Maeggan nickte. „Ich gebe zu, dass es mir selbst auch manchmal schwerfällt, mich nicht aufzudrängen. Als ich Fynn zum ersten gesehen hab, wie er den Hausschlüssel aus seiner Tasche kramte, um die Haustür aufzuschließen, hätte ich ihn beinahe gefragt, ob ich ihm helfen soll. Es sah wirklich unbequem und kompliziert aus."

Als Maeggan Caros und Fynns erstaunte Gesichter sah, fügte sie hinzu: „Natürlich weiß ich, dass es bei mir genauso aussieht, trotzdem fühlt es sich für mich völlig normal an. Ich habe auch bisher nie einen anderen Menschen mit kurzen Armen getroffen, deshalb ist es für mich total neu zu sehen, wie Fynn seine Hände benutzt. Es ist, als ob ich ständig in einen Spiegel gucken würde. Ich denke mir, Fynn wird schon etwas sagen, wenn er Unterstützung braucht, deshalb lasse ich ihn in Ruhe."

„Es ist mir aufgefallen, dass du mich manchmal beobachtest." Fynn grinste verlegen. „Ich tue das bei dir nicht, sicher weil ich andere Contergan Leute kenne. Für mich ist es nichts Besonderes mehr. Trotzdem habe ich manchmal das Gefühl, dir am liebsten Handgriffe abnehmen zu wollen. Genauso wie du halte ich mich zurück und warte lieber ab", sagte Fynn.

„Oft helfen die Leute mir auch ganz spontan und unkompliziert", ergänzte Maeggan. „Trotzdem ist es viel besser, wenn sie mich fragen, ob ich Hilfe benötige und wenn ich das verneine, sie mich dann einfach in Ruhe lassen. Ich freue mich zum Beispiel immer wieder darüber, wenn jemand mir einfach die Tür aufhält, damit ich mich nicht bücken muss, um die schweren Türen selbst aufzuziehen."

„Ich freue mich da nicht immer", warf Fynn ein. „Natürlich ist es für mich auch umständlich diese Türen zu öffnen …"

„Könnte es nicht auch sein, dass du es als Mann nicht gerne hast, wenn eine Frau dir die Tür aufhält?" unterbrach ihn Caro. „Wir Frauen können es auch anders deuten, nämlich dass die Männer sich uns gegenüber galant verhalten wollen." Caro lächelte ihren Mann an.

„Wenn es doch so einfach wäre", stöhnte Maeggan.

Vor Maeggans geistigen Auge hatte sich plötzlich Todd geschoben, der ihr sehr galant eine Ladentür aufhielt und sie dabei verliebt anlächelte. Plötzlich breitete sich auf Todds Brust ein großer roter Fleck aus. Maeggan kniff die Augen zusammen. Ihr lief ein Schauer den Rücken hinab.

Fynn räusperte sich. „Ich glaube es wird Zeit, dass ich das Abendessen vorbereite. Wollen wir heute hier draußen essen?"

„Gute Idee", meinte Caro. In dem Moment wurde Ava erneut unruhig. „Aber ich muss das Abendbrot vorbereiten euch überlassen", entschuldigte sie sich.

„Ist schon gut." Maeggans stand auf. Sie war froh, aus ihren dunklen Gedanken gerissen zu werden.

Später saßen alle gemütlich um den kleinen Gartentisch und genossen die kühler werdende Abendluft. Das Bild von Todd wollte sie dennoch nicht mehr loslassen. Als sie darüber nachdachte, ob sie Fynn und Caro von Todd erzählen sollte, klingelte das Telefon. Fynn sprang sofort auf, um ins Haus zu eilen. Keine Minute später erschien er wieder in der Haustür. „Maeggan, das ist für dich!"

Verwundert stellte Maeggan ihr Glas auf den Tisch. „Wer sollte mich anrufen?"

Während sie ins Haus eilte, fiel ihr ein, dass sie auf die Postkarte für Karl und Rebecca die Telefonnummer geschrieben hatte.

„Hallo Maeggan." Als sie Karls vertraute Stimme hörte, ließ sie sich auf das Sofa sinken. „Dad!", flüsterte sie.

„Geht es dir gut? Wir waren so froh, als wir deine Postkarte erhalten haben. Was machst du in Marlborough? Bei wem wohnst du?"

„Ach, Dad, ich habe euch wahnsinnig viel zu erzählen." Maeggan lehnte sich entspannt auf dem Sofa zurück. Glücklich beschrieb sie ihm die kleine Familie, in der sie untergekommen war und schwärmte von Caro, Fynn und den Kindern. Auch die Entschädigung, die ihr als Contergan Opfer zustand, erwähnte sie und Karl fragte immer wieder interessiert nach. Maeggan berichtete ihm gerade von ihrer Arbeit in der Buchhandlung, als Karl sie unterbrach: „Wann kommst du nach Hause?"

Sie schluckte. Karl klang wirklich traurig. Schon wollte sie ihm versprechen, sobald wie möglich heimzufahren, da überlegte sie es sich anders. „Ich hab hier noch ein, zwei Sachen zu erledigen." Sie schluckte. „Ich melde mich bald wieder. Versprochen! Ich hab euch lieb." Wehmütig legte sie den Hörer auf die Gabel zurück.

Nach einem Weilchen rappelte sie auf, um hinaus zu der kleinen Familie zu gehen. Caro und Fynn sahen ihr neugierig entgegen.

„Waren das deine Eltern?", fragte Caro.

Maeggan nickte. „Ich habe ihnen vor ein paar Tagen eine Postkarte geschickt und eure Telefonnummer dazugeschrieben. Ich hoffe das war in Ordnung?"

„Klar", lachte Fynn.

Caro legte Ava in den Kinderwagen und schaukelte ihn sacht, dabei beobachtete sie Maeggan unsicher. „Darf ich dich etwas fragen?"

„Natürlich", antwortete Maeggan erstaunt.

„Wenn du von deinen Eltern erzählst, dann sprichst du von ihnen immer mit Vornamen. Ist das bei euch in Wales üblich?"

Auch Fynn blickte neugierig zu Maeggan hinüber, gleichzeitig hob er Henry aus seinem Hochstuhl, um ihn in die Sandkiste zu setzen.

„Ja, das ist mir auch schon aufgefallen."

Maeggan guckte verlegen zwischen den beiden hin und her. „Naja, es ist so, Karl und Rebecca sind eigentlich nicht meine Eltern."

„Oh je", rief Caro, doch bevor sie weitersprechen konnte, mischte sich Fynn ein: „Dein Vater, oder Karl wie du sagst, klang am Telefon sehr, sehr nett."

„Das ist er auch, genauso wie Rebecca. Sie haben mich wirklich lieb", verteidigte Maeggan ihre Eltern. Sie zögerte lange, endlich sprudelte es aus ihr heraus. „Das ist auch der Grund, weshalb ich hierhergekommen bin. Ich hatte erst vor Kurzem herausbekommen, dass sie nicht meine leiblichen Eltern sind." Maeggan sah auf ihre Füße und fügte leise hinzu: „Sie hatten mich adoptiert, oder so etwas in der Art."

„Wow, das klingt nach einer spannenden Geschichte", meinte Caro aufgeregt. „Magst du sie uns erzählen?"

Als Maeggan in die freundlichen, neugierigen Gesichter der beiden sah, spürte sie, wie die ganze Geschichte aus ihr herauswollte.

„Karl und Rebecca haben mich gleich nach meiner Geburt unter dem Feenbaum gefunden, der in Avebury steht."

„Dort, wo wir uns getroffen haben", rief Caro erstaunt. „Ich hatte mich schon gewundert, was du in diesem kleinen Dorf wolltest. Du passtest dort irgendwie überhaupt nicht hin, aber ich…"

Fynn stand von dem Sandkistenrand auf, um sich zu den beiden Frauen an den Tisch setzen.

„Lass Maeggan erzählen", stoppte er den Redefluss seiner Frau.

Maeggan sah dankbar zu ihm hinüber. Nachdem Sie einen Schluck Eistee getrunken hatte, lehnte sie sich entspannt auf dem Gartenstuhl zurück. „So richtig fing es damit an, dass wir in der Schule Sexualkundeunterricht bekamen."

„Die schrecklichsten und zugleich witzigsten Stunden, die wir hatten", lachte Fynn. Diesmal warf Caro ihm einen vernichtenden Blick zu. Fynn zuckte die Achseln.

„Ja, ich glaube, wir haben uns alle in diesen Stunden schrecklich gefühlt", bestätigte Maeggan.

In diesem Moment weinte Henry auf, sein Schippchen war ihm auf den Fuß gefallen. Fynn eilte zu ihm. Erst als Henry auf Fynns Schoß saß und auch Caro dazu kam, um ihn zu trösten, beruhigte er sich wieder.

Als die beiden mit Henry beschäftigt waren, erinnerte sich Maeggan an das Abendessen nach dem Schultag.

„Wie war's heute in der Schule?", hatte Karl sie neugierig gefragt.

„Ganz o.k.", hatte Maeggan geantwortet und ihre Kartoffeln angestarrt.

„Erzähl ein bisschen", hatte Karl sie grinsend aufgefordert.

Ihre Eltern hatten unterschreiben müssen, dass sie mit dem Sexualkundeunterricht einverstanden waren. Nur auf diese Weise hatten sie von dem Unterricht erfahren. Von sich aus hätte Maeggan damals ganz sicher nichts erzählt. Gezwungenermaßen hatte sie deshalb so wenig wie möglich berichtet.

„Da war nicht viel Neues. Ich kenne das schon von der Farm, wie Babys gemacht werden und auf die Welt kommen. Bei Menschen ist das nicht viel anders."

Doch dieser Tag war der schrecklichste Tag in Ihrem Leben gewesen. Zuerst hatte sie genauso wie alle anderen neugierig und kichernd am Unterricht teilgenommen. Aber als Miss Dorsen erklärt hatte, wie gefährlich es wäre, während der Schwangerschaft Alkohol oder Drogen zu sich zu nehmen, hatte sie dabei Maeggan ständig angeschaut. Am liebsten wäre Maeggan in diesem Moment im Erdboden versunken. Sie hatte das Gefühl gehabt, von allen angestarrt zu werden. Ganz sicher hatten es auch einige getan. Der Erdboden hatte sich nicht aufgetan, deshalb musste Maeggan bis zum Ende der Stunde durchhalten. Erst dann hatte sie fliehen können.

Aber die Schulstunden war nicht das Schlimmste gewesen. Sie war so wütend auf Rebecca gewesen, dass sie es beim Abendessen am Tisch kaum ausgehalten hatte. Als Rebecca plötzlich ihren Teller zu sich genommen hatte, um die Kartoffeln zu zerdrücken, hatte sie es nicht mehr ausgehalten.

„Lass das!", hatte Maeggan entrüstet gerufen. „Ich will meine Kartoffel nicht zerdrückt haben. Behandel mich nicht wie ein Baby. Außerdem, wenn ich es wollte, könnte ich es selber machen."

Sie hatte sich über den Tisch gelehnt, um den Teller zu sich zurückzuziehen. Rebecca hatte sie konsterniert angeschaut. Maeggan konnte sich gut daran erinnern, wie wütend sie die Kartoffeln in sich hineingeschaufelt hatte. Kaum war der Teller leer gewesen, war sie auch schon aufgesprungen, um auf den Hof zu Sammy zu rennen. Weinend hatte sie ihr Gesicht in sein Fell gekuschelt.

„Ach Sammy, ich wünschte ich wäre tot." Und es hatte sie sehr getröstet, als Sammy ihr mit seiner Zunge über das Gesicht fuhr und ihr auf diese Weise die Tränen abgewischt hatte.

„Weißt du, wenn Mam damals nicht so einen Mist gebaut hätte, wäre das alles nicht passiert", hatte sie ihm zugeflüstert. „Ich hätte jetzt lange Arme. Ich wäre ganz normal, wie alle anderen auch. Sie muss doch gewusst haben, dass das gefährlich ist."

Maeggan blickte in den Apfelbaum hinauf, wie naiv sie damals einfach Rebecca die Schuld gegeben hatte.

„Tut mir leid, dass wir dich unterbrochen haben", entschuldigte sich Caro, während sie sich neben den Tisch in einen Liegestuhl sinken ließ. Fynn blieb mit Henry auf dem Sandkistenrand sitzen, um ihn sanft auf seinem Schoss zu schaukeln.

„Macht nichts!", sagte Maeggan und erzählte weiter. „Als wir zum Thema Vererbungslehre kamen, ist mir viel klar geworden. Ich hatte schon seit langem das Gefühl, dass etwas nicht stimmte. Es war längst offensichtlich, dass ich mich mehr und mehr von meinen Eltern unterschied. Die rotblonden Locken, störrisch und dick, habe nur ich. Karls Haar ist dünn und blond und er hat nur noch mit ein paar dünne weißen Strähnen an den Seiten. Rebecca hat zwar genau wie ich dickes Haar, es ist jedoch ganz glatt und kohlrabenschwarz. Auch ihre Statur ist sehr anders. Rebecca ist eher klein und pummelig. Auch Karl ist nicht sehr groß. Ganz anders ich. Ich hingegen überrage meine Eltern bereits seit einigen Jahren. Zusätzlich bin ich schon immer deutlich schlanker als Rebecca. Ich hatte es gesehen, aber nicht wahrhaben wollen. Nachdem wir im Unterricht das mit den Augenfarben durchgenommen hatten, war es ganz klar. Karl hat blaue und Rebecca braune Augen. Und meine sind fast grün." Sie sah traurig zu Caro hinüber.

„Das tut mir wirklich leid für dich", flüsterte diese mitfühlend.

Maeggan schüttelte sich erleichtert. Auch wenn es schmerzte, tat es gut alles zu erzählen. „Meine Neugierde war geweckt. Ich habe immer wieder Fragen zu meiner Babyzeit, zur Geburt und all dem gestellt. Die beiden haben nie viel über die Zeit gesprochen. Sie waren damals mit einem alten VW-Bus unterwegs gewesen waren."

Maeggan war so in ihre Geschichte vertieft, dass sie gar nicht bemerkte, wie Caro und Fynn sich erstaunte Blicke zu warfen.

„Wenn sie aus dieser Zeit erzählten, waren es eher die schönen Geschichten gewesen, heimeliges Lagerfeuer, aufregende Erlebnisse mit Farmhunden, oder wundersame Kochrezepte mit geschenkten Lebensmitteln. Nur über die Schwangerschaft oder meine Geburt haben sie nie gesprochen. Immer, wenn ich nachgefragt habe, wichen sie mir aus. Ich wundere mich immer noch darüber, dass mir das so lange nicht aufgefallen war. Aber dann habe ich mir vorgenommen, die Wahrheit herauszufinden, auch wenn sie möglicherweise wehtat. Weil die beiden mir nicht hatten antworten wollen, musste ich selbst die Antwort finden. Es schien mir nicht länger plausibel, dass ich eine kleine Fee war, die unter einem Feenbaum gelegen hatte, wie in den Geschichten von Rebecca."

„Ich habe vorhin schon gedacht, ich höre nicht richtig, als du sagtest, du hättest unter dem Feenbaum gelegen", rief Caro aufgeregt.

Sofort fing der Kinderwagen an zu wackeln und ein zartes Stimmchen meldete sich empört.

„Entschuldige, meine Süße." Caro schaukelte eilig den Wagen ein wenig, damit das Baby wieder einschlief. Nach einem Weilchen lehnte sie sich im Liegestuhl zurück. „Habe ich dir schon von meinem Großvater erzählt."

„Ja," lächelte Maeggan. „Du hast deinen Großvater wohl sehr liebgehabt?"

„Sehr. Er war sehr wichtig für mich. Wenn ich bei ihm zu Besuch war, nahm er sich, im Gegensatz zu meinen Eltern, immer Zeit für mich. Wie war das mit deinen Großeltern?"

„Ich hatte keine. Das heißt, Karl und Rebecca hatten keinen Kontakt mehr zu ihren Eltern. Es gab nur uns drei", sagte Maeggan.

Abermals warf Caro Maeggan einen mitfühlenden Blick zu, bevor sie weitersprach. „Wir singen Henry jeden Abend das Lied von dem Feenkind vor. Diese Geschichte hatte es meinem Großvater ganz besonders angetan, ich habe sie wohl tausendmal von ihm gehört. Jetzt ist sie zu Henrys regelmäßiger Gutenachtgeschichte geworden. Ich glaube, diese Geschichte wird dich auch interessieren." Caro blickte von Maeggan weg in den Apfelbaum hinauf. Sie begann:

„Es war einmal ein König und eine Königin, die erwarteten ein Kind ..." Als Henry die vertrauten Worte hörte, ließ er sich sofort von dem Schoß seines Vaters plumpsen, um auf Caros Schoss zu krabbeln. An Caro gekuschelt steckte er den Daumen in den Mund. Auch Maeggan hörte aufmerksam zu, die Geschichte ähnelte Fynns Geschichte, mit der er vor ein paar Tagen Henry abends zum Einschlafen gebracht hatte, Caros Märchen war jedoch viel ausführlicher.

„Die Königin starb bei der Geburt des Kindes. Der König grämte sich schrecklich darüber, deshalb beauftragte er den Diener das Kind fortzubringen ..."

Unwillkürlich schluckte Maeggan.

„Der Diener nahm das Kind, brachte es in einem großen schwarzen Wagen fort und legte es unter einem Feenbaum ab."

Vor ihrem inneren Auge sah Maeggan eine schwarze Mercedes Limousine, wie sie sie in der Stadt gesehen hatte, an dem Dorfplatz von Avebury stehen. Der Baum, von dem Caro in diesem Moment redete, hätte der Feenbaum dort sein können. Oder genauer eine Mischung aus dem Baum im Dorf und dem in der Nähe von Avebury. Mit angehaltenem Atem lauschte Maeggan.

„... Kaum war der Wagen verschwunden, kamen die kleinen Feen aus dem Wipfel des Baumes herabgeschwirrt. Im Winter trugen sie kleine warme Mäntelchen aus Maulwurfsfell und ihre Flügel glitzerten wie Schneestaub. Sie hatten alles beobachtet. Jetzt lugten sie neugierig in die Tasche. Als die Tasche sich ein wenig bewegte, flogen sie erschrocken auf, aber nur, um sofort noch neugieriger zurückzukehren. Eine vorwitzige Fee zog die Decke, die über der Tasche lag, ein Stückchen beiseite und alle Feen drängten sich um das kleine Baby, das sie mit großen

Augen ansah. Die Feen begannen heftig zu diskutieren, was nun zu tun sei, schnell waren sie sich einig. Sie verteilten sich an den Griffen der Tasche und mit ihren Feenkräften hoben sie die Tasche samt dem Baby hoch. Aufmerksam und etappenweise flogen sie dicht an dem Baumstamm empor, um das Baby in ihr Feenreich zwischen den Ästen und Zweigen des Baums zu tragen."

Maeggan schaute hinauf in die Zweige des Apfelbaumes unter dem der Gartentisch stand. Genauso hatte sie in die Krone des Feenbaums geschaut. Sie erinnerte sich daran, wie der weiche Sommerwind durch die Blätter gefahren war. Noch einmal fühlte sie sich umhüllt von der mystischen Stimmung, die den Baum umgeben hatte. Doch da schlich sich etwas anderes in ihre Erinnerungen. Das Gefühl, sie würde ganz dicht neben Todd stehen, mit ihm unter diesem Feenbaum entlang gehen. Das schöne, heimelige Gefühl verschwand und verwandelte sich in ein flaues Gefühl in ihrem Bauch. Ihr Magen rebellierte.

„Was ist? Ist dir nicht gut?", fragte Caro erschrocken.

„Du bist plötzlich ganz blass geworden."

Maeggan holte tief Luft und lächelte gequält.

„Ich weiß nicht … Ich gehe mal rasch rein …", entschuldigte sie sich und stand schnell auf. Hals über Kopf rannte sie ins Bad und verriegelte die Tür.

Nachdem sie sich übergeben hatte, hockte sie sich erschöpft auf den Boden neben der Toilette.

Caro klopfte sachte an die Tür. „Ist alles in Ordnung bei dir?"

„Alles gut", rief Maeggan von innen. Fix spülte sie sich den Mund aus. Noch immer wie benommen, öffnete sie die Tür und sah in Caros besorgtes Gesicht.

„Jetzt ist alles raus. Ich fühle mich wieder wohl", log sie tapfer.

„Wenn du meinst?" Caro schien ihr nicht zu glauben, fragte zum Glück jedoch nicht weiter nach. Maeggan ging zu dem Gartentisch und fing an ihn abzuräumen.

„Ich kümmere mich um die Küche, ihr habt genug mit den beiden Kleinen zu tun."

Fynn und Caro wechselten einen beunruhigten Blick, sparten sich aber einen Kommentar und brachten die Kinder ins Bett.

Am nächsten Morgen beim Frühstück fragte Fynn Maeggan ob sie sich wieder besser fühlen würde.

Maeggan nickte stumm, auch wenn sie kaum geschlafen hatte, weil sie ständig von Todd geträumt hatte. Aber darüber wollte sie mit den beiden nicht reden. „Ich habe gestern wohl zu viele Kirschen gegessen."

Caro rührte in ihrem Kaffee und beobachtete Maeggan aufmerksam. „Du hast gestern gar nicht fertig erzählt. Wenn ich mich richtig erinnere, wolltest du in Avebury auf das Registry Office?"

„Ja, ich habe dort die Adresse von der Hebamme bekommen, die bei meiner Geburt dabei gewesen war." Maeggan erzählte von ihrem Besuch in Bath. Sie ließ nur aus, dass sie selbst in der Nähe von Seven Oaks Hall gewesen war, genauso wie, dass sie am Vortag William kennengelernt hatte. Natürlich erzählte sie auch nichts von Todd. Fynn und Caro saßen ihr mit offenem Mund gegenüber, selbst als Henry seinen Plastiktrinkbecher auf den Boden pfefferte, reagierten sie nicht.

„Du bist also die Tochter von dem Earl von Seven Oaks Hall?", flüsterte Fynn endlich ehrfürchtig.

„Eine Prinzessin!", rief Caro begeistert.

„Ich weiß nicht so recht …", murmelte Maeggan.

„Eine Prinzessin!", wiederholte Caro. „Fynn, wir haben die ganze Zeit eine Prinzessin bei uns zu Gast. Ich kann es gar nicht glauben."

Caro hob Henrys Trinkbecher auf und stellte ihn vor Henry, ohne ihren Sohn weiter zu beachten. Henry warf den Becher sofort nochmals herunter, dabei sah er seine Mutter neugierig an, doch die konnte ihren Blick nicht von Maeggan abwenden.

„Du bist das Baby, von dem mein Großvater in seinem Märchen erzählt hat!", schlussfolgerte sie begeistert.

„Die Hebamme hat von einer Urkunde gesprochen", bemerkte Fynn sachlich. „Hast du die schon gesehen?"

Maeggan schüttelte den Kopf. „Mein Bruder hat mich eingeladen, er will sie mir zeigen."

„Dein Bruder?", rief Caro.

„Ich habe ihn gestern beim Einkaufen kennengelernt."

Maeggan erzählte, wie sie William kennengelernt hatte und von Williams Einladung.

„Das ist kaum zu glauben." Caro rutschte aufgeregt auf ihrem Stuhl herum. „William. Der kleine William. Wenn ich meinen Großvater besucht habe, habe ich mit ihm auf dem Hof gespielt. Oder Verstecken im Haus, wenn sein Vater nicht da war. Oh, ich freue mich schon sehr darauf, ihn mal wiederzusehen."

Fynn sah sie mit hochgezogenen Augenbrauen an.

„Wie kommst du denn darauf?"

Caro lachte. „Wir fahren natürlich sofort mit Maeggan dorthin. Ach, das ist wahnsinnig aufregend."

Maeggan schaute sprachlos von einem zum andern. Fynn grinste sie verlegen an.

„Ich glaube, wir sollten Maeggan selber entscheiden lassen, wann und mit wem sie nach Seven Oaks Hall fahren will", bremste er seine Frau.

34.

William eilte durch das Haus. Das Zusammentreffen mit Maeggan hatte ihn ganz davon abgelenkt, dass er unbedingt mit Magnus sprechen musste. Nach ihm rufend lief er durch alle Zimmer, aber niemand antwortete. Als der Butler gesagt hatte, er hätte William und Todd am Haus gesehen, hatte William zuerst gedacht, Magnus wolle ihm Angst machen. Der Butler hatte eindeutig gelogen, er selbst war zu dem Zeitpunkt ganz sicher in London gewesen. Aber was, wenn er Todd gesehen hatte? Außerdem wusste Magnus von der Waffe, er hätte sie jederzeit an sich nehmen können.

Aufgebracht lief William zu den Stallungen. Er rannte die Treppe hinauf zu Magnus Wohnung und riss die Tür auf. „Magnus, sind Sie hier? Ich muss Sie unbedingt sprechen!"

Doch die kleine Zweizimmerwohnung war leergeräumt. Erst jetzt erinnerte sich William, dass Magnus heute seine neue Stelle antreten wollte. Enttäuscht ging er zurück in das Haupthaus, um das Kündigungsschreiben zu suchen. Plötzlich überkam ihn eine dunkle Vorahnung. Hastig lief er in das Speisezimmer, der Koffer mit dem Silber war fort. William durchsuchte weiter das Haus, nur um zu entdecken, dass die Tür zu der kleinen Waffenkammer aufgebrochen war und die Hälfte der Waffen fehlte. Verärgert schlug er die Tür zu. Morgen würde er Magnus anzeigen, wegen Diebstahl und vielleicht auch wegen Mordes, nahm er sich vor.

Zurück in der Bibliothek nahm er die Auflistung der Wertsachen, die ihm der Notar mitgegeben hatte. Wütend fing er an zu überprüfen, was Magnus alles gestohlen hatte. Gegen die Einsamkeit und die Stille im Haus legte er die Platte von Eric Clapton auf, die Todd ihm vor ein paar Tagen zum Trost geschenkt hatte. Er drehte den Lautstärkeregler voll auf. Dann nahm er sich die Liste vor. Neben dem Silber, Schmuck, einige wenige Bilder und einigen Waffen waren hauptsächlich Münzen aufgelistet. Fast alles Silber, die Hälfte des Schmucks und Waffen waren fort. Den Tresor mit den Münzen hatte er bisher nicht gefunden. William sah sich resigniert in der Bibliothek um. Die hohen vollgestopften Bücherregale hatten im unteren Bereich jeweils drei Schubladen, in die er bisher nicht geschaut hatte. Mit wenig Hoffnung begann er seine Suche, doch schon in der dritten Schublade stieß er auf zehn verschieden große Schatullen mit Münzen. Überrascht setzte sich William direkt vor der Schublade auf dem Boden, um den Schatz zu untersuchen. In der kleinsten Schatulle lagen zwei kleine Münzen, die laut Liste jede für sich mehrere Millionen Pfund wert waren.

Maeggan und Fynn bogen in die lange Auffahrt von Seven Oaks Hall ein. Es war Maeggan nicht leichtgefallen, Fynns Angebot, sie nach Seven Oaks Hall zu fahren, anzunehmen. Erst als er versprochen hatte, er würde sie nur vor dem Haus absetzen, hatte sie zugestimmt. Die Auffahrt unter den dichten Bäumen wirkte wie ein schmaler Tunnel, der ihr trotz des Sonnenscheins immer dunkler vorkam. Jetzt war sie doch ein bisschen froh, dass Fynn sie wenigstens bis zum Haus begleitete. Endlich fuhr Fynn auf den kleinen freien Platz vor dem Haus. Die helle Mittagssonne schien an den dicken Mauern abzuperlen. Abermals schlich sich in Maeggan das Gefühl hoch, dass das Haus sie ablehnte. Fynn stoppte den Wagen bei den Nebengebäuden.

„Willst du wirklich alleine da reingehen?", fragte er besorgt, dabei schaute er mit gerunzelter Stirn zu dem Haus hinüber.

Gerade hatte Maeggan überlegt, ob sie nicht lieber einen Rückzieher machen würde, doch Fynns Worte bewirkten nun genau das Gegenteil. Resolut öffnete sie die Beifahrertür. „Natürlich! Es ist schließlich das Haus, in dem ich geboren wurde."

„Na dann viel Glück."

Fynn wartete bis Maeggan die Beifahrertür geschlossen hatte. Nachdem er den Wagen gewendet hatte, fuhr er im Schneckentempo die Auffahrt zurück. Maeggan sah der kleinen Staubwolke lange nach, die Fynns Wagen aufwirbelte, endlich wendete sie sich zu dem Haus um. Zögernd stieg sie die Stufen zur Haustür hinauf.

Die große, schwere, hölzerne Doppeltür wirkte abweisend. Trotz der warmen Sommerluft fröstelte Maeggan. Aus dem Haus drang ihr die laute Stimme von Eric Clapton entgegen. An der Eingangstür befand sich ein großer schwerer bronzener Ring. Maeggan hob ihn an und ließ ihn gegen das Holz prallen, doch niemand kam an die Tür. Offensichtlich übertönte die Rockmusik alles andere. Als Maeggan den Ring ein zweites Mal gegen die Tür schlagen wollte, merkte sie, dass die Tür nur angelehnt war. Mühsam schob sie die Tür mit dem Fuß ein kleines Stückchen auf. Jetzt konnte sie einen Blick in die Eingangshalle werfen, die sich groß und leer hinter der Tür auftat. Das Sonnenlicht fiel durch die oberen Fenster schräg in die Halle auf die alten, ausgetretenen Steinfliesen. Nichts rührte sich, nur etwas Staub bewegte sich im Licht. Auf der anderen Seite schwang sich eine große Treppe mit dunklem Holzgeländer nach oben. Ein Sonnenstrahl beleuchtete ein großes Bild auf dem Absatz der Treppe. Eine Frau. Unwillkürlich trat sie weiter in die Halle auf das Bild zu, wie magisch angezogen Die Frau sah ihr auffallend ähnlich. Genau die gleichen Locken, die gleiche schlanke Figur und die gleichen Gesichtszüge. Allerdings hatte diese Frau normal lange Arme. Kein Zweifel, diese Frau hatte William gemeint, als er von ihrer Mutter gesprochen hatte! Das Kleid, was sie anhatte wirkte etwas altmodisch. Sie hatte ein kleines Kind auf dem Schoß, das musste ja dann William sein.

Wie gebannt stand Maeggan mitten in der Halle, sie konnte ihren Blick nicht abwenden. Sie konnte es fühlen, das war ihre leibliche Mutter, die sie nie im Arm gehalten hatte, die nie mit ihr gesprochen hatte, weil sie gleich nach ihrer Geburt gestorben war.

Tief bewegt stand Maeggan vor dem Bild und schluckte.

Und hier hatte ihr Vater gelebt, der sie weggegeben, grausam ausgesetzt hatte, weil er sie nicht haben wollte. Bei all seinem Reichtum hatte er keinen Platz für ein behindertes Kind gehabt, hatte keinen Krüppel aufziehen wollen. Diese Frau auf dem Bild hätte das niemals zugelassen, aber sie war bei ihrer Geburt gestorben. Warum nur war sie zur Geburt nicht ins Krankenhaus gegangen?

Bei all diesen Gedanken, die kreuz und quer durch Maeggans Kopf schossen, blieb ein Gefühl im Vordergrund. Das war sie, ihre leibliche Mutter. Maeggan spürte eine starke Sehnsucht nach dieser Frau, die sie nie gekannt hatte und der sie so ähnlichsah. Neben der Sehnsucht regte sich Zorn in ihr. Dieses Haus hätte ihr Heim sein können.

Langsam sickerte die Stimme von Eric Clapton in ihr Bewusstsein. Die Musik kam aus einer der Türen in der Halle. Nachdem sie nun auch sicher war, dass sie hier Ihre Mutter gefunden hatte, wollte sie mit ihrem Bruder sprechen. Zögernd löste sich Maeggan von dem Bild und ging auf die Tür zu.

„Hallo, ist da wer?", rief sie laut und wartete angespannt auf eine Antwort. Als Antwort hörte sie nur die nächsten Zeilen von Lay down Sally. Sie schob mit dem Fuß die Tür ein Stückchen weiter auf, gleichzeitig spähte sie durch den Spalt. Die

Wände waren angefüllt mit Büchern sowie mit ausgestopften Tieren. Das musste die Bibliothek sein. Ein großer Schreibtisch versperrte fast den Blick auf den Kamin und in der Mitte des Zimmers stand eine Sitzgruppe mit zwei altmodischen Sofas. Maeggan entdeckte ihren Bruder, der vor einem hohen Bücherregal auf dem Boden saß, während er eine samtene rote Schachtel in der Hand hielt.

„Hallo?", wiederholte sie, während sie auf ihn zuging.

Überrascht drehte sich William um. „Du bist gekommen!", rief er entzückt, warf die Schachtel achtlos in die Schublade und sprang auf, um Maeggan entgegenzueilen. „Wie wunderbar!" Ehe sie begreifen konnte, was hier geschah, hatte er sie umarmt und an sich gedrückt. Mühsam wand sich Maeggan aus der Umarmung, um überrumpelt ein paar Schritte zurückzutreten.

„Ich hatte wirklich gehofft, dass du kommst", sagte ihr Bruder mit feuchten Augen. „Meine kleine Schwester."

Bei diesen Worten trat er auf Maeggan zu. Als Maeggan wiederum einen Schritt zurückging, blieb er sie liebevoll betrachtend stehen. Eric Clapton hatte mittlerweile sein Lied beendet. Die Platte drehte sich weiter, nur das Knacken der Nadel durchbrach die Stille. Eine ganze Weile sahen die beiden sich an.

„Als ich hörte, dass du lebst…, dass ich nicht allein auf der Welt bin …," flüsterte er endlich. „Jetzt wo …" William versagte die Stimme.

Unsicher beobachtete Maeggan ihn, schließlich hatte ihr Bruder sich wieder gefasst. Er strahlte Maeggan an.

„Ich würde mich sehr freuen, wenn du hier bei mir lebst. Ich möchte mich wirklich gerne um dich kümmern. Das Haus ist riesengroß." Er machte eine umfassende Handbewegung. „Ich werde es renovieren lassen. Den ganzen alten Mist hinauswerfen." Er zeigte auf die Bücher und die ausgestopften Tiere. „Wir werden die oberen Räume zu gemütlichen Wohnräumen

umbauen, mit neuen Badezimmern. Natürlich behindertenge-
recht", schwärmte William weiter.

Maeggan holte Luft, um etwas zu erwidern, aber William
ließ sie nicht zu Wort kommen. „Selbstverständlich werden wir
eine Pflegerin einstellen, die dir bei allem hilft…"

„Was redest du da?", unterbrach Maeggan ihn.

William schaute sie überrascht mit offenem Mund an.

Endlich schloss er den Mund.

„Entschuldige. Was ist nur in mich gefahren?" Er fuhr be-
schämt mit den Händen durch sein Haar. „Dich so zu überfal-
len. Seitdem ich gehört habe, dass es dich gibt, habe ich mir Gedanken gemacht, wie du hier leben könntest." Er lächelte
Maeggan an. „Was bin ich nur für ein Gastgeber? Setz dich
bitte."

Maeggan nahm auf die Kante eines Sofas Platz. „Ich weiß
überhaupt nicht, ob ich hier leben will", flüsterte sie mehr zu
sich selbst. Sie sah sich in der riesigen Bibliothek um. „Außerdem, bist du dir wirklich sicher, dass ich deine Schwester bin?"

Ihr Bruder setzte sich auf das Sofa ihr gegenüber. „Mein Vater, ich meine natürlich unser Vater, hat unserem Notar von dir
erzählt. Dieser hat bei sich eine Adoptionsurkunde gefunden.
Er hat sie mir gezeigt. Heute noch wollte er mir eine Kopie vorbeibringen."

Das musste das Gegenstück zu der vergilbten, kaum lesba-
ren Urkunde sein, die in dem Karton gelegen hatte. Wieder ließ
sie ihren Blick durch die Bibliothek wandern. Die Aussicht, ihre
leiblichen Eltern gefunden zu haben und noch dazu zu einer
adeligen Familie zu gehören, überwältigte sie.

„Das sollten wir erst einmal abwarten." Verlegen blinzelte
sie auf ihre Sandalen. Neben all diesen neuen Eindrücken war
da auch noch die Sache mit Todd.

William räusperte sich. „Möchtest du vielleicht etwas zu trinken?"

Maeggan blickte auf. „Ja, gerne ein Glas Wasser."

Er ging an den Globus, der als Bar diente und suchte zwischen den Flaschen herum. „Ich sehe nur Alkohol, tut mir leid. Eigentlich müsste hier auch Mineralwasser stehen." Er wandte sich Maeggan zu. „Der Butler hat gekündigt. Ich kenne mich im Haus nicht gut aus. Natürlich ich kann dir einen Tee kochen." Schon wollte er zur Tür gehen, als er jedoch von dem Globus wegtrat, entdeckte Maeggan daneben in der Ecke eine Kiste mit Mineralwasser.

„Schau mal in der Ecke, da steht Mineralwasser."

Nach dem William ein Glas eingegossen hatte, wollte er es Maeggan reichen. Auf halbem Weg hielt er inne. Unsicher stellte er das Glas auf den Tisch. „Ich schaue rasch nach, ob ich in der Küche einen Strohhalm finde."

Maeggan schüttelte den Kopf. „Nein, den brauche ich nicht." Sie beugte sich vor, griff das Glas und trank einen Schluck.

William setzte sich erneut auf das Sofa gegenüber.

„Wieso nimmst du an, ich bräuchte eine Pflegerin?", fragte sie in die Stille hinein.

„Ich dachte..., Ich meine...", stotterte William.

„Ich habe meinen Alltag sehr gut im Griff", behauptete sie ein wenig entspannter. „Wenn ich mal Hilfe brauche, bin ich sehr gut in der Lage, sie mir zu organisieren."

Ihr Bruder wurde blass.

„Außerdem ich bin auf einer kleinen Farm in Wales aufgewachsen", erklärte sie, „ich kann es mir absolut nicht vorstellen in so einem riesigen Haus zu leben."

Williams wirkte bestürzt.

„Jetzt, nachdem ich mit der Schule fertig bin, möchte ich zum Studieren in eine Stadt ziehen. Du bist hier aufgewachsen, du bist der neue Earl, du gehörst hierher! Mit deiner Frau und Kindern. Da brauchst du ein großes Haus", sagte sie und blickte ihren Bruder geradeheraus an.

William schüttelte den Kopf. „Keine Kinder", flüsterte er. „Es gibt auch keine Frau, es wird nie eine geben."

Er starrte auf seine Hände. „Mein Freund, mein Partner ist tot!", flüsterte er mit von Tränen erstickter Stimme.

Mitfühlend schaute Maeggan ihn an, bevor sie etwas sagen konnte, fügte William hinzu. „Er ist vor ein paar Tagen erschossen worden."

Als Maeggan diese Worte hörte, erstarrte sie.

„Mein geliebter Todd." William verbarg sein Gesicht in den Händen. Leise fing er an zu weinen.

Nein, Todd hatte gesagt, er hätte einen Bekannten zur Beerdigung begleitet. Er hatte nichts davon gesagt, dass er und William ein Paar waren. Das änderte alles. Alles in ihr drängte sie aufzuspringen, um schreiend aus dem Haus zu rennen. Sie hatte Williams Partner umgebracht. Auch wenn es Notwehr gewesen war, sie hatte es getan. Maeggan starrte auf ihren weinenden Bruder. Obwohl sie noch immer weglaufen wollte, konnte sie es nicht. Sie schaffte es nicht William alleine zu lassen, am liebsten hätte sie ihn getröstet. Aber sie konnte sich nicht überwinden, sich zu ihm zu setzen.

„Todd war immer für mich da, er hat alles für mich getan." William blickte zu Maeggan. „Nur durch ihn habe ich es geschafft, Abstand zu all dem hier zu bekommen. Wir haben uns wirklich geliebt. Das hat man daran gemerkt, dass wir uns nach jedem Streit schnell wieder vertrugen." Er lächelte traurig. „Gut, manchmal ist Todd zu weit gegangen." Seufzend zog William ein Taschentuch aus seiner Hosentasche. „Ich bin mir sicher, dass er Vater die Treppe hinuntergestoßen hat, um uns zu retten. Vater war auch ein Ekel, er hat mich wegen meiner Homosexualität abgelehnt und enterbt."

Nachdem er sich die Nase geputzt hatte, sah er Maeggan an. „Aber wem sag ich das, du musst unseren Vater auch gehasst haben, weil er dich damals weggegeben hat."

Maeggan schluckte. Sie konnte eigentlich nicht genau sagen, ob sie ihn hasste, sie hatte ihn gar nicht gekannt. Als sie die Wahrheit erfahren hatte, ja da war Wut in ihr gewesen. Aber Hass? In den letzten Tagen hatte sie öfter versucht sich vorzustellen, wie ihr Leben verlaufen wäre, wenn sie auf Seven Oaks Hall aufgewachsen wäre. Gleichzeitig hatte sie immer stärker gespürt, dass ihr zu Hause die kleine Farm in Wales war. Mit diesem herrschaftlichen Haus, ihrer ganzen Vergangenheit wollte sie immer weniger zu tun haben. Eigentlich war sie nur hier, um ihren Bruder kennen zu lernen. Sie hatte sich auf ihn gefreut. Konnte sie ihm das sagen, nach dem, was sie ihm angetan hatte?

„Todd hat uns von unserem schrecklichen Vater befreit", wiederholte William. „Ich frage mich ständig, ob er deshalb erschossen worden. Magnus ist ohne ein weiteres Wort verschwunden."

„Wer ist Magnus?", fragte Maeggan.

„Der Butler hier im Haus. Er hat unserem Vater treu und ergeben gedient. Ich könnte mir gut vorstellen, dass er ihn rächen wollte. Die Polizei hat gesagt, Todd wäre mit der alten Armeepistole meines Vaters erschossen worden. Magnus wusste genau, wo die war. Außerdem konnte er Todd und mich nicht leiden." Er knüllte das Taschentuch in seiner Hand zusammen, um es zurück in die Hosentasche zu stopfen. Maeggan griff nach dem Glas. Sollte sie froh sein, dass William den Butler verdächtigte? Sie schielte über den Rand des Glases zu ihm hinüber. Oder sollte sie ihm die Wahrheit erzählen?

„Bevor Magnus abgehauen ist, hat er mich, ich meine natürlich uns, bestohlen." William zeigte um sich. Auch Maeggan sah sich um, konnte aber natürlich nicht erkennen, ob irgendetwas fehlte. Für sie war der Raum überfüllt mit Antiquitäten.

„Das wertvollste hat Magnus übersehen", lachte William bitter auf. Er zeigte auf die halb aufgezogene Schublade in dem hohen Bücherregal. „Vater hatte Münzen gesammelt. Er hatte den Banken nie vertraut, deshalb alles lieber in Münzen angelegt. Ich dachte, er hätte einen Tresor oder ein Bankschließfach, aber die Münzen lagen einfach in der Schublade."

Maeggan dachte an Caro, die die Münzen gerade erst zurückgelegt hatte. Wie erleichtert Caro gewesen war. Der Drang William alles zu erzählen, wurde immer stärker. Nach einem endlos erscheinenden Moment, in dem sie verzweifelt überlegte, wie sie anfangen könnte, betätigte jemand den bronzenen Türklopfer. Beide schraken zusammen. Während die beiden sich noch überrascht ansahen, wurde aus dem Klopfen ein ungeduldiges Hämmern.

William stand auf. „Entschuldige, ich muss zur Tür."

Maeggan schielte hinüber zur Terrassentür, die beste Gelegenheit einfach zu verschwinden.

35.

Auf dem Weg zum Eingang verschwand William in dem kleinen Gästebad neben dem Eingang. Er spritzte sich zwei drei Hände voll kaltes Wasser ins Gesicht. Als er unwillkürlich in den Spiegel blickte, zuckte er bei seinem Anblick zusammen. Seine Augen waren rot umrandet verquollen. Fieberhaft wischte er sich mehrmals mit dem Hemdärmel über das Gesicht, das half jedoch nicht viel. Seufzend rückte er seinen Hemdkragen zurecht und strich die Falten auf seiner Hose glatt, während er zur Eingangstür schritt. Trotz allem würde er als Earl von Seven Oaks Hall die Tür öffnen.

Er zog die Tür auf, vor ihm stand Inspektor Green, der gerade die Hand hob, um erneut den Türklopfer zu betätigen.

„Haben Sie den Täter?", rief William sofort.

„Nein und Ja", antwortete Green ruhig. „Ich habe weitere Fragen an Sie. Darüber sollten wir jedoch im Haus sprechen."

Der Inspektor baute sich vor William auf, doch so sehr er sich auch streckte, er blieb einen halben Kopf kleiner als William. Er trat an William heran, weshalb William vor ihm in die Eingangshalle zurückweichen musste.

„Was soll das heißen: Ja und Nein?"

Das Rückwärtsgehen erinnerte William daran, wer hier Herr im Haus sein sollte. Prompt blieb er stehen und bremste Green aus.

„Selbstverständlich werde ich Ihre Fragen beantworten", erklärte William, „Lassen Sie uns dazu in die Bibliothek gehen." Forsch lief er voran in die Bibliothek. Er sah sich suchend um, keine Maeggan. Nur das Wasserglas und eine offene Terrassentür.

„Die Waffe, mit der Ihr Liebhaber erschossen wurde, stammt aus diesem Haus", hörte William Green hinter sich sagen. William wendete sich um.

„Geben Sie zu, dass Sie mich belogen haben, als ich Ihnen die Waffe gezeigt habe! Die Waffe hat Ihrem Vater gehört. Sie lag immer auf seinem Nachtisch."

William hob abwehrend die Hände. „Ich weiß nicht, welche Waffen mein Vater hier im Haus hatte, natürlich könnte die dabei gewesen sein."

„Ihr Butler beschwört, dass die Waffe immer dort gelegen hat. Sie behaupten, sie nie dort gesehen zu haben?"

„Ich habe nicht darauf geachtet", behauptete William, wenig überzeugend. Die Fragerei des Inspektors nervte ihn, er wollte wissen, wer Todd ermordet hatte. „Womöglich lag sie da. Das ist auch unwichtig. Sagen Sie mir endlich, wer Todd getötet hat! Außerdem erklären Sie mir, was Sie mit Ja und Nein meinten." William ging einen Schritt auf Green zu.

Der Inspektor wich nicht zurück. „Ja bedeutet, wir wissen, wer ihren Vater getötet hat. Und Nein, für den Mord an ihrem Liebhaber haben wir bisher nicht genug Beweise."

William schluckte. „Nun rücken Sie schon damit heraus wer meinen Vater getötet hat."

„Todd Fletcher. Nur leider können wir ihn nicht mehr dazu befragen, deshalb können wir nicht sicher sagen, ob Ihr Vater mit Absicht gestoßen wurde, oder ob es eher ein Unfall gewesen war. Auf jeden Fall haben wir einen Zeugen."

„Aber Magnus hat doch gesagt, er wäre an dem Tag unterwegs gewesen?", fragte William irritiert. Der Inspektor schwieg.

William biss die Lippen aufeinander. Stück für Stück fügte sich alles zusammen. Todd war nicht zur Uni gefahren, sondern nach Seven Oaks Hall, um ihn von seinem Vater zu befreien. Eine große Sehnsucht nach Todd stieg in ihm auf.

Green riss ihn aus seinen Gedanken. „Sie haben Ihren Freund damit beauftragt, Ihren Vater die Treppe hinunter zu stoßen!", sagte er.

„Wie kommen sie darauf?", stotterte William unter dem bohrenden Blick des Inspektors.

„Er war Ihnen im Weg bei all den Schulden, die Sie und Ihr Freund angehäuft haben."

„Das ist eine unverschämte Behauptung", brauste William auf. „Mein Vater war ein schwieriger Mensch, ja das stimmt. Trotzdem habe ich ihn geliebt."

„Vielleicht hat Ihr Freund auch ohne Ihr Wissen gehandelt", schob Green nach. „Sozusagen aus Liebe zu Ihnen", setzte er anzüglich hinzu. William wich bis an das Bücherregal hinter ihm zurück und stützte sich mit beiden Händen daran ab.

Genauso war es wohl gewesen, dachte William, aus Liebe zu ihm.

„Tun Sie nicht so überrascht! Sie wollen jetzt nicht behaupten, der Gedanke wäre Ihnen nicht auch gekommen. Wir wissen von den privaten Geldsorgen Ihres Freundes, die Sie immer wieder auf Ihre Kappe genommen haben! Natürlich haben wir nachgeforscht. Oder wollen Sie mir weismachen, Sie hätten davon nie etwas gemerkt? Spätestens als ich Ihnen die Waffe gezeigt habe, hätten Sie doch zwei und zwei zusammenzählen können!"

William ging vor dem Bücherregal hin und her. Worauf wollte der Inspektor hinaus, warum fing er jetzt schon wieder von dieser blöden alten Pistole an?

„Wie sonst sollte die Waffe vom Nachttisch Ihres Vaters in Fletchers Auto gekommen sein? Sie wussten, er hatte Ihren Vater die Treppe hinuntergestoßen. Deshalb wollten Sie ihn zur Rede stellen. Vermutlich ging dabei irgendetwas schief. Ich nehme an, Sie wollten ihm drohen, aber nicht töten!"

„Ich soll Todd erschossen haben?", stammelte er. Er merkte, dass seine Knie weich wurden, gerade noch rechtzeitig setzte er sich auf ein Sofa. Mühsam beruhigte er sich. „Ich habe für den Tag, als mein Freund starb, ein Alibi."

Als Green nicht antwortete, richtete William sich auf. „Welche Beweise haben Sie gegen mich?"

Der Inspektor schwieg weiter, obwohl William ihn mit seinem Blick durchbohrte. „Haben Sie Fußspuren oder Fingerabdrücke? Sagen Sie schon, Inspektor Green! Was für ein Motiv hätte ich außerdem haben sollen? Die Liebe zu meinem Freund ging tiefer, als die Liebe zu meinem Vater. Natürlich hätte ich es niemals gutgeheißen, wenn er ihm etwas angetan hätte. Aber erstens scheinen Sie sich gar nicht sicher zu sein, ob es Mord oder ein Unfall gewesen war und zweitens, warum sollte ich die Liebe meines Lebens wegen irgendwelcher Vermutungen umbringen? Selbstverständlich können Sie das nicht nachvollziehen."

William blickte abschätzig auf Greens verwaschenen Trenchcoat. „Sehen Sie sich um, diese paar Spielschulden und so weiter kann ich locker hiermit abfangen", er machte eine das Haus umfassenden Handbewegung. „Wenn Sie nicht mehr zu bieten haben, lassen Sie mich jetzt alleine. Mein Vater ist gerade gestorben, außerdem ich habe meinen Freund verloren." Er zeigte zur Tür.

Green ließ sich in seinen Wagen fallen. Die Beweislage war wirklich alles andere als gut, trotzdem war er sich weiterhin sicher, dass Arlington Fletcher erschossen hatte. Nichts anderes ergab Sinn. Vermutlich hätte er besser mit dem Besuch warten sollen, bis Sullivan das Alibi überprüft hatte. Bestimmt handelte es sich hier um eine Familienangelegenheit. Gerade wollte er die Fahrertür schließen, da hörte er, wie jemand über den Kies rannte.

„Inspektor Green! Warten Sie!", rief jemand hinter ihm. Green stieg wieder aus. Eine junge Frau mit rotblonden Haaren lief ihm entgegen. „Ich muss mit Ihnen sprechen", erklärte sie. Überrascht sah Green in ihr gerötetes Gesicht. Es war die Frau, die Mrs Cunningham in ihrer Buchhandlung mitarbeiten ließ.

„Mein Name ist Maeggan Thayler", stellte die Frau sich atemlos vor, „ich bin die Adoptivschwester von William Arlington."

Irritiert starrte Green die Frau an. In null Komma nichts erkannte er die Tragweite der Situation. Ein Problem war gelöst, sie hatten die Frau mit den rotblonden Haaren gefunden. Er lächelte ihr freundlich auffordernd zu. Die Frau warf jedoch einen unsicheren Blick über ihre Schulter hinweg zu dem Haus.

Green deutete ihren Blick. „Sie wollen nicht hier mit mir reden, verstehe ich das richtig?" Sie nickte und schaute schüchtern auf ihre Füße.

„Gut, wenn Sie wollen, kann ich Sie mit auf die Dienststelle in Marlborough nehmen. Dort können wir in Ruhe reden." Er öffnete die hintere Tür des Wagens, um sie einsteigen zu lassen.

Während der Fahrt versuchte Green die Frau im Rückspiegel zu beobachten, doch sie wich immer wieder seinem Blick aus. Hatte er hier endlich den Zeugen, um Arlington zu überführen? Aber würde die Aussage einer Behinderten überhaupt vor Gericht anerkannt werden?

Maeggan spürte den Blick des Inspektors und bereute ihr spontanes Handeln.

Als sie durch die Tür auf die sonnige Terrasse getreten war, hatte sie es nicht übers Herz gebracht, sich einfach davon zu schleichen. Sie war froh gewesen, die dunkle Bibliothek hinter sich gelassen zu haben, damit zugleich auch die bedrückende Situation. Sie wollte William die Wahrheit sagen, gleichzeitig hatte sie auch schrecklich Angst davor. Während sie unentschieden dort gestanden hatte, hatte sie gehört, wie William mit jemanden die Bibliothek betreten hatte. Es war zu spät gewesen, um über die Terrasse davon zu laufen, man hätte sie gesehen. Deshalb hatte sie sich zwischen einem zusammengeklappten Tisch und einer Kletterrose an die Hauswand gepresst. Nachdem sie gezwungenermaßen das Gespräch belauscht hatte, wusste sie, was sie tun musste. Aber jetzt, unter dem intensiven Blick des Inspektors, kamen ihr erneut Zweifel.

36.

Auf der Dienststelle angekommen führte Green Maeggan zu den Besprechungsraum in der Nähe seines Büros. Als er die Tür öffnete, war der Raum zu seinem Ärger besetzt.

„Brauchst du noch lange?", fragte Green.

Der Kollege winkte abwehrend und ließ sich nicht unterbrechen. Ärgerlich wandte sich Green zu Maeggan um. Er wies auf einen Stuhl im Gang. „Setzen Sie Sich!", forderte er sie auf. „Ich hole Sie gleich."

Er eilte in sein Büro. Sullivan, die in eine Akte vertieft am Tisch saß, sprang sofort auf und nahm Haltung an.

„Lassen Sie das!" Sein Ärger verrauchte angesichts Sullivans Beflissenheit auf der Stelle. „Ich war eben bei Arlington …" Er bremste sich. Alles der Reihe nach, nahm er sich vor.

„Haben Sie schon Arlingtons Alibi von Sonntagnachmittag und Abend überprüft?", fragte er.

Sullivan nahm ihr Notizbuch zur Hand. „Der zweite Vorsitzende des Jagdvereins in Pewsey hat mir bestätigt, dass an diesem Abend die Jahreshauptversammlung stattgefunden hat. Arlington war anwesend. Sie haben eine kleine Gedenkfeier für den alten Earl abgehalten, anschließend baten sie Arlington, den Posten des ersten Vorsitzenden zu übernehmen. Der hat abgelehnt, er hielte nichts von Jagden. Der zweite Vorsitzende hat das als skandalösen Affront betrachtet, musste es jedoch akzeptieren. Außer…"

Green unterbrach sie. „Haben Sie auch die genauen Zeiten?"

Zügig schlug Sullivan die entsprechende Seite auf. „Natürlich, Sir. Die Versammlung begann um 17:00 Uhr mit der Gedenkfeier und Arlington ist erst nach dem Essen gefahren...", hektisch blätterte sie weiter, „so gegen 22 Uhr 30."

„Damit ist er raus", stöhnte Green.

Enttäuscht steckte Sullivan ihr Notizbuch ein.

„Der Pathologe hat sich bei der Tatzeit auf die Zeit zwischen 18:00 und 19:00 Uhr festgelegt." Green tippte mit dem Finger auf den Obduktionsbericht. „An der Stelle kommen wir nicht weiter. Allerdings habe ich eine Überraschung für Sie. Ich habe einen Gast mitgebracht." Er schaute auf den überfüllten Schreibtisch, auf dem zwischen Akten Tatortfotos und Beweise in Plastikbeuteln herumlagen. „Lassen Sie uns hier ein bisschen aufräumen", forderte er Sullivan auf. Gleichzeitig stapelte er schon die Berichte, die vor ihm lagen. „Der Besprechungsraum ist besetzt", fügte er hinzu.

Während sie Ordnung schafften, erzählte Green, wo er seinen Gast getroffen hatte und dass die junge Frau dringend mit ihm sprechen wollte.

„Ich bin mir leider nicht sicher, ob ihre Aussagen verwertbar sind", überlegte Green. Sullivan sah erstaunt von den Akten auf, die sie gerade in der Hand hielt.

„Sie hat eine schwere Behinderung, ich weiß nicht, inwieweit sie geistig beeinträchtigt ist. Ich bin ihr schon in der Buchhandlung begegnet. Mrs Cunningham lässt sie im Laden helfen. Aber bei einer solch schweren Behinderung bin ich mir ziemlich sicher, dass auch eine geistige Behinderung vorliegt."

Maeggan rutschte nervös auf dem Stuhl im Gang umher. Sie schielte zu der Tür hinüber, durch die Glasscheibe sah sie, wie sich der Inspektor mit einer Frau in einem strengen grauen Kostüm unterhielt. Immer mehr bereute sie ihre Spontanität. Was hatte sie sich nur dabei gedacht? Natürlich wollte sie William helfen. Aber erst jetzt wurde ihr vollständig bewusst, welche Auswirkungen das für sie haben könnte. Hatte sie voreilig gehandelt? Vermutlich wäre es besser, sich fix zu verdrücken, um alles in Ruhe zu überdenken. Sie warf einen nervösen Blick auf die Tür und die beiden Personen dahinter. In dem Moment, als sie aufstand, um wieder zu gehen, öffnete sich die Tür und die Frau kam auf sie zu.

„Ich bin Sergeant Sullivan", stellte die Frau sich freundlich vor. „Kommen Sie bitte herein, der Inspektor hat jetzt Zeit für Sie."

Sergeant Sullivan wartete bis Maeggan an ihr vorbeigegangen war und betrat hinter ihr Greens Büro. Zuvorkommend schob sie Maeggan den Stuhl vor dem Schreibtisch zurecht, anschließend stellte sie sich mit ihrem Notizbuch neben das Fenster.

Maeggan setzte sich, ohne den Inspektor aus den Augen zu lassen, der hinter seinem Schreibtisch thronte. Lange konnte sie dem intensiven Blick des Inspektors jedoch nicht standhalten, sie wich ihm aus und konzentrierte sich stattdessen auf einen alten Kaffeefleck auf der Tischplatte.

Eine Weile schwiegen alle drei. Immer unangenehmer spürte Maeggan die Blicke der beiden auf sich.

„Ich habe Todd getötet", flüsterte Maeggan schließlich mit gesenktem Kopf.

„Was?", fragte der Inspektor barsch.

Maeggan richtete sich auf und wiederholte: „ich habe Todd getötet!" Sie sah zwischen Green und Sullivan umher, die sie überrascht anstarrten.

„Wie wollen Sie das gemacht haben?", unterbrach der Inspektor nach einer Weile das unangenehme Schweigen, dabei fixierte er Maeggans Arme. „Und warum?"

Sie rutschte unsicher auf dem Stuhl herum. „Er hat mich angegriffen. Ich habe mich gewehrt."

„Gewehrt?", wiederholte Green verblüfft. Von neuem herrschte bedrückendes Schweigen.

Nach einer Weile lehnte sich Green zurück. „Wie wäre es, wenn du uns erst einmal erzählst, woher du Todd Fletcher kanntest?"

Maeggan sah ihn erstaunt an. Warum duzte der Inspektor sie plötzlich? Sie war doch kein kleines Kind, oder geistig behindert. Doch eigentlich war es ihr egal, nachdem sie angefangen hatte, wollte sie sich endlich alles von der Seele reden.

„Ich habe ihn vor der Buchhandlung getroffen."

Auf Greens aufforderndes Nicken hin, berichtete sie, wie sie Todd kennen gelernt hatte und von ihrem Ausflug nach Avebury.

Sullivan schrieb eifrig mit. Als Maeggan von ihrem Besuch in dem Kramladen berichtete, nickte Sullivan Green bestätigend zu. Aber als Maeggan an die Stelle kam, wo Todd sie nach Bath fahren wollte, unterbrach sie ihre Erzählung, um hektisch zwischen Green und Sullivan hin und her zugucken.

„Er hat mich angegriffen. Ich musste mich wehren", stieß sie hervor und wendete sich Hilfe suchend an Sullivan.

Sullivan trat neben sie. Maeggan spürte, wie sich Sullivans Hand beruhigend auf ihre Schulter legte. Der Inspektor schüttelte seinen Kopf, sofort verschwand die Hand.

„Bisher hat es alles ziemlich plausibel geklungen", bestätigte er. „Aber bleib bei der Wahrheit!"

Unter seinem bohrenden Blick sank Maeggan immer mehr in sich zusammen. Noch einmal schaute sie Hilfe suchend zu Sullivan, die an ihrem Platz am Fenster erneut ihr Notizbuch aufschlug.

„Ich sage die Wahrheit", flüsterte Maeggan.

„Gut", entgegnete Green. „Du hast also mit Fletcher mitten im Wald angehalten und weiter?"

Maeggan schluckte. „Er hat mich angegriffen. Ich habe mich gewehrt", wiederholte sie unsicher. Sie blickte zu Sullivan hinüber. Diese nickte ihr aufmunternd zu.

„Geht es etwas genauer!", herrschte Green Maeggan an.

Nun reichte es Maeggan, energisch richtete sie sich auf. „Ich habe geschossen!", erklärte sie laut und deutlich.

Green schüttelte nur wiederholt den Kopf. „Du sollst Arlington nicht in Schutz nehmen," fauchte er. „Bleib bei der Wahrheit."

„William war gar nicht dort", sagte sie mit fester Stimme. „Nur ich war da! Ich habe geschossen!"

Sie blickte Green geradewegs in die Augen.

Dieser schlug mit der Hand auf den Tisch. „Jetzt reicht es."

Maeggan und Green funkelten sich an.

Sullivan trat einen Schritt vor. „Eventuell sollten wir noch einmal von vorne anfangen", versuchte sie zu vermitteln.

Green stoppte Sullivan mit einer Handbewegung, ohne sie anzusehen, gleichzeitig bohrte sich sein Blick weiter in Maeggan.

Endlich stand er gemächlich auf, ging um den Tisch herum, um sich vor Maeggan aufzubauen. Je näher Green kam, desto schrecklicher fühlte sich Maeggan. Die Art, wie Green mit ihr sprach, war erniedrigend. Schlimmer als die beiden Kanarienvögel. Nie wieder würde sie sich so behandeln lassen, nur daran konnte sie denken, an nichts anderes mehr.

„Wie willst du denn geschossen haben?", fragte er mit einem abschätzigen Blick auf Maeggans Arme.

Ohne aufzustehen schob Maeggan den Stuhl ein Stück zurück. „Mit dem Fuß natürlich! "

Bei diesen Worten stampfte sie mit dem Fuß auf.

Unwillkürlich starrten Green und Sullivan auf Maeggans Füße.

„Wie denn sonst?", schrie sie.

Green hob beschwichtigend die Hände und sah zu Sullivan hinüber, die jedoch ratlos mit den Schultern zuckte. Kopfschüttelnd ging er um den Schreibtisch herum und zog ärgerlich vor sich hinmurmelnd eine Schublade auf.

„Wenn das so ist, zeig es uns!" Er nahm seine Dienstwaffe aus der Schublade. Ohne aufzusehen, zog er das Magazin aus der kleinen handlichen Walther PPK und leerte auch den Lauf. Er hielt die Waffe Maeggan über den Schreibtisch hinweg hin. Schnell trat Sullivan einen Schritt vor, um hilfsbereit nach der Waffe zu greifen. Doch Green zog seine Hand sofort zurück und schüttelte den Kopf. Sullivan trat rückwärts an ihren Platz. Green hielt Maeggan erneut die Waffe hin.

Zögernd erhob sich diese von ihrem Stuhl und nahm Green mit beiden Händen die Walther PPK aus der Hand. Vorsichtig ging sie in die Knie, um die Waffe vor sich auf den Boden zu legen. Anschließend setzte sie sich wieder. Während sie ihre Sandalen auszog, kam Green um den Schreibtisch herum. Er stellte sich mit verschränkten Armen Maeggan gegenüber. Auch Sullivan blickte neugierig über den Schreibtisch auf Maeggans Füße. Maeggan nahm die Walther PPK mit den Füßen und versuchte ihren großen Zeh an den Abzug zu legen. Der Bügel um den Abzug herum war jedoch sehr schmal geformt, deshalb passte ihr Zeh nicht hinein. Es gelang ihr auch nicht, die Waffe anders zu halten, damit sie mit dem zweiten Zeh den Abzug betätigen könnte. Sie versuchte es immer wieder, bis Green die Waffe plötzlich an sich nahm.

„Das war nicht anders zu erwarten", grummelte er.

Er legte die Walther PPK auf den Tisch genau neben den Beutel, in dem die Tatwaffe lag. Maeggans Blick wanderte zwischen den beiden Waffen hin und her. Die alte, große Armeepistole und die kleine Walther PPK. Green schob das Magazin in die Waffe, anschließend legte er sie zurück in die Schublade. Maeggan beobachtete ihn und überlegte. Sie holte tief Luft, weiter kam sie nicht.

„Was kann man von einer Behinderten auch anderes erwarten, als Unsinn!", sagte Green zu Sullivan. Sprachlos funkelte sie die beiden Polizisten an. Sullivan zuckte nur mit den Schultern.

Entrüstet zog Maeggan ihre Sandalen an.

„Hier kommen wir nicht weiter", erklärte Green zu Sullivan gewandt, als ob Maeggan gar nicht im Raum wäre. „Das war alles verschwendete Zeit. Wir müssen uns wieder den Tatsachen und Fakten zu wenden. Wir dürfen uns nicht von irgendwelchen Fantastereien ablenken lassen."

Maeggans Stuhl quietschte über den Fußboden, als sie immer noch sprachlos aufstand. Erst jetzt sah Green erneut zu ihr hinüber.

„Es ist wirklich ganz lieb von dir, dass du deinem Bruder helfen willst, aber wir machen hier Polizeiarbeit", bemerkte er mit einem herablassend mitleidigen Blick. „Sorgen Sie dafür, dass jemand die Kleine nach Hause bringt", sagte er in Sullivans Richtung.

„Die Kleine kann sehr gut alleine nach Hause gehen."

Maeggan schnappte sich ihre Umhängetasche, bückte sich, öffnete die Tür und stieß sie mit dem Fuß hinter sich zu. Wütend stürmte sie aus dem Kommissariat hinaus auf die Straße. Dort trat sie so fest sie nur konnte gegen eine Laterne.

„Dieser Idiot", zischte sie. Aufgewühlt eilte sie die Straße hinauf nur weg vom Kommissariat. Er hatte auf sie herabgesehen, als ob sie unzurechnungsfähig wäre. Eine Behinderte mit nur Unsinn im Kopf, hatte er gesagt. Dass ausgerechnet ein

Inspektor über extreme Vorurteile verfügte, hätte sie nicht gedacht. Mit dieser Haltung würde er seinen Fall niemals lösen können! Sie hatte die Wahrheit gesagt! Wenn er ihr nicht glaubte, war das sein Problem! Nach und nach wurde ihr klar, dass sie davongekommen war. Darüber freuen konnte sie sich zwar nicht, denn weiterhin schlichen sich die Bilder von Todd in ihren Kopf, doch vielleicht war dies Strafe genug. Mit jedem Meter, den sie sich von dem Kommissariat entfernte, beruhigte sie sich etwas mehr. Erschöpft lief Maeggan zurück in die Cardigan Road.

Nach Maeggans wildem Aufbruch waren Sullivan und Green sprachlos im Büro zurückgeblieben. Endlich räusperte sich Sullivan. „Meinen Sie wirklich, dass es gut war, sie einfach gehen zu lassen?", fragte sie.

„Ich hätte sie gar nicht hierherbringen sollen", knurrte Green. Er ärgerte sich immer mehr über sich selbst, dass er sie nicht direkt vor dem Herrenhaus befragt hatte. „Reinste Zeitverschwendung! All diese Fantastereien, die sie uns aufgetischt hat."

Als er Sullivans nachdenklichen Blick sah, stutzte er. „Sie wollen nicht etwa behaupten, dass eine Behinderte in der Lage ist, einen Mord zu begehen? Das war keine Tat im Affekt. Hier war Planung notwendig. Dazu ist eine Behinderte unter keinen Umständen in der Lage." Er schüttelte den Kopf. „Die kann ganz sicher nicht mal ihren Alltag organisieren. Ohne Arme ist man vollständig hilflos. So eine Person braucht ständig Unterstützung."

Während er sich in Rage redete, erinnerte er sich daran, wie das Mädchen ihn in der Buchhandlung bedient hatte. Sie hatte absurderweise ziemlich selbstständig gewirkt. Gar nicht so hilflos, wie sie es ohne Arme doch eigentlich hätte sein müssen. Er schüttelte den Kopf.

„Ich kann mir das nicht vorstellen. Es ist unmöglich! Mit dem Fuß! Kein Mensch kann mit dem Fuß eine Waffe halten und erst recht keinen gezielten Schuss abgeben. Nein! Wir müssen auf dem Boden der Tatsachen bleiben, ohne wild herum zu spekulieren."

Sullivan nickte, genau diese Reaktion hatte sie befürchtet. Green schien zu glauben, dass eine Frau mit körperlichen Einschränkungen auch Probleme im Kopf haben musste. Obwohl sie sich sicher war, dass er sich gewaltig täuschte, schwieg sie. Sie hatte die junge Frau als sehr taff erlebt, unabhängig und selbstbewusst. Aber gleichzeitig hatte sie ihr auch leidgetan, zum einen wegen der verkrüppelten Arme, zum anderen aber wegen der Art, wie Green sie behandelt hatte. Sie hatte nicht gedacht, dass ihr Chef sich so von seinen Vorurteilen blenden lassen würde. Er hatte sich auf seine Einstellung eingeschossen und sie sah keine Chance, ihn von etwas anderem überzeugen zu können. Zwar würde ein Schuss mit dem Fuß zu dem passen, was der Gerichtsmediziner festgestellt hatte, aber wenn sie jetzt weiter darauf herumritt, würde sie am Ende jede Chance für ihre Karriere verlieren. Nein, das konnte und wollte sie sich in ihrer Position wirklich nicht erlauben. Dafür hatte sie zu hart darum gekämpft.

„Nein", schnaufte Green und riss Sullivan aus ihren Gedanken. „Das Mädchen war ganz sicher nicht bei Fletcher im Wagen, als er erschossen wurde. Wieso hätte der Täter sie am Leben lassen sollen? Sie hätte ihn beschreiben können. Wenn sie weggelaufen wäre, hätten wir Spuren von ihr gefunden. Überhaupt, das passt alles hinten und vorne nicht. Sicher hat sie schon vorher einmal mit ihrem Bruder in dem Wagen gesessen, daher die Haare im Wagen."

Green schlug mit der flachen Hand auf den Schreibtisch, sodass sein Bleistift einen heftigen Satz machte und klappernd zu Boden fiel.

„Nein. Das Mädchen hat mit alldem nichts zu tun. Arlington wird ihr alles erzählt haben. Sie hat anschließend in ihrem wirren Kopf daraus eine andere Geschichte gesponnen. Vermutlich um ihren geliebten Bruder zu helfen. Eine dermaßen verworrene Geschichte würde vor Gericht überhaupt nicht anerkannt werden. Uns bleibt nichts anderes übrig, als wiederholt die Vergangenheit von Fletcher aufzurollen. Irgendwo dort muss die Lösung liegen."

Ärgerlich zog er den Aktenberg näher an sich heran. Gleichzeitig winkte er Sullivan sich zu setzen.

Sie nahm schnell Platz und fing an den Obduktionsbericht durchzublättern.

„Möglicherweise war es doch ein Suizid?", murmelte sie in den Bericht. Green sah erstaunt von seinen Papieren auf.

„Wie kommen Sie jetzt darauf?"

Sullivan reichte Green den Bericht. „Sehen Sie hier, Sir. Der Pathologe schließt am Ende seines Berichtes nicht aus, dass es ein Suizid gewesen sein könnte. Bisher sind wir davon ausgegangen, dass Fletcher Linkshänder war. Was wäre, wenn das nicht stimmt?"

Green blätterte zu den entsprechenden Seiten. „Ja, aufgrund des merkwürdigen Schusskanals. Er ist und bleibt merkwürdig, aber ansonsten ..."

Er las aufmerksam die entsprechenden Absätze, legte den Bericht zur Seite. „Sie könnten Recht haben", überlegte er. „Wenn er die rechte Hand mit der Pistole auf dem Armaturenbrett abgestützt hätte, dann..."

„Genau…" Sullivan rutschte unruhig auf ihrem Stuhl. „Seine linke Hand hat er sich aus Angst vor dem Schmerz in den Mund gesteckt…"

„und sich selbst gebissen", ergänzte Green nickend. „Ein Motiv hätte er auch gehabt mit all seinen Schulden."

„Außerdem hatte er den alten Earl auf dem Gewissen. Das lastete wahrscheinlich schwer auf ihm", ergänzte Sullivan.

„Für die Beziehung zu Arlington war es sicher auch nicht zuträglich."

„Ich frage mich nur, warum die Beifahrertür und der Kofferraum offenstanden." Sie blätterte den Bericht der Forensik durch.

„Vielleicht ist jemand vorbeigekommen und hat den Wagen durchsucht. Bis auf ein paar Münzen in der Brieftasche und die abgelaufene Kreditkarte war der Wagen säuberlich leergeräumt." Green grinste Sullivan entspannt an.

„Das klingt nach einer schlüssigen Erklärung für diesen Fall. Lassen Sie uns das alles genauestens durchgehen, bevor wir es nach oben weitergeben."

37.

„Wie war es? Hast du William getroffen? Wie sieht er aus? Hat er sich gefreut dich zu sehen? Was habt ihr jetzt vor?" Caro eilte über den Rasen auf Maeggan zu.

Henry saß mit seinem Schippchen in der Hand in der Sandkiste, er sah mit offenem Mund seiner Mutter hinterher. Maeggan schob den Riegel des Gartentürchens mit dem Fuß zu. Sie holte Luft, um etwas zu sagen, Caro ließ sie jedoch nicht zu Wort kommen.

„Ich bin so gespannt, was du erlebt hast. Was hat William zu dir gesagt? War er überhaupt zu Hause? Wie geht es ihm jetzt, ohne seinen Vater?"

Der Kinderwagen neben der Sandkiste fing an zu wackeln. Ava quengelte ständig lauter. Hin- und hergerissen zwischen dem Kinderwagen und Maeggan schaute Caro sich um. Sie lief zum Kinderwagen. „Komm mit! Ich will alles ganz genau hören."

„Lass mich erst kurz reingehen", entschuldigte Maeggan sich. „Ich komme gleich zu dir." Erschöpft verzog sie sich in ihr Zimmer. Auf dem Weg vom Kommissariat zur Cardigan Road hatte sie viel über diesen idiotischen Kommissar nachgedacht, aber nicht darüber, was sie Caro und Fynn erzählen sollte. Sie verschwand in ihrem kleinen Bad, um sich etwas frisch zu machen. Danach ging sie in die Küche, weil sie noch mehr Zeit brauchte. Sie holte den Krug mit Eistee aus dem Kühlschrank, nahm ein paar Gläser aus dem Schrank und stellte alles auf ein

Tablett. Nun konnte sie es nicht mehr hinauszögern. Sie nahm das Tablett und ihren Mut zusammen und ging hinaus zu Caro.

Caro saß neben der Sandkiste und stillte Ava. Maeggan stellte das Tablett auf dem Gartentisch ab. Sie setzte sich in den Liegestuhl neben Caro. „William war zu Hause. Er hat sich sehr gefreut."

„Oh wie wunderbar", rief Caro freudig. Sofort hörte Ava auf zu saugen und fing an zu schreien. „Meine Kleine, entschuldige." Caro wiegte Ava ein wenig, bis sie sich beruhigt hatte.

„Als ich in das Haus gekommen bin," begann Maeggan leise, um Ava nicht erneut zu stören, „habe ich das Portrait meiner Mutter entdeckt. Es stimmt, ich sehe ihr wirklich sehr ähnlich. In dem Haus selbst habe ich mich nicht wohl gefühlt. Es ist wirklich riesig, völlig anders als unsere gemütliche Farm."

„Das kann ich gut verstehen", bestätigte Caro leise. „Ich fand das Haus auch immer düster und gruselig." Sie sah Maeggan mitfühlend an.

„Ich kann mir nicht vorstellen, zwischen all dem Prunk zu wohnen", sagte Maeggan.

In diesem Moment kam Fynn aus dem Haus. Er setzte sich zu Henry auf den Sandkistenrand und schaute neugierig zu Maeggan.

„William hat mich eingeladen, bei ihm zu wohnen", flüsterte sie.

„Du bist dir also jetzt sicher, dass das dein Elternhaus ist?", fragte Fynn. „Hast du die Adoptionspapiere gesehen?"

Maeggan schüttelte den Kopf. „Nein, die Papiere liegen bei dem Notar. William wollte sie besorgen."

Caro legte Ava sanft an ihre Schulter und klopfte ihr den Rücken. „Wahrscheinlich musst du auch zu dem Notar", sagte sie.

„Ja, ganz sicher", bestätigte Fynn. „alles muss juristisch sauber geklärt werden. Gerade weil es um eine große Erbschaft geht."

Maeggan schüttelte sich leicht.

„Wie fühlt es sich an, eine reiche Erbin zu sein?", fragte Caro.

Anstatt zu antworten, stand Maeggan auf, um sich und Caro Tee einzuschenken. Die beiden sahen sie verwundert an. Wie sollte sie ihnen erklären, was in ihr vorging?

„Ich weiß nicht." Maeggan suchte nach Worten. „Darüber habe ich nicht mit William gesprochen. Ich will überhaupt nichts erben. Mit dem Haus und allem anderen will ich auch nichts zu tun haben."

Auf dem Weg vom Kommissariat hatte sie für sich beschlossen, auf keinen Fall irgendetwas von William anzunehmen. Sie war schuld, dass sein Freund tot war, sie würde sich das nie verzeihen. Auch wenn Todd sie angegriffen hatte und in Notwehr gehandelt hatte, so hatte sie ihm mit diesem Schuss das Leben genommen. Möglicherweise war es eine Art von Strafe, wenn sie jetzt auf alles, was mit ihren leiblichen Eltern zusammenhing, verzichten würde. Aber davon würde sie niemanden, auch nicht Fynn und Caro erzählen.

„Du brauchst sicher Zeit, alles zu verdauen", überlegte Caro. „Du kannst natürlich so lange gerne bei uns wohnen."

„Das ist wirklich lieb von euch, aber ich werde zurück zu Karl und Rebecca fahren. Die beiden warten schon ungeduldig darauf, dass ich ihnen alles erzähle. Fynns Vater meinte, es würde Wochen dauern, bis alles mit der Entschädigung geklärt ist." Maeggan schüttelte den Kopf. „Ich bin euch wirklich dankbar für eure Hilfe, trotzdem ..."

„Ist schon in Ordnung", unterbrach Caro sie, „wir verstehen gut, dass du nach Hause willst."

„Du hast uns auch sehr geholfen," bedankte sich Fynn. „Lass uns heute noch gemütlich zu Abend essen. Morgen früh fahre ich dich zur Bushaltestelle."

Gerührt ging Maeggan in ihr Zimmer um zu packen. Sie dachte voller Vorfreude an die Farm und an Karl und Rebecca. Sie freute sich darauf mit Karl und Sammy über die Wiesen zu laufen und die Schafe einzutreiben. Bald würden sie sie zwar verkaufen müssen, aber die Erinnerungen würden bleiben. Die vielen kleinen Schäfchen, die sie zusammen mit Karl mit der Flasche aufgezogen hatte. Und die ganze Schafwolle, die in der Scheune bis zum Verkauf gelagert wurde. Als sie klein war, hatten ihre Eltern sie immer wieder in den großen weichen Berg geworfen. Und Rebecca hatte ihr aus dem selbst gesponnen Garn eine wunderbare warme Jacke gestrickt. Das war ihr zu Hause. Die beiden waren ihre Eltern. Sie hatten ihr zwar viel verschwiegen, aber sie hatten es aus Liebe getan. Viel wichtiger war, dass sie sich in all den Jahren wie wirkliche liebevolle Eltern verhalten hatten. Jetzt wollte sie ihnen bei dem Umzug nach Swansea helfen. Danach würde sie sich für ein Studium entscheiden.

Am nächsten Morgen stieg sie in den Bus nach Wales. Der Bus fuhr über Pewsey, deshalb hatte sie sich vorgenommen, einen Zwischenstopp in Seven Oaks Hall zu machen. Sie fühlte sich verpflichtet, William alles zu beichten. Auch wenn der Inspektor ihr nicht glauben wollte, William musste die Wahrheit erfahren. Selbst wenn sie deshalb ihren neugewonnenen Bruder gleich wieder verlieren würde. Vielleicht würde dies Geständnis William gegenüber ihr auch dabei helfen, ihre Albträume zu beenden.

Seven Oaks Hall
North Wessex

William holte gerade die Post herein, als er Maeggan mit einem großen Rucksack auf dem Rücken auf das Haus zukommen sah.

„Hallo William, es tut mir wirklich leid, dass ich gestern so überstürzt verschwunden bin", rief sie ihm entgegen.

William schwieg, bis Maeggan neben ihm auf der Treppe stand. „Ist nicht schlimm", murmelte er. „Hauptsache du bist wieder da." Mit einer Handbewegung lud er sie ein ins Haus zu treten.

„Darf ich dir den Rucksack abnehmen?", fragte er in der Halle. Maeggan schüttelte nur den Kopf und stellte den Rucksack auf der kleinen Bank ab.

„William, ich muss mit dir reden." Verlegen betrachtete sie die Fliesen vor sich.

Er lachte. „Du hast dich schon für gestern entschuldigt."

„Nein, es ist etwas anderes", druckste sie herum.

„Komm erst einmal herein", beruhigte William Maeggan, während er ihr voran in die Küche ging, wo die Reste seines Frühstücks auf dem Tisch standen. Er zog einen Stuhl am Tisch hervor. „Setz dich. Möchtest du einen Kaffee?"

Maeggan setzte sich. Sie wartete bis William ihnen Kaffee gebracht und sich auch gesetzt hatte.

„Ich habe etwas Schreckliches getan", flüsterte sie ihre Tasse fixierend. „Ich habe deinen Freund erschossen."

Entgeistert stellte William die Tasse, aus der er gerade hatte trinken wollen, wieder ab. „Todd? Meinst du Todd?", und als Maeggan ohne aufzusehen nickte, hakte er nach: „Du willst Todd erschossen haben?"

Maeggan nickte ohne William anzusehen. „Ja, wir waren zusammen in Avebury bei dem Feenbaum. Er wollte mich nach Bath fahren. Auf der Fahrt dorthin hat er mich angegriffen, sodass ich mich wehren musste."

„Das kann nicht wahr sein", schnaufte er entsetzt.

„Doch! Wir hatten uns in der Buchhandlung getroffen. Da hatten wir verabredet, dass er mich abholen will. Er kam morgens mit dem kleinen roten Auto und…"

William wurde schwarz vor Augen. Nur schwer gelang es ihm, Maeggans Worten zu folgen. Ihre Erzählung drang wie durch dichten Nebel zu ihm. Seine Schwester, die er endlich gefunden hatte, war die Mörderin von seinem geliebten Todd. Nein, das wollte er nicht glauben. Aber sie beschrieb Todd sehr genau, das Auto, wie er mit ihr gesprochen hatte. Sie wusste sogar wie diese schreckliche Pistole ausgesehen hatte. Es blieb ihm nichts anderes übrig, als ihr zu glauben.

„… deshalb bin ich gestern so blitzartig verschwunden" erklärte Maeggan gerade.

„Warum?" fragte William.

„Ich habe dem Inspektor alles erzählt," beteuerte Maeggan. „Dieser Idiot wollte mir nicht glauben, obwohl ich ihm alles genau erzählt habe. Er hat mich einfach weggeschickt", fügte sie hinzu.

„Ich glaube dir." Er sah Maeggan mit feuchten Augen an. Todd hatte vorgehabt sie zu suchen, nur hatte er William nichts von seinem genauen Plan erzählt. William dachte an den Zettel: ich liebe dich, bin heute Abend rechtzeitig zurück. Das waren Todds letzte Worte gewesen. Er war am Abend nicht zurückgekommen, sondern von Maeggan, von seiner Schwester, erschossen worden. William schloss die Augen, er konnte sie nicht ansehen. In seinem Kopf drehte sich alles. Zuerst hielt er sich krampfhaft an der Tischkante fest, doch plötzlich sprang er auf und rannte in das kleine Gästebad, um sich zu übergeben.

Etwas später hockte er am Boden zerstört auf dem Toilettensitz. Vor ein paar Tagen hatte er mit Todd überlegt, dass seine Schwester ihnen im Weg war. Wenn er wirklich ehrlich zu sich selbst war, hatte der Gedanke, sie aus dem Weg zu räumen, tatsächlich nahegelegen. Richtig zu Ende gedacht, hatte er die Idee nicht, Todd hatte es für ihn getan. Wie es Todds Art war, zielgerichtet zu planen, hatte er es auch dieses Mal getan. Außerdem passte es zu Todd, dass er ihm nichts davon erzählt hatte.

William spülte sich den Mund aus und wusch sich das Gesicht. Er stützte die Hände auf dem Waschbecken ab und betrachtete sein Spiegelbild. Wie hatte alles nur so kommen können? Hin- und hergerissen dachte er an Maeggan. Er war wütend auf sie, gleichzeitig war er derjenige, der sie in diese Lage gebracht hatte.

Plötzlich kam ihm ein schrecklicher Gedanke: War sie möglicherweise wieder davongelaufen? Er eilte zurück in die Küche. Zum Glück saß Maeggan noch am Küchentisch. Unsicher und voller Sorge schaute sie ihm entgegen.

„Es tut mir alles wirklich leid. Das mit Todd. Alles, was dir passiert ist", flüsterte er, während er sich mit weichen Knien zurück an den Tisch setzte.

Maeggans starrte schweigend ihren Kaffee an.

„Ich habe mich so sehr auf dich gefreut", seufzte William, „aber…"

„Mir geht es genauso", stotterte Maeggan. „Ich wünschte, ich könnte alles ungeschehen machen."

William nickte und versuchte Maeggan anzusehen. Doch ständig drängte sich Todds Gesicht dazwischen, deshalb konzentrierte er seinen Blick auch auf seine Kaffeetasse. Lange war es still in der Küche.

„Ich glaube, am besten ist es, wenn ich erst einmal auf unsere Farm nach Wales fahre", hörte er Maeggan schließlich sagen.

Er nickte schweigend.

„Ich weiß nicht, was dieser komische Inspektor jetzt tun wird. Wenn er sich nochmal bei dir meldet, kannst du ihm sagen, wo ich bin.", fuhr Maeggan fort.

William zwang sich Maeggan anzusehen. „Es ist mir egal, was der Inspektor denkt. Mir ist es wichtig, dass ich die Wahrheit kenne. Trotzdem brauche ich Zeit, um das alles zu verarbeiten."

Er stand auf, auch Maeggan erhob sich. Unsicher standen sie sich gegenüber. Trotz allem ist sie meine kleine Schwester, dachte er. Er trat einen Schritt auf sie zu, um sie ganz kurz an sich zu drücken. „Ich hoffe, dass wir uns irgendwann einmal wieder unbeschwert begegnen können", flüsterte er dabei.

Maeggan lächelte ihn zaghaft an. Nach einem Moment ging sie aus der Küche, holte ihren Rucksack und drehte sich an der Treppe noch einmal nach William um. Dann verließ sie Seven Oaks Hall.

Vom Bus aus sah sie zurück auf das große Eingangstor mit den beiden steinernen Löwen. Sie fühlte sich erleichtert. Es war gut gewesen, sich mit William auszusprechen, auch wenn sie nicht verstand, warum er nicht richtig wütend auf sie gewesen war. Gleichwohl teilte sie die Hoffnung, die er am Ende ausgesprochen hatte.

Eine Weile später rief der Busfahrer die Haltestelle Avebury aus. Maeggan sah hinaus auf den Feenbaum, der ihr so viel bedeutete. Hier hatte alles angefangen, hier hatte sie mit Todd gestanden. Ein wunderbarer Traum war zu einem Albtraum geworden. Hatte er sie wirklich gemocht? Oder war das alles nur Show gewesen? Es hatte sich so echt angefühlt. Er hatte in ihr eine attraktive Frau gesehen, das hatte sie genau gespürt. Maeggan setzte sich aufrecht hin und warf den Feenbaum einen letzten Blick zu. Als der Bus wieder losfuhr, winkte sie ihm in Gedanken zu.

Erst jetzt bemerkte sie, dass sich an der Haltestelle eine Frau mit Kopftuch auf den ihr gegenüberliegenden Platz gesetzt hatte. Sie starrte Maeggan mit aufgerissenen Augen an. Maeggan versuchte es zu übersehen und betrachtete konzentriert die vorbeiziehenden Vorgärten, trotzdem bohrte sich der Blick der Frau immer tiefer in sie hinein.

Genervt sah Maeggan sie schließlich direkt an. „Glotzen kostet fünf Pfund", sagte sie freundlich. Die Frau stutzte mit offenem Mund und zog ihr Portemonnaie, um Maeggan fünf Pfund zu reichen.

Völlig überrascht blickte Maeggan auf den Geldschein. Dann schüttelte sie leicht den Kopf. „Entschuldigung, so war das nicht gemeint. Ich will ihr Geld überhaupt nicht, aber ich möchte auch nicht wie eine Absonderlichkeit angestarrt werden."

Die Frau wurde rot und steckte ihr Geld wieder ein. Der Mann, der neben Maeggan saß und alles beobachtet hatte, fing an laut zu lachen. Gleichdarauf lachten immer mehr Leute um sie herum. Die Frau sah verlegen um sich und ihre Gesichtsfarbe nahm immer mehr zu.

„Jetzt können Sie sicher verstehen, wie unangenehm es ist, im Fokus zu stehen", sagte Maeggan schmunzelnd.

Verlegen band die Frau ihr Kopftuch fester, stand auf und setzte sich ein paar Reihen weiter mit dem Rücken zu Maeggan hin. Maeggan lehnte sich entspannt zurück und ließ sich glücklich von dem Bus nach Hause fahren.

Über die Autorin:
Veronika Wolther wurde im Januar 1962 in Hameln geboren und lebt heute in München. Als Betroffene des Contergan-Skandals, hat sie die Auswirkungen des Medikaments
kaum als Hindernis betrachtet. Sie spielten in ihrem Alltag immer eine untergeordnete Rolle, und so wurde ihre Lebensgeschichte zu einer von Resilienz, dem Glauben an sich selbst und einer tiefen Verbundenheit mit den Menschen um sie herum.

Neben ihrer Arbeit als Pfarrerin, Supervisorin und systemischer Familientherapeutin war sie immer auch leidenschaftliche Gärtnerin. Durch häufige Umzüge hatte sie die Gelegenheit, verschiedene Nutzgärten anzulegen. Der Garten ist für sie ein Ort der Ruhe und Freude, in dem sie sich kreativ und naturnah entfalten kann. Ebenso liebt sie es zu reisen, besonders in die weiten Landschaften des Westens der USA. Ein unvergessliches Abenteuer war eine Reise mit ihrem Sohn von Vancouver bis Los Angeles, bei der sie die Nationalparks entlang der Route erkundete.

Veronika Wolther liest gerne Fantasyromane und Krimis, und ihre Begeisterung für Literatur lebte sie auch in ihrer Rolle als Mutter aus, indem sie ihren Kindern mit Leidenschaft Kinder- und Jugendbücher vorlas – darunter auch Werke von Walter Moers. Ihr Schreiben ist durchdrungen von einer tiefen Auseinandersetzung mit Glauben, vor allem an sich selbst, Psychologie und den Herausforderungen des Lebens.